BARBARA VON BELLINGEN

KRANZGELD

Ein Roman aus der Hansezeit

WILHELM HEYNE VERLAG
MÜNCHEN

HEYNE ALLGEMEINE REIHE
Nr. 01/10869

Umwelthinweis:
Das Buch wurde auf
chlor- und säurefreiem Papier gedruckt.

3. Auflage

Redaktion: Bernhard Matt

Printed in Germany 2000
Umschlagillustration: Artothek/Joachim Blauel
Umschlaggestaltung: Atelier Ingrid Schütz, München, unter Verwendung
des Gemäldes »Marktplatz am Hafen« von Sebastian Vrancx
Satz: Pinkuin Satz und Datentechnik, Berlin
Druck und Bindung: Elsnerdruck, Berlin

ISBN 3-453-15188-7

http://www.heyne.de

1

»Nee, nee, nee«, polterte eine höchst energische Männerstimme, »dat geiht nu nich!« Und ein schwer benagelter Arbeitsstiefel stampfte dazu auf den Fliesenboden. Engelke mußte lächeln. Karl, der beste aller Hausknechte, nahm seine Aufgabe wieder mal allzu ernst. Ihm war aufgetragen, jede Störung von Engelke fernzuhalten, und das tat er – egal, wer nach ihr fragte.

Sie erhob sich von ihrem Stuhl, strich das schmucklose blaue Wollkleid glatt, schob eine kleine Strähne, die sich aus ihrem dicken Nackenzopf gelöst hatte, hinters Ohr und ging zur Tür. Wissen wollte sie schon, wen Karl da abgewiesen hatte.

Sie zog den Kopf ein, um nicht an den Türrahmen zu stoßen, wie das schon unzählige Male geschehen war. Früher hatte sie sich jedesmal geärgert, wenn sie sich klein machen mußte. Und auch diesmal schoß ihr wieder aus alter Gewohnheit das Maß ihrer Körpergröße durch den Sinn: fünf Fuß, sieben Zoll. Doch heute machte ihr diese unglaubliche, für eine Frau ganz unmögliche Länge nichts mehr aus. Und dieses Verdienst gebührte einzig und allein Dierk, dem Mann, den sie morgen heiraten würde.

Engelke spähte nach unten in die große Diele. Der Hauptraum des Hauses war menschenleer bis auf Karl, der vorn neben der Haustür stand, ein viereckiger, in graue Wolle gekleideter Klotz von einem Mann, und durch das kleine Seitenfenster die Straße scharf im Auge hielt.

»Wer war das, Karl?« rief Engelke hinunter.

Karl drehte sich um, wobei der Zipfel seiner Gugel eine lustige, schlenkernde Bewegung machte. »Man blot Sanne, Fröl'n Engelke. Ik heff har ruutsmeten.«

Hamburg im 14./15. Jahrhundert

1) Mariendom
2) Sankt Petri
3) Sankt Nicolai
4) Sankt Katharinen
5) Sankt Jacobi
6) Konvent der »Blagen Süstern«
7) Sankt Maria Magdalenen
8) Sankt Johannis
9) Heilig-Geist-Haus
10) Das Einbecksche Haus

✕ das Haus Harms

▣ Engelke Geerts' Brauhaus

▲ das Haus van Damme

◉ Holms Badestube

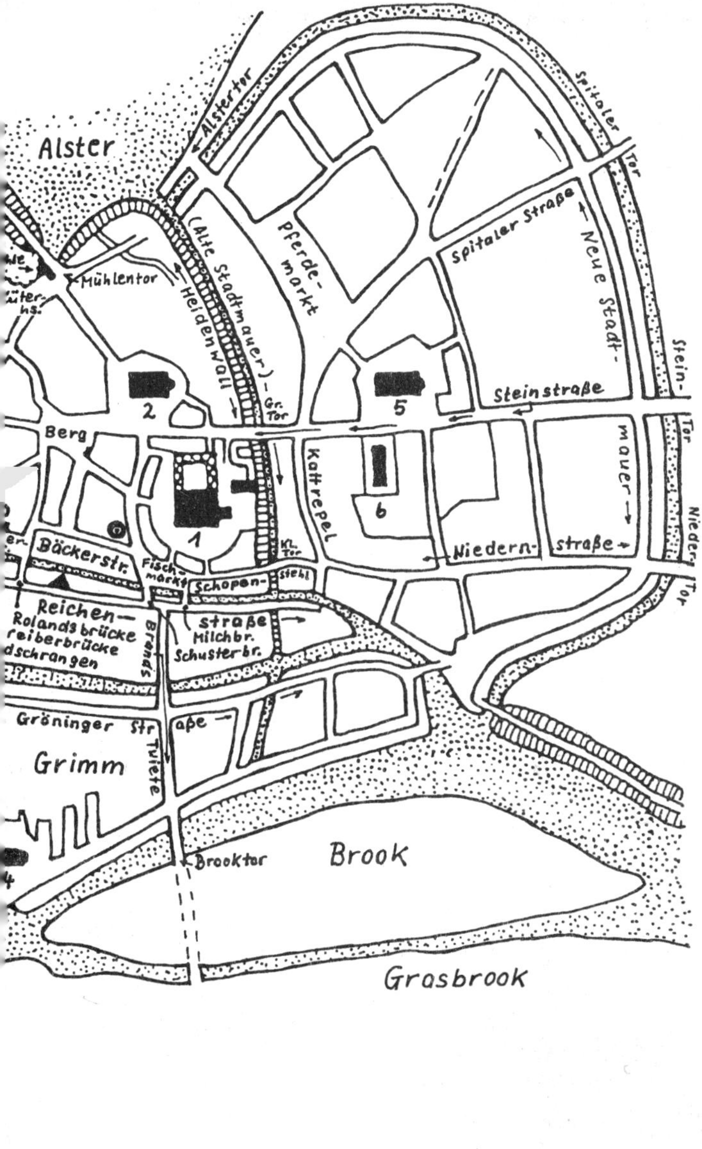

Alster
Alstertor
Mühlentor
Heidenwall
(Alte Stadtmauer)
Gr. Tor
Pferdemarkt
Spitaler Tor
Spitaler Straße
Neue Stadtmauer
Steinstraße
Stein-Tor
2
5
Berg
Kattrepel
6
1
Kl. Tor
Bäckerstr.
Fischmarkt
Schopenstehl
Niedernstraße
Niedern-Tor
Reichenstraße
Rolandsbrücke
Milchbr.
Schusterbr.
Brandstwiete
Gröninger Straße
Grimm
Brooktor
Brook
Grasbrook

»Ach, bloß Susanne.« Engelke nickte. »Und warum hast du sie rausgeschmissen?«

»Ik heff mi dacht, dat is nich de rechte Tiet för Kinnerkroom, Fröl'n Engelke.«

»Hmm.« Engelke schenkte dem Hausknecht einen dankbaren Blick und verzog sich wieder ins Kontor auf ihren altgewohnten Platz am Schreibtisch. Susanne war eine von Karls Töchtern, ein ernstes, elfjähriges Mädchen, das ihrer Mutter Mette, der Altmagd, schon seit langem eine echte Hilfe war. Was mochte Sanne gewollt haben? Nun, es konnte nicht wichtig gewesen sein, wenn Karl ihr Anliegen als Kinderkram bezeichnete. Karl würde Engelke jedenfalls auch weiterhin jeden Kinderkram vom Hals halten, wenigstens heute vormittag.

Engelke langte nach dem Kontenbuch des Handelshauses van Damme und nahm die Feder zur Hand, um die neuesten Rechnungen zu prüfen. Es würde wohl das letzte Mal sein, daß sie diese Aufgabe wahrnahm. Ab morgen war sie nicht mehr Ohm Goderts bester Mann im Kontor, wie Grootvadder Evert van Damme immer beliebt hatte zu bemerken. Ab morgen würde ihr Leben eine scharfe Wende nehmen, und zwar in eine ganz andere Richtung.

Lächelnd tauchte Engelke die Feder ein. Hastig, aber sauber und leserlich kratzte sie das Datum unter die zuletzt geprüfte Seite – 17. Apr. 1402 – und setzte ihre Initialen darunter. E.G.

Engelke Geerts. Ab morgen Engelke Okkena. Ihr Lächeln vertiefte sich. Noch vor einem guten halben Jahr hätte sie sich nicht einmal in ihren wildesten Träumen vorstellen können, daß das Wirklichkeit werden könnte. Dierk, der Steuermann von der Halfmoond, war ihr da schon so fern gewesen wie ein Trugbild ihrer Fantasie. Im vergangenen Herbst hatte sie ihre einzige Liebe längst begraben geglaubt. Dann, ganz einfach so, war Dierk zurückgekehrt.

Sie legte die Feder hin. Sie erinnerte sich noch an den Tag, als sei es gestern gewesen. Das große Festmahl auf dem Rathaus, gegeben anläßlich der Verleihung des Bürgerrechts an Simon van Utrecht und Dierk Okkena aus Amrum. Sie hatte an Dierks Seite gesessen, begafft und angestaunt von den vollzählig anwesenden Damen und Herren der Hamburger Gesellschaft. Engelke Geerts, die alte Jungfer, längst über die Mitte der Zwanzig hinaus, und plötzlich kriegt sie doch noch einen ab – und was für einen! Herrgott, sie war so stolz auf Dierk gewesen, einen der Bezwinger der Likedeeler! Alle hatten versucht, ihn über den Seekrieg gegen Störtebeker und Godeke Micheel auszufragen, aber Dierk hatte nur Augen für Engelke gehabt.

Nach dem Essen war getanzt worden; Engelke hatte zum allerersten Mal in ihrem Leben an einem Tanz teilgenommen – mit klopfendem Herzen, denn die Schritte hatte sie nur theoretisch beherrscht. In ihrem schlichten, rehbraunen Samtkleid konnte sie außerdem nur einen sehr unbedeutenden Eindruck gemacht haben. Aber an Dierks Seite und mit seinem funkelnden Rubinring am Finger hatte sie sich gefühlt wie eine Königin.

Doch, sie war angelächelt und mit Maßen sogar bewundert worden. Nur Ohm Godert hatte den ganzen Abend über ein betretenes Gesicht gemacht. Ihm war natürlich schon damals klargewesen, daß er mit Engelke in seinem Kontor bald nicht mehr rechnen durfte. Aus dem gleichen Grund hatte sich auch Grootvadder Everts Begeisterung über die plötzliche Verlobung seiner Enkelin sehr in Grenzen gehalten.

Engelke blätterte zur nächsten Seite des Kontenbuches weiter und nahm die Feder wieder auf. Blitzschnell im Kopf addierend, fuhr sie die Zahlenkolonne der Rechnungsbeträge hinunter. Die Summe stimmte. Peder Elmsbüttel, der junge Kontorist, der durch Engelkes harte Schule gegangen war, hatte sich nicht vertan. Peder war überhaupt zuverlässig und nicht auf den Kopf gefallen. Zusammen mit Hein tom Hove, dem zweiten Gehilfen, der schon fast seine Lehrzeit beendet hatte, würde er die Bücher ohne Schwierigkeiten führen können. Ohm Goderts Sorgen waren unbegründet. Zumal Engelke versprochen hatte, auch in Zukunft auszuhelfen, wenn Not am Mann war. Dieses eine letzte Mal übernahm sie noch die Rechnungsprüfung. Ab morgen würde diese Arbeit Peder Elmsbüttels Sache sein.

Bevor sie weiterrechnete, ließ sie den Blick beinahe zärtlich durch den kleinen, mit deckenhohen Regalen, Aktenschränken und Geschäftsbüchern vollgestopften Raum wandern. Wie viele Jahre hatte sie schon hier verbracht – unzählige Stunden über Rechnungen und Kalkulationen –, seit sie als Waise aus Lüneburg in Ohm Goderts Haus nach Hamburg übersiedelt war! Sie hatte das Kontor liebengelernt, hatte Freude gefunden am Fernhandel, hatte sich schon kein anderes Leben mehr vorstellen können als das eines Kaufherrn.

Sie lächelte in sich hinein, halb wehmütig beim Gedanken an ihren Großvater, der sie ja auch immer wie einen Mann behandelt hatte. Das war schmeichelhaft und verletzend zugleich gewesen. Engelke hatte noch seine Worte im Ohr: Du besitzt das Zeug zu einem Handelsherrn, Engelke. Du wirst nicht von Eigenschaften behindert, die die Weiber sonst an sich haben. Da du sowieso nie heiraten wirst – denn wer nimmt schon eine wie dich –, konzentriere deine Tätigkeiten sinnvollerweise auf das, wofür du geschaffen bist …

Grootvadder irrte sich nie. Seinem Urteil konnte man blind vertrauen. Engelke hatte sich mit ihrem Los abgefunden, weitgehend jedenfalls. Bis Dierk in ihr Leben getreten war.

Sie tastete nach dem kleinen silbernen Thorshammer, der an einem dünnen Kettchen um ihren Hals hing. Das Schmuckstück hatte Dierk ihr beim ersten Kennenlernen vor Jahren geschenkt, als er noch Steuermann der Halfmoond gewesen war. Es hatte sie in vielen verzweifelten Stunden begleitet und ihr am Ende doch noch Glück gebracht – ein Glück, an das sie schon nicht mehr hatte glauben können.

Die Glocke schlug elf. Genug Zeit mit Sinnieren vertrödelt. Engelke sputete sich. Um halb zwölf wollte Hedda Harms vorbeikommen, um mit ihr den Ablauf des morgigen Festes zu besprechen. Hedda, die Verläßliche, sollte beim Brautzug die Ehrendamen anführen. Ehrenjungfern konnten sie nicht mehr genannt werden, denn sie waren außer Hedda allesamt verheiratet.

Engelke kicherte. Es war eben doch etwas anderes, wenn man erst mit sechsundzwanzig heiratete. Ihre Hochzeit würde sich von der ihrer kleinen Base Anneke vor zwei Jahren gewaltig unterscheiden. Es würde sehr viel ernster zugehen. Kein Kinderkram …

Anneke! Die mußte noch vor dem Mittagessen aus Lübeck ankommen! Und die Ankunft von Dierks Verwandtschaft wurde für den Nachmittag erwartet. Noch vier Seiten des Kontenbuches waren zu prüfen. Eile tat not. Mette, die Altmagd, wirtschaftete zwar schon seit den frühen Morgenstunden in der Küche, damit für das leibliche Wohl der Gäste, sobald sie eintrafen, auch gesorgt war. Aber sie war wieder mal hochschwanger. Man mußte sie daran hindern, sich zu übernehmen. Mette neigte dazu – das wußte Engelke aus langjähriger Erfahrung.

Nur wenige Minuten noch, dann konnte das dicke Rechnungsbuch zugeklappt werden. Alles hatte seine Richtigkeit. Engelke stand auf, atmete tief durch und stieg die Treppe hinunter in die Diele. Da war jetzt mehr Betrieb. Trude, die neu eingestellte Jungmagd, rannte mit tränengeröteten Augen aus der Küche, in der Hand einen hölzernen Eimer mit Abfällen.

»Mehr als schnell machen kann ich doch nich'«,

schnaufte sie, während sie an Engelke vorüberhastete, »Mette bringt mich noch um!«

Engelke lächelte. Es sah ganz so aus, als habe die Altmagd doch alles bestens im Griff. Mit einem Schmunzeln schaute sie dem Mädchen nach, das mit fliegenden, fuchsroten Zöpfen und flatterndem grauleinenem Rock zur Haustür hinaussauste, um den Kübel ins Fleet zu entleeren; dann wandte sie sich der Küche zu, um nach dem Rechten zu sehen.

Sie kam nicht dazu. Karl tauchte von der Straße her auf, einen hageren, ältlichen Mann im Schlepptau, der einen dicken Packen liebevoll wie einen Säugling in die Armbeuge gebettet trug. »De Snieder wöör do, Fröl'n Engelke«, sagte Karl.

Der Schneider. Den hatte Engelke völlig vergessen über all den anderen Dingen, die sie heute zu bedenken hatte. Dabei gehörte das Hochzeitskleid, das sie bei ihm bestellt hatte, doch eigentlich mit zum Wichtigsten. Heute mußte es ein letztes Mal anprobiert werden, wobei der Meister – hoffentlich nicht – noch Änderungen vornehmen wollte. Engelke wünschte sich nichts sehnlicher, als daß die Angelegenheit endlich abgehakt werden konnte. Die Beratungen mit dem Meister über Stoffe, den Schnitt und die Ausführung dieses Kleides waren eine echte Plage gewesen – wie auch die unzähligen Anproben. Nie war das kleine, mickrige Männchen zufrieden gewesen.

Engelke winkte den Herrscher über Brokate, Samte, Damaste und ein halbes Dutzend unglückliche Gesellen und Lehrlinge also herein. Bringen wir es hinter uns, dachte sie ergeben. Wat mutt, dat mutt. »Kommt, Meister Bollenstedt. Am besten, wir probieren es in der Kammer an. Da sind wir ungestört.«

Der Schneider trat ein – mit stelzenden Schritten, die an das Schreiten eines dürren Hahnes erinnerten. Meister Bollenstedt übte neben seinem Handwerk – bester Schneider von ganz Hamburg – noch das Amt des Tanzlehrers aus. Alle jungen Damen und Herren der feinen Gesellschaft konnten davon ein Lied singen. Engelke fand es wie immer schwer, beim Anblick des Nadelkünstlers ernst zu bleiben.

»In der Ka-kammer?« fragte der Schneider näselnd und in leicht beleidigt klingendem Ton. »Abber da gi-gibt es doch ga-gar keinen Sp-sp-spüügel!«

Engelke biß die Zähne zusammen, um nicht aufzulachen. »Ich kann mir das Kleid gut an mir vorstellen«, erwiderte sie mit mühsam gewahrter Beherrschung, »wenn ich es vor mir sehe. Wir legen es einfach erst einmal auf der Truhe aus, die in der Kammer steht. Einverstanden?«

»Ei-einverstanden«, stotterte der Meister. »U-und ich kann ja a-auch s-s-sehen, o-o-ob's sch-sch ...«

»Richtig«, unterbrach Engelke, »gar keine Frage. Was Ihr anfertigt, wird doch immer schön, Meister Bollenstedt!«

Das stimmte allerdings. Eins mußte man dem dürren Männchen lassen: In Fragen der Mode war er unübertroffen, auch was den guten Geschmack und die Etikette betraf. Und seine handwerklichen Fähigkeiten waren berühmt, weit über die Grenzen Hamburgs hinaus.

Die Kammer lag neben dem Kontor. Peder Elmsbüttel und Hein tom Hove schliefen dort. Engelke hatte sie in erster Linie für die Anprobe ausgewählt, weil die beiden Gehilfen heute außer Haus waren. Aber es gab noch mehrere andere Gründe, warum die Kammer neben dem Kontor als einziger Raum in Frage kam: Grootvadder Evert hielt sich wie gewöhnlich in der Stube neben der Küche auf und wollte nicht gestört werden. Die Tanten Meta und Gesine würden den Teufel tun und ihre Schlafkammer für einen noch so kurzen Zeitraum zur Verfügung stellen. Und Engelkes Kammer war ohne Fenster.

Gemeinsam mit dem Schneider stieg Engelke die steile Treppe hinauf, öffnete dem Mann die Türen und ließ ihn mit seinem Paket vorangehen. In dem engen, kärglich eingerichteten Gelaß der Kontorgehilfen sah Meister Bollenstedt sich erst einmal mißbilligend um, bevor er sich entschloß, die Leinwand von seinem Prachtwerk abzuwickeln. Er tat es sehr sanft, beinahe liebevoll, und ließ am Ende die Hülle wie einen Theatervorhang zur Seite gleiten.

Zum Vorschein kam üppig gefältelter blaugoldener Brokat, der Engelke kostbar entgegenschimmerte. Das Kleid, bestehend aus einem schmalen, blauseidenen Mieder, dessen spitzer Ausschnitt mit schwarzem Pelz besetzt war, und einem unendlich weiten und langen Schlepprock aus dem herrlichen Brokat, war von königlichem Prunk. Die Ärmel, kunstvoll an das Oberteil angeschnürt, waren überlang und weit und ebenfalls mit Pelz besetzt. Das Unterkleid – aus weißer Seide – hatte dagegen enge Ärmel mit Goldstickerei an den Handgelenken.

Engelke berührte die Pracht ehrfürchtig mit den Fingerspitzen. »So was hab' ich noch nie gesehen«, murmelte sie, »geschweige denn getragen. Auf dem Musterblatt sah es ganz anders aus ...«

»Wa-wa-was s-s-soll das hei-heißen?« fragte der Schneider erschrocken, »g-gefällt es e-etwa n-n-nicht?«

»O doch!« Engelke schüttelte heftig den Kopf. »Ich meine, es ist viel schöner als auf der Vorlage. So was Wunderbares kann bestimmt keine Frau in der ganzen Stadt vorweisen. Aber es kommt mir viel zu vornehm vor!«

Meister Bollenstedt widersprach. »N-nich' u-u-unbedingt, Fröl'n Engelke. D-die Gräfin Sch-sch-auenburg –«

»Das ist doch was ganz anderes!« Engelke mußte lachen.

»W-wieso?« Der Schneider verstand den Grund für ihre Heiterkeit nicht. »W-wer's bezahlen kann ... D-die Gräfin schu-schuldet mir i-i-immer noch die K-kosten für mü-mündestens vier G-g-gewänder ...«

»Ich zieh es mal über.« Engelke konnte nicht mehr widerstehen. »Wollt Ihr so gut sein, draußen zu warten, Meister Bollenstedt?«

Der Schneider verschwand lautlos ins Kontor. Engelke hob das Brautkleid auf und betrachtete es noch einmal. Wie sie wohl darin aussehen würde? Eins war sicher: Jede Frau aus der Hamburger Gesellschaft würde sie glühend beneiden. Dabei konnte sie das Prachtstück wahrscheinlich nach der Hochzeit nie mehr tragen. Zu welcher Gelegenheit auch? Es war tatsächlich viel zu vornehm. Blauer Goldbrokat paßte zu einer Gräfin Schauenburg und nicht zu einer Brauereibesitzerin ...

Engelke schälte sich aus ihrem einfachen Wollkleid, zog das neue weißseidene Unterkleid an und schlüpfte in das Prunkmieder. Alles saß wie angegossen. Der schwarze Pelz legte sich weich um ihren Ausschnitt. Der Rock mit der ellenlangen Schleppe war wunderbar solide gearbeitet und fiel vorn in herrlichen Falten bis fast auf die Füße. Das Unterkleid blitzte eine Handbreit darunter hervor. Meister Bollenstedt hatte sein Bestes gegeben, wie immer.

»Ihr könnt kommen«, rief Engelke.

Der Schneider trat ein, baute sich vor ihr auf und beäugte sie von oben bis unten. Mit spitzen Fingern prüfte er hier eine Naht, dort einen Abnäher. Am Ende schien er einigermaßen zufrieden. Nur am Pelzkragen paßten ihm ein paar zu groß geratene Stiche nicht. »W-w-wenn man n-nich' alles s-selber m-macht ...«, murmelte er wütend.

Er bestand darauf, das Gewand noch einmal mitzunehmen und den Kragen neu anzuheften.

»Aber die langen Stiche sieht doch keiner«, meinte Engelke.

»K-kommt ü-überhaupt nich' in Frage«, wehrte sich Meister Bollenstedt aufgeregt. »So u-u-unsaubere Arbeit lie-lie-liefere ich n-nich' ab!« Er war mit keinem Argument zu bremsen. »D-der Lehr-lehrjunge, d-der das verb-brochen hat, s-s-soll es a-a-ausbessern. Und heu-heute abend bringt er's dann vor-vor-vorbei. Die Re-rechnung is ja schon be-be-bezahlt.«

»Was?«

»H-Herr O-o-okkena h-hat –«

»Ach, hat er?« Dierk hatte offenbar hinter ihrem Rükken mit Bollenstedt gehandelt.

»Es s-s-sollte ei-ein Geschenk s-sein«, lächelte der Schneider. »D-das Fest au-auf dem Rathaus w-wär teuer genug, m-m-meinte er. Was ja auch sch-sch-sch –«

»Stimmt«, ergänzte Engelke. »Aber wenigstens die Haube zahle ich selber.«

Meister Bollenstedt schüttelte den Kopf und schwenkte seinen dürren Zeigefinger hin und her. »Neineinein«, widersprach er. »D-die Haube ist 'n Ge-geschenk v-von mir und m-m-meiner Frau. N-nur die G-goldfä-fäden nich'. U-und die ha-hat Herr O-okkena auch sch-schon bezahlt.«

Die Haube war ein zierliches, topfartiges Gebilde aus schwarzer Seide, über und über mit feinen goldenen Ornamenten bestickt und blau gefüttert. Sie kam auf den Hinterkopf – ga-ga-ganz nach der neuesten M-mode, wie der Schneider versicherte –, und man trug einen Schleier locker darüber festgesteckt. Engelke könne sich ja bei Holm die Stirnhaare auszupfen lassen, damit das Bild vollkommen sei.

»Die Stirnhaare auszupfen?« Das ging Engelke denn doch zu weit. Mochten die Damen vom Adel diesen seltsamen Auswüchsen der Mode folgen. Engelke würde es jedenfalls nicht tun. Dafür mußte Meister Bollenstedt Verständnis haben. Sich nur für die Dauer des Hochzeitsfestes eine höhere Stirn machen zu lassen, das war die Schmerzen nicht wert.

Der Schneider war sichtlich enttäuscht. Wieder einmal fühlte er sich abgeschmettert. Aber das war eben Hamburg und nicht der burgundische Hof …

Er wartete geduldig im Kontor, während Engelke das Prunkgewand wieder auszog und sich von neuem in ihr einfaches Wollenes hüllte. Dann packte er sein Werk zusammen – liebevoll und vorsichtig, damit der kostbare Stoff nicht zerknitterte –, und empfahl sich mit einem grämlichen Lächeln.

Engelke, die ihn an der Haustür verabschiedet hatte, sah ihm belustigt nach. Sie schüttelte noch einmal den Kopf über Bollenstedts Ansinnen, das ihr völlig abstrus vorkam. Was Dierk wohl gesagt hätte, wenn sie tatsächlich dem Vorschlag des Schneiders gefolgt wäre und sich alle Haare über der Stirn hätte auszupfen lassen? »So 'n Unfug«, murmelte sie in sich hinein. »Was sich die vom Adel nicht alles ausdenken!«

Andererseits, das Hochzeitskleid war eine Pracht. Den herrlichen Brokat noch immer vor Augen, wollte Engelke ins Haus zurückkehren, als sie jemanden eilig die Reichenstraße entlangkommen sah. Bei näherem Hinsehen erkannte sie Hedda Harms, die sie um halb zwölf erwartete. Und jetzt schlugen die Glocken halb zwölf.

Hedda war pünktlich wie immer. Aber heute mußte sie regelrecht gerannt sein. Sie sah erhitzt und zerzaust aus, als sie an der van Dammeschen Haustür ankam.

»Nanu«, sagte Engelke verwundert, »du bist ja ganz aus der Puste! Es wäre doch nicht schlimm gewesen, wenn du dich 'n büschen verspätest!«

Hedda fuhr sich mit der Hand über die Stirn, auf der feine Schweißperlchen standen. »Ich hatte noch ein Gespräch mit meinem Vater«, sagte sie atemlos, während sie die Augen zu Boden schlug. »Eigentlich bin ich nur vorbeigekommen, um dir zu sagen, daß ich nicht kommen kann ...«

Engelke lachte. »Aber nun bist du ja da«, sagte sie und nahm die Freundin bei den Schultern, »und wo du schon mal da bist, können wir doch auch bekakeln, was wir bekakeln wollten!«

Hedda schnaufte. Es hörte sich an wie ein gepreßter, seufzerähnlicher Atemzug. »Aber ich kann nicht lange bleiben««, sagte sie leise, »hab' noch so viel zu tun!«

»Was glaubst du denn, wieviel ich noch zu tun habe!« Engelke fühlte sich schon wieder zum Lachen gereizt. »Wenn du wüßtest, was alles noch erledigt werden muß – ganz abgesehen davon, daß heute Dierks Verwandtschaft ankommt, und natürlich Anneke und ihr Mann!«

»Ich weiß«, gab Hedda sanft zurück. Sie hob den Kopf und sah Engelke an. »Ich wünschte, ich könnte dir ein bißchen von deiner Arbeit abnehmen. Aber mein Vater hat dafür gesorgt, daß mir keine Zeit mehr bleibt.«

Das sah Hedda ähnlich. Sie war hilfsbereit bis zur Selbstaufgabe. Engelke kannte sie schon, seit sie nach Hamburg gekommen war, und von Anfang an war Hedda ihre beste, zuverlässigste Freundin gewesen. Sie hatten sich nie gestritten – nicht, daß Engelke sich an irgendeine Gelegenheit erinnern konnte –, und nur die Zeit, die sie miteinander hatten verbringen können, war stets zu knapp bemessen gewesen. Engelke hatte schließlich ihre Arbeit im Kontor gehabt. Und Hedda war mit der Führung des Harmsschen Haushalts immer mehr als ausgelastet gewesen.

Engelke legte ihr den Arm um die Schultern. »Komm erst mal rein«, forderte sie die Freundin auf und zog sie in die Diele.

Am anderen Ende der geräumigen Halle standen rechts und links neben der Truhe, die das Tischleinen enthielt, zwei steillehnige, uralte Stühle. Dorthin steuerten Engelke und Hedda. Diesen Platz beim hinteren Fenster, das auf den Hof und den Budengang hinausschaute, wählte Engelke immer für wichtige Gespräche, gleichgültig, wie unbequem die Stühle waren.

Sie setzten sich. Hedda schob das dicke Umschlagtuch, das sie um Kopf und Schultern getragen hatte, aus der Stirn zurück und schlug es an der Brust auseinander. Einmal mehr wirkte sie jetzt mit ihren regelmäßigen Gesichtszügen und den etwas schwermütigen blauen Augen wie eine Madonna. Hedda strahlte so viel Liebenswürdigkeit aus; selbst ihre schmalen, zartfingrigen Hände waren von madonnenhafter Anmut. Hedda wirkte kindhaft jung, obwohl sie im gleichen Alter war wie Engelke. Völlig unbegreiflich, warum sie nicht schon längst einen passenden jungen Mann aus gutem Hause geheiratet hatte.

Das lag natürlich an ihr selbst. Soweit Engelke sich zurückerinnern konnte, hatte Hedda immer alle Verehrer von sich ferngehalten. Nur mit einem, mit Berend Jansen, sprach sie hin und wieder. Berend Jansen liebte Hedda, das wußte Engelke. Und Hedda schien ihn auch mehr als nur ein bißchen zu mögen. Dennoch war es nie zu einer festeren Verbindung gekommen.

Engelke grinste spitzbübisch. Auf Hedda wartete eine Überraschung – morgen, beim Fest auf dem Rathaus. Denn bei diesem Anlaß würde ganz offiziell Heddas Verlobung mit Berend Jansen bekanntgegeben werden. Engelke wußte es von Heddas Vater persönlich. Der hatte es ihr bei seinem gestrigen Besuch im Kontor unter der Hand verraten. Engelke hatte dem alten Harms zugestimmt. Es mußte endlich Schluß gemacht werden mit Heddas Zagen und Zaudern. Wenn sie sich nicht traute, einem Mann ihr Jawort zu geben, dann mußte man eben nachhelfen. Es ging nicht an, daß sie ihrem Glück weiterhin selbst im Weg stand vor lauter Schüchternheit und Pflichtbewußtsein.

Sie würde Berend eine wunderbare Ehefrau sein, das stand für Engelke fest. Hedda war die Sanftmut und Mütterlichkeit in Person – und dazu noch bildhübsch. Außerdem brachte sie eine ordentliche Mitgift in ihre zukünftige Ehe ein. Und daß sie wirtschaften konnte, hatte sie seit Jahren bewiesen. Morgen würde sich auch für Hedda das Leben grundlegend ändern.

Engelke kicherte. Sie stellte sich schon den Spaß vor, den es machen würde, ihre beste Freundin unter die Haube zu bringen, und genoß die Vorfreude. »Schön, dich so fröhlich zu sehen«, sagte Hedda und sah sie mit ihren melancholischen Augen an. »Du bist glücklich, nicht wahr?«

»Sehr«, gab Engelke zurück und kicherte noch einmal. »Aber du wirst es auch bald sein, Lämmchen.«

Mit diesem Ausdruck hatte Engelke sie in der Kinderzeit immer aufgezogen, wenn sie allzu bescheiden, brav und still gewesen war. Hedda senkte den Blick. »Ich?«

Sie schien wirklich sehr abgehetzt. »Du«, sagte Engelke, um sie etwas aufzuheitern, »schade, daß du nicht eine halbe Stunde früher gekommen bist. Bollenstedt war mit meinem Brautkleid da – zur allerletzten Anprobe. Puh –«, sie wischte sich theatralisch über die Stirn, »der hat vielleicht wieder Umstände gemacht! Aber das Kleid ist einfach prachtvoll. Ein Traum in Blau. Leider kann ich es dir nicht zeigen – Bollenstedt hat natürlich was dran auszusetzen gefunden und es wieder mitgenommen. Aber wenn du heute abend noch mal vorbeikommen könntest –«

»Das werde ich nicht schaffen«, sagte Hedda und schaute auf ihre Hände, die verschränkt in ihrem Schoß lagen. »Ich würde ja liebend gern, aber –«

»Was hast du denn noch so Wichtiges zu tun?«

»Alles mögliche.« Hedda atmete schwer auf. »Bis die ganze Lauferei erledigt ist, wird's dunkel sein.«

»Herrgott, kannst du denn nicht einmal deine Hausleute laufen lassen?« Engelke schüttelte verständnislos den Kopf. »Wenigstens heute?«

»Gerade heute muß ich mich selbst drum kümmern«, sagte Hedda bedrückt. »Es geht leider nicht anders.«

»Na«, Engelke nahm die Hand ihrer Freundin und drückte sie, »du wirst mein Brautkleid auf alle Fälle morgen als erste sehen. Und wenn du noch so viel zu erledigen hast, dann saust du wohl am besten gleich los. Es gibt ohnehin fast nichts mehr, was wir nicht schon zigmal durchgekaut hätten. Du wirst das alles schon hinkriegen mit den übrigen Weibern.« Sie lächelte Hedda aufmunternd an. »Jetzt lauf, Lämmchen. Aber wehe, wenn du mir morgen vormittag hundemüde hier erscheinst! Sieh zu, daß du frühzeitig ins Bett kommst – morgen wird's ein langer Tag und eine lange Nacht!«

Hedda erhob sich. In ihrem schmalen Gesicht stand Dankbarkeit geschrieben. Engelke mußte, während sie ihre Freundin zur Haustür begleitete, unwillkürlich den Kopf schütteln. So war Hedda – sie war noch dankbar dafür, daß man sie ihre vielen Pflichten erledigen ließ, wo man sie in ihrem eigenen Interesse besser von der Arbeit abgehalten hätte. »Lämmchen«, sagte Engelke, als sie sich von Hedda verabschiedete, »übertreib es nicht! Du mußt auch mal andere arbeiten lassen. Versuche nicht immer alles selbst zu tun – hörst du?«

Hedda legte den Kopf in den Nacken, um Engelke besser anschauen zu können. Ihr Mund lächelte, aber ihre Augen lächelten nicht mit. »Du warst mir immer die Liebste von allen«, sagte sie leise, und plötzlich, ganz unerwartet, umarmte sie Engelke.

Die erwiderte verwundert den festen Druck. So kannte sie Hedda gar nicht. Hedda gehörte nicht zu denen, die küßten und umarmten. Sie war immer äußerst zurückhaltend gewesen, was solche Beweise der Zuneigung betraf – ja, sie wich sogar meistens der Berührung durch andere Menschen aus. Engelke bildete da zwar eine Ausnahme. Aber von sich aus in die Arme genommen hatte Hedda sie noch nie.

»Du mir auch«, sagte Engelke. »Wir zwei, wir wissen, was wir voneinander zu halten haben.« Sie drückte Hedda. »Ich seh dich morgen, Lämmchen!«

Hedda nickte. Ihre Augen schimmerten groß und feucht.

»Du wirst mir doch nicht krank werden?« fragte Engelke mit plötzlicher Besorgnis.

»Nein, nein.« Hedda lächelte noch einmal. Dann ließ sie Engelke los, warf sich das Umschlagtuch über den Scheitel, drehte sich um und ging schnell über die Reichenstraße davon.

Nachdenklich kehrte Engelke ins Haus zurück. Wie oft hatte sie Hedda schon so abgehetzt gesehen, und immer aus dem gleichen Grund. Hedda lud sich alle möglichen Pflichten auf, schleppte viel mehr Verantwortung mit sich herum, als eigentlich nötig war, und nahm sich dadurch selbst die Lebensfreude. Dabei hätte sie es so viel leichter haben können.

Ab morgen, dachte Engelke. Und ein kleines Lächeln zuckte über ihr Gesicht.

»Mittagessen is' fertig«, meldete Trude und riß Engelke aus ihren Gedanken, »der Altherr hat seins schon in die Stube gebracht gekriegt.«

»Hast du es ihm etwa hineingetragen?« fragte Engelke das neue Mädchen augenzwinkernd.

Trude nickte wichtig und warf sich voller Stolz in die Brust. »Jo«, sagte sie, »und ich hab' mich heute überhaupt nich' mehr gefürchtet!«

»Sag bloß!« Engelke versuchte ernst zu bleiben. »Na – denn kannst du das ja in Zukunft öfters tun!«

Trudes Gesicht wurde lang. »Fröl'n Engelke – ich ...«

Weiter kam sie nicht. Die Haustür schwang auf. Eine kleine, dick vermummte Gestalt rannte in die Diele, warf dem Mantel von den Schultern und ließ ihn achtlos zu Boden fallen. »Ich bin da«, rief eine helle Jungmädchenstimme, »wo seid ihr denn alle?«

So einen rasanten Auftritt konnte nur Anneke hinlegen, Ohm Godert van Dammes einzige, nunmehr stolze neunzehn Jahre zählende Tochter, seit zwei Jahren Frau Veckinghusen und bereits selber Mutter. Engelke drehte sich um und lief ihrem Bäschen entgegen.

Anneke warf sich ihr schwungvoll in die Arme, wie sie es seit eh und je getan hatte, und küßte sie hörbar laut auf die Wange. »Wo ist dieser Dierk?« wollte sie neugierig wissen, »zeig ihn sofort mal vor. Ich muß sehen, ob er gut für dich ist!«

Engelke lachte laut auf und gab ihrem Bäschen den Kuß herzhaft zurück. »Naseweis wie immer«, zog sie Anneke auf, »du hast dich überhaupt nicht gebessert!«

»Na, hör mal!« Die kleine Frau Veckinghusen reckte sich. »Ich kann das doch wohl besser beurteilen als du. Schließlich warst du noch nie verheiratet. Jetzt ruf ihn sofort her, damit ich ihn auf Herz und Nieren prüfen kann!«

»Das geht leider nicht«, zog Engelke ihr Bäschen auf.

»Aber ich bin so schrecklich, schrecklich gespannt!«

»Traust mir also doch zu, den Richtigen ausgesucht zu haben?« witzelte Engelke weiter.

»Quäl mich nicht so«, drängelte Anneke. »Wo ist er denn nun?«

»Er kommt später. Holt seine Verwandtschaft ab.« Engelke wurde wieder ernst. »Jetzt gibt's erst mal was zu essen, verstanden? Du mußt furchtbar hungrig sein nach der langen Fahrt.«

»Wie ein Wolf«, bestätigte Anneke.

Die vorher so stille Diele hatte sich inzwischen mit Menschen gefüllt. Aus der Küche war das Gesinde vollzählig zusammengelaufen – Mette, Mine, die alte Wiebke, die mit ihren mehr als siebzig Jahren nicht mehr gut zu Fuß war, und Mettes fünf Töchter einschließlich des kleinen Trudchens. Karl und Bartel, die Hausknechte, stapften freudestrahlend vom Hof herein. Und von der Reichenstraße her strömten Annekes Bedienstete in den großen Raum, Reisekisten und allerlei Gepäck mit sich schleppend. Das Ende der Karawane bildete eine dicke, rotbackige Frau, die ein begeistert krähendes kleines Kind auf dem Arm trug.

»Herrgott«, Mette schlug die Hände zusammen, »is' die Kleine gewachsen, Fru Veckinghusen!«

Anneke lachte. »Wie schnell das geht, das müßtest du doch am besten wissen, Mette. Jannchen is' ja schon beinahe zwei!«

»Und wirrd jut jefittert«, sagte die dicke Frau, die das Kind hielt, »da sorrgt Marrja fier – das kannst aber jlauben!«

Alle scharten sich um Annekes entzückt quietschenden Sprößling. Engelke wandte sich der Tür zu, durch die noch zwei Leute eintraten – Konrad Veckinghusen und der Hausherr, Godert van Damme.

Annekes jungem Ehemann strahlte das Glück aus den Augen. Lächelnd ging er auf seine Frau zu und umarmte sie. »Gut angekommen, wie ich sehe«, sagte er. »Siehst du, Anna, mit zwei Wagen sind wir doch bequemer gereist.«

Anneke schmiegte sich für einen Augenblick an ihn. »Aber du mußt einsehen, Konrad, daß wir spätestens nächstes Jahr einen größeren Wagen brauchen. Ich will auf keinen Fall immer mit den Kindern allein fahren. Du mußt auch noch reinpassen.«

Er küßte sie auf den Mund. »Hab' schon einen guten Wagenbauer ausgemacht«, sagte er leise.

Engelke betrachtete ihr Bäschen genauer. Kinder, hatte Anneke gesagt. Sie schien tatsächlich ein bißchen rundlich um die Taille …

Unwillkürlich wanderte Engelkes Blick zu Wiebke, ihrer alten Kinderfrau. Wiebke lächelte ihr zerknittertes, tiefgründiges Lächeln und nickte fast unmerklich.

Im Handumdrehen hatten Annekes Knechte Reisekisten und Kasten in den Zimmern verstaut, die bereits für den Besuch hergerichtet worden waren. Bartel und Karl stellten die Tischböcke in der Diele auf und trugen die Tafel herein. Mine deckte den Tisch. Wenig später, nachdem Grootvadder Evert aus der Stube hereingeführt und in seinen angestammten, mit weichen Kissen gepolsterten Sessel gesetzt worden war – seine Beine trugen ihn jetzt kaum noch –, saß die Familie van Damme wieder einmal an einem Tisch versammelt, wenn auch nicht vollzählig. Godert der Jüngere und Evert der Jüngere fehlten, wie schon seit Jahren. Ohm Goderts Söhne hatten die Kontore in London und Antwerpen zu leiten und konnten nicht dabeisein. Ohm Goderts unverheiratete Schwestern Meta und Gesine hatten es vorgezogen, in ihrer Kammer zu speisen. Sie wollten mit dem ganzen Rummel nichts zu tun haben, hatten sie verlauten lassen. Engelke war das sehr recht. Die Tanten hätten mit ihrer galligen Art ohnehin das Mittagessen zu einer Strafe für alle gemacht.

2

Es war eine lustige Tafelei geworden ohne die Tanten. Das Essen hatte bis in den späten Nachmittag hinein angedauert. Bei den Männern hatte sich das Gespräch hauptsächlich um die Geschäfte gedreht. Aber Engelke hatte zum erstenmal in ihrem Leben nicht bei Onkel Godert, Grootvadder Evert und Konrad Veckinghusen mitgeredet, Handelsbeziehungen diskutiert und Profitmöglichkeiten durchgesprochen, sondern sich fast ausschließlich mit ihrem Bäschen unterhalten. Anneke hatte Engelke weidlich ausgefragt und, ohne daß sie es zugeben mochte, genauso sehnsüchtig wie Engelke auf die Ankunft von Dierk und seinen Verwandten gewartet – wenn auch nur aus Neugier.

Die Sonne war hinter den Dächern der Reichenstraße versunken. Die beiden jungen Veckinghusens wie auch Ohm Godert und der Altherr hatten sich, des Wartens müde, in ihre Kammern zurückgezogen. Engelke hielt sich allein noch in der Diele auf. Sie begann sich langsam Gedanken zu machen. Dierk war verspätet. Was mochte ihn aufgehalten haben?

Endlich, mit anbrechender Dunkelheit, pochte es an die Tür. Mine und Mette erschienen sofort, um aufzumachen. Engelke stand hastig von ihrem Stuhl am Hinterfenster auf und lief über die schwarzweißen Fliesen nach vorn. Wie jedesmal, wenn Dierk zu ihr kam, klopfte ihr das Herz bis zum Halse.

Mine riß auf Engelkes Wink die Haustür auf. Mette versuchte, trotz ihres dicken Bauches einen Knicks zustande zu bringen. Und Engelke zwang sich, die letzten Schritte langsam zu gehen.

Es waren vier Personen, die in die weite Diele eintraten: Dierk Okkena, ein weiterer Mann und zwei Frauen. »Willkommen«, sagte Engelke. Ihr Gruß war an Dierk gerichtet. Sie sah im ersten Augenblick nur ihn.

Dierks blaue Augen strahlten ihr zärtlich entgegen. Lächelnd schlug er die breite Sendelbinde seines Hutes von der Schulter zurück und nahm die hochkrempige Kopfbedeckung ab, während er auf Engelke zukam. »Da sind wir, Geertje«, sagte er und nahm sie fest in die Arme, »ein bißchen spät zwar – aber wir haben schon das Gepäck im Haus auf dem Grimm ausgeladen. Deshalb hat's länger gedauert.«

Engelke lehnte für einen Moment den Kopf an seine Schulter. Er war fast eine Woche weg gewesen. Es war gut, ihn wiederzuhaben. »Willkommen«, flüsterte sie noch einmal und genoß die Berührung seiner Lippen auf ihrem Haar, die zur Antwort kam.

»Jetzt laß mich dir deine neuen Schwäger vorstellen«, sagte Dierk. »Ich weiß, ihr werdet euch wunderbar verstehen. Alle miteinander.«

Engelke löste sich aus seiner Umarmung und wandte sich den drei Leuten zu, die noch vorn bei der Haustür standen. »Gott, wie unhöflich von mir«, sagte sie erschrocken, »bitte, kommt doch näher! Verzeiht – aber ich hatte Dierk seit einer Woche nicht mehr gesehen, und –«

Der Mann, nicht ganz so ein Riese wie Dierk, aber dafür breiter gebaut, stieß ein fröhliches, rollendes Lachen aus. »Alles, was recht ist«, sagte er, »eins muß ich dir lassen, Dierk – für die da hätte ich auch mein Erstgeburtsrecht verkauft und wäre Hamburger Bürger geworden!«

Dierk schmunzelte. »Mein kleiner Bruder Ebbo«, sagte er, »ein ausgemachter Rüpel – aber sonst erträglich.«

»Du hast mir eben zu vieles durchgehen lassen«, antwortete Engelkes zukünftiger Schwager und nahm ebenfalls seinen weichen Filzhut ab. Flachsblonde, schulterlange Haare kamen zum Vorschein, und das Licht des flandrischen Leuchters, der die Diele erhellte, zeigte Engelke ein überaus bärtiges, freundlich lächelndes Jungmännergesicht.

»Schön, dich endlich kennenzulernen«, sagte Engelke und streckte Ebbo Okkena die Hand hin. Der ergriff sie und drückte sie so kräftig, daß Engelke die Zähne zusammenbeißen mußte. »Freut mich auch – ehrlich«, kam herzlich Ebbos Antwort. »Du bist richtig für meinen Bruder. Ganz anders, als er dich beschrieben hat.«

Engelke hob die Augenbrauen. »Ach, wie hat er mich denn beschrieben?« fragte sie mit einem gespielt mißtrauischen Blick in Dierks lächelndes Gesicht.

»Na – klein. Und schmal. Und irgendwie niedlich – wie 'n Spielzeug.« Ebbo zwinkerte. »Wir hatten uns alle schon gedacht, das wird was Rechtes sein – 'ne magere Kleine aus der Stadt.« Er räusperte sich und grinste breit. »Du bist gar nicht niedlich – du bist schön. Dierks Beschreibung stimmt überhaupt nicht!«

Engelke spürte, wie sie rot wurde. Gleichzeitig mußte sie an sich halten, um nicht laut aufzulachen. Noch nie in ihrem Leben hatte sie jemand als klein und zart bezeichnet. Sie war immer mit Männern gleichgesetzt worden, nicht nur, was ihre Körpergröße betraf. Und jetzt dies!

»Wenden wir uns lieber meiner Schwester Birte zu, bevor mein ungezogenes Brüderchen sich noch mehr Frechheiten erlaubt«, sagte Dierk belustigt und preßte Engelkes Hand. »Wir sprechen uns noch, Ebbo. Geertje – das ist Birte. Sie hat sich schon sehr auf dich gefreut.«

Er deutete auf die eine der beiden Frauen, die kerzengerade dastand und die mit Wolfsfell gefütterte Kapuze ihres bodenlangen grauen Wollmantels tief in die Stirn gezogen hatte.

»Willkommen, Birte«, sagte Engelke und streckte auch ihr die Hand hin.

»Guten Abend«, kam frostig die Antwort.

»Gut, daß du eine Freundin mitgebracht hast«, suchte

Engelke das Eis zu brechen, »magst du sie mir jetzt vorstellen?«

»Keine Freundin«, sagte Birte kurz angebunden, »meine Magd.«

»Nun solltet ihr erst einmal eure Mäntel ablegen.« Engelke kam in Verlegenheit bei Dierks Schwester. »Mette, sei doch Birte behilflich! Und du, Mine, kümmere dich um die Mäntel der Herren!«

Dierk und sein Bruder hatten ihre Umhänge bereits von den Schultern gestreift und reichten sie der Jungmagd zusammen mit den Hüten. Birte Okkena schob ihre Kapuze zurück, aber sie wehrte sich brüsk gegen Mettes Hilfe. »Das soll meine Magd machen«, sagte sie knapp und wies das Mädchen mit einer eckigen, herrisch-ungeduldigen Handbewegung an, ihr das schwere Kleidungsstück abzunehmen.

Die Magd, um die Zwanzig wie ihre junge Herrin, gehorchte stumm. Sie schälte Birte Okkena geschickt aus ihrem mächtigen, auch innen mit Wolfspelz abgefütterten Umhang und entledigte sich dann selbst ihres braunwollenen Überwurfs. Mine trug die Mäntel weg.

»Habt ihr schon gegessen?« fragte Engelke, um das Gespräch nicht einschlafen zu lassen.

»Wir haben«, gab Dierk zurück. »Wir wollten dir keine Umstände machen. Die Speisen im ›Walfisch‹ sind sehr gut.«

»Doch, doch«, meinte Ebbo Okkena mit einem spitzbübischen Grinsen, »aber ich könnte schon noch was vertragen ...«

»Ebbo«, tadelte Dierk lachend. »Wie ich bereits sagte«, fügte er augenzwinkernd hinzu, »mein Bruder kann sich einfach nicht benehmen, und er war schon immer regelrecht gefräßig.«

»Wunderbar«, sagte Engelke. »Das gefällt mir. Ich lasse sofort den Tisch –«

»Keine Umstände«, knurrte Ebbo Okkena mit gespieltem Grimm. »Hab's Dierk versprochen – das hatte ich ganz vergessen. Wir setzen uns in die Küche. Da gibt's doch sicher ein schönes Bier. Wie ich höre, braust du selbst ...?«

Engelke nickte. Sie wandte sich Birte zu. Dierks Schwester war ausnehmend hübsch. Ihre blonden Haare fielen, schlicht in der Mitte gescheitelt und kaum bedeckt von einer kleinen, enganliegenden schwarzseidenen Haube, in zwei dicken Flechten bis auf die Hüften. Ihre Figur war schlank und sehr wohlgeformt – das verriet das schmale Mieder ihres braunen Wollkleides. Ihr Gesicht hatte regelmäßige Züge und wurde beherrscht von einem hübschen Mund und großen blauen Augen. Wenn der Blick dieser Augen nur nicht so verschlossen gewesen wäre!

»Womit kann ich dir eine Freude machen?« fragte Engelke ihre zukünftige Schwägerin.

»Ich wüßte nicht ...«, sagte Birte Okkena.

»Aber einen guten Rotwein wirst du mit mir trinken«, meinte Engelke und nahm Birtes Hand. »In unserer Küche ist es gemütlich und warm, und –«

Birte Okkena entzog Engelke abrupt ihre Hand. »Danke, nein«, sagte sie abweisend, »ich ziehe es vor, in der Diele zu bleiben.«

Dierk sprach ein Machtwort. Er befahl seiner Schwester einfach, sich ihnen anzuschließen. Birte gehorchte mit einem Gesicht, das wie versteinert wirkte. Während der zwei Stunden, die auf die Begrüßung folgten und die Engelke mit Dierk und seinem jüngeren, sehr lustigen Bruder Ebbo beim Gesinde in der Küche verbrachte, beteiligte sich Birte Okkena mit keinem Wort an der Unterhaltung. Nicht einmal mit Anneke und Konrad Veckinghusen, die sich später noch zu ihnen gesellten, sprach die junge Friesin mehr als das Nötigste. Sie saß so steif auf der Bank am Herdfeuer, als habe sie einen Stock verschluckt, und verzog die ganze Zeit keine Miene. Sie lachte nicht – lächelte nicht einmal –, wenn Ebbo Witze machte. Und sie verließ als erste mit ihrer Magd das Haus, als Dierk und seine Verwandtschaft so gegen zehn Uhr für die Nacht in ihr Quartier auf dem Grimm zurückkehrten.

Ebbo wartete mit ihr vor der Tür, während Dierk sich von Engelke verabschiedete. Er küßte sie auf den Mund, obwohl die Dienstboten in der Nähe waren. »Bis morgen, mein Herz«, flüsterte er zärtlich.

Engelke erwiderte seinen Kuß genauso unbefangen. »Was ist mit deiner Schwester?« fragte sie so leise, daß niemand außer ihm es hören konnte.

»Sie wird müde sein«, flüsterte Dierk zurück, »die Fahrt war anstrengend. Außerdem ...«

»Was?«

»Nun – sie war noch nie von zu Hause fort. Ich denke, all die neuen Eindrücke haben sie überwältigt«, wisperte Dierk. »Glaube mir – sie hat sich wirklich sehr auf dich gefreut. Die ganze Zeit hat sie ja von nichts anderem gesprochen als davon, dich kennenzulernen! Sie wird schon auftauen. Mach dir um Birte keine Sorgen.«

»Ach, Dierk. Ich möchte so gern, daß sie sich wohl fühlt!«

»Das wird sie schon noch. Wer könnte sich in deiner Gesellschaft nicht wohl fühlen?«

Engelke nickte. Vielleicht war Birte Okkena wie ihr Vetter Heiko. Der bekam auch den Mund nicht auf, obwohl er ein recht netter Kerl war. »Bis morgen also. Schlaf gut – zum letztenmal als freier Mann.« Sie küßte Dierk noch einmal.

»Du auch«, gab er schmunzelnd zurück. »Ich sehe dich in der Kirche!«

Engelke legte sich an diesem Abend mit der seligen Gewißheit zu Bett, daß ein zwar wichtiger, aber nicht unbedingt glücklicher Abschnitt ihres Lebens zu Ende ging. Morgen, wenn sie Dierk Okkena ihre Hand reichte, würde sie nicht mehr verlieren als ihre Einsamkeit und die Aussicht, als alte Jungfer zu sterben. Ihr Brauhaus und die Freiheit, mit dem produzierten Bier nach Gutdünken zu handeln, würde sie behalten – Dierk hatte das in dem Ehevertrag, den sie schon vor Wochen gemeinsam unterschrieben hatten, so festgelegt.

Während Engelke die Augen schloß und sich in ihr Kopfkissen einkuschelte, lächelte sie. Der morgige Tag würde der glücklichste ihres Lebens werden – abgesehen von dem Tag damals auf der Halfmoond, als der Steuermann Dierk aus Amrum einem großen, kräftigen Mädchen namens Geertje seine Liebe gestanden hatte.

Engelke schlief tief und traumlos. Im Morgengrauen wurde sie von der alten Wiebke geweckt, und die Vorbereitungen der Braut auf das große Ereignis nahmen ihren Lauf.

Der Schneider hatte das Prachtkleid erst gegen neun Uhr gebracht. Da waren die Ehrendamen schon im Haus gewesen – Liesbeth Helmers, Trude Burmeester, die inzwischen wieder verheiratet war und jetzt Ekholt hieß, Marie Diepholz und Agnes Aldermann. Hedda Harms fehlte noch.

Engelke wurde eingekleidet. Das ging heute recht leise und gesittet vor sich und nicht so laut und albern wie damals bei Annekes Hochzeit. Dennoch – ein paar große Humpen Wein wurden schon geleert, und die Stimmung war dementsprechend heiter.

Schließlich war auch der Brautkranz fertig. Liesbeth Helmers hatte ihn sehr hübsch aus Veilchen und Weißdornblüten geflochten – was Engelke ihr gar nicht zugetraut hatte. Während sie das zierliche Gebinde bewunderte, tat sie Liesbeth wieder einmal insgeheim Abbitte. Wie oft hatte sie die kleine Dicke, die einzige, hemmungslos verwöhnte Tochter des alten Pankok, für talentlos und töricht gehalten. Aber in den letzten Monaten hatte

Liesbeth bewiesen, daß sie doch zu mehr taugte als zum Geldausgeben.

»Wunderhübsch«, sagte Engelke und nahm den Kranz vorsichtig auf, um ihn den anderen Frauen zu zeigen.

»Hat Liesbeth wirklich sehr schön hingekriegt«, stimmte Marie zu.

»O ja!« Agnes war ebenfalls ihrer Meinung.

Trude lächelte. »Veilchen«, murmelte sie, »die hatte ich auch beim erstenmal ...«

Liesbeth strahlte. »Ich dachte mir, das paßt gut. Wo dein Kleid doch auch blau ist, Engelke ...«

»Möchte nur wissen, wo Hedda bleibt«, murrte Marie. »Es wird immer später, und sie kommt und kommt nicht! Ob der alte Harms sie wieder mal nicht wegläßt?«

»Kann ich mir kaum vorstellen«, sagte Trude. »Heute ist schließlich Engelkes Ehrentag. Und der ist wichtiger als Frühstück für den alten Harms!«

»Was braucht der überhaupt heute ein Frühstück?« witzelte Agnes. »Nachher auf dem Rathaus gibt es so viel zu essen, daß selbst so 'n Vielfraß wie der alte Harms satt wird.«

»Wetten, daß es für den nicht reicht?« fiel Marie ein. »Der frißt doch für zehn!«

Engelke lachte. »Und wenn er für fünfzig fressen würde«, sagte sie, »ich schaffe ihm genug heran. Nur damit das arme Lämmchen mal Ruhe vor ihm hat!«

Die Zeit verging. Engelke war fertig für den Kirchgang angekleidet. Ohm Godert van Damme erschien und fragte nach dem Stand der Dinge. »Braut und Damen sind bereit«, sagte Trude, »nur eine ist noch nicht erschienen.«

»Wer?«

»Hedda Harms.«

»Das ist ja sonderbar.« Godert van Damme runzelte verwundert die Stirn. »Es gibt doch in der ganzen Stadt kein Frauenzimmer, was zuverlässiger wäre als Hedda Harms. Ihr muß was Unaufschiebbares dazwischengekommen sein. Anders kann ich mir ihre Verspätung nicht erklären.«

Sie warteten. Hedda kam nicht. Als die Glocken halb zwölf schlugen, mahnte Godert van Damme zum Aufbruch.

»Wir müssen los«, meinte er, »der Bräutigam wird sich schon wundern, warum wir nicht erscheinen. Und der Pfarrer von Sankt Petri ist sicher auch schon ärgerlich. Die Brautmesse war für elf angesetzt.«

»Und Hedda?« sagte Engelke. »Wie kriegen wir Hedda her?«

»Ich schick Teetje«, mischte sich Mette ein, die in ihrem Sonntagsstaat mit dem Rest des Gesindes an der Haustür wartete. »Der Junge soll mal nachfragen, wann sie kommt.«

»Gut«, stimmte Engelke zu. »Sie soll dann gleich zur Kirche gehen. Hauptsache, sie ist überhaupt dabei.«

Der Brautzug setzte sich in Bewegung. Voran gingen vier Musikanten – Zinkenbläser, die lustige Melodien spielten. Dann folgten die Ehrendamen, die Kleider hochgeschürzt, denn es hatte in der Nacht geregnet, und die Straßen waren schlammig. Engelke, am Arm ihres Onkels, kam nach ihnen. Ihre Schleppe wurde von Karls kleinen Töchtern getragen, die ihre Aufgabe sehr ernst nahmen und sorgfältig darauf achteten, daß der schillernde Stoff des Brautkleides keine Schmutzspritzer abbekam.

Hinter Engelke und Godert van Damme stapften mit finsteren Gesichtern Meta und Gesine, die Tanten, die sich den ganzen Morgen über wegen ihrer Kleider und Hauben in den Haaren gelegen hatten. Meta hatte sich schließlich gegen den Vorschlag ihrer Schwester für ihr Erbsengrünes entschieden, ein Kleid, das ihre Magerkeit und teigige Blässe besonders unvorteilhaft zur Geltung brachte. Und Gesine trug ein üppiges, faltenreiches Kleid in Braunrot, das sie doppelt so dick erscheinen ließ, als sie ohnehin schon war.

Der Altherr Evert van Damme saß, warm in eine Dekke eingepackt, in seinem Tragesessel. Karl und Bartel trugen ihn, gefolgt von Anneke und Konrad Veckinghusen. Den Schluß des Zuges bildeten Mine und Mette, die jetzt schon weinte, als sei sie die Brautmutter, und die alte Wiebke, die sich mühsam am Stock vorwärtsarbeitete, aber dennoch leise lächelte.

Die Reichenstraße war gesäumt von den Bewohnern dieses wohlhabenden Stadtviertels. Es wurde heftig applaudiert, als der Zug vorbeikam, und man schloß sich selbstverständlich an. Auf der Schusterbrücke war Engelkes Gefolge schon um das Doppelte angewachsen. Und bei der Gemeindekirche Sankt Petri hatte es sich verdreifacht.

Eine Gasse tat sich für Engelke auf. Am Arm ihres Onkels schritt sie durch das Portal hinein ins kerzenerleuchtete Halbdunkel der Kirche, und Ohm Godert führte sie zum Altar, vor dem Dierk wartete. Im Vorübergehen erkannte sie auf der Seite der Männer Ebbo Okkena, Heiko und Teetje, Mettes vierzehnjährigen Sohn, der sie anstrahlte; auf der Seite der Frauen, ganz vorn, kniete Birte Okkena in einem schwarzen Kleid, dessen enge Ärmel mit einer langen Reihe silberner Knöpfe benäht waren, und auf dessen Mieder ein prachtvoller silberner Bruststschmuck prangte. Birte hielt den Kopf tief gesenkt und blickte nicht auf, im Gegensatz zu all den anderen, die die Braut mit einem Lächeln grüßten.

Vor dem Altar kniete Dierk in der dunkelroten, hüftkurzen und dicht gefältelten Jacke aus Damast, die Engelke passend zu seinen schwarzweiß gestreiften Beinkleidern für ihn hatte machen lassen. Der Pfarrer wartete, angetan mit einem prächtigen grünen Rauchmantel. Engelke raffte ihre üppigen Röcke, kniete nieder und nahm ihren Platz an Dierks Seite ein. Und dann sah sie nur noch ihn. Die vorgeschriebenen Worte der lateinischen Liturgie, das Schimmern der Altarkerzen, der Duft des Weihrauchs und der vielen Frühlingsblumen, mit denen der Kirchenraum geschmückt war – all das versank im Hintergrund. Nur Dierks Nähe zählte. Engelke hörte, daß er sich auf die Frage des Pfarrers mit lauter Stimme zu ihr bekannte, und sie gab ihr Wort genauso deutlich.

Der Pfarrer legte ihre Hände ineinander und sprach den Segen. Die Kinder sangen. Die Messe war zu Ende. Dierk geleitete Engelke aus der Kirche. Erst jetzt tauchte Engelke wieder aus der traumähnlichen Stimmung auf, die sie während des Gottesdienstes umfangen gehalten hatte. Sie war Dierks Frau – ein Zustand, an den sie sich erst gewöhnen mußte. Unglaublich, wie glücklich ein Mensch sein konnte. Sie ging, als ob sie schwebte.

Auf dem Vorplatz standen die Leute im Halbkreis und jubelten dem frischgebackenen Ehepaar zu. Es wurde gelacht und gerufen. Blumen wurden geworfen und auf dem Weg ausgestreut. Engelke winkte den vielen Menschen zu, hielt Dierks Hand ganz fest und fühlte seinen festen Händedruck. Er küßte sie öffentlich vor allen Leuten. Jubel tönte auf. Und dann, ganz plötzlich, begann es zu regnen.

Es regnete nicht – es schüttete wie aus Eimern. Hastig zogen Engelke und Dierk sich unter das schützende Portal der Kirche zurück, wo Mette und die alte Wiebke noch standen. Wiebke lachte leise. »Ein paar Regentropfen in den Brautkranz, das bringt Glück«, kicherte sie, »und 'n kräftiger Schauer müßte dafür sorgen, daß es immer erhalten bleibt – ein Leben lang!« »Ein Leben lang«, wiederholte Dierk lachend und umarmte Engelke.

Der große Festsaal im Obergeschoß des Rathauses auf dem Neß war gelb von Osterglocken. Sie standen in Gefäßen auf den U-förmig angeordneten Speisetischen, sie steckten in den Girlanden, mit denen die Wände geschmückt waren, und sie lagen zuhauf zwischen den Geschenken für das Brautpaar, die man neben der Eingangstür zur Besichtigung aufgestellt hatte. Es duftete nach April.

Engelke, die sich mit Dierk im Kreis der geladenen Gäste anschauen mußte, was Freunde und Bekannte ihnen zur Hochzeit verehrt hatten, kam aus dem Staunen nicht heraus. Drei wunderschöne Pokale aus Zinn waren vom alten Martens gestiftet worden, einem langjährigen Geschäftsfreund des Hauses van Damme. Eine silberne Platte spiegelte sich im Licht der einfallenden Nachmittagssonne, gläserne Trinkbecher, herrliches Tischleinen ...

Engelke hatte gar nicht gewußt, wie beliebt sie bei ihrer Bekanntschaft gewesen war. Trude Ekholt brachte es auf den Punkt: »Wundere dich nicht«, sagte sie, belustigt über Engelkes erstauntes Gesicht. »Schließlich gehörst du jetzt erst richtig zu uns. Jetzt bist du nicht mehr Fröl'n Engelke, sondern eine Dame der Hamburger Bürgerschaft.«

Na, dachte Engelke, aus einer Frau wie mir macht ihr so schnell keine Dame. Und sie schenkte Trude ein ebenso belustigtes Lächeln.

Man setzte sich zu Tisch. Das Hochzeitsessen wurde aufgetragen. Der Walfischwirt, bei dem Engelke die Speisen bestellt hatte, war seinem guten Ruf vollauf gerecht geworden. Er bediente selbst, unterstützt von seinen drei Schankmägden, zerteilte die fetten Kapaune, die dicken, nach Paradieskörnern duftenden Schellfische, die saftigen Schweinebraten und Kalbsköpfe. Bier und Wein flossen reichlich; Engelke, die neben Dierk am Ehrentisch in der Mitte saß, bemerkte mit Vergnügen, daß keiner der Gäste eine Speise vorübergehen ließ, ohne zu probieren. Sie selbst nahm ebenso rege an diesem Festessen teil. Da war nichts dabei, was nicht ausgezeichnet mundete. Der Entschluß, den Walfischwirt kochen zu lassen, war goldrichtig gewesen. Besonders seine raffinierten, mit allen

Wohlgerüchen des Orients gewürzten Saucen waren einfach nicht zu überbieten – da mochte Mette schimpfen, wie sie wollte.

Mette hatte mit den Mägden des Hauses van Damme das Festmahl ausrichten wollen, die gute Seele. Karl war heilfroh gewesen, daß Engelke ihr das ausgeredet hatte. Seine Frau hatte schon immer dazu geneigt, sich mehr Arbeit aufzuladen, als sie schaffen konnte. Und im Augenblick, da sie hochschwanger war und das Kind jederzeit kommen konnte, wäre das Kochen eines solchen Festmahles für Mette eine allzu große Belastung gewesen – was dieses Arbeitstier aber wieder einmal nicht hatte wahrhaben wollen.

Mette. Die feierte jetzt mit dem ganzen Gesinde bei Tidemanns in Engelkes Brauhaus auf dem Grimm. Auch da gab es reichlich zu essen und zu trinken, und danach würde die Musik zum Tanz aufspielen – so wie jetzt im Saal des Rathauses.

Die Diener hatten die Tafeln hinausgetragen und nur die Bänke rings an den Wänden stehenlassen. Die Musikanten – zwei Hörner, zwei Zinken, drei Lauten und zwei Fideln – waren ein stolzes Aufgebot. Ohm Godert van Damme hatte sie bestellt. Er hatte sich nicht lumpen lassen zur Hochzeit seines ›besten Mannes im Kontor‹.

Engelke war besorgt. Schon während des Essens hatte sie unter den Gästen zwar den alten Harms entdeckt, nicht aber seine Tochter Hedda. Die war immer noch nicht aufgetaucht, was Engelke etwas von ihrer Freude nahm.

Sie hatte einen der anwesenden Dienstboten zum Harmsschen Haus geschickt, um Hedda jetzt endlich herzuholen. Aber der Mann war unverrichteter Dinge wiedergekommen. Er habe das Fröl'n Hedda nicht angetroffen, hatte er berichtet. Man werde sie aufs Rathaus schikken, sobald sie von den Besorgungen zurück sei, die sie offenbar noch zu erledigen habe.

Jetzt war das große Schmausen vorbei, und Hedda hatte nichts von all den Köstlichkeiten mitbekommen. Und die Überraschung, die Engelke für ihre Gäste bereitgehalten hatte, mußte auch noch warten. Berend Jansen, der, eingerahmt von Geschäftsfreunden Ohm Goderts, ganz still und in sich gekehrt an der Tafel gesessen hatte, machte ein sorgenvolles, enttäuschtes Gesicht.

Die Musik setzte ein. Engelke und Dierk mußten den ersten Tanz anführen – so verlangte es der Brauch. Meister Bollenstedt, heute nicht Schneider, sondern Tanzmeister, stellte sich in Positur, um die Figuren anzusagen. Die Jüngeren unter den Gästen kicherten hinter vorgehaltener Hand.

Man stellte sich auf zu einer Basse danse und einem Tourdion, dessen Schritte sowohl Engelke als auch Dierk nur vom Hörensagen kannten. »Wird schon gutgehen«, flüsterte Dierk seiner frisch Angetrauten zu, »und wenn's nicht klappt, tun wir eben so, als hätten die andern den Fehler gemacht!«

Er zwinkerte Engelke zu. Engelke lachte. »Wagen wir's also«, flüsterte sie zurück, »notfalls versuche ich, Bollenstedts Gestammel zu verstehen – das hilft vielleicht weiter, so daß wir wieder reinkommen, wenn wir rausgekommen sind!«

Die Musikanten hatten das Vorspiel beendet. Die Paare waren bereit. »D-d-deux double ...«, stotterte Meister Bollenstedt mit schriller Stimme, »deux s-s-simple! L-les dames à g-g-gauche – les sieurs à-à-à si-sinistre!« Er klatschte in die Hände.

»Lieber Himmel, hilf«, flüsterte Dierk, »ich kann die welsche Sprache nicht!«

»Ich übersetze«, wisperte Engelke ihrem Liebsten zu, »als erstes kommt immer eine Reverenz – Verbeugung!«

»Was hat er noch gesagt? Das war doch viel mehr!«

»Die Damen rechts, die Herren links, jeder zwei Doppel- und zwei Einfachschritte.«

»Wenn das mal gutgeht!«

Sie schafften es durch die ersten vier Takte. Dierk wollte schon aufatmen. »Gar nicht so schlecht«, murmelte er Engelke zu, während er recht elegant und zeitgleich mit ihr den obligaten Hopser machte. Da rief Meister Bollenstedt: »Ch-ch-chaine an-anglaise!«

»Die Hecke«, wisperte Engelke Dierk zu.

»Wie geht das?« Er riß erschrocken die Augen auf.

»Die Paare trennen sich und wechseln umeinander ... am Ende trifft man sich wieder!«

»Oh, grundgütiger Gott!«

Es war der einzige Tanz, den sie miteinander durchstehen mußten. Dierk atmete dermaßen erleichtert auf, als endlich die Abschlußverbeugung gemacht war, daß Engelke ihm gerne weitere Prüfungen erließ. »Setzen wir uns und hören zu«, schlug sie vor, während sie seine Hand drückte, »dies ist unser Fest. Und uns soll es auch Spaß machen!«

»Eins weiß ich jedenfalls jetzt«, antwortete Dierk grinsend, »man sollte die Finger von allem lassen, wovon man nichts versteht!«

»Aber mit der Zeit lernt man sogar das Tanzen«, mischte sich von der Seite her jemand in ihr Gespräch ein, »vorausgesetzt, man wird hin und wieder dazu gezwungen!«

Engelke drehte überrascht den Kopf zur Seite. »Mandus«, sagte sie erfreut, »Euch habe ich ja den ganzen Nachmittag noch nicht gesehen! Wo habt Ihr gesteckt?«

Der Gerichtsherr verbeugte sich förmlich. »Leider geht mein Dienst immer vor«, sagte er zu seiner Entschuldigung. »Wir hatten einen Straßenräuber zu verhören. Aber nun liegt das Geständnis vor – wenn auch erst nach der peinlichen Befragung – und ich kann Euch meine Glückwünsche überbringen, Engelke und Dierk Okkena!«

Engelke dankte für seine herzlichen Worte. Er schien aufgeräumt, der hochgewachsene, grauhaarige Mittfünfziger. Wie immer machte er einen tadellosen, gepflegten Eindruck in seinem wunderbar geschnittenen, taubenblauen Wams mit der modisch-schmalen Fältelung, die seine breiten Schultern so vorteilhaft betonte. Dennoch konnte Engelke über seinem herzlichen Lächeln den melancholischen Blick in seinen Augen nicht übersehen. Mandus Kellinghusen, der einzige, der außer Dierk je um ihre Hand angehalten hatte und der anstandshalber vor ihrer großen Liebe zurückgetreten war, hatte seine Schwierigkeiten mit dem Gedanken, daß Engelke nun endgültig für ihn verloren war. Jedenfalls war seine Freude über ihre Hochzeit mit sehr viel Wehmut gemischt.

Doch er überspielte diese Wehmut meisterhaft. Bei einem Humpen besten Ungarweines, den Ohm Godert gestiftet hatte, unterhielt er sich mit Engelke und Dierk. Man sah gemeinsam dem tanzenden jungen Volk zu, belächelte die Stotteransagen Meister Bollenstedts, die immer wieder verstohlenes Gelächter erzeugten, und genoß den Anblick der bunt und teuer gekleideten Damen, von denen Engelke nach Kellinghusens deutlich kundgetaner Meinung am Ende immer noch die Schönste war. Nach nicht allzu langer Zeit entschuldigte sich der Gerichtsherr. »Nun muß ich Euch leider verlassen«, sagte er, »morgen wartet viel Arbeit auf mich. Euch, Engelke, und Euch, Herr Okkena, eine gute, wunderschöne Nacht! Wir bleiben Freunde – nicht wahr?«

Engelke nickte. »Was hat er denn mit dieser Frage gemeint?« wollte Dierk wissen, als Kellinghusen außer Hörweite war.

Engelke lächelte. »Der Gerichtsherr hätte mich auch gern zur Frau gehabt«, sagte sie und schaute Dierk in die Augen. »Erst als ich ihm sagte, daß ich schon jemandem versprochen bin, hat er seinen Antrag zurückgenommen.«

»Ich liebe dich«, flüsterte Dierk und preßte seine Lippen auf ihre Hand, an der golden und rot ihr Ehering funkelte.

3

Der Tanz auf dem Rathaussaal würde noch bis tief in die Nacht weitergehen. Doch nach altem Brauch verabschiedete sich das Brautpaar schon bald nach Sonnenuntergang von der lustigen Festgesellschaft. Es war üblich, daß Braut und Bräutigam von den unverheirateten jungen Leuten bis ans Bett geleitet wurden, aber Engelke hatte sich gegen diese Sitte gewehrt. »Wie sieht denn das aus bei einer erwachsenen Frau wie mir?« hatte sie eingewandt. »Dieses Alter hab' ich doch längst hinter mir! Und Dierk wäre sicher auch nicht sonderlich begeistert, wenn ihn eine johlende Junggesellenmeute mit Witzchen traktiert!«

Dennoch – sie entgingen ihrem Schicksal nicht. Obwohl sie sich auf dem Weg vom Rathaus zu ihrem neuen, gemeinsamen Heim auf dem Grimm nur von zwei Knechten mit Laternen begleiten ließen, wurden es unterwegs immer mehr Leute, die mit ihnen gingen und lauthals Scherzlieder sangen.

Engelke hatte keine Wahl – sie mußte sich die Verulkung gefallen lassen. Dierk schmunzelte, ohne einen Kommentar zu den ziemlich gewagten Scherzen abzugeben. Als sie endlich den Marsch durch die halbe Stadt hinter sich gebracht und ihr Haus erreicht hatten, wartete eine neue Überraschung auf sie. Sämtliche Dienstboten des Hauses van Damme waren vom nebenan liegenden Brauhaus herübergekommen und hatten Engelkes neues Domizil auf den Einzug des Paares vorbereitet. Gleich hinter der Haustür stand ein mit Wasser gefüllter Eimer, den Dierk auch prompt umstieß. Auf den Bodendielen lagen Erbsen verstreut, die Engelke beinahe zu Fall brachten. Auf der Herdstelle loderte ein Höllenfeuer, in dem allerlei übelriechende Substanzen verbrannten. Und die Stiege, die nach oben in die Schlafkammern führte, war Stufe für Stufe mit Butter eingeschmiert.

Halb lachend, halb verärgert brachte Engelke alles einigermaßen wieder in Ordnung. Dierk durchforschte das Haus nach weiteren Beweisen für den Humor der Dienerschaft. Auf dem stockdunklen Flur im Obergeschoß waren in Augenhöhe dünne Fäden gespannt. Unter den Bettlaken fand sich eine sorgfältig verdämmte Schüssel mit kaltem Wasser. Mehr Klippen und Hürden zu einer ungestörten Nachtruhe konnte der neue Hausherr nicht entdecken.

Die jungen Leute zogen sich grinsend und augenzwinkernd zurück, nachdem sie alle einen gehörigen Becher Bier bekommen hatten. Sie verzogen sich mit der Ankündigung, daß sie morgen in aller Frühe mit der Brautsuppe wieder erscheinen würden. »Gott«, sagte Engelke und kicherte, »mir bleibt wohl überhaupt nichts erspart!«

Ruhe kehrte ein. Das Feuer unter dem riesigen Herdschirm brannte, ohne zu qualmen. Das Wasser war von den Bodenfliesen aufgewischt. Engelke und Dierk waren zum erstenmal als Mann und Frau allein. Sie ließen sich auf der kleinen Bank mit der Wendelehne nieder, die Engelke für ihren Wohnraum hatte schreinern und polstern lassen, und schauten, eng aneinandergeschmiegt, in die Flammen.

Das Gefühl, das sie erfüllte, war neu und ungewohnt. Daß ihre Liebe nicht mehr zu warten brauchte, wie es die Kirche verlangt hatte, war erregend und hemmend zugleich.

Dierk war der erste, der das Schweigen brach. »Frau«, flüsterte er, »meine Frau ... wie lange habe ich auf diesen Augenblick gewartet! Ich hätte nie gedacht, Geertje, daß sich auf einmal diese Scheu zwischen uns einstellen könnte ...«

Engelke legte den Kopf auf seine Schulter. »Scheu ...?« fragte sie leise, »ich habe keine Scheu vor dir. Aber daß du jetzt wirklich mein Mann bist, vor Gott und aller Welt ... das ist so neu, so überwältigend ... Küß mich, Dierk! Zeig mir, daß du mich noch immer lieb hast!«

»Geertje!« Er legte die Arme um sie, und Engelke spürte, daß er zitterte. »Weißt du noch, damals im Sturm – auf der Halfmoond? Da war es genauso wie heute ... Wir wußten nicht, wie wir uns verhalten sollten, und alles war ganz unwirklich ...«

»Ja«, hauchte Engelke, »damals dachte ich, es sei nur ein Traum, aus dem ich jeden Moment wieder aufwachen müsse ... Dierk, ich fürchte mich immer noch davor, daß das, was heute geschehen ist, gar nicht wahr sein könnte ...«

»Aber es ist wahr«, sagte er ernsthaft, »ich gehöre dir – mit allem, was ich habe und was ich bin. Schon seit jenen Apriltagen auf der Halfmoond.«

Sie schlang die Arme um seinen Nacken. »Ich hätte dich sofort genommen«, wisperte sie, »was du damals warst, das bist du auch heute.«

»Nicht ganz, Liebste. Der Steuermann von damals hätte für die Magd getaugt, die du nicht warst. Du verdientest etwas Besseres ...«

»Ich hatte schon fast die Hoffnung verloren ...«

Er küßte sie. Sein Kuß war tief und sehr zärtlich, aber Engelke erkannte dennoch eine drängende Ungeduld darin – die gleiche, die auch in ihr aufkeimte. Er war hungrig nach mehr als nur Küssen, genau wie Engelke.

Das Feuer war niedergebrannt. Engelke löste sich aus Dierks Umarmung, stand von der Bank auf und nahm die Tranlampe, die jetzt das einzige Licht spendete, vom Kaminsims. »Komm«, sagte sie einfach.

In dem Raum, der jetzt ihre gemeinsame Schlafkammer sein würde, war es kühl. Aber sie spürten beide die Kälte der Aprilnacht nicht, als sie sich entkleideten und miteinander das große Bett bestiegen.

Einen Augenblick lagen sie bewegungslos nebeneinander. Dann umarmten sie sich mit Leidenschaft. Alle Scheu fiel von ihnen ab, und sie ließen sich einfach von ihrer Sehnsucht lenken. Für Engelke war alles neu – das erregende Gefühl seiner Hände auf ihrer nackten Haut, die Wärme, die von seinem Körper ausging, seine wilden Küsse und zärtlichen Berührungen. Dennoch wußte sie instinktiv, wie sie ihrem Liebsten begegnen mußte, und kam ihm begierig entgegen.

Als sie danach tief atmend nebeneinander zusammensanken, mußte Engelke leise lachen. »Sonderbar«, flüsterte sie und preßte die Lippen auf seine schweißfeuchte Schulter, »ich hatte das Gefühl, als wären wir schon einmal zusammengewesen, so genau wußte ich –«

»Ich auch«, wisperte Dierk und legte den Arm besitzergreifend über sie, »wir sind füreinander geschaffen. Keine andere Frau könnte mir je das bedeuten, was du für mich bist, mein Erzengel ...«

Sie lagen noch eine Weile eng umschlungen in der Dunkelheit – wortlos, wunschlos glücklich. Engelke hatte ihren Kopf an seine breite Brust gebettet und horchte auf seinen kräftigen, regelmäßigen Herzschlag. Dierk, die Finger seiner linken Hand tief in Engelkes üppigem Haar vergraben, schien eingeschlafen. Seine ruhigen Atemzüge verrieten es.

Engelke schloß die Augen. Schon wollte sie sich in den Schlaf hinübergleiten lassen, als sie ein sehr sonderbares Geräusch hörte – ein leises, weiches Klopfen, einmal nur, aber deutlich vernehmbar.

Engelke lauschte. Das Klopfen wiederholte sich. Es folgten zwei weitere – und noch zwei. Pause. Tock ... Pause ... tock, tock ... tock ...

Engelke hob den Kopf. Ein Holzwurm konnte es nicht sein – die Geräusche, die der verursachte, kannte Engelke. Aber was war es dann? Sie schüttelte Dierk sacht an der Schulter. »Wach auf ... wach auf«, flüsterte sie angespannt.

»Ja?« murmelte er schlaftrunken.

Tock ... tock, tock ... tock ...

»Da«, sagte Engelke, »hörst du es auch?«

»Was denn ...?«

Tock. Tock, tock, tock ... tocktock ...

Dierk setzte sich steil im Bett auf. »Ein Holzwurm ist das nicht«, flüsterte er, scharf hinhörend.

»Bestimmt nicht«, gab Engelke zurück. »Es kommt aus diesem Zimmer ... es muß ganz in der Nähe sein ...«

»Ich sehe mal nach.« Dierk stand auf, stieg, splitternackt wie er war, aus dem Bett und nahm die Lampe, deren Flämmchen spärliches Licht spendete. »Was immer es ist – ich werde es schon finden!«

Er leuchtete jede Ecke des Raumes aus, schaute in alle Winkel. Aber er fand nichts. Engelke, die ihm zusah, schüttelte den Kopf. Das klopfende Geräusch war noch da, und es hatte sich deutlich verstärkt: Tock, tocktock, tock ... tocktocktocktock ... tocktocktock, tock, tock ...

»Ich verstehe das nicht«, sagte Dierk.

»Vielleicht kommt es unter dem Bett her? Schau doch da mal nach ...«

Dierk bückte sich. Augenblicke später kam er wieder hoch und grinste. »Diese Satansbraten«, sagte er, »wenn ich die erwische, die sich das ausgedacht haben!«

»Was denn?«

»Sieh selbst.« Dierk machte eine einladende Handbewegung.

Engelke stieg ihrerseits aus den Federn, ging in die Knie und warf einen Blick unters Bett. Zuerst sah sie nichts. Dann erkannte sie eine kleine irdene Schüssel, und, um die Schüssel verstreut, Dutzende von dick aufgequollenen Erbsen.

»Na?« sagte Dierk. »Das scheint mir Teetje ausgebrütet zu haben – zusammen mit Heiko.«

Engelke brauchte einen Moment, bis sie durchschaute, wie das Klopfen zustande gekommen war. Die kleine

Schüssel war hoch mit trockenen Erbsen gefüllt und dann mit warmem Wasser aufgegossen worden. Die Erbsen waren nach und nach gequollen, hatten keinen Platz mehr in der Schüssel gefunden und waren über den Rand gefallen – eine nach der anderen. Tock … tock … tock … tock.

Dierk brachte die Erbsenschüssel hinunter in die Küche. Als sie danach wieder unter ihrer warmen Federdecke lagen, kicherte Engelke immer noch. »Der Unfug hatte auch sein Gutes«, sagte sie, »jetzt habe ich gesehen, was für ein schöner Mann du unter deiner Kleidung bist!«

»He!« er lachte. »Schlag sofort das Laken zurück. Ich will dich auch mal betrachten. Gleiches Recht für jeden von uns!«

Engelke tat es mit einem belustigten Lächeln. »Bitte schön. Ich habe nichts zu verbergen.« Dann, ganz plötzlich, wurde sie ernst. »Heute war ein wundervoller Tag«, murmelte sie, »nur eins stört mich …«

»Was?« fragte er und streichelte ihr Haar.

»Meine beste Freudin ist nicht zu meiner Hochzeit gekommen«, sagte Engelke mit einem Anflug von Ärger. »Das hätte ich gerade Hedda nie zugetraut …«

Dierk umarmte sie noch einmal. Unter seinen Küssen vergaß sie ihre leise Enttäuschung. Selig schlief sie an Dierks Seite ein.

Der Morgen war grau. Regen trommelte an die kleinen runden Scheiben des Kammerfensters. Engelke und Dierk lächelten sich an, räkelten sich noch einen Augenblick in der wohligen Wärme des Bettes, stiegen dann gemeinsam aus den Federn.

Engelke nahm eins ihrer Werktagskleider aus der Truhe neben dem Bett. Ein weißleinenes Hemd paßte dazu. Das prächtige Festgewand aus Goldbrokat mit dem seidenen Unterkleid würde nun für lange Zeit in der Truhe verschwinden, vielleicht für Jahre, bis sich wieder eine Gelegenheit ergab, es zu tragen.

Dierks Alltagssachen lagen ebenfalls schon sauber gefaltet in der Truhe. Er wählte ein blaues Hemd, eine dunkelrote, schlauchenge Hose und eine warme schwarze Tuchweste. Er war schneller angekleidet als Engelke.

»Darf ich dein Haar bürsten?« fragte er.

»Gern.« Sie reichte ihm lächelnd die Bürste.

Er löste vorsichtig ihre dicken Zöpfe auf. Sanft fuhr er durch die schimmernden goldblonden Wellen, die sich über ihren Rücken ergossen. »Was für eine Pracht ...«

»Wenn du deine Haare wachsen lassen würdest«, zog Engelke ihn auf, »dann sähe es bei dir bald genauso aus!«

Er mußte lachen. »Du hast so eine Art, Komplimente im Keim zu ersticken«, sagte er. »Was kann ich tun, damit du mir glaubst, daß du wunderschön bist?«

Sie bog ihm den Kopf entgegen. »Verzeih«, flüsterte sie, »ich muß mich erst daran gewöhnen, daß mich jemand schön findet. Bis jetzt war es immer so, daß die Leute –«

»Vergiß alles, was du bisher gehört hast.« Dierk küßte sie auf die Stirn und dann sehr zärtlich auf den Mund. »Ich kaufe dir einen Riesenspiegel. Damit du selber siehst, was ich meine.«

Sie stiegen zusammen in die Wohnstube hinunter. Birte Okkenas Magd fachte gerade das Feuer an, denn über Nacht war es in dem großen Raum recht kühl geworden. Birte und Dierks Bruder Ebbo mußten bei ihrer Heimkehr in der vergangenen Nacht sehr behutsam die Treppe hinaufgestiegen sein. Sie schliefen noch, sagte die Magd, in den Kammern, die ihnen als Gästen des Hauses zur Verfügung standen.

Engelke schickte das Mädchen hinaus. »Sorg dafür, daß du auch noch eine Mütze voll Schlaf bekommst«, sagte sie. »Du siehst mir aus, als könntest du sie brauchen!«

Dierk stimmte zu. Die Magd schlich übernächtigt aus dem Raum. Engelke bereitete einen Topf voll Hafergrütze zum Frühstück. Als sie sich eben hinsetzen wollten, um ihre erste gemeinsame Mahlzeit zu verspeisen, klopfte es an die Tür.

»Das wird die Brautsuppe sein«, sagte Engelke und lächelte gequält. »Ich weiß genau – die Kerle werden auch diesen Kelch nicht an uns vorübergehen lassen.«

»Na – eine warme Suppe ist doch nicht das Schlechteste«, meinte Dierk. »Sie hätten nur früher damit kommen müssen. Jetzt haben wir uns schon selbst versorgt ...«

Engelke lachte leise. »Du weißt offenbar nicht, aus was eine Brautsuppe so alles bestehen kann«, sagte sie.

»Nein. Aus was denn?«

»Na, aus Dingen, die zwar einzeln gut schmecken, aber –«

Es klopfte ein zweites Mal. Dierk erhob sich von der Bank. »Wir werden ja sehen.«

Es war nicht die Brautsuppe. Draußen standen im strömenden Regen Liseke und Sanne, die beiden ältesten Mädchen aus Mettes Kinderschar. Liseke, jetzt schon sechzehn, sollte als Jungmagd in Engelkes neuem Haushalt anfangen, aber erst in ein paar Tagen. »Was macht ihr denn in aller Herrgottsfrühe schon hier?« fragte Engelke, die ebenfalls an die Tür gekommen war.

Sanne senkte den Kopf. Liseke wischte sich mit der Faust einen Regentropfen von der zierlichen Nase. »Sanne hat so schrecklichen Kummer, Fröl'n Engelke«, sagte sie zögernd, »wegen Fröl'n Hedda ...«

»Kommt erst mal aus dem Regen.« Engelke öffnete die Tür weit, um die beiden Mädchen einzulassen. Sanne und Liseke traten in die warme Wohnstube ein und sahen sich schüchtern um.

»Setzt euch«, befahl Engelke. »Und dann will ich wissen, um was es geht.«

Das jüngere der beiden Mädchen sah Engelke mit großen, verstörten Augen an. »Dat is nu all'ns nich mehr wichtig«, murmelte sie.

»Was denn, Kind?« Engelke wurde ungeduldig. »Rede doch!«

Liseke mischte sich ein. »Sanne meint, weil sie vorgestern die Nachricht nich' richtig ausgerichtet hat.«

»Ik kunn jo nich!« Sanne liefen plötzlich die dicken Tränen über die Wangen. »Wenn Vadder mi nich ruutsmeten hätt – denn hätt ich ihr den Gefallen noch tun können –«

»Langsam«, sagte Engelke. »Erst einmal – was solltest du mir überhaupt ausrichten?«

Sanne schniefte. »Dat Fröl'n Hedda nich komen künnt ...«

»Ach so.« Engelke lächelte das Mädchen an. »Das ist allerdings nicht mehr wichtig. Hedda Harms war an dem Mittag noch selbst da und hat es mir gesagt.«

Sanne schluchzte auf. »Ik hadd' Fröl'n Hedda jümmers so gern«, stammelte sie unter Tränen, »und nu ...«

»Was denn?« fragte Engelke verwundert.

»Nu is sie tot ... und ich kann ihr nie mehr 'nen Gefallen tun ...«

Engelke schüttelte den Kopf. »Was erzählst du denn da für einen Unsinn«, schalt sie das Kind. »So was sagt man nicht! Nicht mal im Spaß!«

Liseke schaute Engelke ernst an. »Sanne hat aber recht«, widersprach sie, »wir wollten's ja alle zuerst nich' wahrhaben, nur –«

»Was wolltet ihr nicht wahrhaben?« Engelke spürte, wie ihr plötzlich kalt wurde. »Jetzt rede endlich – und laß dir nicht noch die Wörter alle einzeln aus der Nase ziehen!«

Sanne weinte laut. Liseke berichtete. »Mudder hatte ja Teetje losgeschickt«, sagte sie stockend, »Teetje sollte Fröl'n Hedda in die Kirche bestellen. Und da war sie nich' zuhaus. Und denn is' Teetje wieder zur Kirche gekommen. Und danach is' er mit den anderen Jungs noch mal zu Harms gegangen. Und da war sie immer noch nich' da. Denn –« sie wischte sich über die Nase, »denn hat Mudder uns alle losgeschickt. Wir sollten in der Stadt nachfragen, wo Fröl'n Hedda wär'. Aber wir konnten sie nich' finden. Es hatte sie auch keiner gesehen.«

»Was soll das heißen – es hatte sie keiner gesehen?« In Engelke kroch langsam ein Schrecken hoch. »Hedda muß doch gesagt haben, wohin sie wollte ... sie hat sich immer abgemeldet. Ich kann mir einfach nicht vorstellen, daß sie –«

»Diesmal hat sie's nich' getan«, unterbrach Liseke. »Wenn sie's getan hätte, denn hätten wir ja gewußt, wo sie is'...«

Sanne schluchzte laut. »Fröl'n Engelke – se hefft Fröl'n Hedda doot ut'n Fleet trocken«, stieß sie tränenüberströmt hervor, »wat schall wi denn nu doon?«

Engelke wehrte sich gegen das aufsteigende Entsetzen. »Ach, was«, sagte sie zu dem verzweifelt weinenden Kind, »hör auf zu heulen! Ich glaube dir kein Wort. Du bildest dir da irgendeine Schreckensgeschichte ein. Hedda tot aus dem Fleet gezogen – so ein Blödsinn! Wahrscheinlich ist sie gerade jetzt dabei, ihrem Vater Frühstück vorzusetzen, und –«

»Nein, nein, Fröl'n Engelke«, unterbrach Liseke. »Wir waren doch dabei. Ich meine, als die Männer Fröln'n Hedda die Böschung rauf –«

»Und wo soll das gewesen sein?« Engelke war plötzlich so erregt, daß sie Liseke an den Schultern packte.

Liseke schaute erschrocken drein und hatte auf einmal auch Tränen in den Augen. »An der Rolandsbrücke«, antwortete sie mit zitternden Lippen.

»Du mußt dich geirrt haben«, sagte Engelke. »Bestimmt war das irgendeine andere Frau.«

»Nein, bestimmt nicht«, flüsterte Liseke und begann ihrerseits leise zu weinen. »Fröl'n Hedda is' ja auch gleich zum Haus Harms getragen worden ... naß und tot, wie sie war ...«

»Sie war bestimmt nicht tot.« Engelke weigerte sich, die Geschichte zu glauben, die die beiden Mädchen da erzählten. »Wahrscheinlich ist sie bloß abgerutscht und ins Wasser gefallen.«

Sanne schluchzte. Liseke schüttelte den Kopf. »Ich vertu' mich nich'«, sagte sie. »Ich weiß, wie 'ne Tote aussieht.«

»Wir gehen hin«, bestimmte Engelke. »Und wie naß Hedda auch geworden sein mag – ich werde sie gleich zur Rede stellen. Sie soll mir gefälligst sagen, warum sie nicht auf meinem Fest erschienen ist.«

Dierk, der bis jetzt stumm dabeigestanden hatte, holte Engelkes Mantel und half ihr hinein. Dann warf er sich den eigenen Umhang über. »Ich begleite dich«, sagte er. Es klang so selbstverständlich, daß Engelke nichts darauf einwenden konnte, selbst wenn sie es gewollt hätte.

Ohne Worte stapften sie den Grimm entlang, überquerten die kleine Brücke zur Reichenstraßeninsel und wanderten über den Neß zum Haus Harms, das nicht weit vom van Dammeschen Haus an der Reichenstraße lag. Die beiden Mädchen wollten nicht mit hinein. Sie drückten sich scheu an die Wand, als auf Engelkes heftiges Klopfen die Tür geöffnet wurde, und machten ängstliche Gesichter. »Wir warten hier«, sagte Liseke.

Die junge Magd, die aufgemacht hatte, war kreidebleich. »Fröl'n Engelke«, sagte sie mit fast schriller Stimme, »Euch schickt der liebe Gott! Wir wissen nich' mehr vor- und rückwärts!«

»Was ist denn eigentlich bei euch los?« fragte Engelke barsch. »Ich kriege die merkwürdigsten Gerüchte zugetragen. Jetzt bin ich hier, um den Blödsinn aufzuklären!«

Das Hausmädchen zitterte am ganzen Leibe. Es schien Engelkes forschen Ton überhaupt nicht zu bemerken.

»Der Medikus ist da«, sagte es, schlotternd vor Erregung. »Der Herr ... es geht ihm gar nicht gut, und –«

»Mir war es eigentlich mehr um Hedda zu tun«, sagte Engelke, befremdet von dem aufgeregten Verhalten des Hausmädchens. »Ich möchte sie sprechen – jetzt gleich.«

»Aber wißt Ihr denn nicht ...?« stotterte das Hausmädchen.

»Aus dem Weg!« Engelke schob die junge Magd einfach beiseite. »Ob dein Herr sich den Magen verdorben hat, interessiert mich nicht. Wo ist Hedda?«

Das Hausmädchen brach in Tränen aus. Es deutete stumm auf die Treppe, die aus der langgestreckten Diele des Harmsschen Hauses in die oberen Geschosse führte.

Engelke drehte sich zu Dierk um. »Na«, sagte sie zu ihm, »Hedda wird sich wieder einmal um ihren Vater kümmern müssen. Wenn ich mich recht erinnere, war der gestern abend, als wir den Rathaussaal verließen, schon ziemlich betrunken. Ich schätze, heute hat er einen fürchterlichen Kater. Magst du hier warten, während ich nach dem Rechten sehe?«

Dierk nickte.

»Ich bin sofort wieder unten«, sagte Engelke, »mit Hedda. Ihre Abreibung kriegt sie – die hat sie sich diesmal redlich verdient.«

Damit stapfte sie die Treppe hinauf, dicht gefolgt von dem inzwischen hemmungslos schluchzenden Hausmädchen, das oben auf dem Korridor stehenblieb. Engelke ließ sich nicht beirren. Zielsicher steuerte sie die Stube an, die dem alten Harms als Arbeitszimmer diente, und pochte an die Tür.

Sie war nur angelehnt. Von drinnen drangen sonderbare, gurgelnde Geräusche auf den Korridor.

Engelke wartete nicht auf ein Herein. Sie betrat das Zimmer ohne Aufforderung. Schließlich hatte sie ihre Freundin Hedda schon unzählige Male hier herausgeholt. Doch der Anblick, der sich ihr jetzt bot, ließ sie mitten im Schritt innehalten.

Auf dem Bett, das die linke, hintere Ecke des Zimmers einnahm, lag Heddas Vater. Er zuckte und zitterte an Armen und Beinen; sein Gesicht war bläulich angelaufen und wirkte aufgedunsen. Aus seinem offenstehenden Mund rann schaumiger Speichel über das unrasierte Kinn. Hinnerk Harms gab keuchende, japsende Geräusche von sich, als habe er Mühe, Luft zu bekommen.

Neben dem Bett war der städtische Medikus dabei, allerhand Utensilien aus einem braunen Lederkoffer hervorzukramen. Engelke erkannte ein Gerät, das wie ein großer, stabil gebauter Bohrer aussah, dazu vier metallene Schraubklammern, die zu einer säuberlichen Reihe ausgerichtet auf dem Fußboden lagen.

Das sah allerdings übel aus. Es mußte einem Menschen schon sehr schlechtgehen, wenn der Medikus, die alte schwarze Krähe, gerufen wurde. Wer den Mann wohl bestellt hatte? Hedda konnte es nicht gewesen sein. Die vertraute eher auf die Kunst von Holm, dem Bader aus der Bäckerstraße. Ob die Mägde ...? Engelke drehte sich auf dem Absatz um und trat wieder auf den Gang hinaus. »Schick sofort nach Holm«, trug sie dem Mädchen auf, das dort schlotternd wartete. »Holm soll alles stehen- und liegenlassen, verstanden? Es geht um Leben und Tod!«

»Holm ...«, flüsterte die Magd, »Holm soll kommen ... ja, Fröl'n Engelke. Euch schickt der liebe Gott ...«

Damit rannte sie die Treppe hinunter. Engelke stand einen Moment unschlüssig da und überlegte. Dann ging sie noch einmal in Harms' Arbeitszimmer.

Der Medikus drehte den Kopf zu ihr um. »Wie lange soll ich eigentlich noch auf die Knechte warten, die ich angefordert hatte?« schnauzte er Engelke an. »Herr Harms muß angeschnallt werden. Das kann ich nicht allein. Und ohne Fixierung werde ich ihn nicht behandeln, verdammt noch mal!«

»Mit Verlaub, Doktor«, erwiderte Engelke, »ich gehöre nicht zum Haushalt. In mir brüllt Ihr die Falsche an.«

»Was, zum Teufel, habt Ihr dann hier zu suchen?« Der Medikus schüttelte regelrecht seine schüttere graue Mähne. »Schlimm genug, daß man mich mitten aus einer höchst interessanten Lektüre gerissen hat. Und nun stehen mir auch noch unqualifizierte Personen im Weg herum!«

»Was fehlt Hinnerk Harms?« Engelke ließ sich von seinen Grobheiten nicht beeindrucken.

»Was weiß denn ich?« Der Medikus blies die Backen auf. »Wir werden es sehen, sobald ich seinen Schädel geöffnet habe. Aber es muß bald sein. Sonst lohnt die Mühe nicht mehr.«

»Ihr wollt seinen Schädel öffnen? Warum?«

Der Medikus richtete sich auf und stemmte die Fäuste in die Hüften. »Eigentlich sehe ich nicht ein, warum ich es Euch erklären sollte«, fauchte er Engelke an, »aber ich gehe davon aus, daß Herr Harms üble Dünste im Gehirn hat! Man muß sie ablassen, so bald wie möglich. Sonst –« er machte eine heftige Handbewegung von rechts nach links, »Exitus. Tod. Erledigt.«

»Könnte es nicht auch etwas anderes sein«, fragte Engelke, »vielleicht, daß ihn der Schlag getroffen hat?«

»Laien!« Der Medikus spuckte das Wort aus wie etwas Ungenießbares. »Stellt mir keine blöden Fragen mehr, hört Ihr? Sorgt lieber dafür, daß die Knechte endlich auftauchen. Sonst können wir jeden Behandlungsversuch vergessen. Der Mann ist ja schon blau!«

»Möglicherweise steckt ihm etwas im Hals«, überlegte Engelke. »Habt Ihr schon einmal seine Kehle untersucht, Doktor?«

Der Medikus plusterte sich wütend auf. »Erspart mir Eure weisen Ratschläge«, zischte er, »um ihm ein Brechmittel oder ein Purgativum zu verabreichen, müßte er bei Besinnung sein. Das ist er aber nicht. Außerdem hat er

Convulsiones. Die können nur von den Vapores in seinem Kopf herrühren. Also?« Er starrte sie böse an. »Wollt Ihr nun endlich die Knechte herbeizitieren? Lange warte ich nicht mehr. Ich habe meine Zeit nicht gestohlen!«

Engelke rührte sich nicht. Ihr Blick wanderte zu Hinnerk Harms, dessen gequältes Atmen röchelnd zu ihr herüberwehte. Das Muskelzittern war schwächer geworden – es sah jetzt so aus, als bebten seine Arme und Beine nur noch. Sein Gesicht schimmerte fast violett.

»Er erstickt«, sagte Engelke. »Ihr solltet ihn aufrichten, damit er besser Luft kriegt. Außerdem ist er sehr wohl bei Bewußtsein – Ihr könntet ihm also auch einen Brechtrunk eingeben. Mir scheint, er hat etwas Schlechtes gegessen oder getrunken ...«

Der Medikus stieß ein wildes Schnauben aus. Er öffnete den Mund zu einer zornigen Entgegnung. In diesem Augenblick schwang die Kammertür auf, und Erik Holm trat ein.

Der lange Däne mit dem freundlichen Pferdegesicht war völlig außer Atem. Er mußte gerannt sein, so keuchte er. Mit einem großen Schritt war er an Hinnerk Harms' Bett und beugte sich über ihn.

Der Medikus stieß einen Wutschrei aus. »Ha«, brüllte er mit einem wilden, haßerfüllten Blick auf Holm, »was macht der Quacksalber hier? Wie, zum Teufel, soll ich meiner Aufgabe gerecht werden, wenn man mir Bader und anderes Gesindel auf den Hals hetzt? Auf der Stelle werft Ihr diesen Kerl wieder hinaus – oder ich gehe. In diesem Haus ist nicht Platz genug für einen studierten, wirklichen Arzt und einen Kurpfuscher!«

Holm würdigte den Medikus keines Blickes. Er wandte ihm nicht einmal das Gesicht zu. »Sseid sso gut«, sagte er langsam, »mäßigt Eure Worten, Doktor. Diesse Mann ist sson sso gut als tot. Ssein Totenssein könnt Ihr ganss alleine ausstellen. Da pfusche ich Euch nicht hinein.«

»Der Teufel soll Euch holen, Holm!« Der Medikus

schäumte. »Wenn Ihr ein Arzt wäret, wie ich einer bin – dann würdet Ihr mir behilflich sein und mich unterstützen, anstatt dumme Sprüche von Euch zu geben! Hätte ich Gelegenheit gehabt, Hinnerk Harms den Schädel zu öffnen, dann –«

»Dann wäre er genausso gesstorben«, unterbrach ihn Holm, »nur ssneller. Herr Harms ist vergiftet worden. Tut mir leid«, er wandte sich an Engelke, »ich bin ssu spät gerufen.«

»Vergiftet?« stammelte der Medikus. »Dann hätte ihm ein Brechmittel –«

»Vor ein Stunde«, schnitt der Bader ihm das Wort ab, »sspätestens vor ein halbe Stunde. Nun sstirbt er –« er neigte sich über Harms' Mund, »ist er gesstorben«, berichtigte er sich langsam.

Engelke hatte ebenfalls bemerkt, daß die Brust des alten Harms sich nicht mehr hob und senkte. Sein Atem stand still. Und das heftige, krampfhafte Zittern hatte aufgehört. »Vergiftet?« wiederholte Engelke entsetzt.

»Ja.« Holms hageres Gesicht wirkte noch um eine Spur länger.

»Nun«, sagte der Medikus, während er seine Instrumente zusammenraffte und sie achtlos in seinen Koffer fallen ließ, »dann bin ich hier überflüssig. Die beiden Totenscheine schicke ich mit Boten. Ihr seid sicher, Holm, daß Harms' Todesursache eine Vergiftung war?«

»Ehrenwort von ein Quacksalber«, gab Holm trocken zurück.

Der Medikus schnaufte indigniert. Dann packte er seine Tasche, hüllte sich mit theatralischem Schwung in seinen langen schwarzen Radmantel und verließ grußlos das Zimmer. Engelke hatte den Eindruck, als flüchte der studierte Mann regelrecht vor dem Bader.

Die Situation, obwohl sie einer gewissen Komik nicht entbehrte, war bedrückend. Engelke hatte den alten Harms nie leiden mögen – er war ein ekelhafter Leuteschinder gewesen, und er hatte seine Familie drangsaliert, wo er nur konnte. Doch jetzt war er auf unnatürliche Weise gestorben, und das versetzte Engelke in Schrecken. »Holm«, wandte sie sich an den Bader, der noch immer neben dem Bett des Toten stand, »Ihr sagtet, Harms ist vergiftet worden. Woraus schließ Ihr das?«

»Nun –« der Bader räusperte sich, »es waren die Ssukkungen, die blaue Gessicht, die sswache Puls ...« Er hielt einen Moment inne und überlegte. »Das Mädchen«, fuhr er fort, »ssie ssagte, der Herr hätte am Anfang auch Ssreie ausgestoßen und er ssei im Zimmer umhergetobt. Alles, nachdem er ssein Wein getrunken hatte.«

»Kann ihn nicht der Schlag getroffen haben?«

»Dann wäre er ssofort bewußtlos geworden. Jedenfalls hätte er nicht gerast.« Der Bader deutete auf eine Tonflasche und einen Becher, die in der Ecke neben dem Bett standen und die Engelke bis jetzt nicht bemerkt hatte. »Es würde mir nicht wundern, wenn in diesse Flasse das Gift gewesen wäre.«

Er bückte sich und nahm die Flasche in seine langen, schlanken Hände. Vorsichtig zog er den Korken aus dem dünnen Hals, hob das Gefäß an die Nase und roch daran. »Wie ich mir dachte«, murmelte er, »Belladonna. Ssehr, ssehr viel davon.«

»Belladonna? Was ist das für ein Gift?«

Der Bader lächelte. »Ssöne Frau – Belladonna«, sagte er nachdenklich, »man träufelt es in die Augen, damit ssie größer ersseinen. In mein Badehaus gibt es auch Belladonna – wenn die Damen wollen.«

»Und wenn man es einnimmt, bringt es einen um?«

»Nur in ganss große Mengen.« Holm nickte wie zur Bekräftigung seiner eigenen Worte. »Man braucht sson ein Becher voll, damit es ein erwachssene Mann tötet.«

»Wenn Hinnerk Harms durch Belladonna ums Leben gekommen ist«, murmelte Engelke in neuem Schrecken,

»dann gibt es in diesem Haus einen Mörder. Und man muß den Todesfall dem Gerichtsherrn melden.«

»Ja, ssicher.«

»Wo nur Hedda steckt? Jemand muß ihr schonend beibringen, daß ihr Vater tot ist!« Engelke war bereits an der Tür. Holms Hand legte sich plötzlich auf ihre Schulter. »Wißt Ihr denn noch nicht, Fröl'n Engelke, daß Fröl'n Hedda gar nicht mehr unter die Lebenden weilt?«

»Was?«

»Fröl'n Hedda ist ertrunken. Heute nacht. Ssehr tragisch.« Holms Gesicht drückte diesmal echte Trauer aus. »Ssie ist ins Wasser gegangen ...«

»Ihr sagt das auch, Holm? Woher wißt Ihr es denn?« Engelke erstarrte. »Ich dachte bis jetzt, es sei nur dummes Gerede!«

»Nein, nein«, sagte Holm tiefernst, »ich war bei die Männern, die ssie aus das Wasser zogen. Heute früh. Auch da konnte ich nicht mehr helfen. Es tut mich ssehr leid, Fröl'n Engelke.«

Engelke riß die Tür auf. »Ich will sie sehen«, schrie sie das Hausmädchen an, das wie verloren mit rotgeweinten Augen auf dem Korridor wartete. »Ich will sie wenigstens noch einmal sehen!«

Die junge Magd zeigte einfach zum andern Ende des Flurs. Engelke verstand und nickte stumm. Langsam, mit behutsamen Schritten, näherte sie sich dem Raum, dessen Tür einen Spalt weit offenstand und aus dem leises Gemurmel auf den Korridor drang.

Engelke blieb stehen und schaute hinein, ehe sie das Zimmer betrat. In seiner Mitte stand auf Holzböcken die schlichte Bahre, auf der Hedda Harms lag. Um sie herum knieten einige Dienstboten des Hauses und beteten mit dumpfen, tränenerstickten Stimmen. Im Winkel neben der Tür hockte, zusammengekauert auf den Bodendielen, ein kleines Mädchen von vielleicht zehn Jahren. Das Kind hatte die dünnen Arme um die Knie verschränkt und den

Kopf darauf gelegt. Es weinte herzzerreißend. Der Schmerz schien seinen ganzen Körper zu schütteln.

Man machte Engelke Platz. Sie trat an die Bahre heran. Hedda war noch nicht hergerichtet; ihre Augen standen einen winzigen Spalt offen, ihre leicht geteilten Lippen gaben den Blick auf die Zähne frei. Ihr kastanienbraunes Haar glänzte feucht. Hier und da leuchteten kleine, goldgrüne Flecke – Wasserlinsen, die wie zierliche Schmuckstücke in den geschlängelten Strähnen hingen.

Heddas Hände waren geöffnet und lagen locker in ihrem Schoß. Das Kleid – ein feines, rotes Seidenkleid – klebte an ihrem schlanken Körper und enthüllte ihre schöne Gestalt. An ihrem linken Zeigefinger steckte ein schmaler goldener Ring mit einem blauen Stein. Sie trug nur einen Schuh – einen zierlichen schwarzen Lederschuh mit roten Schmucknähten ...

Engelke brannten Tränen in den Augen, während sie ihre beste Freundin anschaute. Unfaßbar, daß Hedda tot sein sollte. Unfaßbar, daß sie sich selbst den Tod gegeben hatte. Engelkes Blick wanderte von den schmalen Füßen wieder zu Heddas madonnenhaftem Gesicht. Es schien, als habe die junge Frau sich vor ihrem unzeitgemäßen Tod herausgeputzt wie zu einem Ball. Es schien sogar, als lächle Hedda – ein zufriedenes, endgültiges Lächeln.

Engelke wandte sich ab. Sie brachte es nicht fertig, den verstörten Dienstboten ein Wort des Trostes zu sagen, denn sie war selbst untröstlich. Taumelnd verließ sie das Zimmer, stemmte draußen die Hand gegen den Türrahmen, um das Gleichgewicht nicht zu verlieren. Dann war Dierk da und nahm sie wortlos in die Arme. Er hielt sie fest an sich gepreßt. Niemand sah die Tränen, die aus ihren Augen stürzten.

4

»Ich möchte irgendwann im Lauf des Nachmittages einen eurer Kontorgehilfen sprechen«, sagte Dierk zu der plumpen, mütterlich wirkenden Frau im grauen Leinenkleid, die mit ihrem weißen, turbanartig geschlungenen Kopftuch und der fleckenlosen Schürze sehr adrett aussah. »Sicherlich gibt es jetzt vieles zu regeln, und keiner ist da, der es tut. Hinnerk der Jüngere muß so schnell wie möglich benachrichtigt werden.«

Die Altmagd nickte eifrig. »Der junge Herr Hinnerk – der is' in Barmbek«, sagte sie. »Gestern war er noch hier, aber nu is' er in Barmbek, und da müssen wir 'n Läufer hinschicken. Hab' ich Krischan schon aufgetragen. Aber der wollt' noch 'ne Zeit warten ...«

»Ach«, sagte Dierk überrascht, »ich dachte, Harms' Sohn hält sich in Brüssel auf ... Seit wann ist er denn wieder im Lande?«

»Na, seit vier, fünf Tagen.« Die Altmagd lächelte und setzte dann schlagartig wieder ihre Leichenbittermiene auf. »Wir waren so froh, dat de junge Heer nu für 'ne Weile to Huus blieven wullt ... Und denn so wat! Und die Schande mit Fröl'n Hedda ... wir wissen alle nich' mehr, wie dat weitergehen soll, Heer Okkena!«

Engelke, die an Dierk gelehnt dabeistand und noch immer gegen ihre Tränen ankämpfte, schenkte der Altmagd einen traurigen Blick. »Wenn Hilfe gebraucht wird«, sagte sie mit belegter Stimme, »dann wendet euch getrost an uns. Wir sind für euch da – das versteht sich doch von selbst!«

»Es dürfte höchstens ein paar Stunden dauern, bis Hinnerk der Jüngere hier ist«, sagte Dierk. »Barmbek ... Sagt, wann ist er nach Barmbek gefahren?«

»Gestern morgen.« Die Altmagd hob den Schürzenzipfel an die Nase und schneuzte sich. »Er hat sich noch so geärgert, daß er nich' auf die Hochzeit gehen konnte. Wenn er gewußt hätte, wat all'ns passieren würde, denn wär' er bestimmt nich' –«

»Gestern morgen?« fragte Engelke nach. »Was hatte er denn so Dringendes zu erledigen, daß es nicht bis heute warten konnte?«

»Weet ik ook nich«, murmelte die Altmagd, »irgend 'n Geschäft vielleicht. Heer Harms der Ältere hat ja immer drauf geachtet, dat de Jüngere mit irgendwat beschäftigt war ... besonders zu Festzeiten. He wull nich, dat –«

»Er wollte nicht, daß seine Kinder Spaß haben«, murmelte Engelke, »jeder weiß das. Die arme Hedda hat ihr Leben lang darunter zu leiden gehabt.« Sie wischte sich über die Augen.

»Nu muß sie nich' mehr leiden«, sagte die Altmagd, »wenigstens nich' mehr unter ihr'n Vadder ...«

»Du sorgst mir dafür, daß die beiden Toten gewaschen und eingekleidet werden«, trug Dierk der Frau auf. »Und dann sollen sich alle Knechte und Mägde dieses Hauses zur Verfügung halten. Es kann sein, daß der Gerichtsherr noch heute jeden befragen will, der sich in der Nähe von Hinnerk dem Älteren aufgehalten hat.«

»Der Gerichtsherr ...?« Die Altmagd riß die Augen auf. »Ik meen – wi bruuken 'n Priester, der sie aussegnet ...«

»Hinnerk der Ältere ist ermordet worden«, sagte Dierk, »soviel steht fest.«

»Hedda auch«, murmelte Engelke. »Welchen Grund hätte sie denn gehabt, ins Wasser zu gehen? In diesem Haus gibt es einen Mörder. Vielleicht hat er beide auf dem Gewissen, Hedda und ihren Vater.«

Die Altmagd war blaß geworden. »Fru Okkena – n' Mörder? Hier in diesem Haus? Wer sollt'denn das sein?«

»Das wird der Gerichtsherr schon herauskriegen.«

Dierk richtete sich auf und nahm Engelkes Hand. »Wir werden jedenfalls –«

Die Haustür schwang auf. Herein trat ein lang aufgeschossener junger Mann in Pelzhut und Reisemantel. Mit schnellen Schritten kam er auf die Altmagd zu. »Da bin ich wieder«, sagte er. »Jetzt kann ich doch wenigstens noch nachträglich ...« Er hielt inne, schaute sich verdutzt um. Sein Blick blieb auf Engelke und Dierk haften. »Da ist ja das frischgebackene Brautpaar! So ein Zufall. Ich wollte jetzt gleich zu Euch gehen und mich dafür entschuldigen, daß ich –«

»Heer Hinnerk«, begann die Altmagd zaghaft.

»Was ist denn?« Der junge Mann lachte. »Ich hab' meine Aufgabe eben früher geschafft, als der alte Herr das geplant hatte. Ihr seht mich an, als sei ich ein Gespenst ...!«

»Hinnerk«, sagte Engelke, »Euer Vater ist tot. Eure Schwester auch. Wir sind –«

»So was ist nicht komisch«, erwiderte Hinnerk der Jüngere. »Mit so was macht man keine Witze. Ich kann jedenfalls nicht darüber lachen.«

»Es ist wahr, Hinnerk.« Engelke trat an den jungen Mann heran und schaute ihm ernst in die Augen. »Wir spaßen nicht.«

»Aber ...« Dem jungen Mann verschlug es die Sprache. Doch er fing sich schnell wieder. »Wie ist das passiert?« fragte er.

Eine Spur zu gefaßt, fand Engelke. »Euer Vater ist vergiftet worden«, erklärte sie und wandte den Blick nicht von ihm ab. »Eure Schwester hat sich angeblich im Fleet ertränkt.«

»Angeblich?« Hinnerk der Jüngere wirkte plötzlich aufgeregt und nervös. »Was soll das heißen – angeblich?«

»Ich glaube nicht, daß Hedda Selbstmord begangen hat«, antwortete Engelke. »Für mich spricht alles dafür, daß sie ertränkt worden ist.«

»Ich begreife das nicht«, sagte Hinnerk der Jüngere.

»Da komme ich nichtsahnend und in heiterster Stimmung nach Hause und finde, daß meine Familie ... daß meine Familie ...« Er legte beide Hände vor das Gesicht und wandte sich ab. Seine Schultern zuckten.

»Wir sind Euch gern behilflich bei allem, was Ihr jetzt zu tun habt, Harms«, sagte Dierk tröstend. »Zählt auf uns. Wir haben dieses Angebot schon Euren Leuten gemacht, solange Ihr noch nicht im Hause wart.«

»Danke, Okkena«, flüsterte der junge Harms rauh. »Ich komme vielleicht darauf zurück – falls ich es allein nicht schaffen sollte. Jetzt entschuldigt mich. Anna –« er drehte sich zu der Magd um, »wo finde ich sie ...?«

»Oben in ihren Kammern«, sagte die dicke, mütterliche Frau und schluchzte plötzlich laut auf.

Engelke und Dierk verließen das Haus auf dem Neß. Engelke sog die frische Aprilluft tief in ihre Lungen, als sei sie am Ersticken. »Ich möchte mir die Stelle einmal ansehen, wo Hedda ertrunken ist«, sagte sie zu Dierk. »Liseke sagte, es war bei der Rolandsbrücke.«

Er nickte. »Warum glaubst du nicht an einen Selbstmord?« fragte er sie, während sie sich bei ihm einhakte. »Du mußt deine Gründe dafür haben. Meine Geertje sagt so etwas nicht umsonst.«

Engelke umklammerte seinen Arm ganz fest. »O nein«, erwiderte sie. »Alles spricht dagegen, daß Hedda sich umgebracht hat. Erstens hätte sie keinen Grund dafür gehabt. Sie war eigentlich immer ganz glücklich mit ihrem Leben –«

»Sagtest du nicht, sie sei regelrecht unter Arbeit begraben gewesen?«

»Ja, schon.« Engelke lächelte wehmütig. »Aber sie hat sich diese Plagen ja selbst aufgeladen. Sie fühlte sich nicht wohl, wenn sie mal nichts zu tun hatte. Sie war brav. Ein braves Lämmchen ...«

»Vielleicht ist es ihr zuviel geworden.«

Engelke schüttelte energisch den Kopf. »Nein, das wäre mir aufgefallen. Zweitens hatte sie nur Freunde. Alle mochten Hedda Harms. Sie war beliebt in der ganzen Stadt. Und das wußte sie auch, glaube ich.«

»Aber jeder Mensch hat hin und wieder Kummer. Deine Freundin hatte vielleicht einen, mit dem sie nicht fertig wurde.«

»Das hätte ich gewußt.«

»Bist du dir da sicher?« Dierk sah Engelke in die Augen, während er mit ihr im gleichen Schritt den Neß entlangging.

»Ganz sicher«, gab Engelke zurück. »Wir kannten uns seit unserer Kinderzeit, und Hedda hat mir alle ihre Geheimnisse anvertraut. Drittens –«, sie seufzte leise auf, »drittens war sie fromm. Sie hat nicht eine Messe, nicht eine Kommunion verpaßt. Sie ging regelmäßig zur Beichte. Selbstmord ist aber eine Todsünde.«

»Das leuchtet mir ein«, sagte Dierk. »Und viertens? Ich sehe dir an, du hast noch mehr vorzubringen.«

»Sie hatte ihr bestes Kleid angezogen«, murmelte Engelke nachdenklich. »An ihrem linken Fuß saß einer von den neuen Schuhen, die sie erst vor ein paar Tagen gekauft hatte, und sie trug einen Ring. Ich glaube, sie hatte sich für unsere Hochzeit so hergerichtet. Sie wollte dabei sein. Du mußt wissen –«

»Was?«

»Hedda war die Bescheidenheit in Person. Sie besaß gar keine feine Ausstattung – nur einfache, praktische Gewänder aus Wolle und Leinen. Das rote Seidenkleid kannte ich überhaupt nicht. Es muß neu gewesen sein. Und sie hat es höchstwahrscheinlich uns zu Ehren schneidern lassen, um auf unserer Hochzeit zu tanzen. Vielleicht wußte sie sogar, daß an dem Abend ihre Verlobung mit Berend Jansen bekanntgegeben werden sollte. Es kann durchaus sein, daß sie es irgendwie rausgekriegt hat, und –«

»Daß das rote Kleid für ihre Verlobung gedacht war?«

Engelke bejahte. »Wenn der alte Harms mir die Sache mit Berend Jansen verraten hat, dann könnte er auch anderswo geplaudert haben. Und Hedda hätte Wind davon bekommen können.«

»Das würde jedenfalls ihre festliche Aufmachung erklären«, brummelte Dierk. »Aber gestern war es recht kühl. Wieso ist sie ohne Mantel ausgegangen?«

»Den Mantel wird ihr der Mörder gestohlen haben.«

»Möglich.«

Sie hatten die Brücke erreicht, in deren Mitte der steinerne Roland aufgestellt war – das Wahrzeichen der freien Hansestadt. Die Figur des bewaffneten Ritters prangte in bunten Farben; sie war erst im letzten Herbst anläßlich der Hinrichtung der Seeräuber frisch bemalt worden.

Engelke stützte sich auf das Geländer der kleinen Brücke, die hier über das Reichenstraßenfleet führte, und schaute zur Böschung hinunter. Dies also war die Stelle, wo sie Hedda Harms aus dem Wasser gezogen hatten. Hier war sie ihrem Mörder begegnet.

Die Schleifspuren waren noch deutlich im Gras zu sehen. Neben einem dicken Binsenbüschel steckte der andere Schuh im sumpfigen Boden – Engelke erkannte ihn sofort. Und da war auch noch ein Loch in der Entengrütze, die das träge braune Wasser fast vollständig bedeckte.

Dierk betrachtete die Böschung ebenfalls. »Eins verstehe ich nicht«, murmelte er.

»Was?« fragte Engelke.

»Wenn sie zum Rathaus wollte, warum ist sie dann zuerst hierher gegangen? Das Haus Harms liegt doch viel näher am Rathaus als diese Brücke ...«

»Ja.« Engelke konnte sich genauso wenig einen Reim darauf machen wie Dierk. »Das ist sonderbar. Aber eins weiß ich – Hedda hat sich nicht selbst das Leben genommen. Wir müssen herausfinden, was sie hier wollte. Dann finden wir auch ihren Mörder.«

Dierk war zum Wasser hinuntergeklettert und hatte den Schuh aus dem Lehm gezogen. Er hatte nach weiteren Spuren gesucht, aber keine gefunden. Nichts als viele Fußabdrücke waren von der Tragödie, die sich hier beim Fleet abgespielt hatte, übriggeblieben. Welche davon Heddas Mörder hinterlassen hatte und welche von ihr selbst oder von den Männern stammten, die ihre Leiche geborgen hatten, das war nicht mehr zu erkennen.

Dierk schob den aufgeweichten schwarzen Tanzschuh in den Taschenbeutel, der in seinen weiten Umhang eingearbeitet war. Dann machten sie sich auf den Weg zu Ohm Godert. Das Haus van Damme war nah; man konnte sich dort ein wenig aufwärmen. Heute pfiff ein kalter Wind. Engelke fror. Doch das kam nicht nur vom launischen Aprilwetter.

Die große Diele wurde gerade für das Mittagessen hergerichtet, als Dierk und Engelke eintraten. Godert van Damme begrüßte die beiden Jungvermählten mit ausgebreiteten Armen. Sein Lächeln, so herzlich es auch war, verriet tiefe Bestürzung. »Kommt herein«, sagte er, »wir hatten schon nach euch geschickt. Für die nächsten Tage seid ihr ja meine Gäste zu den Mahlzeiten – bis euer neuer Hausstand eingerichtet ist. Das war doch so abgemacht. Dierk meinte –«

»Ach?« fragte Engelke überrascht. »Davon weiß ich ja gar nichts. Traust du mir etwa nicht zu, Ohm Godert, daß ich meinem Mann eine anständige Mahlzeit auf den Tisch bringen kann?«

Godert van Damme lachte ein wenig gepreßt. »Doch, Engelke«, erwiderte er mit einer gewissen Verlegenheit, »es hat eher eigennützige Gründe. Ich brauche ein bißchen Zeit, um mich daran zu gewöhnen, daß du nun nicht mehr unter meinem Dach wohnst. Gönne deinem alten Onkel diese kurze Frist – und das seltene Vergnügen, die ganze Familie um meinen Tisch versammelt zu sehen, einschließlich der Schwiegerkinder und der neuen Verwandtschaft.«

»Sehr richtig«, ließ sich eine rollende Stimme aus den Tiefen der Diele vernehmen. Ebbo Okkena war schon da. Neben ihm stand Birte Okkena – auch heute in einem dunklen Kleid und mit Silberschmuck geradezu behangen. Birte hielt sich genauso stocksteif und gerade, wie Engelke sie kennengelernt hatte. Ihr Gesichtsausdruck war noch immer unnahbar und abweisend.

Birtes Magd allerdings hatte offenbar ihre Schüchternheit abgelegt. Sie unterhielt sich tuschelnd mit Mine, während sie dabei half, das Tischtuch an der langen Tafel glattzuziehen.

»Na ja«, sagte Engelke und schenkte Ohm Godert einen sanften, willfährigen Blick, »wenn Dierk einverstanden war, dann bin ich es auch. Ich kann dich verstehen. Wenn wir alle zusammen sind – zu den Mahlzeiten, versteht sich –, dann lernen wir uns schneller und besser kennen. Zumal Dierks Verwandte nicht allzu lange bleiben können. Nur Grootvadder Evert ...«, sie preßte die Hand auf den Mund. »Ist es Grootvadder überhaupt recht? Ich meine – er hat ja sonst nicht so viel übrig für Menschenmengen ...«

»Menschenmengen – in der Tat!« Die kräftige Männerstimme, die diese Worte ziemlich abfällig ausspuckte, gehörte dem Altherrn.

Erst jetzt bemerkte Engelke, daß Evert van Damme, der noch immer in diesem Haus den Oberbefehl führte – obwohl er das Ruder schon vor langen Jahren an seinen Sohn Godert abgegeben hatte –, bei der Tür zum Hof in seinem Sessel saß. »Grootvadder«, sagte sie, »bist du überhaupt gefragt worden?«

Der Altherr lachte. »Als ob hier irgend etwas ohne meine Zustimmung geschehen könnte«, sagte er mit der energischen, befehlsgewohnten Stimme, die überhaupt nicht zu seinen siebzig Jahren und zu seiner gebrechlichen Gestalt paßte. »Aber ich habe meine Familie eigentlich nie als Menschenmenge betrachtet. Wie kommst du darauf, min Deern?«

»Ich dachte ...« Engelke schämte sich plötzlich, als sei sie bei etwas Unerlaubtem ertappt worden. »Grootvadder – ich wollte Euch keine Umstände machen ...«

»Aber hast du das denn jemals getan?« donnerte der Altherr. »Ich kann mich nicht an ein einziges Mal erinnern. Umstände – in der Tat! Es ist auch so, daß du niemals dummes Zeug von dir gegeben hast – im Gegensatz zu den anderen Weiberröcken. Bis auf heute –«

»Grootvadder – ich –«

»Du bist entschuldigt«, sagte Evert van Damme und schmunzelte. »Halte das der Tatsache zugute, daß du eben doch kein Mann bist. Und nun sprich mir nicht mehr von Umständen – bis es soweit ist.«

Dierk lachte leise und drückte heimlich Engelkes Hand. Engelke spürte, wie sie über und über rot wurde. Zornig starrte sie ihren Großvater an. Doch beim Anblick seiner belustigten Miene verkniff sie sich eine Gegenbemerkung. Wahrscheinlich wußte er nicht einmal, wie verlegen er sie jetzt wieder gemacht hatte. Also sollte ihm verziehen sein – ohne Kommentar.

»Ihr wißt sicher schon, was sich Schreckliches bei Harms zugetragen hat«, wechselte Godert van Damme das Thema. »Die gute Hedda hat sich –«

»Wir kommen gerade von dort«, erwiderte Engelke und sah ihren Onkel an. »Der alte Harms ist auch tot. Er lag im Sterben, als wir ankamen.«

»Harms – Hinnerk der Ältere?« Der Ausdruck der Bestürzung auf Godert van Dammes Gesicht verstärkte sich. »Wie ist das möglich? Ist er von der Treppe gestürzt? Ich hab' dem Kerl immer gesagt, du übertreibst deine Sauferei. Mäßige dich – sonst bereust du es eines Tages. Gestern nacht auf dem Fest war er so voll wie ein Schwein, das sich in Biertreber gesuhlt hat.«

»Er sei vergiftet worden, sagte uns der Bader«, erwiderte Dierk.

»Vergiftet?« Godert van Damme schüttelte ungläubig den Kopf. »Sicher – Hinnerk hatte viele Feinde, oder vielmehr, er war nicht gut gelitten. Aber wer sollte ihn vergiftet haben? Da fällt mir niemand ein. Ich hätte ihn hin und wieder gern mal verprügelt – einige aus der Kaufmannschaft hat er wohl auch gelegentlich so in Wut versetzt, daß sie ihn liebend gern erschlagen hätten. Aber vergiften? Das kommt mir sehr unwahrscheinlich vor.«

»Einer aus seinem Haushalt ist jedenfalls ein Mörder«, sagte Engelke. »Ich nehme an, Kellinghusen ist schon benachrichtigt worden. Er wird eine Untersuchung durchführen müssen.«

»Kann der Bader sich nicht geirrt haben?« Godert van Damme hatte Mühe, seine Fassungslosigkeit zu beherrschen. »Was bringt ihn zu der Annahme?«

»Holm sagte, das Gift sei in dem Wein enthalten gewesen, den der alte Harms am Morgen getrunken hatte«, erklärte Engelke. »Holm hat sich in seinen Annahmen noch nie geirrt.«

»Das ist wahr«, meldete sich Grootvadder Evert. »Holm versteht sein Amt. Engelke hat ganz recht, wenn sie seinem Urteil vertraut. Holm hat mehr Grütze in seinem dänischen Schädel als unser Medikus – de olle swarte Dummbüdel.«

Engelke verbiß sich ein Lächeln. Auf den Medikus war ihr Großvater nicht gut zu sprechen. Denn der hatte ihm schon vor Jahren einen raschen Tod prophezeit und sich früher beim Aderlassen so ungeschickt angestellt, daß Evert van Damme einmal beinahe verblutet wäre. Seitdem war er im Haus van Damme nicht mehr zugelassen. Der Bader Erik Holm hatte seine Aufgaben übernommen – zusätzlich zum Rasieren und Haareschneiden.

»Wenn Holm es sagt …« Godert van Damme nickte. »Dennoch kommt es mir unglaublich vor. Genau wie die

Tatsache, daß Hedda tot ist. Und daß sie Selbstmord begangen hat.«

»Hat sie nicht«, sagte Engelke mit Überzeugung. »Warum in aller Welt hätte sie das tun sollen? Sie ist ermordet worden – genau wie ihr Vater.«

Ohm Godert hob die Augenbrauen. »Hedda? Du meinst, jemand hat sie ins Fleet … gestoßen? Aber wer, um Himmels willen, hätte denn ein Interesse daran, dieses liebe, anständige Menschenkind umzubringen? An ihrem Finger steckte noch ein wertvoller Ring, sagte Liseke. Straßenraub kann es demnach nicht gewesen sein.«

»Man sollte vielmehr fragen, wem ihr Tod nützt«, meldete sich Dierk zu Wort, »und natürlich der Tod ihres Vaters.«

Hinnerk dem Jüngeren, fuhr es Engelke durch den Sinn. Erschrocken preßte sie die Hand auf den Mund. »Das wird sich schon herausstellen«, murmelte sie.

Karl und Bartel trugen die lange Bank herein und stellten sie an der Tafel auf. Mette, breit und gewichtig mit ihrem dicken Bauch, watschelte aus der Küche in die Diele. »Woll'n die Herrschaften sich nich' setzen?« forderte sie auf. »Essen is' sofort fertig.«

»Meta und Gesine sind noch nicht erschienen«, meinte Godert van Damme. »Wir sollten warten, bis sie –«

»Heer Godert«, mischte sich Mette schüchtern ein, »die Damens meinten, sie wollten lieber in ihrer Kammer essen. Und da –«

»Da wollen wir die beiden Schandweiber auf keinen Fall dran hindern«, ließ sich Grootvadder Evert aus dem Hintergrund vernehmen. »Sie sollen sich bloß nicht hier unten blicken lassen. Morgen, wenn sie sich anständig aufführen, dürfen sie dann am Essen teilnehmen. Das sage ich. Punktum!«

Mit diesem zornigen Machtwort ihres Vaters waren Muhme Meta und Muhme Gesine auch für heute von den gemeinsamen Mahlzeiten ausgeschlossen. Das bedeutete, daß sie morgen auf jeden Fall dabeisein würden. Engelke kannte dieses Spiel genau. Die beiden zänkischen, unverheirateten Schwestern Ohm Goderts kannten nichts Schöneres, als den anderen Familienmitgliedern Ärger zu machen. Heute hatten sie versucht, Familie und Gäste durch ihr Fernbleiben vor den Kopf zu stoßen. Morgen würden sie durch ihre Anwesenheit die Stimmung verderben. Wenn Grootvadder sie nicht wieder vom Tisch verbannte – was in der Vergangenheit schon oft vorgekommen war.

Sie setzten sich. Anneke und ihr Mann kamen aus dem oberen Geschoß herunter in die Diele und gesellten sich dazu. Die dicke Marja trug das kleine Veckinghusen-Mädchen in die Küche, wo Kinder und Dienstboten ihre Mahlzeit einnahmen.

Anneke ließ sich ungezwungen neben Birte Okkena nieder, die ganz am Ende der Tafel, weitab von Dierk und Engelke, Platz genommen hatte. »Du mußt die Schwester sein«, begann sie ein Gespräch mit der stillen Friesin. »Sag – wie war es in Aurich? Da hast du doch mit deinem anderen Bruder Station gemacht.«

»Ja«, sagte Birte mit versteinertem Gesicht, ohne Anneke anzusehen.

Anneke war so leicht nicht zu entmutigen. »Erzähl doch mal – ist das eine schöne Stadt? Ich war noch nie da ... Konrad hat Geschäftsbeziehungen mit einem gewissen Keno tom Broke. Der wohnt in Aurich.«

»Wie soll es da sein?« stellte Birte die Gegenfrage. »Aurich ist eine Stadt. Das sagt ja wohl alles.«

»Magst du keine Städte?«

Birtes Gesicht zeigte zum erstenmal eine Gemütsbewegung. Kummer spiegelte sich für einen kurzen Moment in ihren Augen. »Auf Amrum ist es schöner«, murmelte sie.

»Wirklich?« Anneke lächelte. »Du mußt diese Insel sehr lieben.«

Birtes helles Antlitz war wieder verschlossen. »Ja, das tu' ich«, sagte sie fest und kniff die Lippen zusammen.

»Wen habt ihr denn in Aurich besucht? Wohnen da Verwandte von euch?«

»Nein.« Diese Antwort kam hart und spröde. »Da werden auch nie Verwandte wohnen – dafür sorge ich schon.«

Anneke schaute verdutzt drein. »Wie meinst du denn das?«

»Die tom Broke sind zwar wichtige Leute«, murmelte Birte, »aber ich mag sie nicht. Sie sind mir zu hochnäsig.«

»Hochnäsig?« Anneke stieß ein kleines Lachen aus. »Das könnte man von dir aber auch sagen – wenn du nicht Dierks Schwester wärst!«

»Ich bin nicht hochnäsig«, sagte Birte zornig. Anneke hatte es tatsächlich geschafft, sie aus der Reserve zu lokken. »Und ich werde es auch nicht. Ich werde nie 'ne tom Broke!«

»Ach, ich verstehe«, sagte Anneke. Leise, fast flüsternd, fuhr sie fort, »du solltest –«

»Du verstehst überhaupt nichts!« Birte hatte die Stimme ebenfalls gesenkt, aber ihr Ton war wütend und aufgeregt. »Wie könntest du auch. Keiner versteht mich. Nicht mal meine Brüder, die doch alle nur das Beste für mich wollen! Aber was das Beste für mich ist – das bestimme ich selbst!«

»So hab' ich es auch immer gehalten«, sagte Anneke. »Du hast vollkommen recht. Als mein Vater mir den Mann ausgesucht hatte, da war ich selbstverständlich dagegen – versteht sich.«

»Wirklich?« Birtes Miene hellte sich schlagartig auf. »Und du hast den genommen, den du wolltest?«

»Aber klar! Nie und nimmer hätte ich einen geheiratet, der mir nicht gefällt!« Anneke warf einen liebevollen Blick auf ihren Mann, der sich angeregt mit Ebbo Okkena unterhielt. »Konrad liebe ich«, setzte sie flüsternd hinzu. »Es war Liebe auf den ersten Blick ... auch bei ihm.«

Birtes blaue Augen schimmerten auf einmal träumerisch. »So was passiert wohl nicht allzu oft«, hauchte sie, »aber wenn, dann muß es wunderbar sein. Du bist zu beneiden.«

»Ich weiß«, antwortete Anneke. »Aber Engelke auch. Dein Bruder ist für sie genau der Richtige. Das sieht man sofort. Findest du nicht?«

Birte ließ den Blick ganz kurz zu Engelke hinübergleiten und wandte sich dann wieder Anneke zu. »Meinst du?« fragte sie zweifelnd. »Dierk ist ja ein gutmütiger Kerl. Aber er hat seine Mucken. Immer will er mit dem Kopf durch die Wand. Ich kann ein Lied davon singen. Er war es schließlich, der mich an den tom Broke –« Sie unterbrach sich und senkte den Kopf.

»Hast du eben verkuppeln sagen wollen?« Anneke griff nach Birtes Hand.

»Genau das«, murrte die Friesin. »Dierk weiß immer alles besser. Ich bin für ihn nur die dumme kleine Schwester, die nichts zu sagen hat!«

»He«, sagte Anneke, »das Gefühl kenne ich! Sag – hast du den tom Broke eigentlich kennengelernt?«

»Ja«, antwortete Birte tonlos.

»Und er hat dir nicht gefallen, was?«

»Nein. Wenigstens nicht besonders.«

»Ist er häßlich?« Anneke schaute Birte gespannt an. »Wahrscheinlich häßlich und unhöflich … Oder?«

Birte erwiderte Annekes Blick. »Eigentlich nicht. Nur … ach, ich hab' einfach was dagegen, daß mein Bruder mir diesen Kerl buchstäblich auf einer silbernen Platte serviert hat! Und ich kann die Hochnäsigkeit der tom Broke-Weiber nicht leiden!«

»Dann war er doch nicht so übel?« Anneke nahm sich eine große Kelle von der dicken Graupensuppe, die Mette gerade anbot. »Dann ist es nur die Familie, die dir nicht gefällt?«

»Vielleicht.« Birte nahm sich auch eine kleine Portion.

»Na ja – die Familie heiratet man natürlich mit«, sagte Anneke mit vollem Mund. »Wenn's da nicht stimmt, dann hängt der Hausfrieden schief. Konrads Familie ist Gott sei Dank nicht immer in der Nähe. Sein Vater hat ihm ein eigenes Kontor abgetreten. Das kann er selbständig führen, und keiner redet ihm rein. Und ich – ich schmeiße einfach jeden raus, der mir Vorschriften machen will. Schließlich bin ich eine geborene van Damme – da läßt man sich nichts gefallen!«

Diesen letzten Satz hatte Grootvadder Evert gehört. Er lächelte seine Enkelin belustigt an. »Recht so, min Deern«, rief er herüber. »Der Name van Damme hat noch immer 'nen guten Klang gehabt!«

»Der Name Okkena auch«, flüsterte Birte verbissen. »Jedenfalls leben wir auf Amrum ehrlich vom Strandraub und versuchen nicht, immer mehr Macht zu gewinnen wie die tom Broke!«

Anneke betrachtete Birte mit Ehrfurcht in den Augen. »Jetzt fällt mir ein«, sagte sie leise, »Keno tom Broke ... das ist doch der, der unserer Stadt immer so große Schwierigkeiten gemacht hat!«

»Das ist vorbei«, mischte sich Konrad Veckinghusen in das Gespräch ein. »Der Häuptling von Aurich hat zugesagt, sämtliche Piratenschlupfwinkel auszuräuchern. Das hat sich bei den Verhandlungen in Emden ergeben. Keno tom Broke ist jetzt auf unserer Seite.«

»Puh«, machte Anneke, »Gott sei Dank!«

»Sonst hätte Dierk sich auch nicht auf diese Sache mit mir eingelassen«, murmelte Birte. »Trotzdem ...«

Anneke führte genüßlich ihren Löffel zum Mund. »Laß dir nicht den Appetit verderben«, munterte sie Birte auf. »Nach dem Essen müssen wir uns mal zusammensetzen und es genauer besprechen – ohne Zuhörer«, fügte sie mit einem verschwörerischen Blick hinzu und zwinkerte in Richtung der Tischgesellschaft.

Engelke hatte von ihrem Platz neben Dierk am anderen Ende der Tafel mit Verwunderung beobachtet, daß ihr Bäschen Anneke die wortkarge Birte Okkena zu einer Unterhaltung hatte animieren können. Dierks junge Schwester blickte jetzt nicht mehr ganz so finster drein und sprach auch weiterhin mit Anneke, während sie hin und wieder bedeutungsvolle Blicke zu Ebbo und Dierk hinüberwarf.

Engelke hatte nicht verstehen können, worüber die beiden jungen Frauen gesprochen hatten, und es war ihr auch gleich, solange Birte Okkena begann, dabei aufzutauen und sich wohl zu fühlen. »Deine Schwester ist, glaube ich, dabei, sich mit meiner kleinen Base anzufreunden«, sagte sie zu Dierk. »Die beiden sind im gleichen Alter. Sie werden sich eher etwas zu sagen haben als –«

»Wir Alten?« scherzte Dierk. »Das wäre zu hoffen. Obwohl Birte, was Freundschaft betrifft, mehr als zurückhaltend ist. Ich würde sie als äußerst stur bezeichnen.«

»Aber du bist ja auch ihr Bruder«, meinte Engelke und lächelte ihn an.

Nach dem Essen zogen sich die Männer – Ohm Godert, Grootvadder Evert, Konrad Veckinghusen und Ebbo Okkena – in die Stube zurück. Anneke und Birte Okkena verschwanden in der Kammer, die die jungen Veckinghusens für die Dauer ihres Besuchs im Haus van Damme bewohnten. Dierk und Engelke hatten Zeit für sich allein.

Sie beschlossen, Holms Badehaus in der Bäckerstraße einen Besuch abzustatten. Unausgesprochen waren sie sich einig, daß Holm mehr über die unerklärlichen Todesfälle in der Familie Harms wissen mußte, als er bisher gesagt hatte. Dierk spürte, daß Engelke viel daran gelegen war, Licht in das Dunkel zu bringen, das Hedda Harms' plötzliches Ableben umgab. Und auch er selbst fand daran zu viele Ungereimtheiten, um die Angelegenheit auf sich beruhen zu lassen.

Es regnete leicht. Eingehüllt in ihre Mäntel wanderten sie Arm in Arm die Reichenstraße entlang, überquerten das Fleet auf der Schusterbrücke, wo jetzt die Schuhmacher ihre Ware mit Planen aus Segeltuch gegen die Feuchtigkeit abgedeckt hatten, und erreichten nach schnellem Fußmarsch das kleine, gepflegte Haus, in dem Holm sein feines Badelokal eingerichtet hatte.

Nachdem Engelke den blankgeputzten Klopfring aus Messing betätigt hatte, der die Eingangstür zierte, tauchte der Eigentümer höchstpersönlich auf. Sein langes Gesicht, das immer ein wenig melancholisch wirkte, hellte sich auf, als er Engelke und ihren frischgebackenen Ehemann sah. »Es ist mir ein wirkliche Ehre«, sagte er, »meine liebsten Kunden wieder einmal begrüßen ssu können – sselbst an ein sso traurige Tag!«

»Holm«, erwiderte Engelke, »könntet Ihr uns eine der kleinen Einzelkammern herrichten lassen? Und, wenn es Eure Arbeit erlaubt – wir hätten gern ein vertrauliches Wort mit Euch gewechselt. Ihr wißt, worum es geht?«

»Ja, ssicher.« Der Bader wiegte den Kopf hin und her. »Ich will ssehen, was ich tun kann.« Er machte eine einladende Handbewegung. »Tretet ein. Fühlt Euch wie zu Hause – vielleicht ssogar besser.«

Sie folgten der freundlichen Aufforderung. In der Badestube herrschte um diese Zeit nicht viel Betrieb. Die meisten Besucher erschienen immer erst am fortgeschrittenen Nachmittag, um hier ein paar gemütliche Stunden zu verbringen – im warmen Wasser bei leiser Musik und guten Speisen und Getränken. Holms Haus war beliebt bei den Leuten aus wohlhabenden Kreisen, denn der Däne duldete keine käuflichen Frauen unter seinem Dach und hielt auch andere zwielichtige Gestalten von seinen Gästen fern.

Jetzt waren an zwei der kleinen Kabinen die weichen roten Vorhänge zugezogen. Die anderen vier Badezuber waren frei. Eine adrett in hellblaues Leinen gekleidete junge Magd trug gerade ein Tablett mit einem kleinen Imbiß zu der einen der besetzten Kabinen hinüber. Vorn beim Fenster saßen zwei Lautenisten und spielten die neuesten Lieder.

Engelke und Dierk stiegen hinter Holm die steile Treppe zum Obergeschoß hinauf. Hier lagen die luxuriös eingerichteten kleinen Badestübchen, die den doppelten Preis kosteten, aber dafür auch sehr viel mehr Bequemlichkeit und vor allem Abgeschiedenheit boten.

Holm wies seinen Gästen das erste der Badekämmerchen an, das Engelke besonders hübsch fand und immer wieder gern benutzte. Es enthielt einen großen, goldgerahmten Spiegel und eine kleine, in blauem Samt gepolsterte Sitzbank mit einem Tischchen, an dem man sehr gemütlich speisen konnte.

»Das Gespräch ssuerst?« fragte Holm.

Er hatte wieder einmal Engelkes Gedanken erahnt.

»Wenn es Euch nichts ausmacht, Holm«, sagte sie.

»Wir möchten mehr über das Gift wissen, an dem Hinnerk Harms der Ältere gestorben ist«, fügte Dierk hinzu.

»Belladonna?« der Bader nickte nachdenklich. »Ja – ich wundere mich auch sehr, daß sich in ein Haus wie das von Harms sso viel von Belladonna finden konnte.«

»Wieviel braucht denn eine Dame, um sich ihre Augen strahlender zu machen?« wollte Engelke wissen.

»O – ein winzig kleine Tropfen für ein jedes Auge«, erklärte Holm. »Wie ich sson ssagte – die Tinktur ist nur gefährlich, wenn man ssie trinkt, und man muß ein ganze Menge davon trinken, damit man stirbt.«

»Aber ist das Zeug denn nicht bitter?« fragte Dierk. »Hätte Harms nicht schmecken müssen, daß mit seinem Wein etwas nicht stimmt?«

»Es war Wein aus Hispanien«, sagte Holm nachdenklich, »diesse sswere, süße Wein von dunkle Rot. Belladonna hat auch ein etwas süßliche Gessmack ...«

»Ihr meint ...«

»Wenn Herr Harms noch betrunken war«, mutmaßte Holm, »dann hat er es ssicherlich überhaupt gar nicht gemerkt ...«

»Aber die Flasche war sehr groß und bauchig«, wandte Engelke ein. »Hätte Harms nicht sinnlos betrunken sein müssen, wenn er eine solche Menge süßen Portwein –«

»Ja, die Flasse mag ssehr groß gewesen ssein«, unterbrach Holm. »Doch wer ssagt Euch, Frau Engelke, daß ssie auch voll war, als Herr Harms daraus trank?«

»Das ist wahr.« Dierk nickte. »Die große Giftmenge mußte mit nur wenig Wein versetzt werden. Daran hat der Mörder auf jeden Fall gedacht, um sicherzugehen, daß Harms auch genug davon schluckt.«

»Wie wirkt das Zeug eigentlich?« wollte Engelke schließlich wissen.

»Es lähmt«, erwiderte der Bader. »Bei die Damen macht es die sswarze Fleck im Auge groß und weit. Wenn man es als Medizin nimmt, macht es das Herz langssam. Und wenn man –«

»Ich verstehe«, unterbrach Dierk. »Wenn man es in großen Mengen trinkt, bekommt man zuerst Krämpfe, und schließlich bleibt das Herz stehen.«

»Ja, sso ist es«, bestätigte Holm.

5

Das Bad im warmen, kräuterduftenden Wasser war herrlich gewesen. Engelke und Dierk, die über eine Stunde miteinander im Zuber gesessen und die wohltuende Wirkung von Lavendelblüten und Rosmarin dankbar genossen hatten, entschieden sich, noch ein Weilchen unten in der großen Badestube Platz zu nehmen und den beiden Musikanten zuzuhören, die ausgezeichnet spielten. Außerdem waren viele Fragen offen, die Heddas Tod betrafen. Engelke mußte den Bader einfach gründlicher nach dem ausfragen, was er bei der – wenn auch noch so flüchtigen – Untersuchung der Leiche festgestellt hatte.

Holms Meinung interessierte Engelke sehr. Sie wußte, wie scharf Holm beobachtete und wie genau seine Feststellungen immer den Tatsachen entsprachen. Holm hatte die Tote gesehen, noch ehe der städtische Medikus einen Blick auf Hedda hatte werfen können. Holms Urteil war zu trauen.

Die Bademagd brachte zwei Becher Bier. »Schick uns deinen Herrn herüber«, trug Dierk dem Mädchen auf. »Wenn er Zeit erübrigen kann, möchten wir ein paar Worte mit ihm wechseln.«

Das Mädchen lächelte und knickste. »Auch noch Glückwünsche zur Vermählung«, sagte es fröhlich. »Ich wünsche Herrn Okkena und Frau Engelke alles Gute!«

Der Bader erschien Augenblicke später. »Das ist gutes Bier, nicht?« sagte er mit einem Blick auf Dierks und Engelkes Becher. »Es sstammt aus einem gewissen Brauhaus auf dem Grimm.«

»Aus meinem?«

Holm nickte. »Ein bessere konnte ich nicht finden.«

»Ihr schmeichelt.« Engelke konnte ihren Stolz nicht

ganz verbergen. Holm bot in seinem Haus wirklich immer nur das Beste an, was Köche, Weinhändler und Brauer bieten konnten. Es war eine Auszeichnung, wenn man ihm Ware liefern durfte. »Danke für das Kompliment. Doch verzeiht, daß wir das Gespräch auf andere Dinge lenken müssen. Hedda Harms –«

Das Lächeln verschwand vom Gesicht des Baders. »Ich verstehe«, sagte er langsam.

»Holm«, begann Engelke, »seid Ihr auch der Ansicht, daß Hedda Harms sich das Leben genommen hat? Ich meine –«

»Jedenfalls waren an ihre Körper keine Spuren, die auf ein Mord hindeuten würden«, sagte der Bader. »Keine blaue Male am Hals ... keine Kratzer oder kleinen Wunden, die durch ein Kampf entstehen.«

»Ihr meint, sie hat sich nicht gewehrt.« Engelke legte den Kopf schief. »Das besagt noch gar nichts. Hedda war schon immer zu ängstlich, um sich zu wehren. Vermutlich hat sie der Schrecken dermaßen gelähmt, daß sie –«

»Glaubt Ihr, Frau Engelke?« Holm war da nicht so sicher. »Mich ist bislang noch kein Fall vorgekommen, wo ssich ein Opfer von ein Mörder nicht gewehrt hätte.«

»Das kann ich mir auch kaum vorstellen«, brummelte Dierk. »Jede Kreatur hängt am Leben und kämpft darum, es zu behalten. Nur Selbstmörder werfen es freiwillig weg.«

Engelke schüttelte den Kopf. »Und doch bin ich mir sicher, daß Hedda ermordet worden ist«, beharrte sie störrisch. »Vielleicht hat sie jemand hinterrücks die Böschung hinuntergestoßen, und –«

»Es waren keine Sspuren auf das Gras«, warf Holm ein, »sso daß man hätte ssagen können, ssie ssei gerutscht. Ssie muß gegangen ssein – bis ins Wasser. Dann ist ssie ertrunken. Es muß gegen Morgen gewesen ssein.«

»Gegen Morgen?« Engelke heftete den Blick völlig überrascht auf den Bader. »Wie kann das sein? Ich meine

– sie wollte ja wohl zum Rathaus, um an unserem Hochzeitsfest teilzunehmen! Wie kann sie da erst gegen Morgen ertrunken sein?«

»Es war sso«, bestätigte der Bader noch einmal seine eigenen Worte.

»Da müßt Ihr Euch irren, Holm!« Mehr brachte Engelke nicht heraus.

»Ich irre mich nicht«, sagte der Bader ruhig. »Ssie war kaum ersstarrt. Alsso kann ssie noch nicht lange tot gewesen ssein, als die Männer ssie aus das Wasser zogen.«

»Wie lange dauert es denn, bis sich bei einem Toten die Leichenstarre einstellt?« fragte Dierk.

»Nun«, erklärte Holm, »das ist ganss verschieden. Es kommt auf das Wetter an, und wie groß und sswer der Körper ist. Fräulein Harms wäre ssicher ssehr snell erstarrt. Ssie war klein und zart, und das Wetter war kühl ...«

»Ihr meint, sie hätte schon starr und steif sein müssen, wenn sie am Abend ertrunken wäre?« Dierks Blick war forschend auf den Bader geheftet.

»Ganz recht«, sagte Holm.

Die Tür zum Badesaal öffnete sich. Herein kam ein weiterer Gast. Engelke erkannte mit tiefer Betroffenheit Berend Jansen. Der Mann, der Hedda seit vielen Jahren geliebt hatte und ihr ein echter Freund gewesen war, wirkte gedrückt und tieftraurig. Er ging gebeugt, mit hängenden Schultern, und sein Gesicht war blaß. Um seine Augen lagen dunkle Ringe.

Berend Jansen bemerkte Engelke und Dierk sofort. Schleppenden Schrittes kam er auf sie zu und streckte ihnen die Hand zur Begrüßung hin. »Alles Glück der Erde«, sagte er mit einer Stimme, die rauh und tonlos klang, »gestern bin ich irgendwie nicht dazu gekommen, Euch meine guten Wünsche mitzuteilen.«

»Ich weiß«, sagte Engelke, »Ihr habt auf Hedda gewartet – genau wie ich. Heute wissen wir, warum sie nicht gekommen ist.«

In den Augen des jungen Mannes schimmerte es plötzlich verräterisch feucht.

»Kommt, setzt Euch einen Augenblick zu uns«, forderte Dierk ihn auf. »Meine Frau und ich – wir wissen, wie Euch ums Herz ist. Auch wir haben einen lieben Menschen verloren.«

»Ich danke Euch, Okkena.« Berend Jansen folgte der Einladung und ließ sich auf einem der gepolsterten Stühle neben Dierk und Engelke nieder. Verstohlen wischte er sich die Augen. »Ist es nicht entsetzlich?« fuhr er fort. »Es war mir endlich gelungen, einen Weg zu finden, wie ich Hedda dazu bringen konnte, meine Frau zu werden. Ich hatte alles mit ihrem Vater abgesprochen, hatte das Wort des alten Harms. Hinnerk der Ältere war sogar begeistert gewesen. Wir verkünden einfach Eure Verlobung, hatte er vorgeschlagen – aber das wißt Ihr ja, Engelke. Hedda sollte überrascht werden. Ich hatte ihr ein schönes rotes Kleid schicken lassen und einen Ring, damit sie auf dem Hochzeitsfest – Eurem Fest, Okkena – genauso fein gekleidet ist wie die anderen ... und dann ...«

Er verstummte und senkte den Kopf. Die schmerzlichen Worte, die aus ihm hervorgesprudelt waren, versiegten mit einem rauhen Schluchzer.

»Sie hat das Kleid auch getragen, Berend«, sagte Engelke leise. »Euch zu Ehren – warum wohl sonst? Und der Ring steckte ebenfalls an ihrem Finger ...«

»Warum?« flüsterte Berend Jansen, als habe er Engelkes Worte gar nicht gehört. »Warum ist sie ins Wasser gegangen? Ich verstehe das alles nicht!«

»Wir auch nicht«, sagte Dierk, »noch nicht. Meine Frau meint, Hedda Harms sei nicht freiwillig aus dem Leben geschieden.«

»Ein Unfall?« Die tränennassen Augen des jungen Kaufherrn suchten in Engelkes Gesicht nach einer Erklärung.

»Ein Mord«, antwortete Engelke.

»Aber Hedda hatte keine Feinde«, widersprach Berend Jansen leidenschaftlich. »Sie wurde auch nicht ausgeraubt – wie mir Hinnerk der Jüngere versicherte. Und an einen Unfall mag ich nicht glauben – sie war immer gut zu Fuß. Sie wäre niemals von der Straße abgekommen und eine Böschung hinabgestürzt!«

»Es waren keinerlei Ssleifspuren im Gras am Rand des Fleets«, warf Holm düster ein. »Hätte ein Kampf mit ein Angreifer sstattgefunden – das Gras hätte ssertreten sein müssen. Fräulein Hedda ist demnach freiwillig und vorsichtig die Böschung hinabgesstiegen.«

»Ich verstehe das alles nicht«, wiederholte Berend Jansen noch einmal und bedeckte das Gesicht mit den Händen, um seine Verzweiflung zu verbergen.

»Es wäre doch auch möglich, daß der Mörder Hedda gepackt und sie von der Straße zum Fleet getragen hat«, murmelte Engelke störrisch. »Erst wenn unumstößlich feststeht, daß sie ihr Leben selbst beendet hat, werde ich es glauben. Aus meiner Sicht gibt es bis jetzt keinerlei Beweise dafür. Aber alles mögliche spricht dagegen.«

Berend Jansen nickte stumm.

Dierk schwieg. Schließlich sagte er: »Ihr seid ja schon im Haus Harms gewesen, Jansen – hat der Gerichtsherr sich eingeschaltet? Hinnerk der Ältere ist wohl ohne jeden Zweifel einem Mord zum Opfer gefallen. Weiß man bereits Genaueres?«

Berend Jansen hob den Kopf und sah Dierk mit leeren Blicken an. »Kellinghusen hat das Zimmer besichtigt, in dem der alte Harms gestorben ist«, antwortete er, »die Dienstboten sind alle zum Verhör abgeführt worden. Er sei zuversichtlich, den Täter bald ausfindig zu machen, sagte Kellinghusen.«

»Es kann eigentlich nur jemand aus das Haus gewesen ssein«, murmelte Holm. »Herr Harms der Ältere ist am Vormittag gesstorben – bei hellem Tag. Und ssicherlich hat sich außer den Knechten und Mägden niemand in sseine Nähe aufhalten können, um ihm das Gift ssu geben.«

»Gut und schön«, widersprach Engelke, »doch was, wenn die halbleere Flasche von außerhalb eingeschmuggelt worden wäre?«

Berend Jansen schüttelte den Kopf. »Kellinghusen hat bereits sichergestellt, daß das nicht so war«, sagte er. »Die Flasche stand seit einigen Tagen in Harms' Zimmer. Er pflegte jeden Morgen mit einem kräftigen Schluck von diesem schweren Wein zu beginnen, den er besonders gern mochte. Hedda hat ihn ihrem Vater immer gebracht. Nur heute morgen nicht ...«

»Der Mord an Hinnerk Harms dem Älteren ist genauso unverständlich wie der Tod seiner Tochter«, sagte Dierk, »man mag es drehen und wenden, wie man will.«

»Und Hinnerk der Jüngere ist zu bedauern«, fügte Berend Jansen leise hinzu. »Ich habe ihm ein paar von meinen Leuten geschickt – zum Aushelfen, solange seine Dienstboten verhört werden. Das Kind muß ja auch irgendwie versorgt werden ...«

»Ein Kind?« Überrascht sah Dierk den jungen Kaufherrn fragend an.

Engelke fiel das kleine Mädchen ein, das in Heddas Totenkammer auf dem Boden gesessen und so bitterlich geweint hatte. »Ich dachte, es gehöre zu den Dienstleuten. Was ist denn das für ein Kind?«

»Die kleine Tochter einer früheren Magd, die bei seiner Geburt gestorben ist«, sagte Berend Jansen. »Hedda hat sich immer um sie gekümmert. Und jetzt ist ja niemand mehr im Haus, der die Kleine versorgt. Der alte Harms stellte aus Prinzip keine Familien ein. Da war er eigen. Wollte kein Säuglingsgeschrei.«

»Wie kommt es, daß er dann dieses Kind in seinem Haus duldete?« fragte Dierk.

»Hedda hat ihn damals überredet.«

Engelke erinnerte sich. Vor zehn Jahren war das gewesen. Die Freundin hatte sich rührend um das mutterlose kleine Ding gesorgt, es gefüttert und gepflegt und kaum Zeit für andere Dinge gehabt. Am Anfang war es so schlimm gewesen mit Heddas Gluckenverhalten, daß Engelke die Freundin sogar damit aufgezogen hatte. Damals war ihr Spitzname für Hedda eine Zeitlang ›Mutterhuhn‹ gewesen ... »Und dieses Kind ist immer noch im Haus«, sagte sie nachdenklich. »Das wußte ich nicht. Ihr sagt, Berend, es wird von einer Eurer Mägde versorgt?«

»Ja. Hinnerk der Jüngere kann sich nicht auch noch um Kinder kümmern. Er hat jetzt so vieles zu tun – schließlich muß er unvorbereitet das Geschäft seines Vaters übernehmen. Und er trauert ...« Berend Jansen räusperte sich hart. »Die Vorbereitungen für die Leichenbegängnisse ...«

Engelke legte impulsiv die Hand auf seinen Arm. »Wir alle trauern, Berend«, sagte sie herzlich. »Ich wollte nur sagen – das Kind hätte ich auch bei mir aufnehmen können, bis die Lage geklärt ist.«

»Natürlich«, bekräftigte Dierk. »Ich hatte dem jungen Harms ohnehin meinen Beistand angeboten. Er kann sicherlich jede Hand brauchen, die sich ihm helfend entgegenstreckt.«

»Ihr seid ein guter Mensch, Okkena«, flüsterte Berend Jansen, der seinen Kummer kaum noch unter Kontrolle hatte und dem die Tränen jetzt stetig über die Wangen rollten. »Unsere Stadt hat in Euch einen wertvollen neuen Bürger hinzugewonnen – das meinte auch Kellinghusen, als ich heute mit ihm sprach.«

Holm wandte sich an den jungen Mann. »Ihr wollt ein heißes Bad, Herr Jansen«, sagte er, und Engelke bewunderte wieder einmal das Feingefühl des Baders, »darf ich es Euch mit beruhigende Kräuter anrichten? Und wo wollt Ihr es nehmen – hier im Saal oder oben?«

»Im Saal«, sagte Berend Jansen mit einem Schluchzen in der Stimme. »Ich möchte, daß Eure Musiker ein besonderes Stück spielen – gegen ein gutes Trinkgeld, versteht sich.«

»Welsse Stück mag das ssein?«

»Weiß mir ein Blümlein blaue ...«, flüsterte Berend Jansen, »das Lied hat eine ganz große Bedeutung für mich.«

Engelke wechselte einen Blick mit Dierk. Der nickte beinahe unmerklich. Gemeinsam erhoben sie sich. »Wir verabschieden uns, Berend«, sagte Engelke zu dem jungen Mann. »Und wir wünschen Euch, daß Ihr mit Eurem Schmerz zu leben lernt. Im Augenblick tut Euch sicherlich ein wenig Stille gut. Bei Holm seid Ihr einstweilen in guten Händen. Kommt zu uns, wenn Euch danach zumute ist.«

Berend Jansen beherrschte sich hervorragend. Nur seine naß glänzenden Augen verrieten seine seelische Not. »Ich danke Euch, Engelke«, gab er mit belegter Stimme zurück, »und möge Euch nur Glück beschieden sein!«

»Holm«, fragte Engelke den Bader, als sie mit Dierk das Haus verließ, »wo ist eigentlich Belladonna zu erhalten? Bekommt man es beim Apotheker?«

»Schon«, antwortete Holm nachdenklich, »aber ein große Menge, wie ssie in dem Wein von Herrn Harms enthalten war, dürfte kein Apotheker bessitzen. Die Wein roch sso, als sseien mindestens fünf Unssen dareingemischt.«

»Fünf Unzen? Das wäre fast eine Tasse voll!« Engelke wunderte sich. »Woher hätte aber der Täter so viel Gift nehmen sollen?«

»Das weiß ich auch nicht«, murmelte Holm, »und es gibt mir Rätssel auf.«

»Wir sprechen später noch einmal darüber, wenn Ihr erlaubt«, sagte Dierk. »Es ist meiner Frau sehr wichtig, die Unklarheiten um Hedda Harms' Tod auszuräumen.

Und was ihr wichtig ist, das hat auch für mich große Bedeutung.«

»Gerne ssu Diensten«, sagte Holm höflich und mit der ihm eigenen Ehrlichkeit. »Vielleicht, daß Ihr mich rufen laßt, wenn es Euch genehm ist?«

Sie wanderten zu ihrem eigenen Anwesen. Sie hatten beide, ohne es abzusprechen, den Weg zum Grimm eingeschlagen. Das Haus war im Augenblick leer; noch hielt sich keine Magd und kein Knecht darin auf. Dierk sprach aus, was Engelke dachte: »Die ersten Tage unseres gemeinsamen Lebens hatte ich mir anders vorgestellt.«

»Ich auch«, antwortete Engelke. »Du – wir hätten Gäste empfangen können in unserem Haus. Wir hätten auch heute und morgen noch ein bißchen gefeiert ...«

»Hätten uns viel Zeit nehmen können«, ergänzte Dierk, »für uns, meine ich ...«

»Das können wir immer noch.«

Er griff nach ihrer Hand. »Dennoch«, sagte er leise, »deine Gedanken werden bei deiner Freundin Hedda sein – und meine damit auch.«

»Ich kann nicht anders.«

»Ich weiß.« Er wandte ihr im Gehen das Gesicht zu und lächelte sie an. »Und weil du so bist, wie du eben bist – deshalb liebe ich dich, Geertje!«

»Geertje«, murmelte Engelke versonnen. »Der Junge mit der Filzmütze und den schlechten Manieren ... Stimmt, der ist ein Teil von mir. Aber ist dir die Frau, die ich ebenfalls bin, nicht lieber?«

Dierk blieb stehen. Impulsiv nahm er Engelke in die Arme, ohne sich um die drei Marktweiber zu kümmern, die gerade vom Fischmarkt her mit ihren Kiepen an ihnen vorüberstapften. »Für mich bist du in beiderlei Gestalt die Liebenswerteste und Begehrenswerteste, die mir je begegnet ist«, sagte er und küßte sie mitten auf den Mund. »Eins merke dir: Ich habe dich auf den ersten Blick als sehr weiblich erkannt – mach dir keine Illusionen, daß ich dich je für einen Jungen gehalten hätte!«

Engelke lachte leise und wich verlegen den neugierigen Blicken der Bauersfrauen aus, die sie unverhohlen musterten und grinsend miteinander tuschelten. »Geertje hätte jetzt eine rotzige Bemerkung gemacht«, sagte sie zu Dierk, »aber Engelke neigt eher zur Schüchternheit.«

Er küßte sie noch einmal und zog sie weiter. »Dann sei eben mal Geertje, wenn du es für nötig hältst«, scherzte er mit plötzlichem Übermut. »Ich weiß genau – du hast dir auch als Fröl'n Engelke in dieser Hinsicht schon einen Namen gemacht. Von wegen schüchtern!«

»Woher hast du denn diese Weisheit?« Engelke ging auf seinen lockeren Ton ein, um ihre Gedanken von Hedda abzulenken. »Mir scheint, du hast mit den falschen Leuten über mich gesprochen hinter meinem Rücken!«

»Nun, Niklas Helmers meinte –«

»Sieh an – Niklas Helmers! Was meinte er denn, der schönste Gockel von ganz Hamburg?«

»Er sagte mir im Vertrauen: Seht euch vor, Okkena. Das Weib hat Haare auf den Zähnen. Aber damit hat er mir ja nichts Neues erzählt.«

»Oh!« Engelke spielte Entrüstung. »Ihr Männer seid doch allesamt Halunken!«

Dierk grinste. »Ich frage mich, warum Helmers so schlecht auf dich zu sprechen war – beziehungsweise warum er so einen Heidenrespekt vor dir hat.«

Engelke wurde wieder ernst. »Ich bin wohl die einzige, die auf sein Pfauen-Gehabe nicht hereingefallen ist«, sagte sie langsam. »Überdies wäre Liesbeth, seine Frau, im Armenhaus gelandet und er selbst am Bettelstab, wenn ich ihm nicht vor einiger Zeit deutlich die Meinung gesagt hätte ...«

»Geert aus Flensburg«, nickte Dierk mit einem wissenden Lächeln.

»Das weißt du? Wer hat dir das gesagt?«

»Der Gerichtsherr. Kellinghusen.«

»Wann?« Engelke staunte und war ein wenig erschrokken. »Ich hatte Kellinghusen doch so gebeten, die Sache für sich zu behalten!«

»Als er wußte, wer ich bin – gleich nach der Hinrichtung der Likedeeler im vergangenen Oktober –, da brauchte er vor mir ja keine Geheimnisse mehr zu haben. Nur mein Geheimnis sollte er bewahren. Und das hat er auch getreulich getan.«

»Oh!« stieß Engelke hervor. »Kellinghusen hat demnach die ganze Zeit gewußt, daß du in der Stadt warst?«

»Ja.« Dierk faßte noch einmal ihre Hand und drückte sie heftig. »Er war mir sogar behilflich beim Kauf des Grundstücks, auf das du so wild warst. Genaugenommen wußte ich überhaupt erst von Kellinghusen, daß du das Land und das Gebäude neben deinem Brauhaus kaufen wolltest. Und ich dachte mir ...«

»Ich war unbeschreiblich wütend auf diesen Okkena, der mir das Grundstück vor der Nase weggeschnappt hatte!« Engelke sog in Erinnerung an den vergangenen Ärger scharf die Luft in die Lungen. »Ich kannte ja damals deinen Familiennamen nicht. Ich wußte nur, daß die meisten Friesen lediglich einen Vornamen besitzen.«

»Wenn sie einfache Bauern sind.« Dierk sah Engelke zärtlich an. »In meinem Fall –«

»Wie konnte ich denn ahnen, daß ich in dir einen Mann aus einer Häuptlingsfamilie kennengelernt hatte? Für mich warst du Dierk aus Amrum.«

»Steuermann und Habenichts.«

»Richtig. Woher sollte ich wissen –« Engelke unterbrach sich und schnaufte noch einmal. »Kellinghusen wird mir Rede und Antwort stehen müssen, sobald ich ihn allein erwische!«

Dierk legte im Gehen den Arm um ihre Hüfte. »Laß ihn am Leben, Geertje. Er hat doch nur getan, um was ich ihn gebeten hatte. Damit die Überraschung für dich um so größer würde.«

»Ich war so wütend auf dich, als du nach Jahren einfach wieder auftauchtest, als sei nichts gewesen.« Engelke lehnte für einen Augenblick den Kopf an seine Schulter. »Und ich werde es wohl für alle Zeit nachtragen, daß du dich nie gemeldet hast, Dierk. Wir haben Jahre dadurch verloren. Wenn ich jetzt bedenke, daß Kellinghusen lange vor mir wußte, wer sich hinter dem Namen Okkena versteckt, dann –«

»Es ist vorbei«, sagte Dierk und preßte ihren Arm. »Und jetzt sind wir zusammen. Nur das zählt. Verschüttete Milch soll man nicht bejammern – das war doch auch immer deine Devise, Geertje.«

Engelke erwiderte seinen Händedruck. »Was bleibt mir anderes übrig, als dir zu verzeihen?« sagte sie mit einem zärtlichen Lächeln. »Obwohl ...«

»Obwohl?«

»Mach in Zukunft keine so groben Fehler mehr.«

»Aus meiner Sicht war es kein Fehler. Ich wollte dir ebenbürtig sein. Dir zum Trost – das Warten ist mir erbärmlich schwer geworden.«

Sie nickte. »Ich glaube«, sagte sie, »ich hätte wohl an deiner Stelle genauso gehandelt. Den Stolz, den du hast, den hab' ich schon lange.«

Sie waren beim Haus auf dem Grimm angekommen. »Gerade noch rechtzeitig«, sagte Dierk mit einem Blick auf den Himmel, der sich mit dicken grauen Wolken zugezogen hatte. »Jeden Augenblick wird es anfangen zu pladdern!«

»Drinnen ist es warm und gemütlich«, erwiderte Engelke, und dann machte sie große Augen. Auf den Stufen vor der Eingangstür hockte Liseke. Dicht neben ihr, an sie angekauert, saß das Kind aus dem Haus Harms.

Engelke war mit wenigen Schritten bei den Mädchen. »Was machst du denn hier, Liseke?« fragte sie Mettes

Tochter. »Ich hatte doch gesagt, du mußt erst in ein paar Tagen bei mir anfangen. Und wen hast du denn da bei dir?«

Liseke hob den Blick zu Engelke und senkte ihn gleich wieder. »Ich weiß ja auch nich', Fröl'n Engelke«, stotterte sie unsicher, »aber Herr Jansen meinte, Ihr hättet gesagt ... und ... und Hanne von Jansen, die meinte, Ihr könntet doch auch ... weil ... das mit dem Kind ... sie heißt nämlich Judith, und ich hatte der Hanne versprochen –«

»Mal langsam«, sagte Dierk. »Alles der Reihe nach. Und vor allem im Haus. Weil's gleich regnet.«

Er schloß die Tür auf und ließ die Mädchen und Engelke zuerst eintreten. Dann kam auch er in die geräumige Diele und warf einen Blick auf den Kamin, in dem noch ein winziges Restchen Glut glimmte. »Ich kümmere mich um das Feuer«, sagte er, »und du, Liseke, berichtest jetzt mal so, daß man weiß, worum es geht.«

Mettes Tochter nickte eifrig und deutlich erleichtert. »Ich bin auch ganz bestimmt immer da, wenn sie mich braucht«, sagte sie, »ich meine – Judith ...«

Engelke hatte bereits verstanden. »So«, sagte sie, »Judith heißt die Kleine. Ein ziemlich vornehmer Name. Wer sich den wohl für sie ausgedacht hat ...«

Das Kind blickte mit großen, kummervollen Augen zu Engelke auf und gab keine Antwort. »Keiner weiß das«, meinte Liseke, »aber hübsch ist er – nicht so langweilig wie meiner. Elisabeth heißt doch jede zweite.«

»Eitler Fratz«, tadelte Engelke ihre zukünftige Jungmagd. »Erzähl mir lieber, wie alles hergegangen ist. Jansens Magd hatte also keine Lust, Judith zu versorgen. Und weil ich Berend Jansen angeboten hatte, mich um sie zu kümmern, hat die Hanne dich gleich mit der Kleinen zu mir geschickt. Stimmt's?«

»Genau«, strahlte Liseke. »Wie Ihr das wieder so richtig erraten habt, Fröl'n Engelke ...«

»Aber so klein ist Judith doch überhaupt nicht mehr«,

wunderte sich Engelke. »Wenn ich mich nicht irre, ist sie schon mindestens zehn. Und da braucht man wohl kaum noch ein Kindermädchen. Es wäre also keine Belastung für die Hanne aus dem Haus Jansen, wenn Judith bei Harms bleiben würde. Oder?«

»Ich weiß nicht«, sagte Liseke. »Vielleicht, daß sie –«

»Judith soll für sich selbst sprechen«, mischte Dierk sich ein, »das wird sie ja wohl können.«

Er schaute die Kleine an, die bis jetzt wie verloren dagestanden und in die aufzüngelnden Flammen des Kamins gestarrt hatte. Judith blickte zu dem großen Mann auf und brach unvermittelt in Tränen aus. Eine Antwort gab sie nicht.

»Sie nimmt es eben sehr schwer, das mit Fröl'n Hedda«, entschuldigte Liseke die hemmungslos Weinende. »Sie hat ja nun niemanden mehr ...«

»Keine Verwandten?« Engelke nahm das Kind in den Arm und wischte ihm die immer neu hervorquellenden Tränen von den Wangen. »Du mußt doch irgendwelche Verwandten haben, Judith. Denk einmal scharf nach.«

Die Kleine schluckte und bemühte sich sichtlich, die Fassung wiederzugewinnen. »Meine Mutter ist tot«, hauchte sie tonlos, »und mehr weiß ich nicht. Nun ist Fröl'n Hedda auch tot ...« Neue Tränen zeigten ihre Verzweiflung und Hilflosigkeit. »Herr Hinnerk hat gesagt, das beste für mich wäre das Waisenhaus ...«

»Augenblick«, sagte Engelke, »so weit sind wir noch nicht. Du mußt Verwandte haben. Wahrscheinlich hat sich nur bis jetzt niemand die Mühe gemacht, nach ihnen zu suchen. Das werde ich jetzt übernehmen. Findet sich niemand und Hinnerk der Jüngere will dich nicht behalten, dann ... dann ...«

»Dann kommst du einfach zu uns ins Haus«, warf Dierk ein. »Liseke wird dich zur zweiten Jungmagd anlernen. Du bist ja schon fast alt genug dafür. Ins Waisenhaus mußt du jedenfalls nicht.«

Engelke warf ihrem Mann einen dankbaren Blick des Einverständnisses zu. »Das hatte ich vorschlagen wollen«, sagte sie zu Judith. »Mach dir keine unnötigen Sorgen, Mädchen. Dein Wohlergehen war Hedda immer sehr wichtig. Das soll auch für mich gelten. Ich lasse dich nicht im Stich.«

»Danke«, flüsterte Judith mit zitternder Stimme.

»Weißt du denn, wie deine Mutter hieß?« fragte Dierk.

»Fröl'n Hedda hat nie über sie gesprochen«, murmelte die Kleine schmerzlich, »aber die Altmagd sagte, sie hieß Dörte. Und sie sei gestorben, als sie mich ... zur Welt brachte.

»Wo war das – hier in Hamburg, im Haus Harms?«

Judith schüttelte den Kopf. »Nein – es war auf einer Reise«, flüsterte sie stockend, »in einer anderen Stadt ... die hieß Genten ... oder Genting ... oder so ähnlich ...«

»Ghent?«

»Ja, so hieß sie.« Judith nickte. »Meine Mutter war ja Magd bei Fröl'n Hedda – ihre Kammerfrau. Und sie war mit auf die lange Reise gegangen, um Fröl'n Hedda zu bedienen. Und dann ... dann ... wurde ich geboren ...«

»Ach, jetzt verstehe ich!« Engelke drückte die Kleine an sich. Vor mehr als zehn Jahren hatte Hedda ihren Vater einmal auf eine Geschäftsreise begleitet. Fast sechs Monate war sie außer Landes gewesen, und Engelke hatte ihre Freundin sehr vermißt. Doch nach Heddas Rückkehr hatten sie sich auch nur selten treffen können. Es war die Zeit gewesen, als Hedda ihrem Vater die Erlaubnis abgetrotzt hatte, ein neugeborenes Kind zu versorgen. Der alte Harms hatte den Säugling natürlich ins Findelhaus geben wollen.

Liebe, herzensgute Hedda. Sanftes, demütiges Lämmchen. Damals war sie eine Löwin gewesen, hatte für das hilflose Kind gegen ihren übermächtigen Vater gekämpft und gewonnen ...

»Und woher stammte deine Mutter?« forschte Dierk. »Kam sie aus Hamburg?«

»Das weiß ich nicht«, stammelte Judith. »Ich weiß überhaupt fast gar nichts von ihr ...«

»Nun, wir werden sicher mehr über sie herausfinden können«, sagte Dierk. »Bestimmt können die anderen Dienstboten sich noch an Dörte erinnern – zumindest die Altmagd wird wissen, aus welchem Dorf oder aus welcher Stadt sie ins Haus Harms gekommen ist.«

»Ja«, stimmte Engelke zu, »es muß doch möglich sein, Dörtes Familie ausfindig zu machen. Stell dir vor, Judith – vielleicht hast du Vettern und Basen, eine Großmutter, einen Onkel oder eine Tante! Wäre das nicht schön?«

Das kleine Mädchen hob den tränenverschleierten Blick hoffnungsvoll zu Engelke empor. »O ja«, flüsterte es inbrünstig, »aber Fröl'n Hedda ... ich vermisse sie so schrecklich ...!«

»Ich auch«, sagte Engelke leise und zog Judith noch enger an sich.

»Du bleibst also erst einmal hier«, stellte Dierk nüchtern fest. »Und Liseke kann auch schon heute anfangen. Wir richten es einfach so ein, daß die alte Wiebke noch an diesem Tag hier einzieht. Die beiden Knechte, die ich eingestellt hatte, können morgen kommen, sobald Ebbo und Birte wieder abgereist sind und die Kammern frei werden.« Er schaute Engelke an. »Wann hattest du Grete bestellt – deine neue Magd?«

»Oh, Grete könnte ebenfalls sofort einziehen«, meinte Engelke nachdenklich. »Für ein paar Tage kann sie ja bei Tidemanns im Brauhaus schlafen. Das würde ihr sicher nichts ausmachen.«

»Gut«, sagte Dierk entschlossen, »dann verzichten wir – wenn du einverstanden bist – auf unsere Flitterwochen. Wir fangen gleich an, unseren Haushalt auf die Beine zu stellen. Was meinst du, Geertje?«

Engelke ließ das Kind los und nahm Dierks Hand. Sie rückte ganz nah an ihn heran. »Du bist wunderbar«, flüsterte sie so leise, daß nur er es hören konnte, »Dierk, ich liebe dich …«

Der Händedruck, den er ihr zur Antwort gab, war fest und leidenschaftlich. Er verriet sein Verlangen, mit ihr allein zu sein. Engelke verstand, welches Opfer er brachte. Und sie erkannte auch, daß es für sie selbst ein Opfer sein würde. Ein Liebespaar, das kaum Zeit für Zärtlichkeiten bekam – was für ein Gedanke! Sie legte die Lippen an sein Ohr. »Wir werden uns eben hin und wieder von all dem Trubel wegstehlen«, hauchte sie, »es wird ziemlich schwierig – aber uns fällt schon was ein, Liebster …!«

Er nickte fast unmerklich. In seinen Augen blitzte ein verschwörerisches Lächeln.

6

Sie hatten Liseke und die kleine Judith im Haus auf dem Grimm zurückgelassen und waren, da Ohm Godert sie eingeladen hatte, zum Abendessen ins Haus van Damme an der Reichenstraße zurückgekehrt. Alle waren diesmal an dem langen Tisch in der Diele versammelt – auch die Tanten Meta und Gesine.

Engelke hatte sich auf viele bösartige Bemerkungen seitens der Tanten gefaßt gemacht. Meta und Gesine hatten ja nie eine Gelegenheit ausgelassen, ihre Nichte vor Gästen und Verwandten als Schmarotzerin hinzustellen, die auf Kosten ihres Onkels lebte und nichts zu ihrem Lebensunterhalt beitrug. Aber als Meta, die ältere von ihnen, an diesem Abend zu einer Schimpftirade ansetzen wollte, schoß Grootvadder Evert ihr einen derart gebieterisch-zornigen Blick zu, daß sie noch vor dem ersten Wort für den Rest des Mahls verstummte.

Gesine machte erst gar keine Anstalten. Sie ließ sich nur bei Birte Okkena über Engelkes Kleid aus, das eigentlich ihrem Ehestand überhaupt nicht angemessen sei. »Es ist zu schlicht«, sagte sie und warf sich in die üppigspeckfaltige Brust, »man muß sich ja schämen, daß sie so was Bäurisches trägt. Findet Ihr nicht auch, Fräulein Birte? Ihr tragt immerhin Schmuck, so daß man auch sieht, aus was für 'ner feinen Familie Ihr stammt!«

Birte Okkena brachte für diese unpassende Bemerkung nur einen verständnislosen Blick auf. Sie gab keine Antwort. Statt dessen wandte sie sich ihrer Tischnachbarin zur Linken zu – Anneke, die spitzbübisch grinste und sich dann gleich mit ihrer neugewonnenen Freundin in ein Gespräch vertiefte.

Damit war den Tanten der Wind aus den Segeln genommen. Mürrisch, aber gierig aßen sie von dem saftigen Braten, der Hühnersuppe, dem feinen Pudding, den Mette unvergleichlich gut zuzubereiten wußte, und beteiligten sich nicht einmal mehr an den allgemeinen Tischgesprächen. Als die letzte Schüssel abgetragen war, verschwanden sie wieder in ihrem Gemach, wobei sie schon auf der Treppe eine Streiterei miteinander anfingen.

»Olle Scheepsnuut«, schnauzte Meta ihre Schwester an, »dat du di nich tosamen nehmen kannst!«

»Kannst du ja selber nich'«, raunzte Gesine, »nu kuck, wie wir wieder dastehen – nur wegen dir!«

»Du hättest nich' so blöd schwätzen sollen«, zischte Meta giftig. »So blöd wie du schwätzt keiner!«

Gesine hastete hinter ihr her. »Wenn ich dich zu pakken kriege«, stieß sie wütend hervor, »dann reiß ich dir deine letzten drei Haare aus!«

Ein weiterer unheildrohender Blick von Evert van Damme machte sie auf der Stelle mundtot. Eilig liefen sie die restlichen Stufen der Treppe hinauf. Ihre Türe klappte zu. Es wurde friedlich am Tisch.

Auch heute wieder waren Engelke und Dierk die ersten, die sich verabschiedeten. Sie wurden diesmal begleitet von Karl und Bartel, die die alte Wiebke und ihr kleines Bündel Habseligkeiten in das Haus am Grimm brachten. Wiebke, die wegen ihres hohen Alters die Strekke nur noch mit Mühe zu Fuß hätte bewältigen können, wurde in Grootvadder Everts Tragesessel befördert. Der Altherr hatte darauf bestanden, und Wiebke hatte sich seinem Machtwort fügen müssen, obwohl sie anfangs heftig widersprochen und sich gegen das ›unziemliche‹ Ansinnen gesträubt hatte. »Ich hätte dich für vernünftiger gehalten«, war Grootvadder Everts ausschlaggebendes Wort gewesen. Unvernunft wollte sich Wiebke denn doch nicht vorwerfen lassen. Widerwillig stieg sie also in die Sänfte und murmelte nur noch etwas von ›viel zu fein für mich …‹, während Evert van Damme leise lachte.

Auf dem Grimm war die Diele wohlig warm geheizt. Liseke hatte für sich und Judith einen Haferbrei gekocht. Die beiden Mädchen hockten beim Eingang zur Küche auf den beiden kleinen Schemeln, die eigentlich in die Gesindekammern gehörten, und sprangen auf, als der Hausherr und die Hausfrau eintraten. »Soll ich schnell 'n Becher Bier für Euch holen?« fragte Liseke dienstbeflissen. Ihr Eifer, ihre Aufgabe gut zu machen, belustigte Engelke.

»Wir kommen gerade vom Essen«, erinnerte sie das Mädchen. »Wenn du was Nützliches tun willst, dann hilf Wiebke beim Auspacken und Einrichten ihrer Kammer.«

»Becher Bier?« ließ sich eine junge Männerstimme von draußen vernehmen. »Käme mir recht.«

Engelke drehte sich überrascht um. Noch jemand war vor ihrem Haus angekommen – Heiko, Dierks Vetter. Und ihm an der Seite klebte Teetje, Lisekes Bruder. Heiko und Teetje waren wie Pech und Schwefel, seit sie sich vor Jahren auf der Halfmoond kennengelernt hatten. Teetje fuhr immer noch auf der Halfmoond, als Schiffsjunge unter Schiffer Olsen. Heiko Okkena war Schiemann auf Dierks Schiff, der Erzengel.

»Na, so was«, sagte Engelke, »Heiko der Schweigsame hat gesprochen! Herzlich willkommen, ihr beiden. Kommt doch herein. Liseke, wenn du Wiebkes Gepäck nach oben gebracht hast, kannst du das Bier holen!«

Aber die kleine Judith hatte das Bündel der alten Frau bereits in die Diele getragen und lief nun damit die Treppe hinauf. »Danke, Judith«, rief Liseke ihr nach, »es soll in die vorderste Kammer links am Gang!« Sie selbst schob den Riegel der Kellertür auf, holte aus der Küche einen Steinzeugkrug und nahm eine der beiden brennenden Kerzen vom Kaminsims. Dann verschwand sie im Keller.

Engelke dankte Karl und Bartel dafür, daß sie Wiebke hergebracht hatten. Sie wollte ihnen ein kleines Trinkgeld geben. Karl lehnte verlegen ab. »Ihr gehört doch immer noch zur Familie van Damme«, sagte er, während er den Blick auf ihre Augen richtete, »und bei der stehe ich ja in Arbeit und Brot. Da geiht dat nich an, dat Ju mi nochmool betohlt!«

Engelke mußte lachen. »Karl«, sagte sie, »du hast wohl gar nicht mitgekriegt, daß ich jetzt 'ne eigene Familie gegründet habe? Nimm das Geld – aber sofort! Mette wird sich freuen, wenn sie 'n Witten mehr auszugeben hat. Gerade im Augenblick könnt ihr's doch gut brauchen!«

»Dat is woohr«, brummte Bartel, »do hett Fröl'n Engelke recht. Sobald dat Lütte kommt ...«

Karl schüttelte verstockt den Kopf. »Dat geiht nich an.«

»Denn nehm' ich das Geld, Fröl'n Engelke«, sagte Bartel mit einem ärgerlichen Blick auf seinen langjährigen Freund. »Ich geb's Mette persönlich – mit Verlaub. Sie kann ja nix dafür, daß sie so 'n Klotzkopp von 'nem Kerl erwischt hat.«

Dierk lachte. »Sehr vernünftig.«

»Ik bruuk man bloot noch 'n büschen Tiet, um mich da an zu gewöhnen«, brummelte Karl zu seiner Verteidigung und nahm endlich den Witten in Empfang. »Nich, dat Ihr nu beleidigt seid, Fröl'n Engelke ...«

»Kommt gut nach Hause«, sagte Engelke, belustigt über Karls umständliche Art. »Grüß mir deine Frau – und sag ihr, sie soll sich nicht so überanstrengen. Ich weiß genau, sie übertreibt es mit der Arbeit, wenn ich nicht da bin, um sie dran zu hindern!«

»Mook ik, Fröl'n Engelke – mook ik!« Karl packte mit Bartel den Tragesessel an und setzte sich in Trab. »'n schönen Abend noch – all tosamen!« Damit verschwanden die beiden Knechte des Hauses van Damme in der Dämmerung.

Dierk, Heiko und Teetje hatten sich auf der gepolsterten Bank vor dem Kamin niedergelassen, Teetje immer dicht an der Seite seines Busenfreundes. Engelke nahm neben Wiebke Platz, die sich auf die schlichte hölzerne Bank beim Fenster gesetzt hatte. »Na, ihr«, sprach sie die beiden Seebären an, »was verschafft uns denn die Ehre?«

Heiko sagte nichts. Teetje übernahm das Reden für ihn. »Wir hatten unsere Arbeit erledigt, Heiko und ich«, quasselte der lang aufgeschossene Vierzehnjährige los, »ich hatte das Achterdeck geschrubbt – auf der Halfmoond. Und Heiko war mit dem Durchsehen des schadhaften Tauwerks fertig – auf der –«

»Auf der Erzengel, wie wir alle wissen.« Engelke zwinkerte dem Flachskopf zu. »Und dann?«

»Und dann dachten wir uns ...« Teetje hatte den Faden verloren und sah Heiko hilfesuchend an. »Was dachten wir uns, Heiko?«

Dierks Vetter kniff die Augen zusammen. »Sollten euch mal 'nen Besuch abstatten«, brummte er, »Glück wünschen – zur Hochzeit.«

»Und Heiko wollte noch Bericht erstatten«, ergänzte Teetje, »wegen der neuen Wanten. Wolltest du doch, Heiko – oder?«

»Hmm«, brummte der junge Schiemann, »wollte ich.«

»Was gibt es denn zu berichten?« fragte Dierk aufmerksam. »Zwei Wanten steuerbords waren zu ersetzen. Hat der Reeper nicht ordentlich geliefert?«

»Doch, doch«, sagte Heiko.

»Aber?«

»Geiht allns kloor. Das stehende Gut is nu in Ordnung – wie das sein soll.«

»In anderen Worten – wir können segeln.«

»Jo.«

Diese Art einsilbiger Unterhaltung war Engelke noch bestens in Erinnerung. Vor Jahren hatte sie einmal versucht, Heiko in ein Gespräch zu verwickeln, was schier unmöglich gewesen war. Bis heute bewunderte sie Dierks Geduld mit dem maulfaulen Burschen.

»Ich hatte mir gedacht, in zwei Wochen nehmen wir Ladung auf«, sagte Dierk gerade, »es kann sein, daß wir zusätzliche Ware von Helmers kriegen, für die Platz geschafft werden muß. Ist der neue Bootsmann schon aufgetaucht?«

»Noch nich'«, sagte Heiko.

In diesem Augenblick kam Liseke mit dem gefüllten Bierkrug aus dem Keller. Sie stellte den Krug auf den Kaminsims, holte eine Anzahl Becher aus der Küche und füllte den ersten. Sie reichte ihn Engelke. Den zweiten bekam der Hausherr. Den dritten bot sie Heiko dar.

Dierks Vetter streckte die Hand aus und sah Liseke an. Das Mädchen heftete den Blick auf Heikos Augen. Heiko griff ins Leere. Liseke konnte gerade noch verhindern, daß der Becher, den sie dem jungen Schiemann hinhielt, zu Boden fiel. Doch das Bier schwappte über Heikos Jacke.

»O Gott«, sagte Liseke erschrocken, »das tut mir jetzt aber leid!«

»Macht gar nichts«, stotterte Heiko, der das Mädchen immer noch anstarrte und den feuchten Fleck auf seiner Jacke keines Blickes würdigte.

»Ich hol schnell mal 'nen Lappen«, haspelte Liseke und rannte in die Küche. Sie kehrte mit einem Leinenlappen zurück und begann Heikos Jacke abzutupfen. »Ich krieg es bestimmt wieder raus«, sagte sie verzweifelt, »Bier macht kaum Flecken – sagt meine Mutter ...«

Heiko war wie versteinert. Er konnte den Blick nicht von Liseke abwenden, schaute sie an, wurde über und über rot.

»Am besten, du ziehst die Jacke aus«, riet Engelke, »dann hat Liseke es leichter mit dem Reinigen.«

Heiko schoß von der Bank hoch. »Ja ... ja sicher«, stotterte er, »ich will es ihr nicht unnötig schwermachen!« Er schälte sich aus dem steifen, solide aus dicker Wolle genähten Kleidungsstück und hielt es Liseke mit leicht zitternden Händen hin.

»Danke«, sagte Liseke und schenkte ihm ein verwirrtes, strahlendes Lächeln. Heikos Gesicht leuchtete auf.

»Meine Schwester ist ein ungeschicktes Trampel«, entschuldigte sich Teetje bei Heiko. »Aber sie kriegt deine Jacke schon wieder sauber – und wenn sie 'ne Stunde daran rumschrubben muß. Dafür sorge ich!«

Liseke schoß ihm einen beleidigten Blick zu. Heiko errötete noch tiefer, wenn das überhaupt möglich war. »Es is' nicht so schlimm«, murmelte er, »ich hatte ja selber schuld – weil ich den Becher nicht –«

Engelke lächelte. »Geh in die Küche, Liseke«, befahl sie dem Mädchen, »da ist ein Tisch. Auf dem kannst du die Jacke ausbreiten, dann läßt sie sich besser bearbeiten.«

»Ich könnte mitgehen«, murmelte Heiko, »damit ich hier nicht im Hemd sitze ...«

Dierk hob die Augenbrauen. »Seit wann bist du denn so zimperlich?«

Heiko tat einen Schnaufer. Liseke errötete ebenfalls und huschte aus dem Raum, die Jacke fest im Arm. Heiko folgte ihr zögernd, aber zielsicher.

»Was hat er denn?« fragte Teetje verblüfft. »Sich so anzustellen wegen 'nem Bierfleck ...«

Engelke mußte lachen. Teetje starrte sie verständnislos an. Aber sie gab ihm keine Erklärung für Heikos merkwürdiges Benehmen. Eines nicht allzu fernen Tages würde der Junge schon selber erfahren, was seinem Idol soeben zugestoßen war. Heiko hatte es erwischt – auf den ersten Blick. Das war für Engelke mehr als deutlich.

Der Rest des Abends verlief sehr schweigsam – zumindest was Dierks Vetter betraf. Heiko hockte, nachdem seine Jacke wieder sauber war, die ganze Zeit auf der Stufe beim Kamin und schaute Liseke an, die immer wieder schüchtern seinen Blick suchte. Dem Mädchen war anzumerken, daß es ihm nicht unangenehm war, so eindeutig von dem jungen Schiemann angehimmelt zu werden. Später, als Dierk den beiden Seeleuten die kleine Kammer neben der Küche zum Schlafen anbot, wechselte Liseke tiefe Blicke mit Heiko. Die beiden sagten kein Wort. Aber Engelke war klar, daß sich zwischen ihnen etwas anzuspinnen begann, das ernst zu nehmen war.

Die alte Wiebke lächelte ihr runzliges Lächeln und wiegte den Kopf hin und her. »Zwei von einer Sorte«, sagte sie wie zu sich selbst, »die passen so gut zusammen wie du und der Deine.«

Engelke kicherte. »Ich hätte nie gedacht«, sagte Dierk belustigt, »daß mein Vetter überhaupt mal eine finden könnte – so unempfindlich, wie der bis jetzt immer bei Frauen war.«

»Na, hör mal«, sagte Engelke, »Heiko ist gerade zwanzig! Er hatte die Richtige einfach noch nicht gefunden. Bedenke – du hast noch viel länger gebraucht ...«

Dierk küßte sie. Da klopfte es an die Tür. Ebbo und Birte kehrten für die Nacht zurück. Dierks Bruder war bester Laune. Er hatte in der Gesellschaft von Konrad Veckinghusen und den van Dammes einen äußerst angenehmen Tag verbracht und freute sich schon auf morgen, wo ihm Ohm Godert die Lagerhäuser an der Deichstraße zeigen wollte. Birte war schweigsam, doch sie blickte keineswegs mehr so finster drein wie am Tag ihrer Ankunft. Auf Engelkes Frage, wie ihr Hamburg gefiele, zuckte sie die Achseln. »Weiß ich noch nicht«, sagte sie, während ein erstes scheues Lächeln über ihr hübsches Gesicht glitt, »Anna Veckinghusen zeigt mir morgen die Stadt. Wir werden auch ihre Freundinnen besuchen. Ich bin gespannt.«

Es war Anneke offenbar gelungen, mit Birte warm zu werden. »Das ist schön«, erwiderte Engelke, »ich hatte mir sehr gewünscht, daß du dich hier wie zu Hause fühlst.«

»Oh – ich weiß nicht«, sagte Birte, plötzlich wieder ein bißchen abweisend. »Aber Anna Veckinghusen versteht mich. Mit ihr kann ich wenigstens reden.«

Der Tag hatte sehr früh begonnen. Schon beim ersten grauen Frühlicht hatte Liseke, die sich die Kammer mit Wiebke und Judith geteilt hatte, Frühstück für alle zubereitet. Stolz trug sie die großen Stapel Pfannkuchen auf, die sie gebacken hatte und die ihr wunderbar geraten waren.

Engelke mußte über Heikos Gesichtsausdruck lächeln. Der junge Schiemann nahm seinen Pfannkuchen mit einer derartigen Anbetung aus Lisekes Hand entgegen, daß es überaus komisch wirkte.

Teetje dagegen schien mürrisch. Ihm gefiel es gar nicht, daß sein bewunderter Freund Heiko auf einmal nur noch Augen für seine älteste Schwester hatte. Er war regelrecht glücklich, als er endlich zusammen mit Heiko wieder abziehen durfte. »Schlag zehn muß ich mich bei Schiffer Olsen auf der Halfmoond melden«, verkündete er wichtig. »Es gibt noch viel für mich zu tun bis zum Auslaufen.«

»Schlag sechs heute abend ...«, flüsterte Heiko seiner sechzehnjährigen Angebeteten zu, »darf ich wiederkommen?«

Liseke errötete und nickte. »Wenn Fröl'n Engelke nichts dagegen hat ...«, wisperte sie zurück.

Dierk hatte sich entschlossen, mit den beiden jungen Seeleuten zu den Kajen zu gehen, wo sowohl die Halfmoond als auch sein eigenes Schiff, die Erzengel, vor Anker lagen. Es würde Zeit, nach dem Rechten zu sehen, meinte er. »Magst du nicht mitgehen?« fragte er Engelke.

»Heute noch nicht«, gab sie zur Antwort. »Ich muß unbedingt mit Hinnerk dem Jüngeren reden – vor allem wegen des Kindes.« Sie warf einen Blick auf Judith, die ihrer neugewonnenen Freundin Liseke nicht von der Seite wich. »Ich möchte so bald wie möglich die Verwandten ausfindig machen. Und Kellinghusen soll mir auch noch ein paar Auskünfte geben.«

»Gut«, sagte Dierk und gab ihr einen zärtlichen Kuß auf die Wange, »dann treffen wir uns heute beim Mittagessen im Haus van Damme. Vielleicht gibt es dann schon Hinweise, die uns weiterhelfen.«

Er warf sich seinen schwarzen Mantel um die Schultern, setzte den weichen Filzhut auf und schlang sich die Sendelbinde fest um Hals und Kinn, denn es wehte ein recht frischer Wind. Gemeinsam mit Teetje und Heiko machte er sich auf den Weg zum Elbehafen. Engelke schaute Dierk mit einem Glücksgefühl nach, wie er mit langen Schritten davonging, links und rechts flankiert von den viel kleiner und schmaler wirkenden jungen Seeleuten, die doch wirklich auch nicht zu den Schwächlingen gehörten. Mein Mann, dachte sie. Und immer noch war der Gedanke so unglaublich, daß sie schlucken mußte.

Bald danach war sie selbst auf dem Weg in die Reichenstraße. Im Haus Harms wuselte es von Menschen. Mehrere Mägde schrubbten den Fliesenboden der Diele, die zwar bescheidene Ausmaße hatte – denn das Haus gehörte zu den ältesten in der Reichenstraße –, aber mit ihrer polierten Täfelung gediegenen Wohlstand widerspiegelte. Knechte liefen umher, trugen Möbelstücke von einem Raum in den andern, schleppten Kisten und Truhen, hievten Warenballen an Seil und Haken durch die Luke in die Speichergeschosse.

In der Stube, die neben der Diele lag, waren die beiden Toten aufgebahrt. Ein paar schwarz vermummte alte Frauen knieten dort im Lichtschein einiger Kerzen und beteten dumpf murmelnd den Rosenkranz.

Engelke, die von einer der Jansenschen Mägde eingelassen worden war, trat in die Stube. Für den alten Harms, dessen aufgeschwemmtes Gesicht selbst der Tod nicht würdevoller erscheinen ließ, hatte sie keinen Blick übrig. Sie hatte Heddas Vater nie ausstehen können. Und sie brachte es selbst jetzt nicht fertig, Trauer um diesen Mann zu heucheln.

Hedda dagegen betrachtete sie noch ein letztes Mal mit liebevoller Anteilnahme und einem tiefen Gefühl des Verlustes. Ihr marmorblasses Antlitz wirkte heute anders als zu dem Zeitpunkt, da Engelke die Leiche zum erstenmal gesehen hatte. Der Anflug eines zufriedenen Lächelns, den Heddas Gesicht da gezeigt hatte, war verschwunden. Jetzt war es starr, kalt, steinern. Ihre Augen waren fest geschlossen, ihre bleichen Lippen hart zusammengepreßt. Es hatte etwas Anklagendes, dieses Gesicht, und da der Kopf der Toten leicht nach links geneigt war, zu der Seite, an der ihr Vater lag, schien es Engelke, als beziehe sich der Ausdruck der Beschuldigung auf ihn.

Engelke trat einen Schritt zurück. Sie konnte sich eines leichten Schauders nicht erwehren. Die junge Frau, die da vor ihr lag, war eine Fremde und nicht ihre Freundin Hedda, das Lämmchen. Diese Frau mit den strengen, scharfkantigen Zügen hatte nichts von Heddas weicher Liebenswürdigkeit und Anmut. Fast mußte man sich vor ihr fürchten, so kalt und mitleidlos sah sie aus. Das rote Seidenkleid, das sie noch immer trug, unterstrich diesen Eindruck.

Schmerz und Trauer wurden übermächtig. Engelke bekreuzigte sich. Dann, mit einer Scheu, die sie nicht an sich kannte, berührte sie Heddas rechte Hand, an der noch der Goldring steckte. »Leb wohl«, flüsterte sie mit zitternden Lippen. Dann verließ sie schnell das Zimmer.

Einen Augenblick stellte sie sich an die offene Haustür und atmete die frische Luft tief ein. Erst allmählich überwand sie das Gefühl der Fremdheit, das sie beim Anblick von Heddas Leiche übermannt hatte, und sie konnte wieder klar denken. »Wo ist der Hausherr?« fragte sie schließlich einen der Knechte, der gerade mit einem eisernen Kasten durch die Tür kam.

»Oben im Kontor«, sagte der Mann, »aber ich glaub', er will nicht gestört werden.«

»Was du glaubst, tut nichts zur Sache«, antwortete Engelke barsch und ließ den Knecht stehen. Sie stieg die Treppe hinauf. Das Kontor des alten Harms hatte sich im Obergeschoß auf der Straßenseite befunden. Engelke wußte also genau, welches Zimmer sie ansteuern mußte. Schließlich hatte es zwischen Harms und Godert van Damme Geschäftsbeziehungen gegeben.

Hinnerk der Jüngere saß über einem Stapel Akten. Er blickte nicht auf, als Engelke eintrat. »Was gibt's?« fragte er. »Ich hatte doch angeordnet –«

»Für mich werdet Ihr sicher zu sprechen sein, Hinnerk«, sagte Engelke.

Der junge Mann hob ruckartig den Kopf. »Oh«, sagte er und errötete leicht, »verzeiht, Fröl'n Engelke. Ich wußte nicht, daß Ihr es seid!«

»Woher denn auch«, gab Engelke zurück, »Ihr habt ja nicht mal aufgeschaut.«

»Seht Ihr, ich habe alle Hände voll zu tun.« Hinnerk der Jüngere suchte seine Verlegenheit zu überspielen, so gut er es vermochte. »Was führt Euch zu mir?«

»Eine Sache, die wohl noch dringender ist als das, was Ihr gerade macht«, sagte Engelke. Dein Kram wird warten müssen, Bürschchen, dachte sie verärgert.

»Und was könnte das sein?« erkundigte sich Hinnerk der Jüngere. »Ihr ahnt ja nicht, was mein Vater mir für einen Haufen Arbeit hinterlassen hat. Nie hat er mich die Bücher anschauen lassen. Dazu sei ich noch nicht reif, hat er immer abwehrend gesagt, wenn ich mich für's Geschäft interessierte. Und jetzt –« er seufzte tief auf, »jetzt stehe ich da und habe keine Ahnung von den Unternehmungen, die er im Begriff war abzuwickeln. Es ist zum Auswachsen!«

»Gut und schön«, sagte Engelke ungerührt, »da müßt Ihr Euch eben durcharbeiten, Hinnerk. Doch im Augenblick haben die Geschäfte ja wohl Zeit. Euer Vater ist noch nicht einmal unter der Erde, und Eure Schwester ...« Sie kniff die Augen zusammen. »Kümmert Euch erst einmal um das Naheliegende.«

»Was ist denn das Naheliegende?« Hinnerk der Jüngere lachte freudlos auf. »Alles, alles ist naheliegend! Ich sitze hier allein! Meine beiden Kontoristen werden verhört, zusammen mit allen meinen Dienstboten, und keiner ist da, den ich fragen könnte! Wenn ich nicht scharf aufpasse – dann heißt es für mich demnächst Banco rotto! Ihr wißt, was das bedeutet!«

»Na, na!« Engelke sah den jungen Mann strafend an. »Ihr werft da mit großen Worten um Euch, Hinnerk. Soweit ich weiß, ist das Geschäft Eures Vaters immer kerngesund gewesen. Ich kann mir nicht vorstellen, warum das jetzt auf einmal nicht mehr der Fall sein sollte. Weswegen ich zu Euch komme –«

»Ach, Herrgott«, sagte Hinnerk der Jüngere und ließ die Faust auf die Platte seines Pultes fallen, »ich wünschte, ich hätte die verdammte Beerdigung schon hinter mir und man würde mich endlich in Ruhe diese Akten durcharbeiten lassen. Immerzu muß ich mit Leuten reden – es war schon schwierig genug, dem Pfarrer von Sankt Petri klarzumachen, daß Hedda nicht durch Selbstmord, sondern durch einen Unfall ums Leben gekommen ist! Der verfluchte Pfaffe wollte sie nämlich nicht bestatten. Sagte, sie müsse irgendwo draußen vor der Stadt verscharrt werden. Selbstmord sei eine Todsünde, die die Kirche nicht vergibt. Ihr könnt Euch vorstellen –«

»Hedda ist ermordet worden«, unterbrach Engelke unbeeindruckt den Redeschwall des jungen Mannes. »Ihr hättet Euch auf mich berufen sollen, was den Pfarrer betrifft. Ich war Heddas beste Freundin. Ich hätte ihm schon alles erklärt.«

Hinnerk der Jüngere seufzte noch einmal. »Ich wollte Euch nicht stören, Ihr seid doch frisch verheiratet … ich wünsche Euch übrigens alles Gute zur Vermählung.«

Aus dem Mund Hinnerks des Jüngeren klang der

Glückwunsch floskelhaft. Engelke bedankte sich trotzdem. Sie hatte Heddas Bruder bis auf den heutigen Tag nie so recht wahrgenommen. Hinnerk der Jüngere hatte sich tatsächlich nur dadurch hervorgetan, daß er unauffällig im Hintergrund blieb. Um so sonderbarer berührte es Engelke, daß diese graue Maus offenbar vorhatte, aus dem Schatten des mächtigen Vaters in den Vordergrund zu rücken, und das mit Macht. Verwundert betrachtete sie den jungen Mann einen Augenblick. Dann setzte sie noch einmal an: »Der Grund, warum ich hier bin –«

Wieder, und diesmal deutlich ungeduldig, unterbrach sie Hinnerk der Jüngere. »Ja?«

»Das kleine Mädchen«, antwortete Engelke, »dieses Kind, das Ihr mir durch Liseke ins Haus habt bringen lassen –«

Hinnerk der Jüngere straffte sich. »Berend Jansen hat mir versichert, Ihr hättet angeboten, das Kind eine Zeitlang zu betreuen«, fuhr er Engelke erneut in die Rede. »Ich gehe davon aus, daß Berend Jansen ein Ehrenmann ist und mir keine Lügengeschichte erzählt hat. Seine Dienstboten hat er mir ja anständigerweise auch für ein paar Tage überlassen, obwohl er meine Schwester nun doch nicht zur Frau bekommt.«

»Und was wollt Ihr mir mit dieser Predigt andeuten?« fragte Engelke, inzwischen zornig auf Heddas Bruder.

»Nun –« Er schaute verunsichert drein.

»Ihr solltet die Leute gelegentlich ausreden lassen.«

»Dann hat es seine Richtigkeit mit dem Kind?«

»Ich nehme Judith gerne auf, auch ohne daß es vorher abgesprochen war.« Engelke heftete den Blick forschend auf das Milchsuppengesicht des jungen Mannes. »Was ich wissen wollte, Hinnerk, hat sie Verwandte?«

»Verwandte ... wer? Judith ...?«

»Von ihr reden wir ja wohl.«

Hinnerk der Jüngere brauchte einen Augenblick, um

diese Zurechtweisung zu verdauen, aber er fing sich schnell. »Wenn sie Verwandte hätte, dann wäre sie wohl kaum noch in diesem Haus«, schnaubte er. »Dann hätte ich ein Ärgernis weniger am Hals!«

»Nach allem, was ich gesehen habe, ist sie ein reizendes kleines Ding«, stauchte Engelke ihn noch einmal zurecht. »Ich würde sie kaum als Ärgernis bezeichnen. Woher stammte ihre Mutter?«

»Was weiß denn ich!« Hinnerk der Jüngere blies die Backen auf. »Ich kann mich nicht mal mehr an den Namen dieser Dienstmagd erinnern. Hedda hat damals durchgesetzt, daß das Kind im Hause bleibt. Keiner hat nach seinen Verwandten gesucht. Die einzige, die sich vielleicht noch an die Mutter erinnern kann, ist unsere Altmagd. Aber die sitzt ja zum Verhör im Rathaus.«

»Der Name der Magd war Dörte«, sagte Engelke.

»Na und? Ich kann mich trotzdem nicht an sie erinnern.« Hinnerk der Jüngere streckte beide Hände auf der Pultplatte aus und ballte sie dann zu Fäusten. »Wenn der ganze Rummel mit den Leichenbegängnissen erst vorüber ist, bringe ich das Kind zu den Blagen Süstern. Da hat es ein Dach über dem Kopf, und ich bin die unnütze Sorge los.«

»So einfach wollt Ihr Euch die Sache machen?« Engelkes Zorn auf den jungen Mann wuchs. Er hatte offenbar viele Eigenschaften von seinem Vater geerbt – darunter auch diese widerwärtige Gleichgültigkeit gegenüber dem Leid anderer Menschen. »Ich meine, da gäbe es aber bessere Lösungen!«

»O nein«, wehrte Hinnerk der Jüngere ab. »Kommt mir nicht so. Ich will das Balg nicht behalten.« Er hob beide Hände. »Hedda hatte ja einen Narren an ihm gefressen, aber ich mach mir nichts aus unehelich geborenen Bankerten. Da hätte ich viel zu tun.«

Engelke bemerkte, daß er den dicken goldenen Siegelring seines Vaters am Finger trug. Er hatte sich bereits mit den Insignien des Hauses Harms geschmückt. Die Katze war tot. Und die Maus schickte sich an, die Herrschaft zu übernehmen. »Hinnerk«, sagte Engelke verächtlich, »von Euch ist, glaube ich, noch weniger Menschlichkeit zu erwarten als von Eurem Vater. Aber jedes Kind hat etwas Besseres verdient als ein elendes Leben im Waisenhaus. Eure Schwester wußte das. Und ich werde dafür sorgen, daß an Judith recht getan wird, wie Hedda es auch wollte – schreibt Euch das gefälligst hinter die Ohren!«

Ihre Stimme hatte den scharfen Ton angenommen, der immer aufklang, wenn sie sehr wütend war. Hinnerk der Jüngere schrumpfte ein bißchen. »So hatte ich es nicht gemeint«, lenkte er ein, »man könnte ja tatsächlich erst einmal versuchen, irgendwelche Verwandten aufzutreiben. Das wäre immer noch besser als –«

»Schön, daß Ihr soweit einsichtig seid«, unterbrach ihn Engelke. »Und nun will ich Euch nicht länger von Euren so wichtigen Aufgaben abhalten, Hinnerk. Ich habe hier schon genug Zeit verschwendet.«

Damit rauschte sie aus dem Zimmer und ließ einen völlig verunsicherten Hinnerk Harms zurück. »Fröl'n Engelke …«, rief er ihr nach, »wartet doch …!«

»Für Euch Frau Okkena«, konterte Engelke kalt, »und ich hab' nichts mehr mit Euch zu reden, Hinnerk.«

Sie war froh, daß sie das Haus Harms mit seiner hektischen und doch so bedrückenden Atmosphäre wieder verlassen konnte. Der feine Sprühregen, der draußen vom dichtbewölkten Himmel fiel, benetzte ihr wohltuend das zornig erhitzte Gesicht und kühlte ihren Ärger über Hinnerk den Jüngeren. Sie würde das Rathaus aufsuchen und mit dem Gerichtsherrn sprechen. Eine Unterhaltung mit Mandus Kellinghusen würde ihren Glauben an die Menschheit wiederherstellen.

Der Amtsdiener, der in ehrbares Schwarz gekleidet am Portal Wache hielt, wußte gleich, wen er vor sich hatte.

Er versuchte gar nicht erst, Engelke darüber aufzuklären, daß man sich beim Gerichtsherrn erst anmelden mußte, ehe man vorgelassen werden konnte. Bei einer Engelke, ehemals Geerts, galten die üblichen Vorschriften nicht. Denn Engelke, ehemals Geerts, handelte nach eigenen Regeln.

»Morgen«, grüßte Engelke knapp.

»Heer Kellinghusen is' in Sitzung«, sagte der Amtsdiener vorsichtig. »Glückwunsch ook, Fröl'n Engelke – wegen Eurer Hochzeit«, fügte er verlegen lächelnd hinzu.

»Danke«, sagte Engelke kurz angebunden. »In Sitzung? Wie lange wird sie dauern?«

»Na – so zwei, drei Stunden, denk ich«, antwortete der Amtsdiener. »Vielleicht auch mehr ...«

»So lange kann ich nicht warten.«

Auf dem Gesicht des Amtsdieners zeigte sich ein verzweifelter Ausdruck. »Wat schall ik moken, Fröl'n Engelke«, murmelte er, »ik kann doch nich –«

»Doch, Ihr könnt.« Engelke schob das Kinn vor. »Und macht es dringend.«

Dem Amtsdiener brach deutlich der Angstschweiß aus. »Fröl'n Engelke – ik bün man blots –«

»Ihr seid ein Diener des Rats«, unterbrach ihn Engelke, »und als solcher habt Ihr dem Rat zu dienen. Was ich Herrn Kellinghusen zu sagen habe, ist überaus wichtig. Also beeilt Euch, Mann!«

Sie stampfte zur Bekräftigung energisch mit dem Fuß auf den Boden. Das wirkte. Der Schwarze ließ die Schultern hängen und ging. Engelke wartete nicht am Portal, bis er zurückkam, sondern trat ein und ging einfach zu Kellinghusens Amtsstube durch. Mandus würde schon wissen, wo er sie zu suchen hatte.

Der kleine Raum, in dem der Gerichtsherr residierte, war aufgeräumt und wirkte doch unordentlich. Das lag daran, daß sich überall Stapel von Papieren türmten. Mehrere Tintenfässer und herumliegende Schreibfedern vervollständigten das Bild eines Zimmers, in dem intensiv gearbeitet wurde.

Engelke setzte sich auf den Schemel, der abseits des großen Schreibtisches am Fenster stand. Sie machte sich auf eine gewisse Wartezeit gefaßt. Aber Kellinghusen erschien schon nach wenigen Augenblicken.

Er sah müde aus. Unter seinen Augen zeigten sich Knitterfältchen, als habe er die letzte Nacht schlecht geschlafen. Sein grau durchzogenes Haar war nicht so sorgfältig gekämmt wie gewohnt, und selbst seine vornehme Kleidung – ein taubenblaues Wams und eine schwarze, schlauchenge Hose – wirkte zerknittert.

»Engelke«, sagte er beim Eintreten, »schön, Euch zu sehen. Ihr seid der einzige Lichtblick dieses Tages.«

»Guten Morgen, Mandus«, gab Engelke zurück und schenkte ihm ein Lächeln. »Ihr seid wohl noch immer mit den Verhören befaßt?«

»Das kann man wohl sagen«, seufzte der Gerichtsherr. »Seit gestern bin ich ununterbrochen dabei. Ihr ahnt ja nicht, wie einen das auslaugt!«

»Und gibt es erste Ergebnisse?«

»Nichts. Absolut nichts.« Kellinghusen ließ sich in den Stuhl fallen, der hinter seinem Schreibtisch stand, und zog seine Brille aus der Ärmeltasche. Langsam klappte er das ungefüge, eiserne Gestell an seinem Scherengelenk auseinander und setzte es sich auf die Nase. »Hier«, sagte er und zog einen dichtbeschriebenen Bogen aus dem Stapel auf der linken Seite des Tisches, »das sind die Aussagen der Altmagd. Anna hat weder was gesehen noch was bemerkt, noch weiß sie, welches Gift es war oder wie es in die Flasche gekommen ist. Und wißt Ihr was, Engelke?« Er sah sie durch die dicken Linsen erschöpft an. »Ich glaube ihr. Die gute Frau hat meines Erachtens tatsächlich keine Ahnung – genau wie die anderen Dienstboten. Sie sind allesamt völlig unschuldig, wenn Ihr mich fragt. Es hat überhaupt keinen Zweck, sie weiter zu quälen!«

Engelke richtete sich auf. »Was heißt das? Soll etwa eine peinliche Befragung stattfinden?«

Kellinghusen nickte matt. »Hinnerk der Jüngere verlangt einen Schuldigen. Er will den Mörder seines Vaters. Das kann man ja verstehen.«

»Aber –«

»Engelke – ich weiß, was Ihr jetzt sagen wollt!« Kellinghusen nahm die Brille ab und begann die dicken Linsen an seinem Ärmel zu polieren. »Aber einer aus dem Haus muß es gewesen sein. Und ich habe denjenigen zu finden.« Er klappte die Brille wieder zusammen und legte sie auf die Tischplatte, wo er sie überflüssigerweise sorgfältig ausrichtete. »Was soll ich denn tun? Gebt mir einen Hinweis, was ich anderes tun kann, als eine peinliche Befragung anzuberaumen!«

»Gehen wir doch die Aussagen alle noch einmal gemeinsam durch«, schlug Engelke vor. »Vier Augen sehen vielleicht mehr als zwei. Ich meine, bevor man Meister Rosenfeld und seine glühenden Zangen einschaltet, sollten erst alle anderen Möglichkeiten genutzt werden.«

»Die Aussagen gleichen sich wie ein Ei dem anderen«, stöhnte Kellinghusen, »das ist es ja! Die alte Anna hat den Hausherrn, als er betrunken von der Hochzeit zurückkam, zu Bett gebracht. Die Mägde und alle Knechte bis auf zwei schliefen da schon. Diese zwei sollten Feuerwache halten. Während der Nacht gab es keinerlei Störungen. Am Morgen hat dann der alte Harms seinen gewohnten Schluck Wein genommen – aus der Flasche, die schon seit mindestens drei Tagen in seinem Zimmer stand. Fräulein Hedda hatte ihm die Flasche hingestellt, wie sie das seit Jahren zu tun pflegte. Der alte Harms nahm also, wie schon gesagt, seinen Schluck Wein, und kurz darauf fing er an zu toben. Anna habe daraufhin den Medikus rufen lassen. Alles Weitere wißt Ihr ja selbst.«

Engelke überlegte einen Augenblick. »Hinnerk der

Jüngere ist am Tag meiner Hochzeit nach Barmbek gefahren …«, murmelte sie. »Er sollte erst in drei Tagen zurückkehren, aber er kam am Morgen danach bereits nach Hause – als sein Vater gerade gestorben war.«

»Mein Gott, Engelke!« Der Gerichtsherr starrte Engelke entsetzt an. »Ihr wollt doch damit nicht etwa andeuten …«

»Wem nützt der Tod des alten Harms?« Engelke stellte ihre Fragen in den Raum. »Und wem nützt Heddas Tod?«

7

Engelke war über ihre eigene Bemerkung genauso entsetzt gewesen wie Kellinghusen. Sie hatte ausgesprochen, was ihr schon während der Unterredung mit Hinnerk dem Jüngeren im Haus Harms in den Sinn gekommen war. Der Gedanke war ungeheuerlich. Aber er hatte etwas für sich – das war schließlich nicht von der Hand zu weisen.

Hinnerk der Jüngere, der von seinem eigenen Vater verachtete, kleinlaute und duckmäuserische Sohn, hatte ohne jeden Zweifel einen gewaltigen Vorteil vom Ableben des alten Harms. Heddas Tod erübrigte eine Mitgift. Weitere Erben gab es nicht. Das Harmssche Kapital blieb in einer Hand – der von Hinnerk dem Jüngeren.

»Herrgott – wenn Ihr damit recht hättet!« Kellinghusen nahm seine Brille von der Tischplatte und begann sie nervös auf- und zuzuklappen. Das Mittelscharnier quietschte leise. »Und ich gebe zu«, fuhr er aufgeregt fort, »so abwegig ist Euer Gedanke gar nicht. Die Dienstleute haben ihren Herrn zwar nicht geliebt, das ist stadtbekannt. Aber wenn jeder Knecht, der schlecht behandelt wird, gleich seinen Herrn umbringen wollte, dann gäbe es in Hamburg bald Dutzende von Todesfällen, Engelke – das könnt Ihr mir glauben! Nein, ich halte das Harmssche Gesinde für unschuldig. Die Leute waren es nicht. Keiner von denen.«

»Wollt Ihr nicht von einer peinlichen Befragung absehen?« Engelke heftete den Blick auf Kellinghusens müdes Gesicht.

Der Gerichtsherr nickte langsam. »Ihr habt mich auf einen anderen Pfad gelenkt«, sagte er nachdenklich, »einen, der bessere Ergebnisse verspricht. Ich werde Hinnerk den Jüngeren nach der Beerdigung seines Vaters und seiner Schwester vorladen – zu einem Gespräch. In Wirklichkeit wird es ein Verhör sein.«

»Darf ich mich nach den Ergebnissen dieses Gesprächs erkundigen, wenn Ihr es hinter Euch gebracht habt?«

»Ja, natürlich.« Kellinghusen legte die Brille hin, ballte die Faust und ließ sie sacht auf die Tischplatte fallen. »Jetzt bin ich wieder zuversichtlich, daß wir den Mörder des alten Harms doch noch erwischen. Und das habe ich wieder mal Euch zu verdanken, Engelke!«

»Noch wissen wir beide nichts«, gab Engelke zurück, »und Heddas Tod ist ebenfalls aufzuklären, denn er ist weder auf einen Unfall noch auf Selbstmord zurückzuführen. Wer den alten Harms umgebracht hat, ist mir ganz gleich. Ich will in erster Linie, daß der Mord an meiner besten Freundin gesühnt wird, Mandus!«

»Vielleicht hängen die beiden Todesfälle gar nicht miteinander zusammen«, sagte der Gerichtsherr. »Sollte es aber der Fall sein, werden wir im Zuge der Ermittlungen neben dem Mörder des alten Harms auch den seiner Tochter finden können. Das eine wird sich dann möglicherweise aus dem anderen ergeben.«

Engelke nickte und erhob sich. Sie wollte sich von Kellinghusen verabschieden. Plötzlich fiel ihr der wichtigste Grund für ihr Kommen wider ein. »Mandus«, sagte sie, »ob es wohl möglich ist, mit einer der Harmsschen Mägde zu sprechen?«

»Warum nicht«, sagte der Gerichtsherr, »Ihr habt mich ja ohnehin dazu gebracht, die Leute sämtlich nach Hause zu schicken. Welche soll es denn sein?«

»Die Altmagd.«

»Ich lasse sie holen.«

Der herbeigewinkte Amtsdiener eilte davon. Kurz danach kehrte er mit der Frau zurück. Die Altmagd sah verweint aus; die Haare hingen ihr wirr unter dem weißen Kopftuch hervor, das etliche Schmutzflecke aufwies und arg zerknittert war. Sie machte einen völlig verstörten Eindruck.

»Fröl'n Engelke«, zeterte sie los, »lieber Himmel, legt ein gutes Wort für mich ein! Ich hab' doch mit dem Gift in der Weinflasche nichts zu tun – ich weiß ja nich' mal, was es überhaupt für 'n Gift sein soll! Bitte, Fröl'n Engelke, ich bin unschuldig – genau wie die anderen!«

»Beruhigt Euch«, sagte Engelke, »der Gerichtsherr ist ein kluger Mann. Er wird wissen, wie er zu verfahren hat, und ich darf ihm da nicht hineinreden. Ich wollte Euch nur fragen, was Ihr über Dörte wißt.«

»Dörte ...?« Die Altmagd machte runde, verständnislose Augen. »Was für eine Dörte? So eine kenn ich nicht.«

»Dörte hat früher als Zofe bei Fröl'n Hedda gearbeitet«, half Engelke der Frau auf die Sprünge. »Von ihr stammt die kleine Judith – wißt Ihr nicht mehr?«

»Ach ja ...« Die Altmagd legte den Kopf schief. »Aber dat is nu schon so viele Jahre her ...« Sie nahm den Zipfel ihrer blauen Leinenschürze auf und wischte sich über das verschmierte Gesicht. »Fröl'n Engelke, ik bin nich' mehr die Jüngste. Wenn einer mal über die Vierzig weg is' ...«

»Das macht überhaupt nichts«, fuhr Engelke ihr in die Rede, »ich will lediglich von Euch wissen, ob diese Dörte Verwandtschaft hatte.«

»Verwandtschaft?« die Altmagd sprach das Wort aus, als habe sie es noch nie gehört. »Nee, Verwandtschaft hatte die nich'. Nich', dat ik wüßt ...«

Auf Engelke wirkte die Frau wie eine dicke, verschreckte Glucke. »Jetzt hört mal zu«, sagte sie begütigend, »Ihr braucht keine Angst zu haben. Ihr werdet nicht mehr verdächtigt – habe ich recht, Herr Kellinghusen? Es gibt keine weiteren Befragungen. Nur mir müßt Ihr Rede und Antwort stehen. Erzählt mir alles über Dörte. Ich muß es wissen – wegen der kleinen Judith.«

»Das Kind hat den Mord auch nich' begangen«, jammerte die Altmagd. »Es hat den Herrn zwar nich' besonders geliebt ...«

»Das wissen wir.« Engelke versuchte es auf die strenge Art. »Bleibt beim Thema. Was könnt Ihr uns noch von Dörte berichten?«

»Rein gar nix«, sagte die Altmagd mit weinerlicher Stimme. »Sie war erst kurz im Haus, damals. Sie is' mit auf Reisen gegangen. Denn is' sie gestorben – in Genting. Und da is' sie auch begraben. Verwandte hatte sie keine.«

Das war so viel, wie Judith selbst über ihre Mutter gewußt hatte. Engelke ballte unwillkürlich die Fäuste. »Hatte sie denn wenigstens Freunde oder Freundinnen?«

»Die Dörte?«

»Ja, die Dörte. Denkt nach!«

Engelkes zorniger Ausbruch verschüchterte die Frau noch mehr. »Ik ... ik kann mich an keinen entsinnen«, stammelte sie tonlos, »mit Marie aus dem Kuhstall is sie damals manchmal zusammengestanden und hat 'n kleinen Klönschnack gehalten ... aber Freundinnen oder Freunde ... nee, da fällt mir keiner ein. Sie war ja nich' so lange im Haus ...«

»Das sagtet Ihr schon.« Engelke suchte wieder einen ruhigeren Ton anzuschlagen. »Ist diese Marie noch in Harms' Diensten?«

»Seit Jahren nich' mehr«, antwortete die Altmagd. »Sie hat geheiratet – irgend so 'n Slöpendriever von 'n Reepersknecht. Nu haust sie, glaub ich, in Sankt Jacobi ... auf 'n Kattrepel würd' mich nich' wunnern ...«

»Und mehr könnt Ihr mir nicht sagen?«

Die Altmagd schüttelte den Kopf. Dann begann sie ganz ohne Übergang zu schluchzen.

Engelke gab auf. Die gute Frau konnte ihr kaum weiterhelfen. Sie hatte wohl tatsächlich alles gesagt, was sie wußte. »Gut«, meinte sie, an Kellinghusen gewandt, »das war schon alles. Nun will ich den Lauf des Gesetzes nicht länger aufhalten. Ich danke Euch, Mandus, für Euer Engegenkommen.«

Kellinghusen hatte gelächelt, die Frau durch den Amtsdiener wieder hinausführen lassen und dann Engelke verabschiedet. Er hatte sie persönlich ans Portal geleitet. Auf seinem Gesicht war ein melancholischer Ausdruck sichtbar geworden, während sie ihm die Hand reichte. »Darf ich Euch vom Fortgang der Ermittlungen Bericht erstatten, Engelke?« hatte er gefragt, als sie sich zum Gehen anschickte. »Ich bitte sogar darum«, war Engelkes Antwort gewesen.

Die Glocke schlug elf. Engelke schaute kurz zum Himmel und überlegte. Im Augenblick regnete es nicht. Bis zum Mittagsmahl im Haus van Damme blieben zwei Stunden Zeit. Zum Kattrepel war es nur ein kurzer Fußweg. Und am hellen Tag konnte man sich ohne Angst in diesem nicht sehr feinen Teil der Stadt bewegen – obwohl eine Frau aus guter Familie sich dort besser nicht sehen lassen sollte.

Engelke ging ein paar Schritte die Reichenstraße entlang. Dann schob sie entschlossen das Kinn vor. Sie würde einem alten Bekannten auf dem berüchtigten Kattrepel einen schnellen Besuch abstatten. Ganz gleich, ob sie jetzt eine würdige verheiratete Frau war oder noch immer das unmögliche Fröl'n Engelke. Die Frage nach Judiths Mutter brannte ihr auf den Nägeln. Und der alte Piet war ihre letzte Hoffnung, in dieser Richtung weiterzukommen.

Auf der Milchbrücke und am Fischmarkt herrschte das übliche Getümmel wie immer um die Mittagszeit. Die Bauersfrauen, die Käse und Butter verkauften, hatten nur noch die Reste vom Morgen feilzubieten, und sie taten es sehr stimmgewaltig, genau wie die Fischer, die den Rest ihres Fangs an den Mann oder an die Frau zu bringen hatten.

Engelke arbeitete sich durch das Gewühl aus Mägden, Handwerkersfrauen und weniger betuchten Kundinnen, die sich um die Stände drängten und auf billige Angebote warteten. Sie hatte heute keine Augen für das bunte Bild, das sich ihr bot. Nicht einmal die Schuhmacherstände mit ihren so verlockenden Auslagen konnten heute ihren Blick einfangen, obwohl Engelke schöne Schuhe liebte und eigentlich immer bei den Schuhmachern stehenblieb, wenn sie in dieser Gegend war.

Sie bog rechter Hand in den Schopenstehl ein, die lange, gekrümmte Straße, die durch das Kleine Tor in das Viertel von Sankt Jacobi führte. Schon am Schopenstehl waren die Häuser klein, bescheiden, sogar ärmlich. Man merkte deutlich, daß dies keine wohlhabende Gegend der Stadt war.

Hier wohnten keine Kaufherren mehr. Hier war das Reich der Handwerker, der Tagelöhner, der kleinen Leute. Hier wurden die Fässer hergestellt, in denen Hamburg seinen Reichtum – sein Bier – in alle Welt ausführte. Hier bauten Kistenmacher Behältnisse aller Art, um Waren für die Verschiffung zu verpacken. Hier drehten Seiler die Taue und Reepe, mit denen die Lastkähne, die Schuten und Ewer ebenso wie die großen, seegehenden Schiffe getakelt wurden. Hier klang es überall nach harter Arbeit und wimmelte von grauen Wollkitteln. Leute in feiner Kleidung waren ein seltener Anblick.

Engelke wurde denn auch weidlich begafft, als sie das Kleine Tor hinter sich gelassen hatte. In den Augen einer Handwerkersfrau, die graues Leinen zum Trocknen aufhängte, stand die Frage geschrieben: Was macht die denn hier? Ob die sich verlaufen hat?

Engelke lächelte insgeheim. Auf dem Kattrepel war es noch schlimmer – das wußte sie aus einer früheren Erfahrung. Denn in dieser Straße, die linker Hand in den Schopenstehl einmündete, gab es nicht nur Reeperbahnen, sondern auch einige öffentliche Häuser – vom Rat hier in den Außenbezirken der Stadt eingerichtet, damit sie das Bild in den feineren Straßen nicht störten. Die Huren sahen es gar nicht gern, wenn Frauen an ihren Fenstern vorbeigingen, und reagierten oft handgreiflich oder mit deftigen Schimpfworten.

Wohlweislich hatte Engelke deshalb diesen Weg gewählt und nicht den über die Steinstraße. Der Mann, den sie aufsuchen wollte, wohnte ganz am Ende des Kattrepels, in einem halbzerfallenen Haus an der Ecke zum Schopenstehl, und sie brauchte so die berüchtigte Straße erst gar nicht zu betreten.

Nach wenigen Schritten stand sie vor dem heruntergekommenen Bau. Die Treppe, die in das Kellergewölbe hinunterführte, war ausgetreten. Engelke kamen die zerkrümelnden Stufen fast noch verwahrloster vor, als sie sie in Erinnerung hatte.

Vorsichtig, um sich nicht den Hals zu brechen, stieg sie hinunter und pochte an die Brettertür, deren grüne Farbe fast vollständig abgeblättert war. »Jo«, tönte es von drinnen, »nur immer rein – de Loden is open!«

Das Kellergewölbe war von dichtem, weißem, beizendem Rauch durchzogen. Deshalb sah Engelke auf den ersten Blick den Besitzer dieses Unternehmens, der sie hereingebeten hatte, nicht genau. Erst nach einem Augenblick erkannte sie das eingeschrumpfte, vertrocknete Männchen, das sich mit krummen Knien durch das Gewölk auf sie zubewegte.

»Piet«, sagte sie verwundert, »was ist denn hier los?«

»Ah«, gab das Männchen freudestrahlend zurück, »Ihr seid das! So 'ne Überraschung! 'n Besöök bi'n ollen Piet – de woor ja nu all lang fällig. Bruukt Ji 'n warmen Mantel? Ich räuchere gerade 'ne neue Lieferung. Gute gebrauchte Wolle, aber ich will sichergehen, daß keine Insassen drin sind – wenigstens nach dem Räuchern nich' mehr. Wacholderholz wirkt Wunder –«

Engelke versuchte mit tränenden Augen den Rauchnebel zu durchdringen. Die vielen Stellagen und Regale in diesem Kellerloch waren mit gebrauchten Kleidungsstücken, besseren und schlechteren, so vollgestapelt, daß sie fast überquollen. Es kam Engelke vor, als lägen darin immer noch dieselben Sachen wie vor gut einem Jahr, als sie zum letztenmal hier gewesen war. Piet machte zwar nach seinen eigenen Angaben einen schwunghaften Umsatz, und es mußten demnach andere Jacken, Mäntel, Beinkleider und Hemden sein als die von damals. Dennoch sahen sie für Engelke gleich aus. Nur der Geruch nach altem Schweiß, Staub und feuchter Wolle, der wurde heute vom beißenden Geruch des Wacholderrauches überdeckt.

»Söökt wat uut«, sagte der Altkleiderhändler. »Ik mook Ju 'n goden Preis.«

Engelke wehrte ab. »Nein«, meinte sie und hustete verstohlen, »deshalb bin ich nicht hier. Ich brauche diesmal keine Männersachen, sondern ein paar Auskünfte.«

»Ach so.« Piet schaute enttäuscht drein. Aber dieser Ausdruck hielt sich nur einen Herzschlag lang auf seinem runzligen Gesicht. Dann leuchteten seine hellen, erstaunlich scharfen Augen auf, und er blinzelte Engelke mit schiefgelegtem Kopf an. »Auskünfte? Was denn für welche?«

Engelke ließ ihn nicht lange warten. »Kennst du eine Magd namens Marie, die hier auf dem Kattrepel verheiratet ist und früher im Haus Harms den Kuhstall versorgt hat?«

»Hä?« Der alte Piet legte den Kopf noch schiefer, so daß er wie eine Eule aussah. »Ne Marie ... wat soll die früher ... ? Nee, so eine kenn' ich nich'. Die Frauen von den Reepern, die heißen nich' Marie – keine von denen. Und die netten Mädchen –« er zwinkerte und wischte sich eine Träne aus den Augen, »Ihr wißt schon, welche ... also, da werdet Ihr keine Marie drunter finden.

Die nehmen doch alle 'n anderen Namen an als den, den sie in der Taufe –«

»Also dir ist auf dem Kattrepel keine Marie bekannt«, Engelke hinderte den alten Mann am Weiterschwafeln. »Hat denn nicht einer von den Handwerkern in den letzten Jahren eine Frau genommen, Piet? Und die Frau hieß Marie ...? Denk mal gründlich nach.«

»Und wenn ich noch so gründlich nachdenk«, Piet zeigte ein schadhaftes Grinsen, »da kommt keine Marie bei raus. Ihr wißt, Geert aus Flensburg, ich bin noch lang nich' tüddelig. Bei mir is' der Kopp noch sehr lebendig – wenn die Beine das man auch wären ...«

»Ach, verd...« Engelke konnte es sich gerade noch im rechten Moment verkneifen, laut zu fluchen.

Der alte Kleiderhändler lachte kichernd. »Frisch verheiratet – aber immer noch die alte!« Er räusperte sich geräuschvoll. »Meine herzlichen Glückwünsche nachträglich – und großen Dank für das schöne Bier, das Ihr mir habt bringen lassen. Ich hab' auch 'n Geschenk für Euch ...«

Er schickte sich an, in sein Hinterzimmer zu schlurfen. »He«, sagte Engelke energisch, »lauf nicht weg! Ich wollte dich um etwas bitten, und –«

»Erst das Geschenk«, knurrte Piet, »bevor ich's wieder vergesse.«

»Ich dachte, du vergißt nichts?«

»Ach, Blödsinn ...« Der Kleiderhändler drehte sich noch einmal nach ihr um und grinste ihr über seine krummen Schultern hinweg augenzwinkernd zu. »Ich bin auch nur 'n Mensch, genau wie Ihr.«

Damit tauchte er in seinem unergründlichen Hinterzimmer unter. Augenblicke später kehrte er mit einem kleinen Päckchen in der knotigen Hand zurück. »Da«, sagte er, »macht es mal auf.«

»Piet«, sagte Engelke, »was soll denn das? Ich bin nicht hier, um Geschenke einzusammeln, sondern –«

»Schsch ...«, sagte der Alte, »erst aufmachen. Sonst

werd' ich ärgerlich. Und wenn ich ärgerlich bin, krieg ich meine Gedanken nich' mehr zusammen.«

Engelke gehorchte also notgedrungen. Das Päckchen enthielt ein Paar wunderschön gearbeitete Handschuhe aus rotem Leder. Sie schienen neu – nicht wie die anderen Sachen in diesem muffigen, rauchigen Gewölbe. »Allmächtiger Gott, Piet«, staunte Engelke, »so was Schönes hab' ich lange nicht mehr gesehen. Die kannst du doch nicht verschenken!«

»Und ob ich das kann.« Der Alte grinste wieder und weidete sich ganz offensichtlich an Engelkes begeistertem Gesicht.

»Auch wenn ich nich' der Allmächtige bin.« Er kakelte noch einmal.

»Die sind neu.«

»Hmmm.«

»Wie kommst du denn an neue Handschuhe?«

»Ich hab' so meine Quellen.«

»Piet ... sind die etwa ...«

»Gestohlen?« Er spielte den Entrüsteten. »Hier in meinem Laden is' nur ehrliche Ware! Und wenn nich', dann soll mich –«, er unterbrach sich schnell. »Wie auch immer. Die roten Handschuhe – die sind ehrlich erworben. Und ich schenk sie Euch. Hab' sie eigens für Eure Hochzeit aufgehoben.«

»Die kann ich nicht annehmen, die sind viel zu wertvoll.«

»Wollt Ihr mich beleidigen?« Jetzt war Piet wirklich dabei, zornig zu werden. »Ich denke, wir kennen uns nu doch schon lange genug! Hä? Wie? Was?«

»Erst will ich wissen, wo du die Handschuhe her hast.« Engelke blieb hart. »Du kannst es mir ja sagen, wenn es damit seine Richtigkeit hat.«

Piet kniff die Augen zusammen und winkte Engelke näher an sich heran. »Ich hab' sie«, flüsterte er, obwohl niemand im Laden war, »von 'nem feinen Herrn, der sie 'ner feinen Dame schenken wollte. Aber die Dame hat ihn versetzt. Da is' er so wütend geworden, daß er die Handschuhe –«

»Ach, ich verstehe.«

»Der Herr, der war von Engelland.« Aus Piets Miene sprach der Schalk. »Die Dame auch – so erzählt es wenigstens der Matrose, von dem ich die Handschuhe gekauft hab'.«

Engelke hatte Mühe, ernst zu bleiben. »Der englische Herr hat die Handschuhe an einen Seemann verschenkt?« sagte sie und heuchelte Erstaunen. »Das ist ja sehr verwunderlich.«

»Nich'?« Piet nickte heftig. »Die sind vollkommen verrückt, diese Engelländer. Das sagt jeder.«

»Mag sein. Trotzdem – diese Handschuhe sind –«

Piet machte ein strenges Gesicht. »Sie sind schön«, sagte er, »schön genug für 'ne Dame. Und weil Ihr 'ne Dame seid, will ich, daß Ihr sie tragt. Ihr könnt es ohne Sorgen tun. Ich schwör's.«

Engelke betrachtete das feine Leder und die prächtige Verarbeitung noch einmal. »Sie eignen sich wohl eher für eine Edelfrau«, murmelte sie versonnen. »Wann krieg ich schon Gelegenheit, so was anzuziehen?«

»Oh – die wird sich bestimmt ergeben«, eiferte der alte Kleiderhändler. »Bitte, nehmt mein Geschenk doch an. Ich würd' mich wirklich freuen ...«

Engelke nickte. »Ich weiß gar nicht, wie ich mich dafür bedanken soll«, sagte sie zögernd.

»Indem Ihr mir sagt, weshalb Ihr eigentlich zu mir gekommen seid«, antwortete Piet und legte wieder den Kopf schief. »Ihr seid auf der Suche nach –«

»Hedda Harms' Mörder«, ergänzte Engelke.

»Wußt' ich's doch.« Das verhutzelte Männlein beäugte Engelke mit scharfem Blick. »Nur – Fräulein Hedda Harms ist aus eigenem Wunsch ins Wasser gegangen. So hab' ich's gehört.«

»Das stimmt aber nicht«, widersprach Engelke heftig. »Ihr Vater wurde ebenfalls ermordet.«

»Beim alten Harms kommt mir das schon verständlicher vor.« Piet grinste zahnlos. »War es etwa diese Marie, nach der Ihr Euch erkundigt habt?«

»Nein. Marie kennt nur eine andere Frau, deren Verwandtschaft ich finden muß«, erklärte Engelke.

»Nun verstehe ich überhaupt nichts mehr.« Der Altkleiderhändler schüttelte den Kopf. »Ist das wieder 'ne andere Geschichte?«

»Es sind zwei ganz verschiedene Geschichten«, sagte Engelke. »Die eine hat mit der anderen nichts zu tun. Wirst du dich mal umhören nach Marie?«

»Ganz bestimmt.« Piet lächelte verschmitzt. »Aber nur, wenn Ihr mich über die anderen Sachen auf dem laufenden haltet.«

»Über die Jagd nach dem Mörder von Hinnerk Harms dem Älteren und seiner Tochter Hedda?«

»Ja.« Sein Grinsen wurde tiefer. »Also – diese Marie ... die soll einen Seiler vom Kattrepel geheiratet haben?«

»So erzählte es mir die Altmagd von Harms.«

»Und wann soll das gewesen sein?«

»Vor einigen Jahren.«

»Na«, Piet kniff ein Auge zusammen, »denn woll'n wir mal sehen, ob wir diese Marie nich' wiederfinden. Ich schick Bescheid, wenn ich was weiß.«

Auf dem Weg zurück in die Reichenstraße waren Engelkes Gedanken nicht nur mit ihrer Freundin Hedda und der kleinen Judith beschäftigt, sondern auch damit, wie sie Dierk das teure Geschenk des alten Piet erklären sollte. Sie wußte – Dierk würde die roten Handschuhe genauso mißtrauisch betrachten wie sie selbst es getan hatte, und er würde beim Anblick der fürstlichen Pracht genau das gleiche denken wie sie.

Es kam einfach nicht vor, daß ein Lumpenhändler wie

Piet solche Ware angeboten bekam. Die roten Handschuhe mußten auf dunklen Wegen in sein Kellergewölbe gelangt sein.

Andererseits hatte Piet Stein und Bein geschworen, sie seien ehrliche Ware. Engelke kannte den alten Mann gut genug, um ihm zu trauen. Piet log sie nicht an, da konnte sie sicher sein.

Sie würde die Prachtstücke einfach in ihre Truhe legen und sie nur hin und wieder betrachten. Eine Frau wie sie ging nicht auf die Falkenjagd und nahm auch nicht an irgendwelchen fürstlichen Ausflügen teil. Nur zu solchen Anlässen konnte man die Handschuhe tragen. Also würden sie wohl nie in der Öffentlichkeit an Engelkes Händen zu sehen sein.

Wenn nur Dierk keine Schwierigkeiten machte! Der war nicht so vertraut mit dem alten Piet. Der würde vielleicht doch davon ausgehen, daß die feinen Dinger gestohlen waren. Was dann?

Dann würde sie die Handschuhe abgeben müssen. Man würde von Amts wegen nach dem rechtmäßigen Besitzer fahnden. Kellinghusen würde eine weitere Aufgabe zu lösen haben … Viel Aufwand für ein Paar Handschuhe.

Ach was. Ungelegte Eier. Sie hatte sich entschlossen, Piets Geschenk anzunehmen. Es würde schon alles seine Ordnung haben.

Beim Mittagessen im Haus van Damme war diesmal die Familie unvollständig. Die Männer – Ohm Godert, Dierks Bruder Ebbo und Konrad Veckinghusen hatten sich vorgenommen, Geschäftsfreunde aus der Kaufmannschaft zu treffen, und wollten im Einbeckschen Haus essen. Anneke besuchte mit Birte Okkena ihre Freundinnen, um ›Weiberkram‹ durchzuhecheln. Die Tanten Meta und Gesine waren beleidigt. Also saßen nur Grootvadder Evert, Dierk und Engelke an dem großen Tisch in der Diele.

Mette tischte mit etwas starrem Gesicht die köstliche Bohnensuppe auf, die sie am Morgen gekocht hatte. Engelke bat ihren Großvater, doch auch das Gesinde am Tisch zuzulassen. Grootvadder Evert lehnte ab, wie erwartet. Er stammte eben aus einer Zeit, wo so etwas undenkbar gewesen war.

Dennoch erkannte Engelke an den belustigten Funkeln in seinen grauen Augen, daß er ihr den Vorschlag nicht übelnahm – ja daß er sogar darüber nachdachte. »Demnächst«, brummte er, »wenn Mette mal nicht so gräsig schaut – dann kann sie auch mit uns essen.«

Mette rang sich ein Lächeln ab. Sie wußte genau, wo in diesem Haus ihr Platz war, und hatte Engelkes Vorschlag ohnehin für völlig abwegig gehalten. »Fröl'n Engelke meint dat nich so, Herr Evert«, murmelte sie und verzog das Gesicht. »Ihr müßt sie entschuldigen.«

Grootvadder Evert lachte schallend. Engelke musterte Mette besorgt. »Tut dir irgendwas weh? Ist es wieder der Rücken?«

»Ach, dat is nix«, antwortete Mette. Sie bemühte sich, weniger verkrampft auszusehen. »Ich bring gleich das Bier – sobald Mine mit dem Krug aus dem Keller kommt.«

Das letzte Wort war ein Seufzer gewesen, den Mette nicht hatte unterdrücken können. »He«, sagte Engelke, »du gehst sofort in die Küche und setzt dich hin. Mine kann das Bier ausschenken!«

Mette lächelte schmerzverzerrt. »Ich fürchte«, brachte sie schnaufend heraus, »das muß sie auch. Im Augenblick kann ich wirklich nich' ...« Und sie stöhnte leise, während sie sich in den Rücken griff.

Engelke sprang vom Tisch auf. Sie nahm Mette die Suppenkelle aus der Hand. »Du legst dich sofort hin«, befahl sie mit einem Anflug von Zorn. »Unverantwortlich, wie du mit dir umgehst! Das nimmt noch mal ein schlimmes Ende!«

»Ich hoffe nich'«, stöhnte Mette. »Seid so gut, Fröl'n Engelke – Sanne soll Mudder Griepsch holen ...«

Sie wankte zur Hoftür hinaus und verschwand in der kleinen Bude, die sie mit ihrer Familie bewohnte. Engelke wußte, was dieser plötzliche Abgang zu bedeuten hatte.

Sie lief in die Küche. »Sanne«, befahl sie dem kleinen Mädchen, das am Herd saß und in dem Topf mit der für das Gesinde bestimmten Suppe rührte, »lauf zu Gerda Holm, so schnell du kannst. Deine Mutter –«

»Ich weiß«, sagte Sanne, »sie kriegt das Kind. Sie hat das heute morgen schon gesagt. ›Herrgott, Sanne‹, sagte sie, ›hoffentlich bring ich das Mittagessen noch zusammen. Mine verschüttet mir doch die Hälfte!‹«

»Na, denn hör auf zu reden und lauf endlich«, fuhr Engelke die Kleine an. »Jetzt ist nicht die Zeit, um lange Geschichten zu erzählen. Ich kümmere mich inzwischen um deine Mutter.«

Die Frau des Baders war sofort zur Stelle. Dennoch kam sie zu spät. Mettes Baby war bereits geboren, als sie atemlos die Bude betrat. Engelke, die neben Mettes bescheidener Lagerstatt stand, lachte Gerda Holm strahlend an. »Es ist alles blitzschnell passiert«, sagte sie, »nun muß das Kleine nur noch abgenabelt werden. Ich wußte nicht genau, wie man das macht.«

Gerda Holm kicherte. »Mette ist eine meiner Besten«, sagte sie. »Ich glaube, sie hat jetzt so viel Übung, daß sie's auch ganz alleine hinkriegen würde. Stimmt's, Mette?«

Die vielfache Mutter lächelte. »Karl wird sich freuen«, sagte sie, »nach all den Mädchen is' es diesmal wieder 'n strammer Junge geworden!«

»'n Junge«, tönte eine freudige Stimme vom Eingang her. »Frau – das is' 'ne gute Nachricht!« Karl stand da, staubbedeckt und mit lehmigen Stiefeln, aber er strahlte über das ganze viereckige Gesicht. »Ich hatte so 'n Gefühl, als ob das heute noch was werden würde«, fügte er hinzu, »deshalb bin ich mal gucken gekommen, um zu sehen, wie es dir –«

»Und hast die Arbeit liegengelassen?« tadelte Mette mit gerunzelter Stirn. »Ja, bist du denn von allen guten Geistern verlassen, Mann? Sofort gehst du wieder ans Werk. Der Graben muß bis heute abend ausgehoben sein – hat Herr Godert gesagt. Und ich –«

»Und du bist mir immer noch die Wichtigste«, schnitt Karl ihr energisch das Wort ab. »Und außerdem – widersprich mir nich' immer!« Er wandte sich an Gerda Holm. »Wie gewöhne ich ihr das bloß ab?«

Die Hebamme lachte. »Das wirst du nie schaffen«, sagte sie augenzwinkernd. »Und jetzt –«, sie öffnete ihre kleine graue Tasche, »jetzt raus mit dir. Ich hab' noch eine Kleinigkeit zu erledigen. Danach kannst du deinen Jüngsten besichtigen.«

Karl stapfte lammfromm hinaus in den Hof und überließ Gerda Holm das Feld. Engelke wurde nicht hinausgeworfen. Sie durfte bleiben und behilflich sein, als die Hebamme Mettes kleinen Sohn abnabelte und in dem Zuber mit warmem Wasser badete, für den Engelke gesorgt hatte. Mette war das Ganze deutlich peinlich. Mehrmals versuchte sie, Engelke von der Mitarbeit abzuhalten. »Dat is nich' standesgemäß, Fröl'n Engelke«, wiederholte sie, »für so was sind feine Herrschaften nich' gemacht. Nich' mal das Wasser hättet Ihr sieden sollen – das wißt Ihr doch!«

Engelke brachte sie endlich mit einem einzigen Satz zum Schweigen. »Aber es ist doch keine Sünde, wenn auch 'ne feine Frau weiß, wie's gemacht wird – oder?« fragte sie.

»Sünde?« stotterte die vielfache Mutter. »Nee – Sünde is' das wohl nich' …«

Gerda Holm lachte aus vollem Hals. Da lachte auch Mette mit, ohne recht zu wissen, worüber.

8

Es war der Tag, an dem Hinnerk Harms der Ältere und seine Tochter Hedda bestattet werden sollten. Engelke und Dierk hatten sich bereits für den Kirchgang umgekleidet. Aber sie waren noch nicht bereit, zum Haus Harms aufzubrechen, denn Ebbo und Birte Okkena reisten heute ab.

Der schwere Wagen mit der farbenprächtigen Bemalung und dem tonnenförmig gewölbten Dach war am Haus auf dem Grimm vorgefahren. Nun, im hellen Licht eines Morgens, der mit seinem Sonnenschein einen freundlichen Apriltag verhieß, saßen Dierks Geschwister noch auf einen letzten kleinen Plausch mit Engelke und ihrem Mann in der Diele zusammen und tranken ein letztes Glas Wein vor der Abfahrt.

Birte schaute ganz anders drein als bei ihrer Ankunft in Hamburg. Sie hielt sich immer noch kerzengerade und sagte kaum ein Wort, aber heute lag ein Strahlen auf ihrem Gesicht, und ihre Augen leuchteten. »Du siehst heiter aus«, meinte Engelke, um sie zum Sprechen zu bewegen, »freust du dich so sehr, uns wieder zu verlassen?«

Birte schüttelte den Kopf. »Ja und nein«, sagte sie. »Ich bin zwar froh, daß es wieder nach Amrum geht. Aber bei euch war es auch schön. Es hat mir sogar recht gut gefallen.«

Ebbo warf seiner Schwester einen verwunderten Blick zu. »Ach? Ich dachte, du haßt Städte. Aurich zumindest fandest du einfach widerlich. Hast du selbst gesagt.«

»Das war auch so.« Birte reckte sich. »Weil ich dachte, ihr wollt mich dahin abschieben – du und Dierk.«

»Und das denkst du jetzt nicht mehr?« wollte Dierk wissen. »Abgesehen davon, daß ich überhaupt nicht weiß, was du unter Abschieben verstehst, kleine Schwester – wir gingen davon aus, daß du den jungen tom Broke gern magst. Wir dachten, diese Verbindung –«

»Ihr habt mich überhaupt nicht gefragt«, schnitt Birte ihm das Wort ab. »Gut – der junge tom Broke, wie du Owe Kenisna nennst, ist mir nicht unangenehm, und er mag mich tatsächlich. Aber ihr hättet mich wenigstens fragen können. Das sagt Anna auch.«

»Anna?« Dierk brauchte einen Augenblick, bis ihm klar war, wen Birte meinte. »Ach, Konrad Veckinghusens Frau! Die meinte das auch, was? Aber sie ist ja selbst auf diese Weise verheiratet worden!«

Engelke verkniff sich ein Lächeln. Sie konnte sich noch ganz genau an den Tag erinnern, als Konrad Veckinghusen zum erstenmal das Haus van Damme besucht hatte. Anneke war außer sich gewesen vor Angst und Verlegenheit. Dann hatte sie sich auf den ersten Blick in den jungen Mann verliebt, den ihr Vater für sie ausgesucht hatte.

»Anna hatte die Wahl«, schmollte Birte. »Sie hätte auch nein sagen können.«

»Und du meinst, du hast diese Wahl nicht?« Ebbo lächelte seine Schwester an.

»Wie ich euch kenne, meine lieben Brüder, werdet ihr kein Nein von mir akzeptieren.« Birtes Gesicht zeigte wieder den verschlossenen Ausdruck, den Engelke an ihr kannte. »Was würdet ihr denn wohl sagen, wenn ich die Heirat mit Owe Kenisna ablehnte?«

»Ja ... willst du denn ablehnen?« Dierk blickte erstaunt drein.

»Natürlich nicht«, sagte Birte. »Nur –«

»Was – nur?«

»Ihr hättet mich fragen sollen«, sagte Birte störrisch.

Engelke mußte dem Mädchen im stillen recht geben. Nach allem, was sie von Dierk erfahren hatte, war Dierks Schwester kurzerhand mit dem besagten tom Broke verlobt worden. Die Brüder waren davon ausgegangen, daß sie in Birtes Sinn handelten, wenn sie die Heirat ohne lange Umstände unter Dach und Fach brachten, da Birte ja ganz offensichtlich an dem jungen Mann Gefallen gefunden hatte.

Außerdem paßte die Verbindung auch politisch und geschäftlich hervorragend zu ihren eigenen Plänen – das wußte Engelke. Die Häuptlingsfamilie Kenisna tom Broke war mächtig. Sie beherrschte das Gebiet um Aurich, das ganze Brokmerland und noch mehrere andere Städte. Birte würde durch diese Heirat in den Adelsstand aufsteigen. Das nützte jedem aus ihrer Familie.

Aber Dierks Schwester hatte selbst entscheiden wollen. Sie besaß den gleichen Freiheitsdrang, den Engelke an sich selber kannte. Sie wollte sich nicht verplanen lassen. Und da sie einen eigenen Kopf hatte, würde sie sich jetzt möglicherweise selbst verbieten, den Mann zu nehmen, den die Brüder gewählt hatten – obwohl sie ihn begehrenswert fand.

»Was meinte denn Anna?« fragte Engelke das Mädchen.

Birtes Miene hellte sich auf. »Anna meinte, ich soll Owe noch einmal genau prüfen, ehe ich ihn nehme. Und das werde ich – darauf könnt ihr euch verlassen. Wehe, er besteht die Prüfung nicht!«

»Was soll das heißen?« fragte Ebbo Okkena verblüfft.

»Das soll heißen«, antwortete Birte und reckte sich, »daß wir noch einmal in Aurich Station machen. Ich will Owe allein sprechen – ohne die hochnäsigen Weiber aus seiner Familie. Danach findet sich schon alles.«

Sehr vernünftig, dachte Engelke. »Das ist ein weiser Entschluß«, sagte sie, »du hast ganz recht.«

Birte strahlte Engelke an. Mit der ganzen Offenherzigkeit ihrer achtzehn Jahre sagte sie: »Ich hätte nie gedacht, daß du mir zustimmen würdest, Schwägerin – als Frau von meinem ältesten Bruder!«

»Glaub mir, Birte«, erwiderte Engelke lächelnd, »Dierk ist nicht der Tyrann, für den du ihn hältst ...«

Sie lachten alle. Dann erhob sich Ebbo als erster. »Wir müssen los«, sagte er, »so leid es mir tut.«

Der Abschied war kurz und herzlich gewesen – wesentlich herzlicher als die Begrüßung vor ein paar Tagen. Engelke hatte ihre junge Schwägerin zum erstenmal in den Arm genommen und ihr für den Aufenthalt in Aurich viel Glück gewünscht. Birte hatte sich in ihrer mit Silberknöpfen geschmückten Reisekleidung aufgereckt, den Mantel mit dem Wolfspelzfutter um den Hals hochgezogen und vielsagend gelächelt. »Wird schon«, war ihre knappe Antwort gewesen.

Sie hatte Engelke aus dem Wagen zugewinkt, bis sie außer Sicht gewesen war. Es war Anneke zu verdanken, daß die kleine Friesin ihr stolzes, abweisendes Benehmen abgelegt hatte – ein Benehmen, hinter dem die pure Angst gestanden hatte.

»Birte hat ihre Angst verloren«, so faßte Dierk Engelkes Gedanken in Worte.

Die Glocken schlugen bereits zehn. Engelke drückte den Blumenstrauß, den sie für Hedda aus blühenden Weißdornzweigen und gelben Narzissen zusammengestellt hatte, fest an sich. Dierk ging an ihrer rechten Seite; zur Linken stapfte die kleine Judith, hielt Engelkes Hand fest umklammert und suchte mit ihr Schritt zu halten. Der Leichenzug bewegte sich langsam an den Höfen der Domherren vorbei zur Gemeindekirche Sankt Petri, wo die Totenmesse gelesen werden sollte. Nicht allzu viele Leute gaben Hinnerk Harms dem Älteren das letzte Geleit. Die meisten waren wohl wegen Hedda gekommen, die trotz der Gerüchte von ihrem Selbstmord jetzt doch in geweihter Erde auf dem Friedhof bestattet werden würde.

In der kleinen Kirche brannten nur zwei Kerzen am Altar. Hinnerk der Jüngere hat gespart, dachte Engelke, die der Messe kaum folgen konnte und ihre Blicke über die Anwesenden wandern ließ. Auch Weihrauch wurde wenig verwendet. Und Blumenschmuck gab es keinen.

Peinlich, wie armselig der Junge den Alten und seine einzige Schwester unter die Erde brachte. Peinlich, wenn man bedachte, daß doch der ganze Reichtum an Hinnerk den Jüngeren übergegangen war.

Das dachten auch die anderen Anwesenden. Man sah es ihren Gesichtern an. Aber ihnen ging es sicher eher um den Leichenschmaus, der nach dem Begräbnis stattfinden würde. Ob Hinnerk der Jüngere da auch so rigoros gespart haben mochte?

Engelke war froh, als die Messe zu Ende war. Sie wartete, bis so gut wie alle Menschen die Kirche verlassen hatten, und trat dann noch einmal an Heddas Bahre. Das Gesicht ihrer Freundin war heute so still wie das Antlitz aller Toten. Kein angedeutetes Lächeln mehr und kein Anflug von hoheitsvoller Anklage. Hedda lag mit fest geschlossenen Augen, als schliefe sie. Nicht mehr und nicht weniger.

Engelke legte einen Weißdornzweig aus ihrem Strauß in Heddas Schoß. »Leb wohl, Lämmchen«, murmelte sie, bevor die Träger ihren Sarg schlossen, »ich finde deinen Mörder ...«

Dierk hatte ihre leisen Worte gehört. Er drückte ihren Arm. Judith schmiegte sich schluchzend an sie, kaum fähig zu fassen, was hier geschah. »Ich hab' Angst«, flüsterte sie unter Tränen, »ohne Fröl'n Hedda hab' ich Angst ...«

»Das brauchst du nicht«, tröstete Engelke sie. »Wir sind da. Es kann dir nichts geschehen.«

Sie folgten langsam dem Leichenzug. Auf dem Friedhof, bei den frisch ausgehobenen Gräbern, dauerte die Zeremonie nur sehr kurz. Es gab kaum Blumen. Fast sah es so aus, als wolle Hinnerk der Jüngere seinen Vater ohne jedes Aufsehen unter seinem Grabhügel verschwinden lassen – und seine Schwester, die mutmaßliche Selbstmörderin, gleich mit.

Der Pfarrer von Sankt Petri ging nach wenigen, nichtssagenden Worten. Die Leute verliefen sich. Engelke und Dierk waren die letzten, die den Friedhof verließen. Engelke hatte Mühe, die hemmungslos weinende Judith von Heddas Grab wegzuziehen. Das Kind war so verzweifelt, daß jeder Trost vergeblich schien.

Sie schickten Judith mit Liseke zurück auf den Grimm. Denn sie hatten vor, an dem Leichenschmaus bei Hinnerk dem Jüngeren teilzunehmen. Dierk war einverstanden, ohne daß Engelke ihm lange ihre Gründe erklären mußte. Er verstand genau, weshalb sie gerade heute den Erben des alten Harms beobachten wollte. Hinnerk der Jüngere hatte Engelkes Aufmerksamkeit auf sich gelenkt – auch heute wieder. Allzu nüchtern und ungerührt hatte er dem Begräbnis seines Vaters und seiner Schwester beigewohnt. Allzu hastig hatte er seine Schaufel Erde in die beiden Gräber geworfen. Allzu bescheiden hatte er die Ausstattung der Särge ausfallen lassen. Und allzu schnell war er nach den letzten Worten des Priesters vom Friedhof abgezogen.

Kellinghusen hatte die Knechte und Mägde des Hauses Harms heimgeschickt, das wußte Engelke. Die Verhöre hatten nichts ergeben. Die Flasche, in der das Gift enthalten gewesen war, hatte schon tagelang vor dem Tod des alten Harms im Zimmer gestanden. Niemand hatte sich darum gekümmert. Das hatte jeder vom Gesinde glaubhaft versichern können.

Der Gerichtsherr ging davon aus, daß möglicherweise doch ein Eindringling den Wein vergiftet hatte. Denn der alte Harms hatte nach Aussage der Jungmagd noch am Morgen des Vortages aus der Flasche getrunken, wo ihm der Wein nicht geschadet hatte. Und Hinnerk der Jüngere war an eben diesem Tag, noch bevor sein Vater sich aus dem Bett erhoben hatte, nach Barmbek gefahren. Er hatte keine Gelegenheit gehabt, Gift in die Flasche zu schütten.

Engelke hatte alles, was sie wußte und vermutete, mit Dierk besprochen. Dierk war ihrer Ansicht. Man würde herausfinden müssen, warum der junge Harms schon so früh von seiner Reise zurückgekehrt war – ausgerechnet zu dem Zeitpunkt, als sein Vater gerade gestorben war. Vielleicht war er nicht erst an diesem Morgen eingetroffen, wie es den Anschein hatte. Vielleicht hatte er sich bereits in der Nacht eingefunden, heimlich und ohne jemanden zu wecken. Er besaß ja die Schlüssel zum Haus.

Engelke und Dierk mischten sich unter die Leute, die zum Leichenschmaus gekommen waren – Geschäftsfreunde des alten Harms, Nachbarn, ein paar alte Weiber, die nie bei Beerdigungen fehlten. Hinnerk der Jüngere hatte nicht viel auftischen lassen. Es gab Suppe, Brot, etwas Braten …

Mit den Getränken stand es ähnlich. Bier wurde gereicht, kein Wein. Und Hinnerk der Jüngere wachte darüber, daß die Becher nicht zu voll geschenkt wurden. Er stand im Hintergrund wie die mißlungene Arbeit eines drittklassigen Bildhauers, dünn, unscheinbar, hängeschultrig, und dirigierte das Auftragen der bescheidenen Speisen mit ausladenden Handbewegungen, aber ohne Worte.

Engelke und Dierk traten an ihn heran, um ihn ihres Mitgefühls zu versichern. Hinnerk der Jüngere dankte mit einem kurzen Senken des Kopfes und einer Leichenbittermiene, die aufgesetzt wirkte. »Kommt«, sagte er, »setzt Euch dazu und eßt mit. Es wird für alle reichen – wenigstens jetzt noch.«

»Also, Hinnerk«, erwiderte Engelke, »Ihr redet daher, als stündet Ihr schon mit einem Bein im Armenhaus. Dabei habt Ihr überhaupt keine Veranlassung dazu. Euer Vater hat Euch doch –«

»– eine Menge Schulden hinterlassen«, sagte Hinnerk der Jüngere leise, so daß es keiner außer Engelke und Dierk hören konnte. »Was glaubt Ihr denn, warum er Hedda so schnell verheiraten wollte? Ich weiß es, weil ich seit vorgestern Einblick in die Bücher habe. Nun muß ich zusehen, wie ich alles wieder ins Lot bringe – auch ohne das Geld von Berend Jansen.«

Engelke riß die Augen auf. Was der junge Harms da soeben gesagt hatte, kam völlig überraschend. Hinnerk der Jüngere hatte wohl auf eine fette Erbschaft spekuliert und war hereingefallen. Er hatte seinen Vater umsonst vergiftet – wenn er es getan hatte.

»So schlimm kann es nicht sein«, tröstete sie halbherzig. »Ihr habt sicher den falschen Eindruck bekommen. Niemand kann sich in drei Tagen gründlich über die Befindlichkeiten eines Handelshauses informieren. Nach allem, was ich weiß, waren die Geschäfte Eures Vaters äußerst solide.«

Hinnerk der Jüngere lachte tonlos. Es hörte sich an wie ein heiseres Ausatmen. »Was wißt Ihr denn schon?« sagte er und zuckte die Achseln.

Engelke wechselte das Thema. »Sagt, Hinnerk«, fragte sie, »in welchen Angelegenheiten hatte Euer Vater Euch eigentlich nach Barmbek geschickt – und das ausgerechnet an dem Tag –«

»– Eurer Hochzeit?« unterbrach Hinnerk der Jüngere. Er starrte Engelke mit nachträglichem Zorn auf seinen Vater an und streifte dann Dierk mit einem schnellen Blick. »Nun – er wollte nicht, daß ich mitfeiere. Er schämte sich meiner. Das hat er mir oft genug deutlich gemacht.«

»Habt Ihr einen Geschäftsfreund besucht?« kam Dierk auf Engelkes Frage zurück.

»Nein«, sagte Hinnerk der Jüngere rauh. »Ich sollte nur die Ware besichtigen, die meinem Vater von einem anderen Händler angeboten worden war. Dann sollte ich ihm Bericht erstatten. Natürlich hatte ich nicht die Vollmacht, die Ware anzukaufen.«

»Also eine ganz überflüssige Fahrt«, murmelte Engelke. »Was für einen Sinn hat es denn, sich eine Ware anzusehen, wenn man nicht entscheiden darf, ob sie genommen wird oder nicht?«

»Sehr richtig«, knurrte Hinnerk der Jüngere. »Aber mein Vater hat mir nie irgendwelche Befugnisse eingeräumt.«

»Und welchen Händler habt Ihr besucht?« wollte Dierk wissen.

»Wieso interessiert Euch das?« Die grauen Augen des jungen Harms musterten Dierk mißtrauisch.

»Nun – vielleicht suche ich noch Ware für mein Schiff, das in den nächsten Wochen auslaufen soll«, gab Dierk ruhig zurück. »Mir ist alles recht, solange es nicht Heringe sind.«

Hinnerk der Jüngere lächelte. »Heringe? Nein – mit denen handelt Jörgens nicht. Er könnte eher Leinwand liefern – oder Schüttware wie Weizen.«

»Und was habt Ihr Euch bei Jörgens angesehen?« forschte Engelke.

»Holz«, sagte Hinnerk der Jüngere, »Bauholz genaugenommen. Aber ich werde die Fuhre nicht abnehmen – weil die Stämme drehwüchsig sind.«

»Habt Ihr noch andere Händler in Barmbek besucht?«

»Nein«, gab der junge Harms zurück. »Ihr fragt mich fast so gründlich aus wie der Gerichtsherr es gestern schon getan hat. Warum wollt Ihr das in aller Welt alles wissen?«

»Ich sagte doch schon«, begann Dierk, »ich –«

»Jaja«, unterbrach ihn Hinnerk der Jüngere ungeduldig. »Aber jetzt muß ich erst einmal dafür sorgen, daß diese schreckliche Leichenfeier endlich über die Bühne geht. Verschont mich bis morgen mit Geschäftlichem. Danach gebe ich gerne jede Auskunft.«

Engelke nickte. »Wir fühlen mit Euch«, sagte sie.

»Das glaube ich kaum«, erwiderte Hinnerk der Jüngere. »Ich trauere nicht, ich bin eher erleichtert. Andererseits habe ich ab sofort eine schwere Bürde zu schleppen. Da bleibt ohnehin keine Zeit zum Tränenvergießen.« Er deutete auf die Tafel. »Nehmt Platz, ich bitte Euch sehr. Was ich habe, gebe ich, wie es sich gehört.«

Engelke und Dierk hielten sich nicht lange im Trauerhaus auf. Sie hatten erfahren, was sie wissen wollten. »Am besten schicken wir Jan zu Pferd nach Barmbek«, meinte Dierk, als sie wieder auf dem Weg nach Hause waren, »der soll bei Jörgens nachfragen, wie lange der junge Harms sich dort aufgehalten hat.«

»Und wann er wieder nach Hause abgereist ist«, ergänzte Engelke. »Aber wäre das nicht Sache des Gerichtsherrn?«

»Vielleicht hat Kellinghusen es sogar schon getan«, mutmaßte Dierk. »Hinnerk der Jüngere sagte doch vorhin, er wäre gestern gründlich ausgefragt worden ...«

»Dann wären unsere Bemühungen überflüssig.« Engelke atmete tief ein. »Erkundigen wir uns also erst bei Mandus.«

»Mandus?«

»Bei Kellinghusen.« Engelke reckte sich im Gehen und drückte einen sachten Kuß auf seine Wange. Der Blick seiner Augen hatte eine leise Eifersucht verraten.

»Gestattest du, daß ich mitkomme, wenn du mit ihm redest?« forschte Dierk.

»Aber natürlich. Du mußt ja auch erfahren, was er herausgefunden hat.«

»Es macht dir nichts aus?«

»Rein gar nichts.« Sie lachte ihn an und drückte seine Hand. »Warum fragst du?«

»Nur so.« Er erwiderte ihren Händedruck. »Wann sprechen wir mit ihm?«

»Wann immer du willst.«

»Er wird wohl nicht jederzeit zu sprechen sein«, murmelte Dierk. »Man wird sich anmelden müssen.«

»Ich nicht«, gab Engelke unbefangen zurück. »Für mich hat er auch Zeit, wenn er keine Zeit hat.«

»So.«

Das hatte fast mürrisch geklungen. »Dierk«, sagte Engelke besorgt, »Mandus Kellinghusen ist ein guter Freund – mehr nicht!«

»Das glaube ich dir ja«, antwortete er. »Nur Kellinghusen traue ich nicht. Ich meine –«

»Aber, Liebster!« Engelke packte ihn energisch am Arm. »Was sollte er denn gegen dich schon ausrichten können? Außerdem – ich habe keinem mehr etwas zu bieten. Alles, was ich bin und was ich habe, gehört schon dir!«

Er blieb stehen. Impulsiv umarmte er Engelke auf offener Straße und küßte sie, ohne auf die mißbilligenden Blicke einiger entgegenkommender Bürgersfrauen zu achten.

»Nicht, Dierk«, flüsterte Engelke verlegen.

Er küßte sie noch einmal.

Eine der Frauen murmelte etwas von ›sittenlos‹, als sie mit empörter Miene an Dierk und Engelke vorüberschritt.

Engelke und Dierk mußten lachen. Damit ernteten sie noch einmal böse Blicke.

Im Haus auf dem Grimm gab es mehrere Überraschungen. Kellinghusen, von dem sie die ganze Zeit geredet hatten, wartete in der Diele auf sie. Grete und die beiden neuen Knechte waren gekommen, um ihren Dienst anzutreten. Und die alte Wiebke machte das Gesicht, das sie immer aufsetzte, wenn sie Engelke Wichtiges zu sagen hatte.

»Ich sehe, man hat Euch schon bewirtet«, grüßte Engelke den überraschenden Besuch.

»Eure Kinderfrau war so freundlich, mir einen Becher Bier anzubieten«, gab Kellinghusen mit einem lächelnden Blick auf Wiebke zurück, die in ihrem dicken braunwollenen Arbeitsgewand unter ihrem mächtigen grauen Kopftuch am Herd saß und mit dem Verlesen von Bohnen beschäftigt war. »Weshalb ich hier bin –«

»Augenblick«, bremste Dierk den Eifer des Gerichtsherrn, »ich kann verstehen, Herr Kellinghusen, daß Ihr es von Amts wegen immer eilig habt. Aber wir freuen uns über Euren Besuch und sollten doch erst ein paar private Worte wechseln.«

Engelke nickte zustimmend. »Ein kleiner Imbiß wäre auch sicher angenehm um diese Zeit.« Sie bedeutete Grete per Handbewegung, sich darum zu kümmern.

Grete trug ihr Sonntagsbestes – ein hübsch mit roter Stickerei verziertes hellgrünes Wollgewand, unter dessen Saum ein blütenweißes Hemd aus Leinen hervorblitzte. Sie strahlte Engelke an, knickste und verschwand sogleich in der Küche. Wiebke hatte sie offenbar bereits eingewiesen.

»Bitte«, sagte Kellinghusen, »keine Umstände ... Ich war eigentlich nur gekommen, um –«

»Wir hätten uns sonst bei Euch gemeldet«, fiel Dierk ihm in die Rede. »Wenn wir schon Dienstliches besprechen wollen: Es gibt ein paar Fragen, die sich uns bei unserem Besuch auf der Leichenfeier von Hinnerk Harms dem Älteren gestellt haben.«

»Eben deswegen bin ich hier«, sagte Kellinghusen und heftete seinen Blick auf Engelke. »Meine Nachforschungen haben ergeben, daß Hinnerk der Jüngere sich nur wenige Stunden in Barmbek bei diesem Jörgens aufgehalten hat, den er mir nannte. Jörgens sagte, der junge Harms habe sich bereits nach einer halben Stunde wieder verabschiedet und sei gleich abgereist.«

»Wißt Ihr, wohin?« Engelke hatte sich auf die Bank gesetzt und sah Kellinghusen gespannt an.

»Nicht genau«, gab Kellinghusen zurück, »aber auf jeden Fall zurück nach Hamburg.«

Engelke schnappte nach Luft. »Mit anderen Worten – er war am Abend meiner Hochzeitsfeier wieder in der Stadt?«

»So ist es«, sagte der Gerichtsherr.

Dierk nahm den Platz neben Engelke ein. »Dann frage ich mich«, überlegte er, »warum er nicht zum Tanz auf dem Rathaussaal erschienen ist. Seine gesamte Familie war eingeladen. Aber nur der alte Hinnerk ist gekommen.«

»Und hat sich auch weidlich belustigt«, fügte Engelke hinzu.

»Ich könnte mir denken«, sagte Kellinghusen, »daß der jüngere Harms sich nicht getraut hat zu kommen. Immerhin hatte sein Vater ihn auf diese Reise geschickt, um es ihm unmöglich zu machen, an dem Fest teilzunehmen. Wäre er also auf's Rathaus gegangen, hätte er –«

»– sich den Zorn seines alten Herrn eingehandelt«, vervollständigte Engelke den Satz. »Ich verstehe. Vor dem Alten hat Hinnerk der Jüngere immer Angst gehabt.«

»Aber wo war er dann während der Nacht?« fragte Dierk.

»Von den Dienstboten im Haus Harms hat ihn keiner gesehen – bis am nächsten Morgen, als der alte Harms gerade verschieden war.« Der Gerichtsherr nickte wie zur Bestätigung seiner eigenen Worte.

»Dennoch könnte er sich heimlich im Haus aufgehalten haben«, murmelte Engelke. »Es bedeutet gar nichts, daß ihn niemand gesehen hat. Das Gesinde muß schließlich auch mal schlafen.«

»Seht Ihr, das ist der springende Punkt«, sagte Kellinghusen. »Hinnerk der Jüngere hatte keinen Schlüssel. Er hatte ihn bei seiner Abreise auf der Truhe in der Diele liegenlassen – so beschworen von der Jungmagd, die den Schlüssel in das Arbeitszimmer des alten Harms brachte.

Hinnerk der Ältere habe sich wie ein Wilder gebärdet, sagte sie mir, er habe seinen Sohn einen unfähigen Dilettanten und Schwachkopf genannt und mit so vielen Schimpfwörtern um sich geworfen, daß sie sich regelrecht für ihren Altherrn geschämt habe.«

»Wie schon so oft«, sagte Engelke. »Ob Hinnerk der Jüngere dann wohl in seiner Feigheit die Nacht im Stall verbracht hat, anstatt mutigerweise doch zu unserem Fest zu gehen?«

»Im Stall schläft einer der Pferdeknechte«, sagte Kellinghusen und schüttelte den Kopf. »Der Mann sagte aus, er habe in der betreffenden Nacht nichts gehört und nichts gesehen. Er sei überdies die Hälfte der Zeit wach gewesen. Es ist ein alter Mann«, fügte er erklärend hinzu, »der unter Schlaflosigkeit leidet.«

Dierk wiegte den Kopf hin und her. »Na ja«, sagte er mit einem schnellen Blick auf Engelke, »es gibt schönere Orte, um die Nacht zu verbringen, als einen Pferdestall.«

Engelke schlug die Augen nieder. Kellinghusen schaute verlegen auf seine Hände. Die alte Wiebke blickte kurz auf und lächelte, bevor sich ihre dürren Knochenhände wieder den Bohnen widmeten.

»Gibt es nicht eine Möglichkeit«, fragte Engelke in den Raum hinein, »sich auch ohne Schlüssel Zugang zum Haus zu verschaffen? Ich meine, jeder Einbrecher beweist doch, daß es zu machen ist –«

»Hinnerk der Jüngere sollte in sein Elternhaus eingebrochen sein?« Kellinghusen schüttelte noch einmal den Kopf. »Das halte ich für sehr unwahrscheinlich.«

»Aber es wäre möglich«, wiederholte Engelke ihren Gedanken.

»Wenn ich Ihr wäre, Kellinghusen«, sagte Dierk, »dann würde ich den jüngeren Hinnerk einfach ganz unverblümt fragen, wo er in der betreffenden Nacht gewesen ist.«

»Genau das habe ich getan«, sagte der Gerichtsherr.

»Und?« fragte Engelke.

»Er wollte es mir absolut nicht preisgeben.«

»Und welche Gründe hat er dafür genannt?«

»Keine.« Kellinghusen betrachtete noch immer seine Hände. »Er schwieg sich aus. Sagte, das ginge mich gar nichts an.«

»Unter normalen Umständen hat er damit auch vollkommen recht«, sagte Dierk.

»Nur – jetzt sind die Umstände alles andere als normal.« Kellinghusen heftete den Blick auf Engelke. »Wir haben einen Mordfall aufzuklären, und –«

»Zwei Mordfälle«, sagte Engelke.

»Zwei Mordfälle möglicherweise«, berichtigte sich der Gerichtsherr. »Und deshalb –«

»Was werdet Ihr unternehmen, Mandus? Ich an Eurer Stelle würde –«

»Ja?«

»Ich würde Hinnerk den Jüngeren beobachten lassen. Um herauszufinden, welche Geheimnisse er verbergen will.«

»Das wollte ich von Euch hören, Engelke.« Kellinghusen nickte zufrieden. »Hinnerk Harms der Jüngere wird seit heute morgen beschattet.«

»Und wen habt Ihr auf ihn angesetzt?« wollte Dierk wissen. »Doch nicht etwa einen der städtischen Soldaten ...?«

»Wen denn sonst?« Die Miene des Gerichtsherrn drückte Verwunderung aus.

»Hinnerk der Jüngere wird den Mann sofort erkennen und sich in acht nehmen«, sagte auch Engelke. »Auf diese Weise bekommt Ihr nie heraus, was Ihr wissen wollt. Der junge Harms mag ja feige sein, aber blöde ist er nicht.«

»Und was schlagt Ihr vor, das ich tun soll?« Kellinghusen war ratlos – das zeigte sein langes Gesicht.

»Ich hätte eine Idee«, sagte Engelke.

Dierk und der Gerichtsherr schauten sie gleichermaßen gespannt an. »Wenn du selbst –« begann Dierk.

»Nein«, sagte Engelke. »Aber Teetje wäre der Richtige für diese Aufgabe. Ihn kennt Hinnerk der Jüngere nicht, und der Junge hat sich schon einmal sehr bewährt. Erinnert Ihr Euch denn nicht mehr, Mandus?«

Doch, Kellinghusen erinnerte sich. »Gut«, sagte er, »sehr gut. Teetje wird sicher mehr ausrichten können als einer von Meister Rosenfelds Männern oder ein Stadtsoldat. Wann könnt Ihr ihn auf die Spur setzen, Engelke?«

Engelke überlegte. »Erst muß ich Schiffer Olsen von der Halfmoond seinen Schiffsjungen abschwatzen«, sagte sie nachdenklich, »aber das schaffe ich schon. Vorausgesetzt, die Halfmoond kommt für ein paar Tage ohne Teetje aus.«

Grete brachte Brot in dicken Scheiben, frische Sauermilch und geräucherten Speck. Sie stellte die Teller auf Engelkes flammneue Leinzeugtruhe, die seit gestern die Diele zierte, und knickste wieder. Engelke dankte mit einem Lächeln. »Nimm dir auch«, sagte sie zu der eifrigen jungen Frau, »und gib den anderen ebenfalls. Besonders Liseke und Judith kriegen einen ordentlichen Anteil!«

»Ja, Fru Okkena«, sagte Grete strahlend, »sofort, Fru Okkena!«

Es war das erstemal, daß Engelke in ihrem Haus mit dem neuen Namen angesprochen wurde. Engelke fand diese Anrede so ungewohnt und das Gefühl, das sie auslöste, so seltsam, daß sie kichern mußte.

Dierk fragte sie nach dem Grund für diese Heiterkeit, als sie sich spät am Abend zurückgezogen hatten und in ihrem großen, bequemen Bett lagen. »Findest du meinen Namen komisch? Komischer etwa als Kellinghusen?«

Engelke mußte noch einmal lachen. Sie schob sich über ihren Mann und legte die Hände an seine Kehle. »Ich erwürge dich, Dierk aus Amrum, wenn du mir eine so dumme Frage noch einmal stellst«, sagte sie. »Aber um sie zu beantworten: Nein – er ist überhaupt nicht komisch. Ich hatte nur ein komisches Gefühl, weil ich mich immer noch nicht daran gewöhnt habe, eine Ehefrau zu sein.«

Er nahm ihre Hände und umschloß sie fest. »Wenn's nach mir ginge«, flüsterte er, »dann würdest du nie zu einer Ehefrau werden, Geertje! Ich wünsch mir nichts mehr, als daß du so bleibst wie du bist. Frei und ehrlich und unabhängig ...«

»Die letzteren beiden Eigenschaften möchte ich selber gern behalten«, sagte Engelke, während sie den Kopf auf seine Brust bettete, »aber die erstere ist längst verloren, so geschehen auf dem Ruderstand der Halfmoond – vor Jahren schon. Seit damals bin ich nicht mehr frei, und ich werde es auch nie wieder sein.«

Es wurde eine zauberhafte Nacht voller Mondlicht und Zärtlichkeit.

9

In aller Frühe, nachdem Engelke mit Dierk ihr Stück Brot und die Milchsuppe gegessen hatte, die die kleine Liseke so vollkommen zubereiten konnte, und nachdem Dierk zum Hafen aufgebrochen war, um den Fortgang der Arbeiten auf der Erzengel zu beaufsichtigen, zog die alte Wiebke Engelke beiseite.

»Was gibt es denn?« fragte Engelke und erinnerte sich im gleichen Augenblick an den Gesichtsausdruck, den ihre alte Kinderfrau am Abend zuvor gehabt hatte. »Ach ja, ich weiß – du wolltest mir eigentlich schon gestern etwas sagen ...«

Wiebke gab keine Antwort. Statt dessen zog sie langsam ein Paket hinter der Ofenbank hervor und reichte es Engelke.

»Was ist das?« fragte Engelke erstaunt.

»Es wurde gestern durch einen von Harms' Knechten hier abgegeben«, sagte Wiebke bedeutungsvoll. »Mir scheint, es kommt von einer, die dich sehr geliebt hat und dir sehr vertraut.«

Engelke sah das Päckchen an. Sie wußte nicht, was sie von Wiebkes Worten zu halten hatte. Wieder einmal waren sie nicht gleich verständlich – wie meistens, wenn die alte Frau etwas vorausahnte oder hinter geschlossenen Lidern gesehen hatte. Wiebke wußte mehr, weit mehr als gewöhnliche Menschen. Doch selbst sie verstand manchmal nicht, was die Gesichte ihr zeigten, und dann drückte sie sich so aus, wie sie es eben getan hatte.

»Von wem ist es denn?« fragte Engelke vorsichtig.

»Du wirst es sehen, wenn du es öffnest«, meinte die alte Kinderfrau. »Ich glaube, Hedda Harms hat an dich gedacht ...«

Hedda? Hedda hatte niemals etwas geschickt – sie hatte ihre Besorgungen immer selbst ausgeführt. Engelke entfernte mit plötzlich zitternden Fingern die Leinwand, in die das Päckchen eingeschlagen war. Es enthielt ein Buch – ein dickes, vielbenutztes Stundenbuch mit einem Einband aus braunem Leder. Zwischen dem Deckel und der ersten Seite steckte ein gefaltetes Papier.

Engelke nahm es heraus und setzte sich damit auf die Bank ans Fenster. Sie entfaltete es und erkannte sofort Heddas säuberliche, gestochen scharfe Handschrift. ›Ich entbiete Dir meinen Gruß, Engelke‹, stand da in schön gerundeten Buchstaben, ›und schicke Dir dieses Stundenbuch. Betrachte es als Geschenk zur Hochzeit. Mögen die Gebete, die darin aufgeschrieben stehen, Dir in schweren Stunden Deines Lebens Trost und Hoffnung spenden. Mögen die enthaltenen Worte Dir alle Deine Fragen beantworten.

Behalte mich lieb und vergiß mich nicht

Deine Freundin Hedda‹

»Es ist wirklich von Hedda«, sagte Engelke und starrte Wiebke an. »Sie muß es vor ihrem Tod für mich eingepackt haben. Aber was sie dazu geschrieben hat – das klingt wie ein Vermächtnis!«

»Der Knecht, der es brachte, sagte so etwas Ähnliches«, erwiderte die alte Kinderfrau langsam. »›Das läßt Heer Hinnerk hier abgeben‹, meinte er, ›Fröl'n Hedda hat es Fröl'n Engelke hinterlassen.‹«

»Wenn das wahr wäre«, flüsterte Engelke tonlos, »dann hätte sie –«

»– am Ende doch selbst den Tod gewählt?« Wiebke wackelte mit ihrem vermummten Kopf. »So wird es sein, Kind – so wird es sein.«

»Ich glaube das nicht!« Engelke stampfte mit dem Fuß auf. »Wiebke – es kann nicht dein Ernst sein, daß du gerade Hedda so etwas Schreckliches zutraust. Jemand hat sie umgebracht. Davon bin ich überzeugt!«

»Vielleicht ist beides wahr«, murmelte die alte Frau. »Ich kann nicht sehen, wie es gewesen ist. Wenn ich es sehen könnte, würde ich es dir sagen. Das weißt du, Kind.«

»Ahnst du nicht wenigstens irgendwas? Denk nach, Wiebke. Vielleicht hast du einen Traum, ein Gesicht vergessen.«

Die alte Kinderfrau wiegte ihren Oberkörper hin und her. »Niemals ...«, murmelte sie. »Ich ahne nur, daß beides möglich ist – ein Mord und der Freitod.«

»Aber es gibt ja nur das eine oder das andere.« Engelke verstand ihre alte Kinderfrau nicht. »Kein Mensch kann Selbstmord begehen und gleichzeitig von einem anderen Menschen umgebracht werden!«

Wiebke schwieg einen Augenblick. Dann murmelte sie: »Es geht so viel Schmerz von diesem Buch aus ...«

»Oh, Hedda hat sicher oft weinend darüber gesessen und gebetet«, bestätigte Engelke diesen Gedanken. »Ich kenne das Stundenbuch. Hedda hob es in ihrer Kammer auf. Sie liebte es. Deshalb kann ich nicht verstehen, daß sie sich davon trennen wollte, um es mir zur Hochzeit zu schenken.«

»Aber ihr Herz hattest du doch schon«, sagte Wiebke. »Mit diesem Buch wollte sie dir etwas noch Wertvolleres geben.«

»Etwas noch Wertvolleres? Was kann ein Mensch denn wohl Besseres geben als seine Freundschaft?«

Wiebke schüttelte verwirrt den Kopf. »Es kam mir nur so in den Sinn«, murmelte sie, »ich weiß nicht, warum ich das gesagt habe, Kind.«

»Jedenfalls werde ich mich heute als erstes bei Hinnerk dem Jüngeren erkundigen, was es mit diesem sonderbaren Geschenk auf sich hat«, sagte Engelke. »Er wird mir erklären müssen, wie er dazu kommt, das Stundenbuch als Heddas Vermächtnis zu bezeichnen!«

Wiebke nickte gedankenverloren. »Ich glaube, es ist

beides«, murmelte sie, »ein Geschenk und auch ein Vermächtnis.«

»Ja, sicher«, erwiderte Engelke, »jetzt, wo Hedda tot ist. Das versteht sich von selbst.«

Sie verließ die Diele, um sich für den Besuch bei Harms anzukleiden. Den sonderbar wehmütigen Blick, den die alte Frau ihr nachschickte, bemerkte sie nicht mehr.

Engelke hatte für heute ein leichtes, hellbraunes Wollkleid gewählt, das ihr mit seinem Besatz aus blauer Seide am Auschnitt und an den Ärmeln besonders gut zu Gesicht stand, aber durch seine Schmucklosigkeit auf der Straße nicht besonders auffiel. Engelke hatte vor, nach ihrem Besuch bei Harms noch einmal zum Kleidergewölbe des alten Piet zu gehen. Da war unauffälliges Aussehen angebracht.

Bevor sie den Mantel überwarf, bedeckte sie das Haar mit einer kleinen schwarzen Haube, die wie ein Käppchen auf dem Hinterkopf saß und ihren langen, goldblonden Nackenzopf frei sehen ließ. Es war eine Haube, die sie schon seit Jahren gerne trug und die ebenso unauffällig war wie der Rest ihrer heutigen Kleidung. So konnte sie sich einfach unter das Volk auf der Straße mischen. Nur eins konnte diese Aufmachung nicht vertuschen – ihre ungewöhnliche Körpergröße. Und dagegen half eine leicht gebückte Haltung.

Heute war es ruhig in der Stadt. Sie erreichte das Harmssche Haus, ohne daß jemand sie angesprochen hätte. Hinnerk der Jüngere habe keine Zeit, sagte das schnippische, neu eingestellte Dienstmädchen an der Tür. Da könne ja jede hergelaufene –

Engelke unterbrach die junge Magd wütend. »Nimm die Beine in die Hand, Kindchen, und lauf sofort zu deinem Herrn, ehe ich mich vergesse! Sag ihm, er soll sich auf der Stelle in der Diele zeigen – sonst holt ihn sofort der Teufel!«

Das Mädchen machte runde, blöde Schafsaugen. »Aber ich soll keinen –« setzte es von neuem an.

Engelke hob die Hand. »Machst du jetzt – oder brauchst du eine deutlichere Aufforderung?«

Die Magd stolperte davon. Augenblicke später kam Hinnerk der Jüngere die Treppe herunter, mit puterrotem Gesicht, wie Engelke trotz des Dämmerlichtes in der düsteren Diele seines Hauses erkennen konnte.

»Was, zum Donnerwetter, ist hier eigentlich los?« rief er ärgerlich. »Ich verbitte mir Störungen aller Art – egal, wer da an der Tür –«

Er sah Engelke und verstummte. »Ihr schon wieder«, murmelte er widerwillig. »Was wollt Ihr? Ich habe Euch doch das Päckchen geschickt. Sonst gibt es ja wohl nichts weiter.«

Engelke wartete, bis er ausgeschimpft hatte. »Guten Morgen, Hinnerk«, sagte sie, als ihm die Worte ausgegangen waren, »ich möchte mich einfach bedanken. Und dann habe ich noch eine Frage.«

»Und die lautet?« Er hatte ihren Gruß nicht erwidert, sondern sie nur feindselig angestarrt.

»Euer Bote sagte, Hedda habe mir ihr Stundenbuch vermacht, Hinnerk. Vermacht!«

»Und?«

»Ihr wollt mir doch nicht erzählen, Eure Schwester habe in ihrem Alter schon ein Testament –«

»Genau das hat sie«, schnitt Hinnerk der Jüngere ihr grob die Rede ab. »Gott sei Dank wußte das der Priester von Sankt Petri nicht. Ich hoffe, Ihr behaltet es für Euch – als Heddas Freundin.«

Engelke spürte, wie sie blaß wurde. »Ich möchte das Testament sehen«, sagte sie hart. »Ich brauche Beweise dafür, daß Hedda –«

»Daß sie sich umgebracht hat?« Hinnerk der Jüngere lachte freudlos. »Sie hat, meine Liebe – sie hat. Ohne dabei an ihre Familie zu denken oder an den guten Ruf, den wir zu verlieren haben! Hedda hat das alles auf's Spiel gesetzt. Ich hätte nie im Leben gedacht, daß meine Schwester zu so etwas fähig ist.«

»Ich auch nicht«, murmelte Engelke. »Genaugenommen, Hinnerk – ich glaube es immer noch nicht. Ich kannte Eure Schwester besser als jeder andere. Hedda hätte nie die Sünde des Selbstmordes begangen, weil sie wirklich fromm war.«

»Fromm – daß ich nicht lache! Es hat sich doch deutlich herausgestellt, wie fromm sie war!« Hinnerk der Jüngere verzog das Gesicht in einer angewiderten Grimasse. »All die Jahre habe ich meine Schwester für die beste und gütigste und frömmste aller Frauen gehalten. Und in Wirklichkeit war sie –«

»Laßt mich das Testament sehen.« Engelke war nicht bereit, sich weitere Schmähungen anzuhören – nicht von Hinnerk dem Jüngeren. Wie gut der seine Empörung spielte! Dabei war er in Engelkes Augen immer noch der Hauptverdächtige und hatte vielleicht seinen Vater wie seine Schwester auf dem Gewissen!

Der junge Harms ging auf der Treppe voran. »Es liegt immer noch in ihrer Kammer«, sagte er, »aber ich werde es vernichten, sobald ich dazu komme. Alle Beweise für ihren Freitod müssen verschwinden.«

Du kannst mir nichts vormachen, dachte Engelke. Wahrscheinlich ist das sogenannte Testament eine plumpe Fälschung, um den Mord an Hedda bei den richtigen Leuten als Selbstmord hinzustellen. Aber mich täuschst du nicht, Hinnerk Harms. Ich werde sofort erkennen, ob das Papier von Heddas eigener Hand stammt oder nicht ...

Es war keine Fälschung. Hedda hatte selbst geschrieben.

›Ich hinterlasse‹, stand da, ›mein Stundenbuch Engelke Geerts. Meine Kleidung den Mägden dieses Hauses. Meinen Schmuck den Armen der Gemeinde – außer dem

Schmuck, den ich trage. Meinen Bruder bitte ich, das Gut des Hauses Harms treu zu verwalten und meinen Anteil daran recht zu verwenden. Ich vertraue Gottes Gnade und der Fürbitte der Heiligen Jungfrau meine Seele an.

Hedda Harms.‹

Kein Zweifel – dies war ein Testament. Die Tinte glänzte noch – es konnte nicht älter als eine Woche sein. Sein Inhalt war kurz und eindeutig. Hedda hatte alles verteilt, was sie besaß – als habe sie gewußt, daß sie sterben würde.

Sie konnte es nicht gewußt haben. Das stand für Engelke fest. Dennoch – dieses Papier, das Hedda in ihrer sorgfältigen Handschrift selbst verfaßt hatte, sprach für das Gegenteil.

»Glaubt Ihr es jetzt?« fragte Hinnerk der Jüngere rauh. »Gebt es mir. Ich werfe es in den Kamin. Niemand soll das schändliche Ding zu Gesicht bekommen.«

Engelke schluckte. Sie reichte dem jungen Harms Heddas Testament. »Ihr hattet erwähnt, daß Euer Vater Hedda so schnell wie möglich mit Berend Jansen verheiraten wollte«, sagte sie mit plötzlich belegter Stimme. »Seit wann stand diese Heirat fest?«

»Oh, schon seit ein paar Monaten«, antwortete Hinnerk der Jüngere. »Berend hatte es mit dem Alten – mit meinem Vater abgemacht. Weil Hedda dagegen war.«

»Sie war dagegen? Warum?«

»Was weiß denn ich?« Der junge Harms räusperte sich. »Sie wollte einfach nicht. Da haben Berend Jansen und der Alte es dann unter sich beschlossen. Den Rest wißt Ihr ja selbst. Die Verlobung von Berend und Hedda sollte als Überraschung auf Eurer Hochzeitsfeier bekanntgegeben werden.«

»Aber Hedda mochte Berend Jansen doch sehr gern«, murmelte Engelke, »ich weiß, sie hat das oft erwähnt. Ich verstehe nicht, wieso sie dann –«

»Ich verstehe es auch nicht – und jetzt ist es sowieso

ganz gleich.« Hinnerk der Jüngere zerknüllte das Testament in der Hand zu einer kleinen harten Kugel. »Habe ich Eure Fragen nun alle beantwortet? Werdet Ihr jetzt wieder gehen und mich meine Arbeit machen lassen?«

»J... ja«, sagte Engelke zögernd. »Ich danke Euch, Hinnerk, daß Ihr mir das Stundenbuch geschickt habt.«

»Nicht der Rede wert.«

»Doch. Es war sehr freundlich von Euch, dieses Testament zu respektieren – obwohl es ja eigentlich nicht existieren darf.«

»Ich weiß, was sich gehört.«

Spiel du nur weiter den Ehrbaren, dachte Engelke. So leicht lasse ich mich nicht hinters Licht führen. »Ich verabschiede mich dann also«, sagte sie, »einen guten Tag wünsche ich Euch, Hinnerk.«

Er bedankte sich nicht. Aber er begleitete sie an die Tür. »Das Kind«, sagte er abschließend, »das werde ich in den nächsten Tagen holen lassen. Ich habe einen Platz im Haus der Blagen Süstern gefunden. Da wird es versorgt, und ich habe die Sorge vom Hals ...«

»Um das Kind macht Euch keine Gedanken«, sagte Engelke. »Dem geht es erst einmal gut bei uns auf dem Grimm. Ich denke, ich behalte es noch eine Zeitlang, bis eine bessere Lösung gefunden ist als das Findelhaus.«

Er hatte sie verwundert angesehen. Offenbar war es ihm nie in den Sinn gekommen, die kleine Judith zu behalten. Und es erstaunte ihn, daß andere taten, was eigentlich er hätte tun müssen. Aber er änderte sein Verhalten deswegen nicht. Er war in dieser Hinsicht ganz der Sohn seines Vaters.

Die verwitterte Tür am Fuß der Treppe zum Keller des Kleiderhändlers war verschlossen. Der alte Piet hatte seinen Laden abgesperrt. Niemand antwortete auf Engelkes Hämmern und Rufen. Offenbar war Piet nicht zu Hause.

Engelke mußte sich bequemen, unverrichteter Dinge

wieder zu gehen. Sie hatte schon genug Aufmerksamkeit auf sich gezogen. Aus dem Nachbarhaus – dem ersten auf dem berüchtigten Kattrepel – starrten sie ein paar sehr unordentlich bekleidete Weiber an, deren grell geschminkte Gesichter ihre Profession verrieten.

Die Weiber, alle nicht mehr ganz jung, grinsten Engelke nach, als sie eiligen Schrittes wieder verschwand. Eine rief ihr eine Bemerkung nach, deren Wortlaut Engelke nicht verstehen konnte.

Ärgerlich, daß sie Piet nicht angetroffen hatte. Es war schon fast Mittag, und sie hatte noch nicht viel vorzuweisen an neuen Erkenntnissen. Ob es dem Gerichtsherrn ähnlich ging?

Engelke beschleunigte ihre Schritte. Sie würde zur Halfmoond hinausfahren und mit Schiffer Olsen reden – wegen Teetje. Olsen würde ihr den Gefallen sicher tun und den Jungen für ein paar Tage von der Arbeit auf dem Schiff freistellen. Dann konnte Teetje noch heute anfangen, Hinnerk Harms zu beobachten. Es mußte doch mit dem Teufel zugehen, wenn dabei nicht wenigstens herauskam, wo Hinnerk der Jüngere die Nacht vor der Ermordung seines Vaters verbracht hatte.

Im Brauhaus auf dem Grimm war Tidemanns gerade dabei, die Anlieferung von neuen Fässern zu beaufsichtigen. Sie waren mit einer breiten Schute über das Fleet angefahren worden. Nun wurden sie von Fiete, dem Brauerknecht, und den vier Böttcherknechten mit Hilfe einer Eisenkralle am Seil aus dem Boot gehievt und ins Brauhaus geschafft.

Tidemanns, der die schon im Eingang stehenden Fässer auf Fehler untersuchte und sie abzählte, indem er eine Strichliste führte, richtete sich strahlend auf, als er Engelke erkannte. »Mojn, Fröl'n Engelke«, rief er in seinem polternden, fröhlichen Baß, »wullt Ji helpen? Wi köönt jede Hand bruuken!«

»Nee, Tidemanns, hüüt nich«, rief Engelke zurück,

während sie mit schnellen Schritten auf ihr Brauhaus zuhielt, »heute brauche ich einen von den Männern.«

Der Braumeister schob sich die kleine schwarze Ledermütze schief aufs Ohr und kratzte sich in seinem dichten braunen Schopf. »Ein'n von den Männern, Fröl'n Engelke? Aber die Lieferung ... die is man grade erst angekommen, und denn –«

»Es wird nicht länger als eine Stunde dauern, Tidemanns«, beruhigte Engelke ihren Braumeister. »Fiete soll mich bloß zur Halfmoond rudern.«

»Zur Halfmoond?«

»Muß mit Olsen sprechen.«

»Wegen Ladung?«

Engelke schüttelte den Kopf. »Diesmal nicht. Diesmal hat es andere Gründe.«

Tidemanns schaute ihr scharf ins Gesicht. Er kniff ein Auge zusammen. Doch er fragte nicht weiter. Er kannte seine Patronin gut genug, um zu wissen, daß sie ihm jetzt keine weitere Auskunft geben wollte. »Gut denn«, sagte er knapp und winkte den Knecht heran.

Fiete machte das Boot klar. Er war schweigsam wie Heiko Okkena. Ohne Worte bedeutete er Engelke, einzusteigen, und trieb dann das leichte Fahrzeug mit wenigen kräftigen Ruderschlägen auf die Alster hinaus. Augenblicke später waren sie eingetaucht in das Gewimmel von anderen Booten, Lastkähnen und kleinen Schiffen, die hier das Wasser bevölkerten.

Engelke liebte es, die dicht an dicht stehenden Gebäude mit ihren Ausluchten und übers Wasser auskragenden Erkern vorbeiziehen zu sehen. Die herrschenden Farben – das erdige Rot der Ziegel, das frische Weiß und Schwarz des Fachwerks und das silbrige Grau der Reetdächer – taten den Augen wohl. Und immer wieder erwachte beim Anblick der vielen stolzen Kaufmannshäuser, der Türme und öffentlichen Gebäude Engelkes Stolz, Bürgerin dieser Stadt zu sein.

Das beeindruckendste von allen öffentlichen Gebäuden aber war immer noch die Hohe Brücke – das Tor zur Welt, wie Engelke sie insgeheim nannte. Diese Brücke, die den Elbehafen vom Alsterhafen abgrenzte und von zwei klotzigen roten Ziegeltürmen flankiert wurde, war das Wahrzeichen der Stadt. Das sagte jeder, der zum erstenmal nach Hamburg kam. Die Brücke war so bemessen, daß sogar seegehende Schiffe mit niedergelegtem Mast unter ihr durchfahren konnten – bis tief in die Stadt hinein.

Jetzt, während Fiete das Boot mit wuchtigen Ruderschlägen unter dem gewaltigen Bauwerk hindurchtrieb, lenkte Engelke ihren Blick unwillkürlich in die Höhe. Die Hohe Brücke hatte für sie seit dem vergangenen Jahr auch ihre dunkle Seite. Von dort oben war im Oktober die unglückselige Katrien hinabgesprungen. Engelke konnte sich noch deutlich daran erinnern.

Sie schloß die Augen. Als sie sie wieder öffnete, hatten sie den Hafen erreicht. Hier schaukelten im leichten Wellengang die großen Schiffe, die Koggen und Holke, die in alle Welt segelten. Engelke konnte die Halfmoond auf Anhieb im Wald aus Masten und Rahen herausfinden. Ohm Goderts schönstes Schiff, eine schlanke, elegante Kogge, war mit Bleiweiß gestrichen und prunkte auf den obersten drei Plankengängen ihres Rumpfes mit schönen Malereien in Grün, Blau und Rot.

Die Erzengel lag gleich daneben vor Anker. Dierks Schiff, eine schnelle Kogge wie die Halfmoond, war im ganzen etwas größer und hatte einen noch längeren Bugspriet, was sie mindestens ebenso elegant erscheinen ließ wie die Halfmoond. Ihre Bemalung war blau, abgesetzt mit gelben und weißen Streifen.

Fiete hielt auf die Halfmoond zu. Als sie längsseits gegangen waren und Engelke gerufen hatte, fiel gleich ein Reep herab. Über dem Schanzkleid zeigte sich ein strubbliger Kopf mit einem Lächeln, dem zwei Schneidezähne fehlten. »Holla, Fröl'n Engelke«, brüllte der Bootsmann, »willkommen an Bord!«

Engelke raffte die Röcke. Es kostete sie etwas Anstrengung, die glitschigen Sprossen der Strickleiter hinaufzuklettern. Fiete hatte es da leichter in seinen Hosen.

Mehrere Hände halfen ihr über das Schanzkleid. Unwillkürlich wanderte ihr Blick zum Heck, wo unter dem Halbdeck im Ruderstand die lange Pinne mit dem sanften Schaukeln des Schiffes träge hin- und herschwang. Da hatte Dierk gestanden, damals, als sie ihn zum erstenmal gesehen hatte ...

Schiffer Olsen trat aus der linken Heckkabine. Strahlend kam er auf Engelke zu. »Was für eine Freude«, sagte er. »Nun? Womit kann ich Euch dienen? Oder hat Euer Besuch keinen besonderen Grund?«

»Oh, da solltet Ihr mich aber besser kennen, Olsen«, sagte Engelke lachend. »Ich möchte mir auf ein paar Tage Euren Schiffsjungen ausleihen.«

»Teetje?« Olsen schaute verdutzt drein. »Aber der hat doch ohnehin nicht viel zu tun auf dem Schiff. Jedenfalls nichts, was nicht auch andere erledigen könnten.«

»Ach – er ist also nicht unentbehrlich?« Engelke lächelte in sich hinein. Hatte der Bursche wieder einmal aufgeschnitten! »Dann kann ich über ihn verfügen?«

»Sicher, jederzeit. Bis zur Abreise.«

»Wann wird das sein?«

»In zwei Wochen.« Olsen lächelte. »Verwendet den Jungen, wie Ihr wollt, Fröl'n Engelke – ich meine, Frau Okkena ...«

»Zwei Wochen«, murmelte Engelke, »das dürfte mehr als genug Zeit sein.« Sie nickte. »Ich danke Euch, Olsen«, fügte sie lauter hinzu. »Kann ich ihn gleich mitnehmen?«

»Nur zu.« Olsen stand die Neugier im Gesicht geschrieben, aber er fragte nicht, welche Verwendung Engelke für Teetje hatte. Statt dessen klatschte er in die Hände. »He«, rief er einem seiner Jungmatrosen zu, »zwei Becher Wein in meine Kajüte – aber schneller als gewohnt!«

Fiete schaute enttäuscht drein. »Drei Becher«, berichtigte der Schiffer mit einem Schmunzeln.

»Ich wollte eigentlich nicht lange bleiben«, wehrte Engelke zögernd ab.

»O nein«, sagte Olsen, »so haben wir nicht gewettet. Ihr seid ein allzu seltener Gast. Einen Begrüßungsschluck dürft Ihr mir nicht verwehren.«

Engelke gab sich geschlagen. Olsen hatte ja recht. Sie hatte in letzter Zeit die Halfmoond links liegenlassen. Das Schiff fiel eben nicht mehr unter ihre Aufsichtspflicht. Aber Peder Elmsbüttel, Ohm Goderts Kontorist, war in Olsens Augen kein Ersatz für eine Engelke Geerts, die jetzt dummerweise geheiratet hatte und sich um die eigenen Belange kümmern mußte.

Sie ließen sich auf der schmalen kleinen Bank in der Kajüte des Schiffsführers nieder und nippten von dem Wein, den der Matrose gebracht hatte. »Ich gehe davon aus«, brach Olsen nach einem Augenblick das Schweigen, »daß Ihr über den Mord an dem alten Harms genau Bescheid wißt. Was haltet Ihr davon?«

»Ihr meint – wer könnte es getan haben?«

Olsen nickte. »Nicht, daß ich dem Kerl nachtrauere«, brummte er, »es gab immer Schwierigkeiten, wenn wir Ware von ihm zu befördern hatten. Und wenn es keine gab, dann machte er uns welche, der alte Sünder.«

Er räusperte sich. »Es war ein Doppelmord«, sagte sie langsam, »seine Tochter Hedda ist ebenfalls –«

»Jeder sagt, sie sei ins Wasser gegangen«, unterbrach Olsen verwundert. »Glaubt Ihr etwa, Hedda Harms sei auch ...?«

»Ja.«

»Na, um den Alten ist es nicht schade. Der hatte wirklich viel Dreck am Stecken. Aber seine Tochter ...« Olsen nahm einen Schluck. »Daß so einer wie der alte Harms überhaupt eine solche Tochter haben konnte ...«

»Dreck am Stecken?« hakte Engelke ein, »wie meint Ihr das, Olsen?«

»Ach, ich weiß nicht.« Der Schiffer kratzte sich den Stoppelbart. »Es ist nicht nur die Tatsache, daß man ihm im Geschäftlichen auf die Finger sehen mußte. Auch sein Lebenswandel ...«

»Sein Lebenswandel?«

»Nun – er trieb sich in Lokalen herum, wo ich selbst nicht einmal meine Seeleute gerne verkehren lasse«, sagte Olsen. »Euch gegenüber kann ich so etwas ja erwähnen. Ihr seid nicht wie die anderen Frauen – oder gar die Damen.«

Engelke mußte lächeln. Fünf Fuß, sieben Zoll, dachte sie unwillkürlich. »Heißt das, der alte Harms verkehrte in Kneipen, wo auch Verbrecher umgehen?« fragte sie nach.

»Würde mich nicht wundern«, antwortete der Schiffer, »wenn sein Mörder aus diesem Umkreis käme. Wer weiß schon, was der Alte da alles getrieben hat ...«

»Welche Lokale sollen denn das gewesen sein?« Engelke war hellhörig geworden.

»Verschiedene Löcher bei den Kajen«, sagte Olsen, »und, soweit ich weiß, auch einige in Sankt Jacobi. Besonders üble Kaschemmen, vor denen ich meine Leute immer wieder warne.«

»Warum? Mit Verbrechern werden sie sich ja wohl kaum einlassen.«

Olsen lachte. »Nein. Aber die Weiber, die da ihre Reviere haben, sind oft krank«, sagte er. »Ich möchte meine Männer nicht auf so dumme Art loswerden, wenn Ihr wißt, was ich meine.«

Engelke nickte. Sie wußte. »Ich werde den Gerichtsherrn darauf hinweisen«, sagte sie, »daß Hinnerk Harms der Ältere Verbindungen zu solchen Kreisen hatte. Vielleicht ergibt sich dadurch ein brauchbarer Hinweis auf seinen Mörder.«

»Und möglicherweise auf den Mörder seiner Tochter«, ergänzte Olsen, »man kann ja nie wissen ...«

Über diesen Satz dachte Engelke noch nach, als sie zusammen mit Teetje und Fiete die Strickleiter wieder hinunterkletterte, um zurück in die Stadt zu fahren. Sie setzte sich im Boot zurecht, ordnete ihre Röcke und wünschte sich wieder einmal, in praktischen Männerhosen zu stecken, als ihr Blick auf die Erzengel fiel, die wenige Ruderschläge von der Halfmoond entfernt auf dem Wasser der Elbe schaukelte. Da streckte sich gerade ein Kopf über die Bordwand, den sie gut kannte.

»Heiko«, brüllte Teetje denn auch los, »he – Heiko! Hast du heute abend Landgang?«

»Weiß nich'«, rief Heiko zurück, »hab' nich' gefragt!«

»Tust du's noch?« schrie Teetje.

»Bestimmt!«

Ein zweiter Kopf zeigte sich. Auch den kannte Engelke gut. »Was ist denn das für ein Gebrüll?« wollte Dierk wissen.

Dann sah er das Boot und Engelke. Er winkte. Engelke winkte zurück. »Zur Erzengel«, befahl sie Fiete.

Der machte ein saures Gesicht. »Tidemanns wird nich' erfreut sein«, murrte er. »Die Ladung Fässer –«

»Du kannst gleich zurückfahren«, beruhigte Engelke den Knecht, »brauchst mich nur auf der Erzengel abzuladen. Ich fahre dann mit meinem Mann zurück an Land.«

Fiete hatte nicht verstanden. Das erkannte Engelke an seiner verdutzten Miene. Dennoch nickte er. »Is' gut, Fröl'n Engelke.«

»Und Teetje nimmst du mit.«

»Teetje nehm ich mit. Is' gut. Warum?«

»Er hat was für mich zu erledigen.« Engelke wandte sich an den Schiffsjungen, Mettes ältesten Sohn, der sie mit großen Augen fragend anschaute. »Ich will«, sagte sie zu dem Flachskopf, »daß du Hinnerk Harms den Jüngeren heute abend im Auge behältst. Folge ihm, egal, wohin er geht. Und merk dir gut, was er dort macht. Verstanden?«

Teetje nickte verständnislos. »Wenn Ihr das sagt …«, murmelte er zögernd.

»Ich habe ihn im Verdacht«, flüsterte Engelke, »trotz allem, was heute bei Schiffer Olsen herausgekommen ist. Ich muß herausfinden, wo er in der Nacht vor dem Mord am alten Harms gewesen ist. Unbedingt.«

Teetje verstand ohne lange Erklärungen. »Ich tu' mein Bestes«, sagte er nur.

Dierk half Engelke persönlich über das Schanzkleid der Erzengel. Sie hatte auch nicht den mühsamen Weg über das Fallreep nehmen müssen. Eigens für sie gab es an Bord eine schaukelähnliche Vorrichtung, in der sie Platz nehmen und mit der sie an Bord gehievt werden konnte. Darauf hatte Dierk bestanden, schon vor einem halben Jahr.

Er strahlte übers ganze Gesicht. »Wunderbar, daß du hier bist«, sagte er und nahm sie in die Arme. Die Männer seiner Mannschaft schauten weg – wie Dierk es ihnen beigebracht hatte. Aber sie stießen Hochrufe aus, was Engelke immer noch zum Kichern fand.

Dierk machte ein finsteres Gesicht. »Ihr habt überhaupt keine Manieren«, tadelte er wie schon unzählige Male zuvor. »Und du, Geertje – du unterstützt die Kerle noch! Werde doch nur ein einziges Mal wütend. Dann lassen sie den Unfug, und wir können uns ungezwungen benehmen!«

»Das können wir auch so«, sagte Engelke und lächelte ihn an. »Zeigst du mir, wie weit die Arbeiten am Schiff schon fortgeschritten sind?«

»Zuerst mußt du dir anhören, was ich mir für die erste Reise der Erzengel in diesem Jahr ausgedacht habe«, sagte er und zwinkerte geheimnisvoll.

»Was ist es?« Engelke sah ihn gespannt an.

»Komm mit in die Kajüte«, sagte er und zwinkerte noch einmal.

Die Kajüte des Schiffsherrn lag am Heck des Schiffes, gerade so wie auf der Halfmoond. Dierk öffnete Engelke die Tür und ließ sie zuerst eintreten. Engelke bemerkte auf den ersten Blick die Veränderungen, die er hatte vornehmen lassen. Zwei Kojen waren in der hinteren Ecke eingebaut worden – eine über der anderen, um Platz zu sparen. Hier sollte mehr als nur eine Person schlafen können.

»Du willst doch nicht ... ?« Engelke unterbrach sich und schaute Dierk in das lachende Gesicht.

»Doch«, antwortete er. »Wir werden Flitterwochen bekommen – so oder so. Ich nehme dich mit nach London.«

»Dierk!« Das war alles, was sie herausbrachte.

»Keine Einwände«, sagte er und umarmte sie herzhaft. »Das Brauhaus kann dein Braumeister für ein paar Monate allein führen. Du sagst ja selbst, daß Tidemanns sein Handwerk hervorragend beherrscht. Und den Verkauf – alles, was damit zusammenhängt – könnte ich geregelt haben, wenn du zustimmst. Niklas Helmers sagt, seine Leute wären jederzeit bereit –«

»Ohm Goderts Leute sicher auch«, murmelte Engelke. »London ... oh, das wäre aufregend ...«

»Dann wärst du grundsätzlich nicht abgeneigt?«

»Abgeneigt?« Engelke lehnte den Kopf an seine Schulter. »O nein! Ich muß nur erst austüfteln, wie es zu machen ist. Und ich muß den Mord an Hedda klären ...«

»Dabei hast du meine volle Unterstützung«, sagte Dierk. Er schob sie zu dem kleinen Tisch hinüber, der an der Außenwand unter dem Fenster verschraubt war, und drückte sie auf einen der dazugehörigen Schemel. »Nun laß uns ein Gläschen Wein trinken und unsere Reise besprechen«, sagte er. »Heiko ist schon mit der Kanne unterwegs.«

»Ich werde betrunken sein«, lächelte Engelke. »Weißt du, Olsen hat mir bereits Wein kredenzen lassen. Aber mit dir betrinke ich mich am liebsten.«

»Geertje …«

»Ja?«

»Ich liebe dich – selbst wenn du wirklich einmal betrunken sein solltest wie ein Schauermann.«

10

Dierk hatte Engelke auf seinem Schiff herumgeführt und ihr auch den Laderaum gezeigt, der bereits zu mehr als der Hälfte mit Waren aller Art angefüllt war. »Viel kann die Erzengel nicht mehr aufnehmen«, erklärte er ihr voller Zufriedenheit, »und fast alles ist eigener Bestand.« Er deutete auf einige Fässer, die mit Eisenringen beschlagen und verplombt waren. »Da drin«, sagte er und rieb sich die Hände, »da drin steckt allerdings der Löwenanteil des Gesamtwerts. Ich hab' die Felle günstig einkaufen können – über eine neue Beziehung nach Nowgorod.«

»Was für Felle?« Engelke war im Augenblick ganz Geschäftsfrau.

»Feinstes Feh. Winterpelze. Hellgrau. Absolut edelste Qualität.«

»Hast du ein Muster, das du mir zeigen könntest?«

»Aber sicher.« Er langte in eine Kiste, die dicht neben den wertvollen Fässern auf den Planken stand, und zog einen kleinen Pelz heraus. »Da«, sagte er, »was hältst du davon?«

Engelke prüfte das Fell mit den Fingern. Es fühlte sich weich an, seidig und doch fest. Die Pelzhaare standen dicht und voll, die Farbe war gleichmäßig silbern, das Leder trocken und geschmeidig. »Wunderschön«, sagte sie anerkennend, »wenn die anderen auch so aussehen, dann –«

»Jedes einzelne von ihnen«, bestätigte Dierk stolz. »Ich hab' sie alle eigenhändig sortiert und selber verplombt. Nur so geht man sicher, daß man nicht über den Tisch gezogen wird.«

»Sehr richtig.« Engelke lächelte. »Liebster – dir kann ich wohl kaum noch etwas beibringen. Wie kommt es, daß du vom Steuermann so schnell zum Kaufmann werden konntest?«

»Mußte ich denn nicht?« Er legte den Arm um ihre Schultern. »Ich wollte dich so schnell wie möglich wiedersehen, nachdem ich erfahren hatte, aus welcher feinen Familie du stammst. Liebe macht blind, sagt man. Mich hat sie dazu gebracht, alles aus mir herauszuholen. Man lernt schnell, wenn man liebt.«

Sie tauschten einen langen, leidenschaftlichen Kuß. Erst Schritte, die den Niedergang herunterkamen, konnten ihn beenden.

Gegen Einbruch der Dunkelheit ruderten sie zurück in die Stadt. Heiko und Dierk handhabten die Riemen. Engelke, die am Heck saß, hielt die Pinne, steuerte und träumte schweigend in die sinkende Dämmerung.

Der Himmel war glühend rot. Die Dächer der Häuser am Ufer der Alster schienen wie mit geschmolzenem Metall übergossen. Überall glimmten die ersten Lichter aus den Fenstern; Lastboote wurden vertäut, Kähne an den vielen Hausländen festgemacht.

London, dachte Engelke. Wie es um diese Zeit wohl im fernen London aussehen mochte? Ob diese Stadt Ähnlichkeit mit Hamburg hatte? Manch einer, der da gewesen war, behauptete es.

Sie würde es selbst beurteilen können – schon bald. Sie würde mit Dierk durch die Straßen Londons spazieren, sich alles ansehen und vielleicht etliche Sehenswürdigkeiten bewundern können. Es würde ein aufregendes Abenteuer werden – die erste große Reise ihres Lebens.

Das Boot war auf der Höhe von Engelkes Brauhaus angekommen. Dierk trieb es mit wenigen sachten Ruderschlägen an den Landungssteg heran, während Heiko die Leine bereithielt. Sie legten an. Heiko machte fest. Dierk half Engelke beim Aussteigen.

Das Wohnhaus war hell beleuchtet. Die offene Tür

wirkte einladend. Grete stand da und lächelte. »Essen is' bereit«, sagte sie, »und es will Euch jemand sprechen. Hat sich nich' abweisen lassen.«

»Wer ist es denn – der Gerichtsherr?« Dierks Frage kam ein wenig zu schnell.

Engelke mußte lächeln.

»Nein«, sagte Grete, »so 'n alter Kerl, der behauptet, Euch zu kennen.« Sie schaute Engelke verlegen an. »Ik wußt nich, ob ik glööven kann, wat he seggt«, fuhr sie unsicher fort, »aber er machte 'n anständigen Eindruck, und da hab' ich –«

»Das war ganz richtig«, sagte Engelke und nickte Grete zu. »Es ist der alte Piet«, erklärte sie Dierk. »Bin gespannt, was er mir zu berichten hat.«

»Der alte Piet?«

»Der Kleiderhändler vom Kattrepel.«

Dierk erinnerte sich. Die Magd machte große Augen. »Von 'n Kattrepel?« fragte sie erschrocken. »Von da kennt Ihr Leute?«

»Nicht jeder, der da wohnt, ist ein Halunke«, sagte Engelke und widmete Grete einen strengen Blick. Dann trat sie ein, Dierk hart hinter sich im Kielwasser.

Der alte Piet hockte auf dem Schemel neben dem Kamin. Er hatte sich für diesen Teil der Stadt richtig herausgeputzt. Die Beinkleider, die er trug, waren aus leuchtendblauer Wolle und klebten tadellos stramm an seinen dürren Waden. Seine hochrote Jacke – nach dem neuesten Schnitt an den Schultern gepolstert und in viele kleine Falten gelegt – wurde von einem breiten, glänzend schwarzen Gürtel zusammengehalten, den Dutzende von Rosetten aus Silber zierten. Über all der Pracht trug der alte Piet eine Gugel aus braunem flandrischem Tuch. Die Kapuze hing ihm mit ihrem langen Zipfel bis in die Kniekehlen herab.

Er hatte sich die Hände am Feuer gewärmt. Als Engelke und Dierk in die Diele traten, drehte er sich um und wollte sich erheben. »Einen schönen Abend«, grüßte Engelke, »bleib nur sitzen – wir gesellen uns zu dir. Was bringst du?«

»Schönen Abend auch«, sagte der Kleiderhändler und zeigte sein ledrig-zerknittertes Lächeln. »Ich will nicht lange stören. Aber Ihr hattet mich nach 'ner Marie gefragt.«

»Und?« Engelke setzte sich auf die Bank und zog Dierk neben sich. Sie richtete den Blick auf Piet. »Hast du sie gefunden?«

»Marie?« fragte Dierk.

»Eine ehemalige Dienstmagd aus dem Haus Harms«, erklärte Engelke hastig, »sie soll mit Dörte befreundet gewesen sein – mit Judiths Mutter.«

»Ach.« Dierk schaute jetzt auch den alten Kleiderhändler an.

»Jo«, sagte Piet bedächtig. »Ik heff se funnen. Aber es wird schwierig werden, mit ihr zu reden – wenigstens für Leute wie Euch.«

»Wieso?« Engelke erhob sich in ihrer Aufregung von der Bank und trat an die Seite des alten Mannes. »Wenn du weißt, wo wir sie treffen können, dann dürfte es doch sicher ein leichtes sein –«

Piet legte den Kopf schief und lächelte sie mitleidig von unten herauf an. »Sie is' 'ne ... Ihr wißt schon, was«, murmelte er zwischen den Zähnen. »Sie arbeitet auf'm Kattrepel – in 'nem Haus, wo Damen nich' hingehen. Feine Männer auch nich'«, fügte er mit einem Blick auf Dierk hinzu.

»Na, dann müssen wir eben –« Engelke unterbrach sich. Sie war jetzt eine verheiratete Frau. Der Gedanke, der ihr spontan gekommen war, würde sich wahrscheinlich nicht ausführen lassen. »Verflixt«, flüsterte sie, »was machen wir denn dann?«

Dierk reckte sich herüber. Er hatte offenbar alles verstanden, obwohl Piet und Engelke ihre Stimmen gesenkt hatten, und schickte jetzt mit einer energischen Handbewegung Grete in die Küche. »Wie wär's denn«, sagte er im Flüsterton, »wenn zwei junge Männer dieses Haus besuchten – Männer vom Schiff zum Beispiel? Das würde doch überhaupt kein Aufsehen erregen. Oder?«

Engelke starrte ihren Mann mit aufgerissenen Augen an. »Dierk«, sagte sie verblüfft, »was, zum Kuckuck, meinst du denn damit?«

Er lächelte und zwinkerte ihr fast unmerklich zu. »Du hast mich schon verstanden, Geertje«, sagte er.

Der alte Piet grinste. Auch er wußte, was der Hausherr gemeint hatte. »Ja, wenn das so ist«, sagte er, glücklich darüber, daß er mit im Komplott steckte, »denn hätt ich auch die passenden Klamotten ...«

Grete kam wieder aus der Küche. »Das Essen«, sagte sie, »Verzeihung, Wiebke und ich – wir hatten uns gedacht, wir –«

»Wir werden das Essen am Tisch in der Diele einnehmen«, bestimmte Engelke. »Liseke und Judith sollen bei dir und Wiebke in der Küche essen, genau wie die Knechte. Das gilt von heute an.«

Grete knickste. Dann trug sie auf. Piet, der ihr als Gast immer noch verdächtig war, wurde nur sehr zögernd von ihr bedient. Erst als Engelke ihr einen mißbilligenden Blick zuwarf, füllte sie auch dem alten Kleiderhändler seinen Napf randvoll, ehe sie wieder in der Küche verschwand.

»Wann wäre es am besten, Marie aufzusuchen?« fragte Dierk, sobald die Magd die Diele verlassen hatte.

Piet kaute mit vollen Backen. »Am besten wär's jetzt«, mümmelte er, »da sind die Huren ... äh, die ... Häuser ... noch nich' gerade so ... besetzt ...«

»Gehört diese Marie denn zu den Begehrteren?« forschte Engelke.

»'ne Schönheit is' sie nich' gerade«, nuschelte Piet mit vollem Mund, »sie wird wohl 'n paar besondere Spezialitäten zu bieten haben ... wenn Ihr wißt, was ich meine.«

»So genau wollten wir es nicht wissen«, sagte Dierk. »Gleich nach dem Essen machen wir uns dann also auf den Weg. Wo, sagtest du, liegt das Haus?«

»Na, auf'm Kattrepel«, nuschelte Piet. »Schmeckt großartig«, fügte er mit einem fettigen Grinsen und einem bewundernden Blick auf die dicke Graupensuppe hinzu, »so was Gutes hab' ich schon lange nich' mehr gegessen …«

Grete wunderte sich, daß ihre Herrschaft nach dem Essen noch einmal ausging, obwohl es doch draußen schon dunkel war. »Soll Krischan Euch nich' begleiten?« fragte sie besorgt. »Er könnte die Laterne halten, damit der Herr nich' –«

Dierk winkte ab. »Du kümmerst dich um das Hauswesen«, sagte er. »Alles andere nehme ich selbst in die Hand.«

»Dank dir, Grete, daß du daran gedacht hast«, milderte Engelke die Enttäuschung der allzu diensteifrigen Magd. »Ich sage dir schon, wenn du gebraucht wirst. Im Augenblick könntest du dir schon mal überlegen, was morgen an Vorräten einzukaufen ist. Wiebke soll dir dabei helfen.«

Grete nickte beruhigt. »Ja«, sagte sie getröstet, »das wär mal nötig. Mehl geht aus. Erbsen und Bohnen sind auch nich' mehr so viele da.«

»Siehst du?« sagte Engelke. »Mach eine Aufstellung. Und wenn ich morgen früh Zeit habe, gehen wir sie zusammen durch.«

»'ne Aufstellung?« Dieses Wort kannte die Magd noch nicht.

»Ach, überleg dir einfach, was wir brauchen werden«, sagte Engelke. »Morgen erklär ich dir, was eine Aufstellung ist.«

Damit warf sie sich den Mantel über. Dierk war schon bereit für den Weg. Und der alte Piet hatte seine Laterne angezündet. Zu dritt marschierten sie dem berüchtigten Kattrepel entgegen.

Die Straßen waren nach Einbruch der Dunkelheit wie leergefegt. Niemand, der nicht unbedingt mußte, war jetzt noch unterwegs – ausgenommen natürlich diejenigen, die etwas zu verbergen hatten und deshalb den Schutz der Nacht ausnutzten. Teetje hatte sich inzwischen dem jungen Harms an die Fersen geheftet – da war Engelke sicher. Er würde Hinnerk den Jüngeren, sollte der irgendwohin gehen, nicht aus den Augen lassen.

Sie selbst machte mit Dierk Station im Kleidergewölbe des alten Piet, bevor sie sich in das Abenteuer stürzte, das der Besuch in einem übel beleumdeten Haus ganz sicher sein würde.

Piet suchte aus den Stapeln der gebrauchten Kleider mit traumwandlerischer Sicherheit genau die passenden Sachen heraus, die aus einer jungen Frau einen schmuddeligen Kerl vom Hafen machen konnten. Dierk staunte, wie schnell der Alte mit einer geflickten grauen Wollhose, einem weißen, schon tausendmal gewaschenen Leinenhemd und einer fadenscheinigen blauen Jacke aus Segeltuch wieder da war. Die Sachen paßten Engelke wie angegossen – sogar die ausgetretenen Schuhe, die Piet ihr hinstellte. Eine mottenzerfressene Gugel vervollständigte das Bild eines armen Matrosen.

Auf Dierks fragenden Blick lachte Piet. »Das lernt sich mit den Jahren«, sagte er augenzwinkernd, »'n gutes Augenmaß ist das A und O im Kleiderhandel. Für Euch hab' ich ruck, zuck auch das Richtige ausgesucht.«

Und es stimmte. Dierk war zwar ein Riesenkerl mit mächtig breiten Schultern und sehr langen Beinen. Aber Piet fand trotzdem ein Paar Beinkleider, eine Jacke und sogar einen passenden alten Filzhut, der verwegen mit einer ausgefransten Fasanenfeder geschmückt war. »Na – is dat nix?« fragte er und grinste.

Dierk schlüpfte in die schäbigen Kleidungsstücke. Er

hatte gesehen, daß sich Engelke nicht wegen möglichen Ungeziefers in den gebrauchten Sachen sorgte. Und das gab auch ihm Sicherheit. Piet, der die Frage in seinen Augen richtig gedeutet hatte, sagte stolz: »Meine Klamotten sind sauber. Hab' erst gestern mit Wacholder geräuchert. Da hält sich keine Laus mehr drin.«

»Hoffentlich.« Dierk schauderte doch ein wenig und warf einen ängstlichen Blick auf Engelke, die sich eben die Gugel übers Haar zog.

»Wenn Ihr's nich' glaubt«, sagte Piet beleidigt, »denn geb ich Euch noch 'n Stück Kampferholz mit. Denn flüchten auch die letzten Motten und Käfer – das garantier' ich!«

»Wir glauben dir ja«, sagte Engelke. »Nun mußt du uns nur noch erklären, in welchem Haus Marie zu finden ist.«

»Ich komm mit bis vor die Tür«, sagte der alte Kleiderhändler, besänftigt durch Engelkes verbindlichen Ton. »Aber rein kriegt mich da keiner – daß das klar is'!«

Dierk nickte. »Muß ja wirklich ein übles Loch sein«, murmelte er Engelke zu, »wenn es zu gefährlich wird, brechen wir das Unternehmen ab. Einverstanden?«

»Nur im Notfall«, zischte Engelke. »Ich muß mit Marie reden – koste es, was es wolle!« Sie blickte in plötzlicher Verlegenheit an sich hinunter. »Gott, Dierk ich muß furchtbar aussehen!«

Er lächelte. »Weißt du«, sagte er zärtlich, »selbst wenn du dich mit noch schlimmeren Lumpen vermummen würdest – ich würde meine Geertje jederzeit und unter tausend anderen wiedererkennen!«

Das war Beruhigung genug. Sie stiegen die zerbröckelnden Stufen des Kellergewölbes hinauf. Ein gutgekleidetes Ehepaar war hineingegangen – zwei ärmlich anzuschauende Seeleute kamen wieder heraus. Piet kicherte hinter ihnen.

Das Haus, in dem angeblich Marie ihrem Gewerbe

nachging, lag keine zwanzig Schritte von Piets Kellerloch entfernt. Es war ein völlig verwahrlostes Gebäude aus Fachwerk, an dessen Gefachen hier und da bereits der Lehmputz abgefallen war und das Weidengeflecht durchschimmern ließ. Die Tür allerdings stand dazu im krassen Gegensatz. Sie war neu, aus dicken Bohlen gezimmert und mit breiten Eisenbändern beschlagen. Durch die winzigen Fensterchen, die verhängt und mit Eisenstäben vergittert waren, glimmte schwaches Licht.

»Wir sind da«, sagte der alte Piet. »Ich mach' mich wieder nach Hause. Fragt nach Leonore.«

»So nennt sie sich jetzt?« fragte Engelke nach.

Der Kleiderhändler nickte. »Ich sagte ja, die geben sich alle 'nen anderen Namen, wenn sie als Hu... wenn sie sich ... Na, Ihr wißt schon.«

»Aber du bist sicher, daß es Marie ist«, vergewisserte sich Dierk noch einmal.

»Ganz sicher.« Der Alte wandte sich zum Gehen. »Hab's von ihr selbst, als sie sich neue gebrauchte Strümpfe bei mir kaufte.«

»Gut«, sagte Engelke, »dann gilt es jetzt also.« Sie streckte die Hand aus und pochte entschlossen an die Bohlentür.

Piet hastete davon. Dierk stellte sich dicht neben Engelke. Hinter der Tür meldete sich eine kratzige Frauenstimme: »Wer ist da?«

»Zwei nette Jungs«, antwortete Dierk. »Dürfen wir rein?«

»Aber sicher, Süßer«, gab die Stimme zurück, jetzt um einiges freundlicher. »Gute Gesellschaft freut uns doch immer. Habt ihr Geld?«

Dierk lachte. »Wären wir sonst hier?«

Ein Schlüssel drehte sich in dem massiven eisernen Schloß. Die Tür öffnete sich einen Spalt. Heraus streckte sich ein Gesicht, das mit seiner dicken Schminke fast wie eine Maske aussah. Die Frau hatte wild gelockte, hellrote

Haare und schmale Augen, die Dierk und Engelke berechnend von oben bis unten musterten. »Denn kommt mal rein, meine Süßen«, raspelte sie und winkte übertrieben deutlich mit einer dünnen, blassen Hand.

Die Musterung war wohl zur Zufriedenheit der Frau ausgefallen. Dierk ließ Engelke vorangehen. Zusammen schoben sie sich durch einen engen, dunklen Korridor in eine kleine, nur schwach von einigen Kienspänen beleuchtete Diele.

Der Raum war ohne Möbel, aber mit lauter Polstern ausgestattet. Überall lagen Kissen herum, auf denen sich drei fast nackte Mädchen räkelten. Männer sah Engelke keine. Das wunderte sie.

»Is' heute noch nich' viel los«, sagte die Frau, die Engelkes Blick richtig gedeutet hatte.

»Gibt's Bier?« fragte Dierk.

»Sicher, Süßer.« Die Frau mit der kratzigen Säuferstimme langte nach einer Kanne, die neben dem Eingang in der Zimmerecke stand, und hielt sie Dierk hin. »Kannst aus der Kruke saufen. Das Bier is' noch ganz frisch.«

»Ich will 'n eigenen Becher«, forderte Dierk, »das muß ja wohl im Preis mit drin sein.«

»Preis für was?« Die Herrin dieses Etablissements tat so, als verstünde sie nicht. »Wir sind hier 'n netter Kreis von jungen Mädels, die sich über netten Männerbesuch freuen – 'ne Kneipe is' das nich', min Jung!«

»Weiß ich, weiß ich«, sagte Dierk. Er drehte sich zu den drei Frauen um, die die Kissen auf dem Fußboden besetzt hielten und die bei der Bemerkung ihrer Herrin aufreizend gekichert hatten. »Braucht gar nich' zu kniepäugen. Ich will nur mit Leonore – ich und mein Kam'rad.«

»Leonore?« Die Wirtin machte ein dummes Gesicht. »Leonore is' gerade nich' frei. Sucht euch 'n anderes Mädel zum Spielen. Aber zuerst das Geschäftliche. Sieben

Witten.« Sie streckte die dürre Hand aus und machte zählende Bewegungen mit den krallenartigen Fingern.

»Nee – zuerst Leonore«, sagte Dierk ganz ruhig und ließ als Kontrast seine Faust so heftig an die Lehmwand donnern, daß der Kalkanstrich staubte. »Ohne Leonore wird das nix.« Damit fischte er aus der Jackentasche seinen kleinen Geldbeutel aus braunem Leder, öffnete ihn und ließ sich den Inhalt an Münzen in die linke Hand gleiten. Engelke erkannte eine ganze Anzahl von Silbermünzen, wie sie die Wirtin verlangt hatte – mindestens zwanzig davon.

Die Frau machte gierige Augen. »Leonore ...«, stotterte sie, »Leonore is' oben – mit 'nem Gast. Ich seh mal nach, ob sie Zeit hat ...«

Sie klomm katzenhaft schnell eine schmale Stiege hinauf, die Engelke bis jetzt nicht bemerkt hatte und die ins obere Geschoß führte. »Wird das mit dem Becher Bier noch was?« wandte sich Dierk an die drei Weiber.

Eine von ihnen erhob sich. Sie raffte die Fetzen zusammen, die ihre Blöße kaum bedeckten, und kam mit wiegenden Hüften auf Dierk zu. »Süßer«, säuselte sie, während sie seinen Arm streichelte, »du bist ja so stark – was willst du denn mit Leo? Ich kann doch auch sehr lieb zu dir sein –« sie warf einen Blick auf Engelke, »und zu deinem kleinen Freund.« Sie kicherte und griff Dierk zwischen die Beine. »Was sagst du?«

Dierk wischte ihre Hand weg. »Verzieh dich«, knurrte er, »wir wollen Leonore – sonst keine. Und jetzt bring das Bier.«

Die Frau zog einen Schmollmund und schlich in einen Nebenraum, wo sie im Dunkeln herumkramte. Auf der Stiege waren Schritte zu hören, die Herrin kam wieder herunter. »Leonore is' gleich soweit«, krächzte sie mit einem weiteren gierigen Blick auf Dierks Geldbeutel, »geduldet euch nur noch einen kleinen Augenblick.«

Inzwischen war die Frau mit dem Schmollmund aus

dem Nebenkämmerchen zurück. Sie brachte zwei Becher, denen man schon von weitem den Schmutzrand ansehen konnte. Dierk nahm einen in die Hand, betrachtete ihn und reichte ihn der Hure zurück. »Kannst dein Bier behalten«, sagte er angewidert, »aus diesem dreckigen Ding trinke ich keinen Schluck.«

Engelke nickte bekräftigend. Sie hatte es vermieden, zu sprechen und sich vielleicht mit ihrer zu hellen Stimme als weiblich zu erkennen zu geben. »Nee«, knurrte sie jetzt und schraubte ihre Stimme so tief wie möglich herunter, »dat is ja regelrecht gefährlich. Wer weiß, wat ik mir da für 'ne Seuche an'n Hals hole ...«

Die Wirtin lachte grell. »Niedlich, der Kleine«, kakelte sie. »Hat der auch so viel Geld wie du – oder zahlst du für ihn mit, Süßer?«

»Das findet sich«, brummte Dierk. »Kommt drauf an, ob er gut bedient wird. Wir haben gehört, Leonore soll 'ne Menge von der Liebe verstehen«, er grinste schief, »hoffentlich war das nich' gelogen. Sonst gibt's überhaupt keinen Lohn.«

»Leonore ist die Beste, die dieses Haus zu bieten hat«, protestierte die Wirtin schrill. »Noch keiner hat sich bis jetzt beschwert – daß ihr das mal wißt! Ihr werdet es ja erleben.« Im oberen Geschoß klappte eine Tür. »Da kommt sie jetzt«, fügte die Wirtin hinzu und streckte die Brust heraus. »Das Geld zuerst.«

Der Freier, den Leonore bedient hatte, wurde sogleich verabschiedet. Das besorgte Leonore selbst, und sie verriegelte auch die Tür hinter ihm. Danach stellte sie sich breitbeinig vor Dierk und Engelke auf und lächelte ihre neuen Kunden an.

»Das Geld«, forderte die Wirtin noch einmal und hielt Dierk ihre krallenartige Hand hin. Dierk schoß ihr einen finsteren Blick zu und zahlte ihr das Verlangte mürrisch in die Handfläche. Die Wirtin grunzte zufrieden. »Schätzchen«, wandte sie sich an die Hure namens Leonore,

»nimm die beiden mit – und mach es ihnen gut, hörst du? Solche Gäste sind mir die liebsten – die haben wir gern hier!«

Leonore war bereit. Zusammen mit Dierk und Engelke kletterte sie die steile und schmale Treppe hinauf. »Letzte Tür am Gang«, flötete sie und tätschelte Engelke geschäftsmäßig den Rücken. »Da sind wir ganz ungestört. Wie hättet ihr's denn gern?«

Die kleine Kammer enthielt nichts als ein breites Lager aus schmuddeligen, grünweiß gestreiften Polstern und eine blakende Tranlampe. Sobald Engelke und Dierk im Raum waren, ließ Leonore das ausgefranste Hemd fallen, das sie als einzige Kleidung auf dem Leib trug, und legte sich breitbeinig auf die Polster. »Kommt, ihr Süßen«, säuselte sie, »jetzt machen wir's uns richtig gemütlich!«

Engelke versuchte im Dämmerschein das Gesicht der Hure zu erkennen. Das war nicht leicht. Die Züge der Frau wurden von einer dicken Schicht aus weißer Schminke verwischt; durch die breiten Kohlestriche um die Augen verlor ihr Antlitz jede Identität. Und die blutrote Farbe auf Lippen und Wangen machte sie völlig unkenntlich. Nur daß sie plump und bäuerlich sein mußte, wenn sie nicht geschminkt war, das verrieten die Konturen der dicklichen Nase und der runden Wangen.

»Zieh dich wieder an«, befahl Dierk.

»Gefall ich dir nicht, Süßer?« Die Hure tat, als sei sie erschrocken. »Was kann ich denn tun, damit du zufrieden bist?«

»Wir möchten mit dir reden«, sagte Dierk, »alles andere können wir uns sparen.«

»Reden?« Leonore riß die schwarz umrandeten Augen auf. »Wo gibt's denn das?« Sie sprang vom Lager auf. »Also, wenn ihr so 'n Schweinkram von mir verlangt – das mach ich nich'! Nich' mal für mehr Geld!«

Sie wollte zur Tür. Dierk hielt sie am Arm fest. »Ruhe«,

herrschte er sie an, »bezahlt ist schon – also leiste auch was dafür. Wir spielen ein Ratespiel. Ich frage – du antwortest.«

»Was soll'n das für 'n Spiel sein?« keifte die Hure. »Ich mach für euch die Beine breit – aber wenn ihr irgend 'n Schweinkram verlangt, dann sucht euch dafür Damiana aus oder Jadwiga. Die sind für so was zu haben –«

»Zieh dich an«, sagte Engelke jetzt in ruhigerem Ton. »Wir wollen überhaupt nichts von dir. Du sollst uns lediglich ein paar Fragen beantworten.«

Sie hatte ihre Stimme nicht verstellt. Leonore starrte sie entgeistert an. »Wie …?« fragte sie unsicher nach.

»Wir wollen einige Auskünfte von dir«, sagte Engelke geduldig.

»He –«, schnappte die Hure, »du bist überhaupt gar kein Mann – du bist 'ne Frau! Ich hab' schon gesagt, Schweinereien mach ich nich'! Ich geh jetzt runter, und ihr, ihr verschwindet. Mit Weibern treib ich's nich' – nich' mal für 'n Vermögen!«

Sie hielt wieder auf die Tür zu. Diesmal faßte Engelke sie am Arm. »Marie«, sagte sie, »du bist doch Marie?«

Die Hure fuhr herum und starrte Engelke ins Gesicht. »Ich bin Leonore«, spuckte sie wütend, »von 'ner Marie weiß ich nix!«

»Aber wir wissen, daß du's bist«, sagte Engelke ruhig. »Jetzt zieh dir dein Hemd über und setz dich. Wir haben ein paar wichtige Fragen, die nur du beantworten kannst.« Sie verstärkte ihren Griff am Arm der Hure. »Es soll dein Schaden nicht sein«, fügte sie verheißungsvoll hinzu, »und deine Herrin braucht es auch nicht zu erfahren.«

Das wirkte. »Wieviel?« fragte Leonore schnell.

»Nochmal sieben Witten«, murmelte Dierk und klapperte mit seinem Geldbeutel.

Die Hure bekam runde Augen. Sie nickte. Dann raffte sie ihr zerschlissenes Hemd vom Boden auf und zog es sich über. »Was wollt ihr wissen? Ihr habt hoffentlich nix mit dem Gericht zu tun? Da bin ich nämlich stumm wie 'n Fisch.«

Engelke schüttelte den Kopf. »Es geht um ein kleines Mädchen«, sagte sie. »Das Kind ist allein, und –«

»Allein sind viele«, sagte die Hure verächtlich. »Dat is' nix Besonderes.« Sie fuhr sich mit allen zehn Fingern durch das strohige Haar. »Jeder muß sehen, wie er klarkommt.«

Engelke versuchte einen anderen Ansatz. »Du heißt Marie«, wiederholte sie, »und früher hast du mal im Haus Harms die Ställe versorgt. Richtig?«

»Was geht das euch an?«

»Richtig?«

Die Hure nickte zögernd. »Dat is' lange her. Is' schon fast nich' mehr wahr. Und?«

»Zur damaligen Zeit war bei Harms noch ein Mädchen angestellt«, fuhr Engelke fort, »eine Hausmagd. Bedienung für Fräulein Hedda. Du hast sie gekannt, sagte man mir.«

Die Hure starrte in die Flamme der Tranlampe. Das dürftige Licht ließ das Profil ihres Gesichts stärker hervortreten, und Engelke erkannte es jetzt weitaus besser. Ja, diese Frau mit ihrem groben Zügen kam höchstwahrscheinlich aus einer Bauernfamilie. Sie hatte vielleicht sogar etwas Freundliches, Herzliches gehabt, mußte einmal ein liebes, anstelliges Mädchen gewesen sein, bevor sie in dieses Milieu abgerutscht war.

»Marie?« sagte Engelke leise.

»Dat is' lange her«, murmelte die Hure.

»Was wurde aus Dörte?« Engelke ließ nicht locker.

»Ich hatte nich' viel mit Dörte zu schaffen«, wehrte die Hure ab, »die war ja immer mit dem Fräulein zusammen, und ich – ich war im Stall.«

»Du meinst, Dörte war für die feinere Arbeit zuständig?« fragte Dierk.

»Ob das so fein war ...«, murmelte die Hure. »Der Alte – der war ja auch immer in der Nähe, und der ...«

»Was war mit dem?« forschte Engelke.

»Der alte Harms war 'n widerlicher Hund«, sagte die Hure verächtlich. »Ich war froh, daß ich dem nich' dauernd übern Weg gelaufen bin, damals. Dörte hatte das nich' so leicht, wie man meinen könnte.«

»Inwiefern?«

»Na, für den war doch jeder 'n Dreck«, sagte die Hure. »Und der hat auch jeden wie Dreck behandelt – sogar seine eigenen Leute.«

Engelke wußte, daß sie da recht hatte. Hinnerk der Ältere hatte seinen Sohn herumgestoßen und gedemütigt, wo er nur konnte. Auch Hedda hatte unter ihm zu leiden gehabt. Doch sie war irgendwie mit ihm fertig geworden. »Irgendwann ist Dörte mit dem Fräulein und dem alten Harms auf Reisen gegangen«, fragte sie die Hure weiter aus. »Was weißt du darüber?«

»Dat is' lange her«, wiederholte Marie grübelnd. »Ich weiß nur, daß Dörte keine rechte Lust hatte mitzureisen. Aber sie mußte. Der Alte bestimmte es so. Als die Herrschaften wiederkamen, war ich schon nich' mehr im Haus ...«

»Wie kam das?« wollte Dierk wissen. Er musterte die Hure langsam. »Bist du entlassen worden? Aber das kann eigentlich nicht sein. Hinnerk der Ältere hätte das tun müssen, und der war abwesend.«

»Ich hab' geheiratet«, sagte die Hure düster.

»Das erzählte mir die Altmagd von Harms«, nickte Engelke. »Ein Reepschläger soll es gewesen sein.«

»Ich bin dann weg«, murmelte die Hure, »und dann wollte Jörn 'n eigenes Haus ... und wir mußten sehen, wie wir weiterkamen ...«

»Wo ist dein Mann jetzt?« fragte Engelke verwundert.

»Wo soll er sein?« die Hure lachte verächtlich. »Er lebt gut von dem, was ich verdiene. Einmal die Woche kommt er und nimmt mir mein Geld weg ... wie das so is'.«

»Hat er denn sein eigenes Haus?«

Marie lachte noch einmal. Tiefe Verbitterung klang darin mit. »'n Haus?« spuckte sie. »Kann er sich nich' leisten. Die anderen Weiber und der Schnaps – die kosten zuviel. Und beim Knöchelspiel soll man ja auch hin und wieder verlieren ...«

Dierk und Engelke schwiegen für einen Augenblick. Ihnen fiel nichts ein, was sie darauf sagen konnten. Engelke war die erste, die wieder Worte fand. »Weißt du, was aus Dörte geworden ist?« fragte sie mit belegter Stimme.

Die Hure schüttelte den Kopf. »Ich sag doch«, murmelte sie, »als die Herrschaft von der Reise zurückkam, war ich schon nich' mehr da. Wohin Dörte gegangen is' – kann ich nich' sagen.«

»Woher stammte sie denn? Aus welchem Dorf oder aus welcher Stadt ist sie zu Harms gekommen?«

»Aus Wedel«, murmelte Marie dumpf, »aus Wedel kam sie.«

»Und hatte sie da auch Familie?« Engelkes Gesicht hellte sich auf. Hier war der erste Hinweis auf Dörtes Herkunft. Vielleicht führte der weiter.

»'n Bruder«, sagte die Hure. »Netter Kerl. Hab' ihn mal kennengelernt. Joachim hieß er. Schiffszimmermann und Segelmacher.«

Engelke mußte sich zusammennehmen, um nicht laut aufzujauchzen. Die gesuchte Spur war gefunden. »Was meinst du«, fragte sie weiter, »ob der noch immer in Wedel wohnt?«

»Weiß ich nich'.« Die Hure räusperte sich. »Kann sein. Kann auch nich' sein.«

»Dörte hatte nämlich ein Kind.« Engelke fühlte sich plötzlich veranlaßt, Marie den Grund für ihre Fragen offenzulegen. »Dieses Kind ist in der Obhut von Fräulein Hedda aufgewachsen, aber die lebt nicht mehr. Jetzt ist die kleine Judith allein, und wir suchen ihre Verwandten.«

Die Hure hatte schon bei Engelkes erstem Satz den Kopf gehoben und die Augen aufgerissen. »'n Kind?« murmelte sie jetzt, »Dörte hatte 'n Kind? Und sie is' tot? Kannst du mir das noch mal wiederholen?«

»Sie ist bei der Geburt gestorben«, erklärte Engelke, »in Ghent, auf der Reise. Harms hat sie in Flandern begraben lassen.«

»Ach«, sagte die Hure. »Na, da sieht man mal wieder, daß bei andern auch nicht immer alles glattgeht. Aber daß Dörte 'n Kind haben soll – das kommt mir unglaublich vor. Von wem hätte denn das sein sollen? Sie hatte doch keinen Bräutigam damals. Und sie war so 'ne Fromme – genau wie das Fräulein.«

»Na, diese Überlegungen spielen wohl heute keine Rolle mehr«, mischte sich Dierk ein. »Heute ist nur noch wichtig, daß Judiths Verwandte gefunden werden, wenn es welche gibt. In dieser Hinsicht hast du uns einen guten Dienst erwiesen, Marie.« Er langte nach seiner Börse und zählte eine Anzahl Silbermünzen ab. »Da«, fügte er hinzu, »steck's weg und laß es dir von niemandem abnehmen. Nicht von der Hausherrin und vor allem nicht von deinem Mann.«

Marie starrte das Geld an, das Dierk ihr in die Hand gelegt hatte. »Das sind noch mal sieben Witten«, flüsterte sie ehrfurchtsvoll.

»Soviel hatte ich dir versprochen«, sagte Dierk. »Du hast es dir verdient.«

»Aber …« Marie versagte die Stimme. »Ich hab' doch gar nicht so viel gewußt«, fügte sie mit rauher Stimm hinzu, »ich hab' Dörte doch gar nich' so gut gekannt …«

»Vielleicht weißt du noch, wie es damals bei Harms zugegangen ist«, meinte Engelke, einer plötzlichen Eingebung folgend. »Erzähl mir, was dir einfällt – ganz gleich, welche Ereignisse es waren.«

Marie schluckte. »Ich war nich' oft im Haus«, murmelte sie zögernd, »das meiste, was ich erfahren habe, wußte ich von Dörte. Der junge Herr, der hatte was auszustehen. Nichts konnte der dem Alten gut genug machen. Oft genug hat er Prügel gekriegt. Und ein Knecht, der ihm mal beispringen wollte, der mußte sein Bündel schnüren. Noch am gleichen Tag. Und der Alte hat auch ...« Marie unterbrach sich selbst. »Das erfuhr ich aber erst, als ich schon hier war«, setzte sie zögernd hinzu.

»Was denn?« fragte Engelke.

»Na ...« Marie überlegte einen Augenblick. »Er hat schon damals immer gewisse Häuser besucht«, sagte sie dann, »solche, wo auch kleine Mädchen arbeiteten.«

»Kleine Mädchen?«

»Er liebte ganz junges Gemüse«, murmelte Marie.

»Wie lange warst du bei Harms im Dienst?« fragte Dierk und wechselte die Richtung des Gesprächs.

»Man bloß zwei Jahre. Dörte kam ins Haus, als ich schon ein Jahr da war. Und sie war wieder weg, bevor ich ging – das hab' ich ja schon gesagt.«

»Wie sah Dörte aus? Hatte sie irgend etwas an sich, woran man sie erkennen konnte – ein besonderes Merkmal?«

Marie schüttelte den Kopf. »Nich', daß ich da was sagen könnte ... sie is' ja auch tot – oder?«

Engelke nickte. Mehr wußte die Hure nicht – das war deutlich. Es hatte keinen Sinn, noch länger in diesem Loch zu bleiben. »Gut«, sagte Engelke, »ich glaube, du hast uns geholfen, soweit du konntest. Das muß uns genug sein.«

Sie erhob sich. Dierk stand ebenfalls auf. »Noch einmal«, sagte er zu Marie, »versteck das Geld. Sonst hast du nichts davon.«

»Ich weiß gar nich', wie ich euch danken soll«, flüsterte die Hure. Auf dem Gang polterten Schritte. Hastig ließ Marie die Silberstücke in einer Ritze des Fußbodens verschwinden. Sie lächelte Engelke und Dierk an, plötzlich verlegen wie ein junges Mädchen. »Damit's die Frau nich' sieht«, hauchte sie. »Ich glaub', sie kommt grade mit 'nem neuen Freier ...«

So war es. Ein paar heftige Schläge hämmerten an die Tür. »Fertig da drinnen?« schnarrte die kratzige Stimme der Hausherrin. »Wenn nich', dann sputet euch. Ihr könnt Leonore nich' die ganze Nacht haben – für lumpige sieben Witten!«

11

Sie waren zu Piets Kellergewölbe zurückgekehrt, hatten die Kleider wieder gewechselt und sich dann, nachdem sie dem alten Kleiderhändler Rede und Antwort gestanden hatten, auf den Heimweg gemacht.

Schweigend waren sie Arm in Arm durch die menschenleeren Straßen zum Grimm gewandert, und Engelke hatte erst, als sie fast zu Hause waren, wieder das Wort an Dierk gerichtet. »Sie tut mir leid«, hatte sie gesagt, »wirklich – es ist schade um sie.«

Dierk hatte genickt. Er wußte, daß sie von Marie sprach. »Sie hatte das Unglück, an den falschen Mann zu geraten«, meinte er und drückte Engelkes Hand. »Aber was kann man da machen? Sie ist verloren.«

»Anders als Katrien«, murmelte Engelke gedankenverloren. »Katrien hätte nicht abrutschen müssen. Bei der war es der Leichtsinn …«

»Wer ist Katrien?« fragte Dierk.

»Sie war Jungmagd in Ohm Goderts Haus«, gab Engelke zurück. »Sie hatte gestohlen, deshalb mußte sie gehen.«

»Und da ist sie auf die schiefe Bahn geraten?«

»Ja. Sie hat es mit dem Leben bezahlt.«

»Marie wird wohl ein ähnliches Los treffen«, sagte Dierk. »Bei Frauen wie Marie ist das eine Frage der Zeit.«

»Ja«, murmelte Engelke, »sie ist verloren. Man kann ihr nicht mehr helfen.«

Sie dachte weiter darüber nach. Später lag sie die halbe Nacht wach neben Dierk in der Dunkelheit, lauschte auf seine ruhigen Atemzüge und überlegte. Sie kam zu keinem Schluß. Marie war tatsächlich in einer aussichtslosen Lage. Es gab für sie kein Entrinnen aus der Sackgasse, in die sie geraten war. Nur ein Wunder, ein wirkliches Wunder konnte sie retten.

Beim Frühstück am nächsten Morgen waren Dierk und Engelke beide wortkarg. Jeder hing seinen eigenen Gedanken nach, aber Engelke wußte, daß ihr Mann sich im stillen mit den gleichen Problemen herumschlug wie sie. Es war notwendig, daß er aus dieser Stimmung herausgerissen wurde – so, wie sie sich endlich von Maries Dilemma lösen mußte.

»Dierk«, sagte sie und streichelte seine Hand, »was sagst du? Sollten wir nicht eine Fahrt nach Wedel unternehmen? Wir werden ohnehin fahren müssen. Also, warum nicht heute?«

Er hob den Kopf und lächelte sie an. »Hast recht«, gab er zurück, »warum nicht heute? Hier gibt es im Augenblick nichts, was uns davon abhalten könnte. Heiko ist zwar nicht mit dem Kopf bei der Sache –«, er warf einen Blick zu seinem jungen Vetter hinüber, der beim Kamin hockte und Liseke anhimmelte, »aber er könnte sich ja doch vielleicht mal dazu hinreißen lassen, auf der Erzengel wenigstens ordentlich Aufsicht zu führen ...«

Heiko hatte diese Worte wundersamerweise gehört. Er warf den Kopf herum. »Hab' noch immer meine Arbeit gemacht«, brummte er zornig, »oder etwa nicht?«

»Na, in letzter Zeit –«

»Dierk Okkena – das nimmst du zurück!« Heiko war rot geworden bis unter den Haaransatz. »Beleidigen laß ich mich nicht ... vor allen Leuten!« Er starrte Dierk empört an. Mit allen Leuten meinte er wohl in erster Linie seine Angebetete.

Die schenkte ihm ein scheues Lächeln. »Heiko«, versuchte sie ihn zu besänftigen, »der Herr hat dich überhaupt nicht beleidigt, und –«

»Das verstehst du nicht, Elisabeth«, sagte Heiko sanft zu ihr, dann wieder in aufgebrachtem Ton zu Dierk: »Nimm das zurück!«

Dierk lachte. »Ich nehm's zurück. Zufrieden?«

»Und ich bin auch bei der Sache, daß du's weißt!« Heiko war noch nicht fertig. »Auf deinem Schiff gibt's keinen, der mehr bei der Sache ist als ich!«

»Wenn du nicht gerade an Liseke denkst«, schwächte Dierk die Behauptung ab.

»Laß Elisabeth da raus!« Heiko war jetzt wirklich gereizt. »Wenn ich Fehler mache – und ich mach keine Fehler –, dann hat das nichts mit Elisabeth zu tun!«

»Beruhige dich«, sagte Dierk. »Es war doch nur Spaß.«

»Beruhige dich, beruhige dich!« Heiko blies zornig die Backen auf. »Wenn ich dir so gekommen wäre, als du damals deine Frau kennengelernt hast – ich weiß nicht, wie du dich da aufgeführt hättest!«

Engelke staunte über die plötzliche Wortgewandtheit des sonst so maulfaulen Burschen. »Ich höre immer Frau«, sagte sie, »willst du damit etwa sagen, daß du –«

Heiko lief noch dunkler an. Plötzlich wußte sich auch Liseke vor Verlegenheit nicht mehr zu helfen. Sie wandte sich ab, wollte in die Küche flüchten.

»Elisabeth«, bat Heiko sanft, »lauf doch nicht weg! Jetzt ist es mal raus – und nun sollten wir auch dazu stehen.«

Liseke schlug die Augen nieder. »Nicht, Heiko«, flüsterte sie verschämt, »ich hab' ja noch gar nicht mit meinem Vater –«

»He«, sagte Engelke, »so ernst ist die Sache bereits? Ich dachte –«

Heiko stand auf. »Ich hab' in letzter Zeit gutes Geld verdient«, sagte er mit tiefrotem Gesicht, »da kann ich 'ne Familie ernähren. Elisabeth und ich ...«

Weiter kam er nicht. Liseke stellte sich vor ihn und blickte Engelke mit finsterem Gesicht an. »Wir lieben uns«, sagte sie lauter als nötig, wobei sie jedes Wort betonte, »und wir lassen uns da nicht mehr reinreden – auch nicht von Euch, Fröl'n Engelke!«

»Himmel!« Engelke war sprachlos.

Dierk lachte noch einmal, schallend und aus dem Bauch heraus. »Junge«, sagte er, »meinen Segen hast du. Nun mußt du nur noch sehen, wie du mit Lisekes Vater fertig wirst – und mit deinem zukünftigen Schwager Teetje. Der ist jetzt schon beleidigt, weil du mehr Zeit mit seiner Schwester verbringst als mit ihm!«

»Teetje wird sich dran gewöhnen müssen«, sagte Liseke streng. »Und Vadder ook.« Sie ballte die runden Fäuste. »Und wenn Vadder meint, ich wär noch zu jung – denn soll er sich mal erinnern. Mudder war erst fünfzehn, als er sie genommen hat. Un ik – ik bün ald sestien!«

Engelke verbiß sich ein Lachen der Belustigung. Was hatte sie Mette versprochen – gut auf Liseke aufzupassen? Das war wohl überflüssig gewesen. Liseke hatte ihr alles aus der Hand genommen. Wie sie so dastand, die Lippen zusammengepreßt und die Augen entschlossen auf ihre Dienstherrin gerichtet, war sie ganz offensichtlich mit Heiko einig. Und da sie den harten Schädel ihrer Eltern geerbt hatte, würde sie sich von ihrer Entscheidung, Dierks jungen Vetter zum Mann zu nehmen, nicht abbringen lassen.

Die beiden gaben ja auch ein hübsches Paar ab. Andererseits – ob Liseke sich auch gut überlegt hatte, wem sie ihr Jawort gab? Einen Seemann zu heiraten, das bedeutete, den größten Teil des Jahres allein zu sein, zu hoffen, daß er heil und gesund von der Fahrt heimkehrte, zu bangen, ob er noch lebte und ob es ihm gutging, zu warten … ein Leben lang.

Ach was. Sie selbst hatte ja auch einen Seemann gewählt. Es würde sich zeigen, ob Liseke die Kraft aufbrachte, mit der Einsamkeit fertig zu werden oder nicht. Wenn die Liebe groß genug war …

»Meinen Segen hast du auch, Liseke«, sagte sie und lächelte ihre Jungmagd an. »Ich leg bei deinen Eltern ein gutes Wort für euch ein. Das wird helfen, sie zu überzeugen. Als Teetje zur See wollte, hat's ja auch geklappt.«

»Oh ...« Liseke machte ganz große Augen. »Wirklich? Oh, ich dachte, ich müßte heimlich mit Heiko weglaufen, weil Ihr bestimmt dagegen seid! Oh ...«, sie drehte sich zu ihrem Herzallerliebsten um, »denk nur, Heiko – wir brauchen überhaupt nich' abzuhauen! Fröl'n Engelke is' dafür!«

»Ich wäre gar nicht so einfach mit dir durchgebrannt«, brummte Dierks Vetter und legte beide Arme schützend um seine Auserwählte. »Wie hätte denn das ausgesehen? Ich kämpfe natürlich um dich – wenn's sein muß, gegen die ganze Welt. Das weißt du doch, Elisabeth.«

Liseke strahlte ihn an. »Ich bin so stolz auf dich, Heiko«, flüsterte sie. Sein Gesicht überzog sich mit neuer Röte.

Liseke und Heiko waren das Gesprächsthema, als Engelke mit Dierk am Heck der Schute saß, die sie nach Wedel bringen sollte. Sie waren die einzigen Passagiere. Der rauhbeinige Hopfenhändler, der sich gegen einen vernünftigen Preis bereit erklärt hatte, sie mitzunehmen, war Engelke schon lange bekannt. Von Michaelsen bezog sie seit Jahren ihren Hopfen für das Brauhaus, und der Mann hatte sie noch nie zu übervorteilen versucht – nicht, daß ihm das überhaupt hätte gelingen können.

Michaelsen und zwei seiner Knechte segelten die Schute stromabwärts. Der Wind stand günstig. Da sie mit der Strömung fuhren, würden sie nicht lange brauchen, bis Wedel in Sicht kam. Michaelsen hatte dort geschäftlich zu tun und war bereit, sie auf der Heimfahrt wieder mitzunehmen, falls das vor dem Abend sein sollte. Die Nacht wolle er nicht in Wedel verbringen, hatte er gesagt.

»Dierk«, meinte Engelke, »dein Vetter erstaunt mich. Der kriegt doch gewöhnlich den Mund nicht auf. Und jetzt –«

»Heiko mag langsam sein, wenn es ums Reden geht«, sagte Dierk, »aber das täuscht. Und er ist ein Okkena.«

»Was willst du mir damit sagen?«

»Nun –« begann Dierk. Dann lachte er und nahm Engelke in die Arme. »Heiko ist es so ergangen wie mir«, sagte er und küßte Engelke auf die Wange. »Wenn man der einzig Richtigen begegnet, greift man zu und denkt nicht lange nach, ob man sollte oder nicht ...«

»Solange diejenige mitmacht«, lächelte Engelke.

»Liseke scheint von Heiko genauso angetan wie er von ihr«, sagte Dierk, »oder irre ich mich da?«

»Sie ist wild entschlossen, seine Frau zu werden«, bestätigte Engelke, »das ist es ja, was mir Sorgen macht.«

»Sorgen?«

»Ihre Eltern – sie werden sich nicht leichttun mit der Vorstellung, daß ihre kleine Tochter heiraten will. Noch dazu einen –«

»Einen – was?« Dierk runzelte die Augenbrauen. »Ich muß doch sehr bitten. Heiko ist –«

»Ein Seemann. Liseke wird immer allein sein. Ob sie daran gedacht hat?«

»Hast du etwa nicht daran gedacht? Trotzdem hast du mich genommen – ich glaube sogar, du hast es gerne getan.«

»Wie eingebildet und stolz du bist!« Engelke zupfte Dierk an einer langen blonden Haarsträhne. »Ich liebe dich, du Gockel!«

»Und ich liebe dich, du meine einzige, wunderschöne Henne!« Er küßte sie noch einmal. »Es wird schon alles gutgehen mit den beiden. Sorg dich nicht.«

»Du hast recht«, sagte Engelke und zog den schlichten blauen Wollumhang gegen den Wind fester um den Hals zusammen. »Ich wünschte, Heiko und Liseke wären das einzige Problem, das ich zu lösen habe.«

Er nickte. Er wußte ohne Erklärung, was sie meinte. »Wenn wir Glück haben«, sagte er, »dann finden wir in

Wedel wenigstens die Vewandten der kleinen Judith. Und heute abend kann Teetje uns vielleicht mehr über Hinnerk den Jüngeren berichten. Als Mörder für den alten Harms kommt eigentlich nur jemand in Frage, der in seinem Haus ein und aus ging und sich gut auskannte.«

Engelke nickte. Sie antwortete nichts darauf. Mir ist viel wichtiger, daß ich Heddas Mörder finde, dachte sie. Und wenn es Jahre dauert – ich gebe nicht auf.

Die Schiffslände von Wedel war schon ganz nah. Michaelsen und seine Männer machten ihr Boot zum Anlegen bereit. Der kleine Ort war vom Wasser aus recht bescheiden anzusehen; hier gab es keine imposanten Türme und keine Hohe Brücke, die bewundernde Blicke auf sich zog. Wedel, das war eine Ansammlung von ziemlich kleinen Häusern, die eine allerdings gut ausgebaute Schifflände umgaben und aus deren Mitte ein spitzer, nicht sonderlich hoher Kirchturm herausragte.

Dennoch war ein gewisser Wohlstand der Bürger unverkennbar. Die Gebäude, so bescheiden sie auch aussehen mochten, wirkten sauber und adrett mit ihren weißgetünchten Fensterrahmen und den roten Ziegelmauern. Engelke reckte den Hals, um den reizenden Anblick besser aufnehmen zu können.

»Ob Michaelsen sich hier auskennt?« fragte sie Dierk. »Vielleicht kann er uns sagen, wo derjenige, den wir suchen, zu finden ist.«

Dierk drehte sich zum Besitzer der Schute um. »Michaelsen«, sagte er, »kennt Ihr Euch in Wedel aus?«

»Das will ich meinen«, gab der Mann zurück.

»Wir suchen einen Segelmacher oder Schiffszimmermann«, erklärte Dierk, »wißt Ihr, wo solche Handwerker ihre Werkstätten haben?«

Michaelsen schaute verwundert drein. »Ihr fahrt in ein Kaff wie Wedel, um einen Segelmacher zu finden? Davon gibt's doch in Hamburg mehr als reichlich.«

»Es ist ein ganz bestimmter Mann, mit dem wir reden wollen«, mischte Engelke sich ein. »Leider kennen wir seinen Namen nicht.«

»Doch«, sagte Dierk, »er heißt Joachim. Erinnerst du dich?«

»Ach ja!« Engelke schüttelte den Kopf. »Wie konnte ich das nur vergessen!«

»Joachim?« Michaelsen runzelte die Stirn. »Joachim ... Joachim ... das kann eigentlich nur der Zimmermann sein, der direkt am Hafen wohnt. Sonst kenn ich keinen Joachim. Segelmacher war er früher mal. Aber das Handwerk hat er schon vor Jahren aufgegeben. Jetzt baut er Kähne.«

»Michaelsen, Ihr habt uns sehr viel Sucherei erspart«, sagte Engelke und seufzte erleichtert auf. »Ihr wißt gar nicht, wie dankbar ich Euch bin.«

Der Hopfenhändler lachte und schob sich die Filzmütze verwegen übers Ohr. »Das soll 'n Wort sein«, sagte er und grinste nichtsnutzig, »wir verrechnen das bei der nächsten Hopfenlieferung!«

»He, he, he!« Engelke drohte ihrem alten Lieferanten scherzhaft mit dem Finger. »So war das nicht gemeint. Ihr kriegt dafür ein Faß Bier zum Sonderpreis. Einverstanden? Natürlich nur, wenn dieser Joachim auch der Richtige ist.«

Sie lachten alle drei. Dann gab Michaelsen seinen Knechten einen Wink, und sie machten an der Lände von Wedel fest.

Nach Michaelsens Beschreibung lag das Haus des Zimmermanns in einem winkligen Gäßchen am Wasser. Ein kleiner Junge spielte im Schlamm vor der Stalltür, zwei weitere Kinder waren damit beschäftigt, aus Knüppelholz Späne zum Feueranzünden zu schneiden. Eine alte Frau hockte, gegen den scharfen und recht frischen Wind in ein riesiges blaugraues Umschlagtuch gehüllt, auf einer kleinen, lehnenlosen Bank in der Sonne und schrappte Rüben. Aus der Werkstatt, einem langen Schuppen mit breiter Eingangstür, klang lautes Hämmern.

»Wohnt hier Joachim?« fragte Engelke die alte Frau.

»Hä?« sagte die und legte den Kopf schief. Sie war offenbar schwerhörig. Ihr Blick war unsicher und verschleiert, als habe sie Schwierigkeiten, ihre Umgebung wahrzunehmen.

»Joachim der Zimmermann«, wiederholte Engelke laut und deutlich. »Wohnt der hier?«

»Hier gibt's kein Bier« , sagte die Alte und kniff die Augen gegen das helle Sonnenlicht zusammen. »Aber Joachim – so heißt der da drinnen –«, sie deutete auf die Werkstatt. »Wer will das wissen?«

»Herr und Frau Okkena aus Hamburg«, sagte Engelke.

»Hä?«

Dierk wiederholte seinen Namen fast schreiend.

»Aus Hamburg?« Die Alte schob sich ein paar schlohweiße Strähnen aus dem Gesicht. »Hamburg is' 'ne große Stadt, wo man große Schiffe hat ...«, singsangte sie.

»Ja, ja!« Engelke schrie jetzt auch. »Wir möchten Joachim nur ein paar Fragen stellen!«

»Ja, wenn das so is' ...«, die alte Frau lächelte mit noch sehr guten, weißen Zähnen. »Wenn Ihr nur mal 'n Kahn bestellen wollt – ja, denn ... geht einfach rein.«

Engelke sah ein, daß die gute Frau nicht nur schwerhörig, sondern auch ein bißchen verwirrt war. Es war besser, sie in dem Glauben zu lassen, daß es sich bei Engelke und ihrem Mann um Kunden handelte.

Sie faßte Dierk also am Arm und zog ihn in die Werkstatt.

Hier roch es sehr angenehm nach frischem Holz. Sägemehl und Berge von Hobelspänen bedeckten den Boden. Staub flimmerte in den Sonnenbalken, die durch die offene Tür hereinfielen.

Joachim stand vor einem Gestell, auf dem der Rumpf eines langen Kahns halbfertig aufgebaut stand, und nagelte die Außenbeplankung auf das Gerippe aus Kiel und Spanten. Er hob den Kopf, als Engelkes und Dierks Schatten über seine Hände fielen.

»Guten Tag«, grüßte Dierk. »Seid Ihr Joachim?«

»Ja. Was steht zu Diensten?« Der Zimmermann blinzelte Dierk und Engelke entgegen. Er hatte die feinen Herrschaften schon erkannt, noch ehe er sie richtig gesehen hatte.

»Könntet Ihr Eure Arbeit für einen Augenblick unterbrechen?« Engelke sah den Zimmermann fest an. »Wir möchten nicht viel von Eurer Zeit in Anspruch nehmen, aber wir haben einige dringende Fragen.«

»Dringende Fragen?« Joachim machte ein verdutztes Gesicht. »Wenn es sich um einen Kahn handelt oder um ein größeres Lastboot, dann setzen wir uns am besten in die Stube. Meine Frau hat sicher einen Krug frisches Bier für Euch, und –«

»Das wäre vorteilhaft«, unterbrach Dierk den Handwerker. »Dabei läßt es sich besser reden.«

Joachim machte einen Bückling und wies den Weg. Das Haus, eine bescheidene Hütte eher, umfaßte nicht mehr als zwei Räume. Es hatte Ähnlichkeit mit den Buden der einfachen Leute in Hamburg, wenn es auch geräumiger war. Die Stube, der allgemeine Wohnraum, maß zehn Schritt im Geviert und war mit einem langen Tisch, zwei Bänken, einem geschlossenen Alkoven und einer gewaltigen Herdstelle ausgestattet, an der nicht nur geheizt, sondern auch gekocht wurde. Der daran anschließende, sehr viel kleinere Raum enthielt wohl die Schlafstätten der Familie.

»Nehmt Platz, die Herrschaften«, sagte Joachim und deutete auf die Bank an der Fensterseite. »Meine Frau wird im Garten sein – da ist jetzt viel Arbeit. Entschuldigt einen Augenblick.« Er ging noch einmal nach draußen und schickte eins der Kinder los, die Mutter zu holen. »Bier kommt sofort«, sagte er, während er wieder eintrat.

Sie setzten sich. »Wenn Ihr ein gutes, dichtes Boot braucht«, sagte Joachim und reckte sich ein wenig, »dann seid Ihr bei mir richtig. Hab' mir in den letzten Jahren 'nen Namen gemacht – bis nach Hamburg, wie ich durch Euch erfahre. Ihr seid doch aus Hamburg, wenn ich richtig verstanden habe?«

Engelke nickte. »Aber wir sind nicht hier, um ein Boot bauen zu lassen«, antwortete sie.

»Nicht?« Joachim blickte ein wenig verunsichert drein. »Warum seid Ihr dann zu mir gekommen – aus Hamburg? Wollt Ihr Segel bestellen? Dazu muß ich sagen, daß ich so etwas schon lange nicht mehr –«

»Segel macht mein Mann auch sehr gute«, ließ sich eine frische Frauenstimme von der Tür her vernehmen, »und er wird ganz bestimmt erste Arbeit abliefern!«

Engelke drehte den Kopf. Die Hausfrau, Mitte Zwanzig, drall und rotwangig und in frisch gewaschenes blaues Leinen gekleidet, kam mit einem dickbauchigen grauen Steinzeugkrug herein, der offenbar das Bier enthielt. Ihre leinene Haube, turbanartig um den Kopf gewunden, war von untadelig fleckenlosem Weiß. In ihrem Gefolge drängten vier weitere Kinder in die Stube, die aber mit einer energischen Handbewegung wieder hinausgeschickt wurden. »Jetzt nicht, Rasselbande – jetzt stört ihr nur! Geht an eure Arbeiten. Später könnt ihr reinkommen, wenn ihr alles brav erledigt habt.«

Die Kinder, bescheiden, aber solide gekleidet, verschwanden ohne Murren. »Sind das alles Eure?« fragte Engelke die junge Frau ungläubig.

Die lachte herzlich. »Nee«, verneinte sie, »nich' alle. Aber ich zieh sie groß. Das kommt auf eins raus.«

»Weswegen wir hier sind –«, begann Dierk.

»Wegen Segel«, nickte die junge Frau. »Mein Mann is'

da viel zu bescheiden. Er hat bestimmt gemeint, daß er so was nich' mehr kann. Aber ich weiß, er wird sie wunderbar hinkriegen – auch wenn er aus der Übung is'. Er baut ja jetzt mehr Boote und Kähne – das bringt besseren Lohn. Er denkt sogar schon dran, 'nen Helfer einzustellen. Aber –«

»Meike«, unterbrach der Zimmermann, »das tut doch gar nichts zur Sache. Die Herrschaften –«

»Doch, doch«, ereiferte sich seine Frau, »du darfst dein Licht nich' immer so unter 'n Scheffel stellen. Du bist und bleibst der beste Handwerker in Wedel, das weiß jeder. Und –«

»Gute Frau«, fiel Engelke ihr in die Lobesrede auf ihren Mann, »wir wollen weder Segel noch ein Boot. Wir sind aus einem ganz anderen Grund hier.«

»Ja – warum denn dann?« Das runde Gesicht der Hausfrau verlor ein wenig von seinem Strahlen. Sie nahm einige neue Steinzeugbecher vom Sims bei der Herdstelle und füllte sie aus dem Krug. Mit fragenden Augen bot sie Engelke und Dierk das Bier an, bevor sie ihrem Mann auch einschenkte. »Womit könnten Leute wie wir Euch denn sonst noch dienen?«

Engelke dankte mit einem Lächeln und Kopfnicken für das Getränk. »Es geht um Eure Schwester und Schwägerin«, sagte sie, an Joachim gewandt. »Ihr habt doch eine Schwester mit Namen Dörte?«

»Wenn Ihr die sucht«, sagte Meike, »dann kommt Ihr vergebens. Dörte ist –«

»Meine Schwester ist verstorben«, ergänzte Joachim. »Gott gebe ihr die ewige Ruhe.«

»Ja«, sagte Dierk ruhig, »das wissen wir. Nur – da ist ein Kind, und –«

»Ein Kind?« Die junge Hausfrau lächelte schmerzlich. »Da sind drei Kinder – drei von denen, die Ihr eben gesehen habt. Mein Mann und ich – wir kümmern uns um die Kleinen. Sonst haben sie ja niemanden.«

Engelke riß die Augen auf. »Drei Kinder?« fragte sie nach. »Aber die müßten doch dann –«

»Das Jüngste hat sie das Leben gekostet«, sagte Meike mit einem plötzlich traurigen Zug um die Augen. »Vor drei Jahren war das. Aber dem Jungen geht's gut. Er is' sogar der gesündeste von allen.«

»Woher kennt Ihr überhaupt meine Schwester?« fragte der Zimmermann.

»Dörte war doch in Hamburg in Stellung«, erinnerte ihn seine Frau. »Weißt du nich' mehr? Und die feinen Herrschaften – die kennen sich ja alle untereinander. Deshalb.«

»So ... ja.« Joachim wischte sich über die Stirn. »Ich war damals nicht gut auf die Herrschaften aus Hamburg zu sprechen«, brummte er und machte ein finsteres Gesicht. »Wie man ein unbescholtenes Mädchen einfach rausschmeißen kann ... Aber so sind manche von den Reichen eben. Nicht, daß ich Euch mit denen in einen Topf werfen will ...« Er bedachte Engelke und Dierk mit einem entschuldigenden Blick.

Engelke und Dierk hatten die beiden einfach reden lassen und mit wachsendem Erstaunen zugehört. »Was sagt Ihr da«, warf Engelke jetzt ein, »Dörte ist vor drei Jahren gestorben, und sie hatte drei Kinder? Erzählt mir mehr von ihr!«

»Ihr müßt wissen«, wiederholte Dierk seine Bemerkung, »es gibt da nämlich noch ein Kind. Seinetwegen sind wir hier.«

Jetzt war es an dem Zimmermann und seiner Frau, große Augen zu machen. »Ein weiteres Kind von Dörte?« sagte Joachim. »Kann ich mir nicht vorstellen.«

»Da wird mir einiges klar«, murmelte Meike betreten.

»Was denn?« fragte ihr Mann.

»Na, weißt du denn nicht mehr, wie traurig sie war, als sie wieder nach Wedel kam?«

»Doch«, brummte Joachim, »als Harms sie damals einfach vom Schiff an Land gesetzt hatte, weinte sie oft. Ich dachte, es sei wegen ihres Fräuleins … weil die immer so gut zu Dörte gewesen war. Der Altherr Harms hatte sie einfach rausgeschmissen – und nich' mal den letzten Lohn hatte er ihr gezahlt.«

»Jetzt weiß ich endlich, warum sie so schrecklich traurig war.« Meike wischte sich über die Augen. »Kein Wunder. Sie hatte noch 'n Kind … in Hamburg …«

»Kann's mir trotzdem einfach nicht vorstellen.« Der Zimmermann kniff die Augen zusammen. »Dörte war doch keine, die sich mit jedem einläßt. Erst drei Jahre nachdem sie aus dem Dienst rausgeflogen war, hat sie ihren Mann geheiratet. Hat sich mächtig viel Zeit gelassen mit dem Auswählen.«

»Wundert dich das, Mann?« Meike sah ihren Eheherrn vorwurfsvoll an. »Wo sie doch das Unglück mit dem anderen erst vergessen mußte!« Sie wandte sich Engelke zu. »Wie alt ist das Kind denn jetzt?«

»Ungefähr zehn«, sagte Engelke langsam.

»Zehn Jahre – das kommt hin.« Meike hob einen Zipfel ihrer Schürze und wischte sich damit über die Augen. »Arme Dörte.«

»Was, arme Dörte!« sagte Joachim. »Bei meiner Schwester hätte ich schwören können, sie hätte sich nichts zuschulden kommen lassen. So was schon gar nicht. Und jetzt –«

»Mann!« Meike stemmte die Arme in die Hüften. »Du sollst nicht voreilig richten. Weißt du denn, wie es dazu gekommen ist? Dörte können wir nicht mehr fragen. Und das arme Ding is doch unschuldig!«

»Junge oder Mädchen?« fragte der Zimmermann.

»Ein Mädchen«, sagte Engelke. »Sie heißt Judith. Fräulein Hedda Harms hat sich ihrer bis jetzt angenommen. Doch sie ist vor ein paar Tagen ermordet worden, und nun hat Judith niemanden mehr.«

»Ach Gott«, seufzte die junge Frau. »Und Ihr seid hier, um Judiths Verwandte zu fragen –«

In den Augen des Zimmermanns zeigte sich ein gehetzter Ausdruck. »Ich weiß schon«, murmelte er, »noch ein hungriges Maul zu füttern ... wo wir mit meiner alten Mutter schon so eine Last haben ...«

»Nein, nein«, fiel Engelke ihm hastig in die Rede, »da braucht Ihr Euch nicht zu fürchten! Mein Mann und ich, wir hatten vor, Judith in Dienst zu nehmen, auch wenn sie noch so jung ist.« Sie tauschte einen Blick mit Dierk.

»Es ging uns lediglich darum, ausfindig zu machen, ob Judith noch Verwandte hat«, sagte Dierk, »und um nichts anderes.«

Joachim atmete hörbar auf. »Vergelte Euch Gott Eure Freundlichkeit«, erwiderte er erleichtert. »Wir hätten das Kind natürlich gerne aufgenommen, aber ...«

Meike wischte sich noch einmal über die Augen. »Der Vater der anderen drei Kleinen is' kurz nach Dörte ums Leben gekommen«, sagte sie leise, »am Ladekran. Eine schwere Kiste hatte sich gelöst und ihn erschlagen. Da haben wir die Kinder zu uns geholt. Es wird schon gehen. Judith würde schon auch noch satt werden.«

»Ja, Frau«, seufzte Joachim. »Aber wenn die Herrschaften das Kind doch in Dienst nehmen ...«

»Mit zehn Jahren ist sie für schwere Arbeit noch zu klein«, sagte Meike energisch. »Dörte würde sich im Grab umdrehen, wenn sie wüßte, daß eins ihrer Kinder –«

»Macht Euch keine Sorgen«, beruhigte Engelke. »Ich habe nicht vor, sie schwere Arbeit tun zu lassen. In meinem Haus sind dafür noch genügend Dienstleute vorhanden. Judith wird es gut haben – genauso gut wie bei Fräulein Hedda.«

Joachim und seine Frau Meike sagten nichts darauf. Sie schauten sich schweigend an. Engelke und Dierk nippten an ihrem Bier. Stille lastete plötzlich im Raum.

Engelke brach sie schließlich. »Es wäre vielleicht gut, wenn Judith ihre Verwandten und ihre Halbgeschwister kennenlernen könnte«, sagte sie. »Ich hatte dem Kind versprochen –«

»Wir würden sie auch gern sehen«, sagte der Zimmermann. »Ich hab' meine Schwester sehr lieb gehabt ... ihre Kinder sind mir so nah wie meine eigenen.«

»Gott – wie Dörte damals verstört war, als sie vom Schiff kam«, erinnerte sich Meike. »Wie sie geweint hat ...«

»Wir dachten, sie grämt sich wegen ihrem Fräulein«, murmelte Joachim und schloß kurz die Augen. »Immer und immer wieder sagte sie, ›Fräulein Hedda‹, sagte sie, ›nun wird das erst wirklich schlimm‹.«

»Weil Dörte ja auch nicht mehr nach Hamburg kommen durfte«, warf Meike ein, »das hatte ihr der alte Harms verboten. ›Komm nie wieder‹, hatte er ihr gedroht, ›wenn dir dein Leben lieb ist.‹«

»Und wir wußten überhaupt nicht, warum er sie rausgeschmissen hatte«, erzählte Joachim weiter. »Wir waren nur wütend auf ihren Dienstherrn. Wir hatten keine Ahnung von dem Kind. Dörte hat es nie erwähnt, solange sie am Leben war ...«

»Sie war regelrecht krank in dem Jahr«, murmelte Meike. »Mußte immerzu weinen. Erst später hat sie sich erholt – das war, als sie heiratete.«

Engelke nickte nur dazu. Sie hatte die Antworten auf all ihre Fragen bekommen. Nur waren sie anders ausgefallen als erwartet. Judith hatte Verwandte, darauf hatte Engelke gehofft. Aber daß da auch noch Geschwister existierten – daran hätte sie nie gedacht. Dörte war für Engelke schon seit zehn Jahren tot. Daß Heddas Zofe die ganze Zeit gelebt hatte, nur einen Katzensprung von Hamburg entfernt, das war unglaublich.

Dierk erhob sich schließlich. »Wir danken Euch für Eure Gastfreundschaft und Offenheit«, sagte er, während er dem Zimmermann die Hand drückte, »und ich bin sicher, daß wir auch geschäftlich in Verbindung bleiben.

Ich brauche für mein Schiff zwei neue Beiboote – zwar erst im Sommer, für die zweite Reise, aber immerhin. Es wäre schön, wenn Ihr die Boote bauen könntet.«

Meike lächelte glücklich. »Sicher kann er das«, sprudelte sie, »mein Mann ist –«

»– der beste Bootsbauer weit und breit«, nahm Engelke ihr das Wort aus dem Mund. »Deshalb wird mein Mann die Arbeit ja auch an ihn vergeben. Und wir Frauen sehen uns ohnehin bald wieder – mit Judith.«

Sie verabschiedete sich mit einem Lächeln. »Nein«, sagte sie in Vorahnung der Worte, die Meike auf den Lippen lagen, »wir möchten nicht zum Essen bleiben. Michaelsen, mit dem wir hergekommen sind, wird wohl schon bald wieder ablegen. Er nimmt uns nur mit, wenn er nicht auf uns warten muß, sagte er. Und da wollen wir ihn auch nicht warten lassen.«

Meike nickte, noch immer lächelnd. Sie sah aus wie ein Kind, das ein Geschenk erhalten hat. Engelke empfand plötzlich eine große Sympathie für diese herzliche, fröhliche junge Frau, die so ganz ohne Klagen die Verantwortung für drei fremde Kinder übernommen hatte, und die auch Dörtes älteste Tochter noch unter ihre Fittiche genommen hätte, wenn es notwendig gewesen wäre.

Diese Meike war jemand, dem man unbedingt vertrauen konnte – das spürte Engelke. Und ihr Mann, Joachim, unterschied sich in nichts von ihr. Auf dem Weg zur Schiffslände sprach Engelke Dierk darauf an. »Was meinst du? Sollten wir nicht in Zukunft –«

»Wir sollten«, sagte Dierk. »Die Leute haben es verdient. Ich lasse die Boote wirklich bei Joachim bauen. Du könntest für deinen Braumeister auch zwei neue Kähne bestellen – meinst du nicht? Das Ding, mit dem du gestern zur Erzengel gekommen bist, macht es doch höchstens noch einen Sommer …«

Er hatte wieder ihre Gedanken gelesen – wie so oft. »Genau das hatte ich mir gedacht«, sagte sie und drückte einen Kuß auf seine Wange, »und wenn er gute Arbeit liefert, empfehle ich ihn weiter. Ohm Godert braucht ebenfalls zwei neue Boote, das weiß ich genau. Warum sollte er die nicht bei Joachim in Wedel bauen lassen? Der Mann kann jeden Auftrag brauchen bei den vielen Mäulern, die er zu stopfen hat.«

Michaelsen war noch nicht mit dem Entladen fertig. »Das ging ja schnell«, rief er Engelke und Dierk zu, als er sie kommen sah. »Wi bruukt noch 'n büschen Tiet. Wollt Ihr schon an Bord?«

Engelke schüttelte den Kopf. »Wir gehen auf und ab und vertreten uns die Beine«, rief sie zurück, »sitten mööt wi noch lang noog bis Hamburg!«

»Is' recht«, schrie Michaelsen. »Bis später denn!«

Der Wind hatte aufgefrischt und gedreht. »Glück muß man haben«, sagte Dierk, während er mit Engelke Arm in Arm auf dem Bohlensteg der Schiffslände hin und her wanderte. »Die Heimfahrt wird genauso glatt gehen wie die Fahrt hierher.«

»Ich wünschte, alles andere würde sich auch von selbst ergeben«, seufzte Engelke. »Wir haben viel erfahren. Unsere Suche nach Judiths Verwandten war erfolgreich. Die Fragen, die wir hatten, sind beantwortet. Aber –«

»– es haben sich neue Fragen aufgetan«, ergänzte Dierk, »Fragen, die wir wahrscheinlich nie werden beantworten können.«

»Nie?« Engelke runzelte die Stirn, während sie ihn anschaute. »Das würde ich nicht sagen. Ich werde jedenfalls alles versuchen.«

»Ich weiß«, sagte Dierk und legte den Arm um ihre Schultern. »Ich bin dabei.«

12

»Nein, Dierk, das war es nicht, was ich meinte.« Engelke löste die Tasselschnur ihres Mantels und ließ sich das schwere Kleidungsstück von Grete abnehmen. Sie waren gerade angekommen, und es dunkelte bereits. »Ich habe nicht das Interesse an Dörtes Tochter verloren. Ich meine nur, für Judith ist gesorgt – so wie Hedda es gewünscht hätte. Jetzt muß ich mich auf die Suche nach Heddas Mörder konzentrieren – den Menschen, der vielleicht auch ihren Vater ermordet hat.«

»Dann glaubst du immer noch nicht daran, daß Hedda ihrem Leben selbst ein Ende gesetzt hat?« Dierk schaute Engelke ernst in die Augen. »Für mich besteht daran kein Zweifel mehr. Du magst es sehen, wie du willst.«

»Dierk!« Engelke erwiderte seinen Blick verwundert und auch verärgert. »Niemand kannte Hedda so gut wie ich. Und ich halte einen Selbstmord für ganz unmöglich. Ich dachte, du bist auf meiner Seite und bereit, mir zu helfen! Jetzt sagst du –«

»Ich sage nur, daß es keinen Mord aufzuklären gibt«, erwiderte Dierk gelassen, »wenigstens keinen an deiner Freundin. Wir haben doch absolut keinen Hinweis darauf gefunden, daß Hedda Harms gewaltsam ums Leben gekommen ist!»

»Sie wurde ertränkt«, sagte Engelke trotzig, »bezeichnest du das als nicht gewaltsam?«

»Sie ist ertrunken«, konterte Dierk. »Sie ist freiwillig ins Wasser gegangen. Das ist etwas ganz anderes.«

»Aber verstehst du denn nicht?« Engelkes Stimme war laut geworden. »Sie hatte keinen Grund, sich umzubringen! Nenn mir nur einen einzigen, Dierk. Siehst du –«, sie starrte ihn herausfordernd an, »das kannst du nicht!«

»Noch nicht«, murmelte Dierk. »Vielleicht findet sich einer.«

»Das kann nicht dein Ernst sein.«

»Ich meine, Geertje, die Suche nach Gründen für einen Selbstmord wäre im Fall von Hedda Harms mindestens ebenso berechtigt wie auch die Suche nach ihrem Mörder.«

Engelke wandte sich ab. Mit einemmal fielen ihr die Worte ein, die die alte Wiebke vor ein paar Tagen geäußert hatte. Vielleicht war es beides ...

Ein Mord und ein Selbstmord. Aber wie paßte das zusammen? So etwas war doch überhaupt nicht möglich. Es kam nur das eine oder das andere in Frage. Wiebke hatte wieder einmal einen Spruch von sich gegeben, den verstehen mochte, wer konnte. Engelke jedenfalls war nicht dazu in der Lage.

Während des Abendessens sprach sie kaum, auch wenn Dierk immer wieder versuchte, eine Unterhaltung zuwege zu bringen. Sie grübelte. Er mühte sich, sie vom Grübeln abzuhalten und ihre Gedanken in andere Richtungen zu lenken. Das ärgerte Engelke schließlich. »Wenn du mir schon nicht helfen willst«, sagte sie beleidigt, »dann hindere mich wenigstens nicht daran, die Sache allein zu Ende zu bringen!«

Dierk lächelte und nahm ihre Hand. »Wer sagt denn, daß ich dir nicht zur Seite stehe?« fragte er milde. »Nur gestatte, Geertje, daß ich mir ab und zu auch meine eigenen Gedanken mache.«

»Verspottest du mich jetzt?« kam ihre zornige Antwort. »Das hätte ich nie von dir erwartet, Dierk!«

Sie sprang vom Tisch auf. In diesem Augenblick öffnete sich die Tür, und Teetje kam atemlos in die Diele. »Fröl'n Engelke«, schnaufte er, »ik komm grad von Harms' Haus. Ik heff do wat ruutkregen –«

Engelkes zornige Stimmung verrauchte sofort. »Was?« fragte sie und deutete auf die Bank. »Setz dich. Und erzähle. Aber der Reihe nach.«

Der Junge nahm die topfartige Wollmütze von den strubbligen Haaren, wischte sich mit den Fingern flüchtig ein paar Strähnen aus dem erhitzten Gesicht und ließ sich wie geheißen auf der Bank nieder. »Also«, sagte er, noch immer schnaufend, »ich hab' Hinnerk den Jüngeren nich' aus den Augen gelassen, wie ich ja sollte. Gestern war er die ganze Zeit nur im Haus. Hat sich dann ziemlich spät schlafen gelegt. Ich hab' das von draußen gut sehen können. Aber heute –«

»Was war heute?« unterbrach ihn Engelke gespannt, »laß alles Unwichtige aus.«

»Heute is' er aus dem Haus gegangen, als es schon anfing, dunkel zu werden«, sagte Teetje. »Er ging die Reichenstraße lang. Dann bog er zur Schusterbrücke ab, und ich dachte, er wollte zu Holms Badehaus. Aber er ging an den Fleischbänken entlang zum Berg. Und dann –«

»Wohin wollte er denn nun?« Engelke wurde ungeduldig. »Laß alles Unwichtige aus, hatte ich gesagt.«

»Wohin er wollte – das wußte ich zuerst ja auch nicht, Fröl'n Engelke«, sagte Teetje entschuldigend. »Er lief kreuz und quer durch die Stadt, und das kam mir komisch vor. Am Ende war er dann beim Küterhaus. Denkt Euch, Fröl'n Engelke – 'n feiner Mann wie Harms in so 'ner Gegend! Beim Küterhaus läßt sich doch 'n feiner Mann nich' sehen. Na, dachte ich mir –«

»Herrgott, Teetje!« Engelke riß der Geduldsfaden. »Es ist doch ganz egal, was du dachtest! Bleib gefälligst bei der Sache!«

»Also, Harms wanderte dann 'ne ganze Weile vor dem Küterhaus hin und her«, sagte Teetje. »Schließlich kam jemand von der Johannisstraße her auf ihn zu. Es war 'ne Frau. Ihr Gesicht konnte ich nicht erkennen –

sie hatte sich mit 'ner dicken Kapuze verhüllt. Aber sie fiel Harms um den Hals – und dann … dann haben sie sich –«

»Was?«

»Sie haben sich geküßt und ziemlich wild. Harms hat die Frau an der Hand genommen und sie in das Badehaus geführt, das beim Johanniskloster liegt. Das, wo anständige Leute sich nicht sehen lassen sollten. Stellt Euch das mal vor, Fröl'n Engelke!«

»Sieh an«, sagte Engelke nur. Hinnerk der Jüngere hatte also eine Buhlschaft. Jedenfalls wies Teetjes Bericht eindeutig darauf hin.

»Du sagst, du konntest das Gesicht der Frau nicht sehen«, mischte sich Dierk ein. »Hatte sie denn vielleicht sonst irgendein Merkmal, an dem man sie erkennen könnte?«

Teetje überlegte. Dann schüttelte er den Kopf. »Ich wüßte nicht«, murmelte er nachdenklich, »sie war nicht mehr ganz jung, nehme ich mal an. Ihre Stimme klang so … wie über Zwanzig …«

Dierk mußte lachen. »Soso«, sagte er, »über Zwanzig. Aber sonst hast du nichts Ungewöhnliches an ihr bemerkt?«

»Nein. Außer daß sie nicht aus 'ner feinen Familie stammen kann.« Teetje machte ein geringschätziges Gesicht. »Wer in so 'n Badehaus geht –«

»Vielleicht war's eine von den … den Bademägden«, meinte Engelke. »So eine Frau, wie Holm sie in seinem Haus nicht duldet. Wäre das möglich?«

Teetje nickte langsam. »Mag sein«, sagte er nachdenklich, »vielleicht war es tatsächlich eine von denen. Obwohl –«

»Obwohl, was?«

»Irgendwie kommt es mir komisch vor, daß Harms mit so einer verkehrt. Wo er doch aus 'ner feinen Familie stammt.«

Dierk räusperte sich. »Ja«, sagte er langsam, »das wundert mich auch.«

»Ob Kellinghusen schon Wind davon bekommen hat?« fragte Engelke.

»Wie sollte er«, sagte Dierk. »Es sei denn, Teetje war zuerst bei ihm.«

»Nee, war ich nicht«, erwiderte der Junge, »ich wollte es zuerst Fröl'n Engelke sagen. Aber wenn ich jetzt noch zum Rathaus –«

»Nein, nein.« Engelke winkte ab. »Morgen ist immer noch genügend Zeit, den Gerichtsherrn zu informieren. Teetje –«, sie sah den Jungen an, »was meinst du – ist Harms wohl noch dort?«

»Wahrscheinlich«, sagte Teetje. »Ich bin so schnell gelaufen, wie ich konnte. Als ich losrannte, war Harms gerade mit der Frau ins Badehaus. Und je nachdem, was er da will, dauert es schon seine Zeit ...«

Engelke unterbrach ihn mit einer ungeduldigen Handbewegung. Sie senkte den Kopf. »Wenn es nach mir ginge, dann würde ich jetzt –«

»– sofort hingehen und Harms persönlich beobachten«, sagte Dierk. »Aber das ist ganz unmöglich – weil Hinnerk der Jüngere sowohl dich als auch mich sofort erkennen würde. Deshalb –«

»Ja, ja, ich weiß«, unterbrach ihn Engelke unwirsch. Der Zorn stieg wieder in ihr auf. »Das hättest du nicht unbedingt auch noch so deutlich sagen müssen, Dierk!«

»Ich schlage vor«, sagte Dierk ungerührt, »daß Teetje zum Badehaus am Alstertor zurückkehrt und sich unter die Kunden mischt. Er soll weiter die Augen offenhalten und uns später berichten. Hinnerk der Jüngere kennt Teetje nicht. Er kann also auch keinen Verdacht schöpfen. Was meinst du dazu, Geertje?«

Engelke zuckte die Achseln. »Etwas anderes bleibt uns ja nicht übrig«, murrte sie. »Ich hätte lieber mit eigenen

Augen gesehen, was Harms in dem verrufenen Badehaus treibt – und mit wem er zusammen ist.«

Dierk verkniff sich ein Lächeln. Er langte nach seinem Geldbeutel und fischte einige kleine Münzen heraus. »Da«, sagte er zu Teetje, »die werden wohl reichen, um dir Einlaß zu verschaffen. Und wenn du den nächsten Bericht lieferst, kriegst du auch einen angemessenen Lohn für deine Mühe.«

»Ach«, sagte Teetje verlegen, »das mach ich für Fröl'n Engelke auch ohne Belohnung. Und natürlich für Euch, Herr Okkena«, fügte er hastig hinzu. Damit war er auch schon auf den Füßen und drückte sich seine Mütze wieder aufs Ohr. »Soll ich noch heute wiederkommen – oder reicht es, wenn ich erst morgen in aller Frühe –«

»Morgen früh reicht«, sagte Engelke knapp.

Nachdem Teetje verschwunden war, gingen Engelke und Dierk bald zu Bett. Beide waren schlechter Stimmung – zum ersten Mal, seit sie zusammen waren. Engelke schwieg sich aus. Sie hatte Dierk den Rücken zugewandt und schaute mit finsterem Gesicht in die Flamme der kleinen Tranlampe, die beim Bett brannte. Dierk schwieg ebenfalls, aber er versuchte nach einer Weile, gut Wetter zu machen.

»Es taugt nichts, im Streit den Tag zu beschließen«, sagte er milde.

»Wer streitet denn?« fragte Engelke spitz. »Ich ja wohl nicht. Ich denke nur über verschiedenes nach.«

»Zum Beispiel darüber, daß ich dich bei der Suche nach dem Mörder deiner Freundin im Stich lasse?« Seine Stimme war sanft und zärtlich.

»Zum Beispiel«, knurrte Engelke. »Du brauchst gar nicht so freundlich zu tun. Ich kann mich noch genau an das erinnern, was du gesagt hast.«

»Ich sagte, wir sollten eher nach Gründen für einen

Selbstmord suchen als nach einem Mörder«, wiederholte Dierk.

»Ist das also tatsächlich deine Meinung?«

»Ja. Das ist meine Meinung.«

Engelke richtete sich in den Kissen auf und drehte sich zu ihm herum. Sie starrte ihn wütend an. »Und du hast das Herz, mir diese Meinung sogar noch einmal ins Gesicht zu sagen?«

»Ich glaube, Geertje, du wünschst dir verzweifelt, daß Hedda sich nicht umgebracht hat, sondern ermordet wurde.« Dierk streckte die Hand aus und streichelte ihre Wange. »Du willst es so sehen und nicht anders, weil du Hedda sehr nah gestanden hast. Und deshalb –«

»Ach was!« Engelke wischte seine Hand weg. »Es kann einfach nicht sein, daß –«

»Siehst du?« Er umschloß ihre Finger und drückte sie.

»Was?« zischte Engelke wütend.

»Geertje«, sagte er leise, »ich kann verstehen, warum du so blind bist. Aber du mußt wissen, daß –«

»Blind ...?« flüsterte Engelke, plötzlich nachdenklich geworden. »Für was soll ich blind sein, Dierk?«

»Für andere Möglichkeiten, Liebste.« Er führte ihre Hand an seine Lippen. »Schau – du siehst im Augenblick nicht, welche Gründe Hedda für einen Selbstmord gehabt haben mag. Aber deshalb kannst du doch nicht ausschließen, daß es vielleicht welche gegeben hat.«

Engelke schüttelte wild den Kopf. Ihre aufgelösten Haare flogen. »Hinnerk der Jüngere hatte vielleicht eine Komplizin«, widersprach sie leidenschaftlich, »Teetje hat ihn ja mit dieser ... dieser Frau gesehen. Für mich ist immer noch Heddas Bruder der Hauptverdächtige. Ihm haben die beiden Todesfälle doch ohne jeden Zweifel genützt. Das mußt selbst du zugeben.«

»Tu' ich auch.« Dierk nickte zustimmend. »Nur – wir dürfen die anderen Möglichkeiten wirklich nicht außer acht lassen.«

»Welche verflixten anderen Möglichkeiten denn, zum Kuckuck?«

»Zum Beispiel, daß Hinnerk der Jüngere mit den beiden Todesfällen möglicherweise doch nichts zu tun hat. Bis jetzt gibt es schließlich keine Beweise dafür, daß er's war.«

Engelke umfaßte seine Hand. Plötzlich liefen ihr die Tränen übers Gesicht. »Ich will doch nur, daß Heddas Mörder gefaßt wird«, murmelte sie. »Mein Lämmchen soll nicht ungerächt bleiben. Dierk – ich muß den Kerl einfach finden! Sonst kann ich nie mehr ruhig schlafen!«

Er umarmte sie und hielt sie fest. »Ich hab' Hedda Harms nicht gut gekannt«, flüsterte er sanft, »aber die Frau, die ich erlebt habe, war liebenswürdig wie ein Engel. Ich kann mir ja auch nicht vorstellen, daß sie Selbstmord begangen haben soll. Tröste dich, Geertje. Wir werden den Schuldigen kriegen. Wir beide – zusammen. Und glaub mir, ich denke nicht im Traum daran, dich im Stich zu lassen!«

»Es sah zwischendurch aber so aus«, schluchzte sie.

»Dann hast du mich mißverstanden«, gab er sacht zurück. »Ich wollte dich lediglich darauf hinweisen, daß du zu verbohrt bist. Du hast –«

»Verbohrt?«

»Bitte, Geertje leg mir dieses Wort jetzt nicht falsch aus.« Seine Hand liebkoste von neuem ihre Wange. »Sei offen für alle Hinweise. Geh nicht nur den Spuren nach, die in die Richtung führen, die du für die einzig wahre hältst.«

Damit hatte er natürlich recht. Engelke schmiegte sich in Dierks Arme und grübelte weiter. Erst als er anfing, sie sacht zu streicheln, und sie seine Lippen in vielen kleinen Küssen auf Hals und Schultern spürte, löste sie sich von ihren Gedanken und gab sich ihren Gefühlen hin. Es war wunderbar, so nah bei Dierk zu liegen, seinen Herzschlag zu hören, seine Zärtlichkeiten zu erwidern. Es war so beruhigend, daß er ihr den Zornesausbruch dieses Abends nicht übelnahm, sondern verstand, warum sie böse geworden war, und ihr die hitzigen Worte verzieh. Ungeteilt gehörte sie Dierk. Für eine Weile gab es nur ihn in der Wärme der Schlafkammer, und alles andere war vergessen.

Der Morgen brachte eine Menge Arbeit. Engelke hatte eine Aufstellung der Waren zu machen, die Dierk auf der nächsten Reise der Erzengel nach Engelland mitnehmen würde. Er hatte ihr sämtliche Lieferscheine und Merkzettel in das kleine Kontor gelegt, das im Haus auf dem Grimm direkt über der Diele eingerichtet worden war, und Engelke wußte, sie würde bis zum Mittagläuten damit beschäftigt sein, die Zahlen in die neuen Bücher einzutragen.

Dierk hatte zwar schon vor der Hochzeit angeboten, einen eigenen Kontorgehilfen einzustellen. Aber Engelke selbst war diejenige gewesen, die abgelehnt hatte. »Das mach ich lieber selbst«, hatte sie gesagt. »Gerade am Anfang unserer gemeinsamen Wirtschaft können wir uns keine Fehler leisten. Ein Neuling wäre mir nicht akkurat genug. Und bis ich jemanden angelernt habe, vergeht viel zuviel Zeit. Das kann später kommen. Vorerst –«

»Wird es dir nicht zuviel?« hatte Dierk gefragt.

Engelke hatte zur Antwort gelacht. »Zuviel? Mein lieber Mann – bei Ohm Godert im Kontor sind ganz andere Berge an Arbeit angefallen. Mach dir keine Sorgen. Unsere Bücher schaffe ich leicht.«

Jetzt begannen die Glocken zu läuten, aber immer noch lag da ein kleiner Stapel von Rechnungen und Anweisungen und wartete darauf, in das Kontenbuch aufgenommen zu werden.

Dierk mußte sich auch heute wieder auf der Erzengel um das Verladen von gelieferten Waren kümmern. Das bedeutete, daß er am Abend neue Lieferscheine und

Frachtpapiere mitbringen würde, die einzutragen waren. Engelke hatte bis jetzt angestrengt gearbeitet. Sie wischte sich ein Löckchen aus der Stirn, schob es unter die kleine schwarze Haube, die sie seit ihrer Hochzeit jeden Tag trug, und seufzte. Dann lächelte sie, während sie an die vergangene Nacht dachte. Und dann stand sie auf. Sie würde den Rest unerledigter Schreibarbeit bis zum Abend liegenlassen. Es kam ja ohnehin Neues hinzu. Was schadete es da, wenn sie jetzt Schluß machte?

Es drängte sie, Heddas Grab zu besuchen. Es drängte sie außerdem, die Spur zu verfolgen, die Teetje gestern aufgetan hatte. Teetje war ihr bis jetzt noch nicht gemeldet worden, was sehr merkwürdig war. Engelke brannte schließlich darauf, mehr über Harms und seinen Besuch im Badehaus am Alstertor zu erfahren. Wo der Junge nur blieb?

Sie verschloß das Tintenfaß mit einem Stöpsel, stellte die Streusandbüchse beiseite und klappte das Kontenbuch zu. Dann stieg sie die Treppe hinunter in die Diele. Grete werkelte am Herd in der Küche; Wiebke, dick verpackt in ihr grauwollenes Umschlagtuch, putzte, auf der schmalen Bank beim Fenster sitzend, einen Kupferkessel. Liseke und die kleine Judith hatten sich Flickarbeiten vorgenommen. Einträchtig saßen sie bei Wiebke auf der Bank und stichelten an zwei weißleinenen Hemden.

»Mojn, Fru Okkena«, sagte Grete, als sie Engelkes ansichtig wurde. »Der Junge war da und hat ausrichten lassen, er käme später noch einmal wieder. Wollte Euch nich' bei der Arbeit stören. Sagte, es hätte Zeit.«

»Es hätte Zeit?« Engelke runzelte die Stirn. »Das sieht Teetje ähnlich. Wann wollte er wiederkommen?»

»Na – er müßte jetzt gleich –«

Weiter kam Grete nicht. Die Tür schwang auf, und Teetje stapfte in die Diele. »Da bün ik«, sagte er strahlend.

»Wenn man vom Teufel spricht«, brummte Engelke.

»Wo hast du gesteckt? Du solltest doch so früh wie möglich –«

»Tut mir leid, Fröl'n Engelke.« Teetje nahm die Mütze ab. »Ich wollte ja auch. Aber denn heff ik mi dacht, wenn sie arbeitet, heff ik mi dacht, in 'n Kantoor – denn stör sie besser nicht. Sonst gibt das nur Ärger.«

»Du hast also wieder mal gedacht.« Engelke musterte Teetje streng. »Und welchen Ärger hätte es denn geben sollen?«

»Na – wenn Ihr doch mit all den Papieren beschäftigt wart, Fröl'n Engelke ...« Der Junge drehte die Mütze in der Hand. »Da konnte ich ja nich' einfach reinplatzen. Oder?« Er wollte seine dicke Jacke ausziehen. »Aber jetzt kann ich berichten«, fügte er entschuldigend hinzu.

»Laß die Jacke an«, befahl Engelke. »Wir machen einen Spaziergang zum Friedhof Sankt Petri. Unterwegs erzählst du mir ausführlich, was du gestern nacht gesehen hast.«

Teetje sah enttäuscht aus. »Jetzt is' doch Mittag«, murmelte er. »Wollt Ihr nich' erst –«

Engelke hatte verstanden. »Garküchen gibt es reichlich in der Hökerstraße«, schnitt sie Teetje das Wort ab. »Wenn es dem gnädigen Herrn nichts ausmacht, im Stehen zu speisen.«

Teetje hatte zu diesem Vorschlag nichts gesagt. Aber seine Augen hatten begehrlich aufgeleuchtet. Sein bißchen Heuer reichte natürlich nicht aus, um sich eine Mahlzeit in einer Garküche zu leisten. Aber wenn Fröl'n Engelke die Möglichkeit, dort etwas zu essen, erwähnt hatte, dann würde sie auch bezahlen. Eine wundervolle Vorstellung.

Er hatte sich seine Mütze wieder übergestülpt und marschierte nun auf seinen langen, mageren Beinen neben Engelke her. Sie hatten bereits die Milchbrücke hinter sich, und er hatte schon fast alles von sich gegeben, was ihm am vergangenen Abend in dem übelbeleumdeten Badehaus an der Alster aufgefallen war. »Sie saßen in einer Ecke, Harms und diese Frau«, sagte er gerade, »und Harms hatte Essen bestellt – Kapaun mit Brot und einer schwarzen Sauce. Dann haben sie zusammen gegessen. Die Frau hat Harms immer die Bissen in den Mund gesteckt und dabei so blöde gekichert. Sie hat ihn Häschen genannt. Und er nannte sie Schatz.«

»Wie sah die Frau aus?« fragte Engelke dazwischen.

»Sie hatte schöne rote Haare«, sagte Teetje überlegend, »und sie war überhaupt ganz nett. Harms und sie benahmen sich irgendwie albern – wie Leute das so tun, wenn sie was miteinander haben. Ihr wißt schon, was ich damit meine.«

»Kam es dir so vor, als ob sie sich schon länger kennen?«

»Oh – bestimmt!« Teetje schien ganz sicher. »Außerdem hat Harms auch noch dauernd von seinen Handelsgeschäften gesprochen. Sagte zu ihr, nun ist es schon halb geschafft, Schatz. Nicht mehr lange, dann kann ich unsere Lage übersehen. Was er wohl damit gemeint hat, Fröl'n Engelke?«

Engelke legte im Gehen den Kopf schief. »Unsere Lage ...«, murmelte sie gedankenverloren. »Das hört sich so an, als habe er gegenüber dieser Frau keine Geheimnisse. Sonderbar.«

Sie schwieg ein Weilchen, während sie mit Teetje an der Seite den Fischmarkt überquerte und die Höfe der Domherren umrundete. Unsere Lage – damit hatte Harms natürlich auch ausgedrückt, daß er diese Frau in sein Leben einbezog. Also konnte sie nicht nur eine flüchtige Liebschaft sein oder gar ein unappetitliches Abenteuer. Er hatte sie über seine Lage ins Bild gesetzt. Sie wußte Bescheid. Sie war vielleicht tatsächlich seine Komplizin gewesen – in dem Doppelmord, den er möglicherweise begangen hatte.

Der alte Harms war vergiftet worden. Mit einer hohen Dosis Belladonna. Holm aus der Bäckerstraße hatte das eindeutig festgestellt. Auf Engelkes Frage, wo man denn Belladonna beschaffen könne, hatte der Bader sein eigenes Haus genannt. Belladonna habe ich selbst zu bieten, hatte er gesagt. Die Frauen benutzen es, um sich glänzende Augen zu machen ...

Harms ging in einem Badehaus der anrüchigeren Sorte ein und aus. Dort gab es mit Sicherheit auch das Mittel, durch welches Hinnerk Harms der Ältere zu Tode gekommen war. Und seine Geliebte hatte es ihm vielleicht besorgt.

»Teetje«, sagte Engelke, atemlos von der plötzlichen Erkenntnis, »weißt du, ob Hinnerk der Jüngere öfters in dieser Kaschemme verkehrt? Ob er sich vielleicht immer dort mit dieser Frau trifft?«

»Ganz bestimmt«, antwortete der Junge. »Der Bader begrüßte ihn wie 'nen alten Bekannten. Die Frau war sowieso mit dem Besitzer gut bekannt. Die beiden nannten sich beim Vornamen. Sie heißt Nana. Und der Bader heißt Albert.«

»Nana? Komischer Name.«

»Harms nannte sie Marianna – wenn er sie nicht Schatz nannte.«

»Ach so.« Engelke fiel plötzlich noch etwas ein. Wenn Nana das Gift besorgt hatte, dann mußte sie zu diesem Zweck neben dem Bader am Alstertor auch noch die Apotheker der Stadt aufgesucht haben. Denn Holm hatte gesagt, man brauche Belladonna für den schönen Glanz der Augen nur in sehr geringen Mengen. Kein Bader hätte genug von der Tinktur vorrätig, um einen Menschen zu vergiften – schon gar nicht einen großgewachsenen Mann wie den alten Harms.

Warum war sie nur nicht früher darauf gekommen? »Jetzt hab' ich dich«, murmelte sie zwischen den Zähnen, »damit hast du dich verraten ...«

»Wer«, fragte Teetje verständnislos, »wen haben Sie, Fröl'n Engelke?«

»Ach, das ist im Augenblick nicht so wichtig«, wehrte Engelke ab. »Wir brauchen erst einmal mehr Informationen über diese Frau. Wir müssen wissen, wo sie wohnt und wo man sie finden kann, wenn sie nicht garade mit Hinnerk dem Jüngeren im Badehaus an der Alster sitzt und Kapaun ißt.«

Teetje hielt die kleine eiserne Pforte in der Mauer zum Friedhof für Engelke auf. »Das kriegen wir raus«, sagte er zuversichtlich, »und wenn ich noch mal hingehe und ihr spät in der Nacht folge. Harms hat nämlich fast die ganze Nacht mit ihr im Badehaus vertrödelt. Ich hatte gegen Morgen keine Lust mehr und bin nach Hause gegangen. Hab' mich in Vadders Bude beim Haus van Damme 'n bißchen auf's Ohr gehauen. Danach ... aber das wißt Ihr ja selbst.«

Engelke nickte stumm. Sie betrat den Friedhof, auf dem sie sich früher so oft zum Nachdenken aufgehalten hatte. Die Gräber der besten Familien von Hamburg lagen hier auf engem Raum zusammen. Unter dem alten, krumm und verkrüppelt gewachsenen Weidenbaum in einer Ecke des Gottesackers aber war der Platz, den Engelke zum Überlegen wie geschaffen fand.

Heute jedoch wollte sie lediglich Heddas Grab besuchen. Sie ließ die Blicke zum Harmsschen Familienbegräbnis hinüberwandern. Dort kniete mit tief gesenktem Kopf ein junger Mann in feinem, hellgrauem Mantel und schwarzem Hut, dessen Behang beinahe das ganze Gesicht verhüllte.

»Herr Jansen«, sagte Teetje befremdet, »was macht der denn hier?«

»Still«, verwies Engelke ihn flüsternd, »weißt du denn nicht, daß Berend Jansen mit Hedda Harms so gut wie verlobt war?«

»Nein«, flüsterte Teetje zurück.

»Am besten, du bleibst bei der Friedhofspforte«, wisperte Engelke, einem plötzlichen Einfall folgend. »Ich möchte ein paar Worte mit Jansen wechseln. Dabei würdest du nur stören.«

»Is gut, Fröl'n Engelke«, sagte Teetje und blieb stehen.

Engelke näherte sich der knienden Gestalt. »Berend«, sagte sie sanft, »was für ein Zufall, Euch gerade jetzt hier zu treffen.«

Der junge Mann hob den Kopf. Er versuchte nicht einmal zu verbergen, daß seine Augen von Tränen gerötet waren. »Engelke«, sagte er tonlos, »schön, jemanden wiederzusehen, der sie auch geliebt hat.«

Engelke nickte. »Ja, wir vermissen sie wohl beide mehr, als wir sagen können«, gab sie zurück. »Mir war sie eine vertraute Freundin, und Euch – nun, es ist ganz offensichtlich, was sie Euch war.«

Berend Jansen schluckte. Er schloß die Augen und legte die Hand darüber. »Ich kann immer noch nicht verstehen, wie sie das tun konnte«, sagte er mit tränenrauher Stimme. »Ich begreife nicht, was sie dazu getrieben hat und warum sie dazu das Kleid anziehen mußte, das ich ihr –«

»Das rote Seidenkleid?« unterbrach ihn Engelke erstaunt. »Ich hatte es nie an Hedda gesehen. Ich dachte, sie habe es zu meiner Hochzeitsfeier schneidern lassen ...«

Berend Jansen schüttelte den Kopf. »Nein«, sagte er leise, »ich hatte es ihr geschickt, zusammen mit einem goldenen Ring. Sie wußte nicht, daß es mein Verlobungsgeschenk sein sollte. Ich wollte es ihr erst an dem Abend Eurer Hochzeit sagen, auf dem Rathaus, vor allen Leuten. Aber sie kam ja nicht ...«

Er unterdrückte einen Schluchzer. Engelke, die neben ihm niedergekniet war, legte die Hand auf seinen Arm. »Ich weiß«, sagte sie sanft, »wie Euch zumute sein muß. Scheut Euch nicht, vor mir Eure Gefühle zu zeigen, Berend. Ich kann Euch gut verstehen. Mir ist selber zum Heulen. Sagt – was ist eigentlich an dem Gerücht, daß Ihr hinter Heddas Rücken mit dem alten Harms die Verlobung ausgehandelt haben sollt?«

Der junge Mann wischte sich über die Augen. »Es war nicht anders zu machen«, sagte er, »Hedda hatte meinen Antrag abgelehnt. Sie meinte allen Ernstes, sie sei meiner nicht würdig. Ich hab' sie ausgelacht. Aber sie ließ sich nicht davon abbringen. Da bin ich eben zu ihrem Vater gegangen.«

»Was waren ihre Worte, als sie Euch abschlägig beschied?« fragte Engelke ungläubig nach.

»›Berend‹, sagte sie, ›ich mag dich auch. Doch deine Frau kann ich nicht werden. Mein und dein Leben lassen sich unmöglich verknüpfen. Das mußt du einsehen. Ich kann dir nicht die Frau sein, die du verdienst.‹«

»Aber sie wußte doch, daß Ihr sie liebt«, wandte Engelke ein. »Wie konnte sie Euch so etwas –«

»Ich weiß nicht«, flüsterte Berend Jansen verzweifelt. »Ich weiß es einfach nicht! Ich dachte, ich überrumple sie. Ihr Vater war ja auch mehr als einverstanden mit der Verbindung. ›Junge‹, sagte er, ›das kommt mir gerade recht. Etwas Besseres kann Hedda überhaupt nicht passieren, als endlich unter die Haube zu kommen. Selbstverständlich hast du meinen Segen als Schwiegersohn. Hedda wird schon gehorchen, wenn ich ihr befehle, dich zu nehmen. Noch habe ich das Sagen in meiner Familie. Wollen doch mal sehen, ob sie es wagt aufzumucken!‹«

»So hat es ihr Vater also gesehen.« Engelke konnte sich Hinnerk den Älteren regelrecht vorstellen, wie er Berend Jansen in gespielter Väterlichkeit auf die Schulter klopfte und im gleichen Atemzug seine Macht über Hedda ausspielte.

»Hedda hat mich geliebt«, wisperte der junge Mann, »das spürte ich. Es wäre sicher nicht so schlimm gewesen, wenn sie unter dem Druck ihres Vaters das Verlöbnis akzeptiert hätte. Ich wäre ihr der beste, rücksichtsvollste und zärtlichste Ehemann geworden – wenn sie nur nicht –«, er schluchzte auf. »Gott – ich werde niemals damit fertig werden! Ich vermisse sie ... ich vermisse sie so sehr!«

»Berend«, Engelke griff nach seiner Hand, »sie hat sich nicht selbst das Leben genommen. Sie wurde ermordet – soviel steht für mich fest. Hedda hätte eingewilligt, Eure Frau zu werden, wenn sie die Möglichkeit dazu bekommen hätte. Doch bevor sie zu meiner Hochzeit auf dem Rathaussaal erscheinen konnte, brachte jemand sie heimtückisch um.«

»Was?« Berend Jansen blickte Engelke mit tränenverschleierten Augen erschrocken an. »Ihr glaubt, sie hat sich nicht selbst ins Wasser gestürzt? Aber Hinnerk der Jüngere sagte doch, er habe dem Priester von Sankt Petri den Platz auf diesem Friedhof mühsam abringen müssen!«

»Ja, ich weiß«, erwiderte Engelke. »Hinnerk der Jüngere hat dem Pfarrer Heddas Tod als einen Unfall geschildert, so daß sie ein christliches Begräbnis bekommen konnte. Aber in Wirklichkeit war es Mord – genau wie bei Hinnerk dem Älteren.«

»Oh.« Das war alles, was Berend Jansen sagen konnte. Der Ausdruck der Verzweiflung auf seinem Gesicht milderte sich, bis nur noch tiefe Trauer zu erkennen war. »Dann hätte es doch ein glückliches Ende haben können«, flüsterte er fassungslos, »dann hätten Hedda und ich ein Paar werden können! Engelke –«, er erwiderte ihren Händedruck, »wer hatte ein Interesse daran, mein Lebensglück zu zerstören? Warum denn mußte Hedda sterben?«

»Das weiß ich noch nicht«, sagte Engelke. »Aber ich werde es herausfinden. Und ich werde auch Heddas Mörder zur Rechenschaft ziehen. So wahr ich Engelke Geerts heiße.«

13

Sie hatten den Friedhof zu dritt verlassen. Berend Jansen war, nachdem er seine innere Erregung überwunden hatte, ganz erpicht darauf gewesen, mit dem Gerichtsherrn zu sprechen. Engelke dagegen löste, als sie die Hökerstraße erreicht hatten, ihr Versprechen gegenüber Teetje ein. »Grüßt Kellinghusen von mir«, gab sie Berend Jansen mit auf den Weg, »und sagt ihm, ich würde mich über ein gelegentliches Gespräch mit ihm sehr freuen.«

Der junge Mann versprach, den Gruß auszurichten. »Vielleicht könnten wir einmal zusammen über den Mord an Hedda reden«, meinte er, »Ihr habt ja schon immer Mandus Kellinghusens Vertrauen besessen, Engelke. Deshalb schenkt er es vielleicht auch mir – wenigstens in dieser Angelegenheit, die mir so am Herzen liegt.«

»Er wird Euch ganz sicher über seine Ermittlungen aufklären«, sagte Engelke, »nur – viel hat sich bis jetzt nicht ergeben. Er tappt im dunkeln, was den Mord an Hinnerk dem Älteren betrifft. Den Mord an Hedda hält er für einen Selbstmord – weil es ja bis jetzt keinerlei Spuren gibt, die auf einen Mord hinweisen würden.«

»Außer daß für einen Selbstmord jedes Motiv fehlt«, murmelte Berend Jansen.

»Eben«, sagte Engelke. Sie streckte dem jungen Mann zum Abschied die Hand hin. »Vertraut auf mich. Ich lasse nicht locker.«

Berend Jansen stapfte davon. Er schlug den Weg zum Rathaus ein. Engelke nickte Teetje zu. »Such dir eine Garküche aus«, forderte sie ihn auf, »dein Magen wird inzwischen knurren wie ein hungriger Wolf. Da sollten wir ihn so bald wie möglich besänftigen.«

»Och«, sagte Teetje, »so schlimm is dat noch nich, Fröl'n Engelke. Aber –«

»Also doch.« Engelke lächelte den Jungen an. »Komm – tu nicht bescheidener, als du bist. Worauf hast du Appetit?«

»Bratfisch«, entfuhr es Teetje.

»Dann soll's auch Bratfisch sein.« Engelke packte ihn am Ärmel und zog ihn zu einer offenen Bude hinüber, wo über einem Rost Fische brutzelten und köstlichen Duft verbreiteten.

»Lachs oder Kabeljau?« fragte die Garküchenbesitzerin. Engelke wählte zwei goldbraune Stücke von dem letzteren aus und reichte eins davon Teetje, der es strahlend im Empfang nahm. Engelke zahlte. Dann spazierte sie langsam mit dem Jungen weiter, genüßlich auf der Straße den Fisch verspeisend.

Dat is nich fein, hätte Wiebke jetzt gesagt. Engelke mußte lächeln, während sie an ihre alte Kinderfrau dachte. So vieles war nicht fein an dem Fröl'n Engelke – Wiebke hatte es nie ganz geschafft, ihrem Ziehkind die Politur zu verpassen, die sie eigentlich hätte haben müssen.

Sie wurde denn auch gesehen. Der erste, der ihnen an der Schreiberbrücke begegnete, war Niklas Helmers, der schönste Mann von ganz Hamburg. Niklas grüßte, aber sein Gruß war etwas unterkühlt.

Engelke schaute ihm lächelnd nach. »Lackaffe«, wisperte sie, »ich wette, der hätte gern 'nen Happen von meinem Fisch abgehabt – wenn die feine Lebensart es ihm nur gestattete!«

Teetje grinste mit fettigen Lippen. »Glaub ich auch«, mümmelte er. »Aber das is' nun mal so – die feinen Leute müssen, weil sie so fein sind, eben leider auf so manches Angenehme verzichten ...!«

»Ich nicht«, sagte Engelke. So fein kann ich nie werden, dachte sie.

»Wo gehen wir jetzt hin?« fragte Teetje.

»Wir statten Hinnerk dem Jüngeren einen Besuch ab. Ich möchte ihm ein paar unerwartete Fragen stellen. Mal sehen, wie er darauf reagiert.« Engelke machte lange Schritte. »Außerdem will ich mir auch noch einmal die Altmagd vornehmen. Sie hat mir über Dörte ganz sicher nicht alles gesagt, was sie weiß.«

Die Altmagd war mit dem Zählen von Bettlaken beschäftigt, als Engelke sich anmeldete. Mitten in der geräumigen, aber unscheinbar ausgestatteten Diele lagen hohe Stapel von gefalteten weißen Leintüchern auf den Fliesen; die brave Anna kniete davor und machte mit einem Stück Kohle Striche auf ein viereckiges kleines Brett.

»Einen guten Tag wünsche ich«, sagte Engelke beim Eintreten. »Ich sehe, Ihr habt alle Hände voll zu tun. Ich will auch nicht lange stören, sondern nur ganz wenig Zeit in Anspruch nehmen.«

»Wie kann ich Euch helfen, Fröl'n Engelke?« fragte die Altmagd und berichtigte sich dann schnell: »Frau Okkena.«

»Ihr habt mir weisgemacht, Ihr hättet diese Dörte, die früher Zofe bei Fräulein Hedda war, so gut wie gar nicht gekannt«, sagte Engelke. »Das kann aber nicht sein. Denn Ihr hattet damals die Aufsicht über alle Mägde im Haus und wußtet, was sie tun und lassen.«

»Das is' richtig.« Die Altmagd richtete sich kerzengerade auf. »Und?«

»Dörte erwartete doch ein Kind, als sie mit den Herrschaften auf Reisen ging«, sagte Engelke. »Sie muß also einen Liebhaber gehabt haben. Wie kommt es, daß Ihr mir davon nichts berichtet habt?«

»Weil ich nichts darüber weiß«, antwortete die Altmagd beleidigt. »Dörte hat nämlich ihre Liebschaft verheimlicht. Jedenfalls wußte im Haus keiner, wer der Vater ihres Kindes gewesen sein könnte. Ich am allerwenigsten.«

»So.« Engelke zupfte ihre Haube zurecht, die bei dem schnellen Gang durch den frischen Wind etwas verrutscht war. »Und wenn es einer aus dem Haus gewesen wäre?«

»Das kann ich mir nicht vorstellen«, murmelte die Altmagd, sichtlich erschrocken. »Herr Hinnerk der Jüngere hat Dörte nie beachtet. Unsere Knechte gingen ihr regelrecht aus dem Weg, weil sie immerzu in die Kirche lief. Und der alte Herr ... der war so gut wie jeden Abend in der Stadt. Außerdem –«, sie packte ihr Stück Kohle fester, »Dörte war praktisch Tag und Nacht mit Fräulein Hedda zusammen. Sie schlief sogar in ihrem Vorzimmer. Da hätte sich sowieso niemand reingewagt.«

»Ach.« Engelke musterte die Altmagd mit forschenden Blicken. »Aber der Heilige Geist kann sie ja nicht geschwängert haben. Irgendwo muß es passiert sein. Die Reise, auf die sie mit den Herrschaften gegangen ist, dauerte, soweit ich mich erinnere, nur sechs Monate.«

»Das is' wahr.« Die Altmagd blickte verunsichert. »Dörte kann nich' erst auf der Reise schwanger geworden sein. Das Kind, das Fröl'n Hedda mitbrachte, war neu geboren, aber kräftig.«

»Was würdet Ihr sagen«, fuhr Engelke fort, »wenn ich Euch jetzt erzählte, daß Dörte überhaupt nicht bei der Geburt des Kindes ums Leben gekommen ist? Daß sie bis vor drei Jahren in ihrem Heimatort Wedel gelebt und noch drei weitere Kinder bekommen hat?«

»Was?« Die Altmagd kniff die Augen zusammen. »Ihr macht doch Scherze – oder?«

»Absolut nicht.«

Die Altmagd schüttelte den Kopf und lächelte Engelke dann an. »Aber das kann nicht sein«, sagte sie. »Fröl'n Hedda hat uns doch selbst gesagt, die Mutter sei bei Judiths Geburt gestorben. Und Fröl'n Hedda log nie. Niemals.«

»Seid Ihr ganz sicher, daß Ihr diese Worte von Fräulein Hedda gehört habt?« fragte Engelke.

»Wir alle haben das so verstanden«, stammelte die Altmagd, »vielleicht kam es auch vom alten Herrn Harms. Jedenfalls hat Fröl'n Hedda nie was anderes gesagt. Und das hätte sie doch, wenn's nich' wahr gewesen wäre!«

Wer wußte schon, warum Hedda verheimlicht hatte, daß ihre Zofe keineswegs an der Geburt ihres ersten Kindes gestorben war. Vielleicht hatte sie Dörte ein unbescholtenes Weiterleben ermöglichen wollen – wer konnte das sagen? »Nun, wie auch immer«, erwiderte Engelke, »Dörte lebte bis zu ihrem Tod vor drei Jahren in Wedel. Dort wohnt bis heute ihr Bruder, der ihre anderen Kinder versorgt, und Judith hat demnach Blutsverwandte – einen Oheim, eine Großmutter, drei Halbgeschwister und mehrere Vettern und Basen. Das, scheint mir, ist eine frohe Nachricht in all der Trauer.«

Die Altmagd erhob sich von den Knien und stand mühsam auf. »Ich kann's nich' glauben«, murmelte sie, »ich kann's einfach nich' glauben. Daß Dörte all die Jahre am Leben war und sich nich' ein Mal nach ihrem Kind erkundigt hat ... das hätte ich ihr nie zugetraut. Sie war so 'n anständiges Mädchen ...«

»Ihr Bruder erzählte mir«, sagte Engelke, »es sei Dörte damals verboten worden, noch einmal nach Hamburg zu kommen. Hinnerk der Ältere habe darauf bestanden.«

»Ach was!« Die Altmagd schüttelte wieder ungläubig den Kopf. »De Heer mag ja 'n harter Brocken gewesen sein – aber er hätte 'ner jungen Mutter wohl kaum verboten, ihr Kind zu besuchen. Das mag ich nich' glauben, Fröl'n Engelke ... Frau Okkena!«

»Und wenn er nun doch was mit Dörte hatte?« widersprach Engelke. »Es wäre nicht das erstemal, daß Herren ihre Mägde –«

»Mein Vater?« Eine junge Männerstimme unterbrach Engelke mit einem spöttischen Lachen. »Mein Vater hatte einen ganz anderen Geschmack. Der hätte sich nie an so eine Betschwester herangemacht!« Hinnerk der Jüngere lachte noch einmal schallend auf. »Wenn ich nur daran denke, wiehere ich schon!«

Engelke drehte sich nach ihm um und schaute ihn ungerührt an. »Dann seid Ihr Eurem Vater wohl ähnlicher, als ich dachte«, sagte sie langsam, wobei sie jedes Wort betonte. »Für Betschwestern habt Ihr ja wohl auch nicht viel übrig.«

Hinnerk der Jüngere stutzte. »Was meint Ihr denn damit?«

»Nun –«, Engelke dehnte das Wort lang aus, »ich meine, Betschwestern sind ja wohl auch in gewissen Badehäusern kaum zu finden.«

»In Badehäusern?« Hinnerk der Jüngere zupfte nervös an seinem Hemdkragen. »Was faselt Ihr denn da? Ich besuche keine Badehäuser.«

»Na, na!«

Engelke hatte bewußt dieses Wortspiel gewählt. Hinnerk der Jüngere erbleichte deutlich. »Ihr habt doch sicher etwas mit mir zu besprechen«, sagte er hastig, »vor allem mit mir. Richtig?«

»Allerdings.« Engelke hielt den Blick auf ihn geheftet. »Etwas sehr Dringendes sogar«, fügte sie unheilschwanger hinzu, »ich würde so weit gehen, es als unaufschiebbar zu bezeichnen.«

»Dann ist die Diele wohl kaum der richtige Raum für das Gespräch«, murmelte Hinnerk der Jüngere. »Wir wollen ins Kontor gehen, da stört uns niemand.« Und er winkte Engelke. Seine Handbewegung glich dem Flattern eines verängstigten Vogels.

»Was wißt Ihr von Nana?« fragte er, sobald sich die Tür zum Kontor hinter ihnen geschlossen hatte.

»Oh – nicht viel«, entgegnete Engelke, »außer daß es sie gibt.«

»Wie habt Ihr von Nana erfahren?« Seine Stimme zitterte. Hinnerk der Jüngere war kreidebleich und sah mehr denn je aus wie ein blasser kleiner Bengel, der etwas Dummes angestellt hat.

»Man hat seine Quellen.« Engelke war entschlossen, ihn zappeln zu lassen.

»Herrgott«, flüsterte Hinnerk der Jüngere, »und ich dachte, ich sei so vorsichtig gewesen! Aber jetzt ist es ohnehin egal. Jetzt wird es eben rauskommen. Na und?«

»Warum sollte es denn nicht rauskommen, Hinnerk?« Engelke bohrte ein bißchen. »Was ist denn so schlimm an der Tatsache, daß Ihr Euch mit einem billigen Bademädchen vergnügt habt?«

»Einem billigen Bademädchen?« Der junge Harms lief blutrot an. »Nana ist –«

»Was?« fuhr Engelke ihm absichtlich in die Rede. »Ihr habt Euch mit ihr in der übelsten Spelunke der ganzen Stadt getroffen, mein Lieber!«

»Ich bin nicht Euer Lieber!« Hinnerk der Jüngere ballte die Fäuste, streckte die Hände wieder und umklammerte die Kante seines Schreibpults. »Und daß ich Nana gerade dort treffen mußte – das hatte seine Gründe!«

»Ohne Zweifel.« Engelke ließ eine Portion Spott in ihre Worte einfließen, um ihn weiter aus seiner Deckung hervorzulocken. »Aber welche könnten das wohl sein?«

Der junge Harms kniff die Lippen zusammen. »Jetzt gibt es diese Gründe nicht mehr«, sagte er gepreßt. »Trotzdem habe ich immer noch Schwierigkeiten –«

»Ja«, sagte Engelke, »da gehe ich jede Wette ein. Ich sage es noch einmal – Ihr seid Eurem Vater ähnlicher, als ich dachte.«

Hinnerk der Jüngere unterdrückte einen wütenden Schnaufer. »Ich verbitte mir diese dauernden Vergleiche mit meinem Vater«, zischte er, »sie sind völlig unberechtigt! Ich liebe es nicht, so dargestellt zu werden, als sei ich wie er! Verdammt, Engelke – ich habe mit dem Alten nicht das geringste gemein. Und ich möchte endlich, endlich in Ruhe gelassen werden! Der Alte ist doch tot und begraben – werde ich denn nie von ihm erlöst?«

Wohl nicht, dachte Engelke, solange nicht sein Mörder gefaßt ist. »Ihr müßt Nana also noch immer heimlich treffen«, sagte sie laut, »wieso, Hinnerk? Ich will es Euch sagen: Nana ist eine Bademagd. Und eine Bademagd kann man nicht vorzeigen. Habe ich recht?«

Er reckte den Kopf. Plötzlich wirkte er erwachsen, trotz seiner dürftigen Gestalt und seinem unscheinbaren, nichtssagenden Gesicht. »Nein, Ihr habt nicht recht«, widersprach er mit fester Stimme, »Ihr seid ein kluges Frauenzimmer, Engelke – aber diesmal irrt Ihr Euch. Nana … Marianna ist die Tochter eines Bäckerknechtes aus der Stadt. Sie ist ehrlich geboren. Trotzdem – meinem Vater hätte ich nie mit ihr kommen können.«

»Ich sehe, was Ihr meint«, sagte Engelke. Das Mehlsüppchen hatte sich in ein einfaches Mädchen vergafft und hinter dem Rücken seines allmächtigen Vaters heimlich eine Buhlschaft mit ihm angefangen. Diese Nana wiederum spekulierte wahrscheinlich darauf, von Hinnerk dem Jüngeren geheiratet zu werden und so an das Harmssche Vermögen zu kommen. Schlau. »Und da habt Ihr Euch immer mit ihr an dem Ort getroffen, den Leute aus der Hamburger Kaufmannschaft meiden wie die Pest. Der Tod Eures Vaters kam dann ja wohl zur rechten Zeit. Jetzt könnt Ihr doch aufatmen.«

»Ja«, sagte Hinnerk der Jüngere und schob trotzig die Unterlippe vor, »der Tod vom Alten kam rechtzeitig, und ich kann aufatmen. Ich will gar nichts anderes behaupten. Es wäre müßig, anderen vorzuheucheln, ich sei traurig darüber. Sein plötzliches Ableben hat mir gut gepaßt.«

Bestimmt, dachte Engelke. Er ist auch schlau, so schlau wie seine Geliebte. Niemand würde ihm glauben, wenn er den trauernden Sohn spielen würde. Also gibt er einfach zu, daß er den Alten nicht vermißt. »Heddas Tod war aber auch nützlich«, fuhr sie fort, »doch um sie könntet Ihr schon ein bißchen trauern. Eure Schwester war die Sanftmut in Person und ist immer nur gut zu Euch gewesen, Hinnerk!«

Er räusperte sich hart. »Trauern?« fragte er verständnislos. »Hedda hat so ziemlich das Schlimmste getan, was ein Mensch nur tun kann, um seine Familie in Mißkredit zu bringen. Gut – als sie noch lebte, war sie ein Engel. Aber jetzt schmort sie in der Hölle, da bin ich ganz sicher. Und alle Welt weiß, daß sie eine Selbstmörderin ist, auch wenn ich dem Pfarrer von Sankt Petri was anderes erzählt habe.«

»Ihr empfindet also nichts als Abscheu vor Hedda?«

Hinnerk der Jüngere senkte den Blick. »Ja«, sagte er mit belegter Stimme, »Abscheu zumindest vor dem, was sie getan hat. Und ich kann es nicht verstehen. Zumal sie doch einen Bräutigam hätte haben können, der nun wirklich was hermacht und in der Kaufmannschaft auch eine angemessene Stellung einnimmt! Berend Jansen ist darüber hinaus noch ein echter Freund. Hedda hätte das nicht tun dürfen!«

Erstaunlich, dachte Engelke, wie er die richtigen Töne zu treffen weiß! Er heuchelt Zorn über Heddas Freitod und tut so, als ginge ihm Berend Jansens Verzweiflung nahe. Wunderbar, wie dieser kleine, graue, unbedeutende Mensch eine so großartige Vorstellung bieten kann – und widerwärtig zugleich. »Berend Jansen tut Euch also leid?« fragte sie.

»Euch nicht?« konterte er mit einer Gegenfrage. »Und seid Ihr nicht von Heddas Tat abgestoßen – wo Ihr doch so lange gut Freund mit meiner Schwester gewesen seid?«

»Ich glaube nicht, daß Hedda selbst den Tod gewählt hat«, sagte Engelke. »Das wißt Ihr doch.«

»Ihr meint immer noch, sie sei ermordet worden, zusammen mit meinem Vater.« Er räusperte sich noch einmal. »Aber das ist Unsinn. Ihr, Engelke, seid die einzige, der so etwas überhaupt in den Sinn gekommen ist. Holm sagte, sie habe sich ertränkt. Eindeutig. Kellinghusen ist der gleichen Meinung. Nicht mal der Pfarrer von Sankt Petri hätte mir einen Mord an Hedda abgenommen. Und die Pfaffen waren nämlich in Heddas Fall bereit, alles zu glauben.«

Ekelhaft, dachte Engelke, wie er alles so hindreht, daß es paßt. »Hinnerk –«, wechselte sie die Richtung, »diese Nana – seit wann kennt Ihr die eigentlich?«

»Schon seit zwei Jahren«, murmelte Hinnerk der Jüngere.

»Und wie seid Ihr an sie gekommen? Ich meine, wenn sie in diesem Badehaus arbeitet –«

»Sie arbeitet nicht in diesem Badehaus«, entrüstete sich Hinnerk der Jüngere. Ihm schwoll eine Ader an der Schläfe. »Ich verbitte mir solche Bemerkungen, Engelke! Marianna ist Magd in der Mühle – und ehrbar, wie ich schon sagte!«

»Ja, das hattet Ihr gesagt.« Engelke legte einen besänftigenden Ton in ihre Stimme. »Aber sie scheint den Bader gut zu kennen. Sie spricht ihn mit dem Vornamen an.«

Hinnerk der Jüngere ballte noch einmal die Fäuste. »Woher wißt Ihr das?«

»Ich habe meine Quellen«, wiederholte Engelke ruhig.

»Engelke«, er verlegte sich aufs Bitten, »natürlich kennt sie den Mann. Sie geht ja mehrmals in der Woche dorthin, um mich zu treffen! Verratet um Gottes willen nichts von alledem! Was soll denn werden, wenn diese Geschichte zur Unzeit herauskommt?«

»Welche Geschichte?« Engelke nutzte seine Unsicherheit und stocherte noch einmal nach. »Daß Ihr mit einer gewissen Nana Umgang pflegt, die wiederum den Bader eines übelbeleumdeten Hauses gut kennt – und vielleicht auch weiß, wie man mit Belladonna umgeht?«

»Belladonna? Was ist das?« Er machte runde Augen.

»Das Gift, durch das Euer Vater umgekommen ist«, erinnerte Engelke ihn kalt. »Nana hat es Euch besorgt. Und Ihr habt es ihm zu nächtlicher Stunde, als er schlief, in den Wein geschüttet. War es nicht so?«

Hinnerk der Jüngere wurde weiß wie die Wand. »Was sagt Ihr denn da?« flüsterte er entgeistert. »Ich soll ...«

»War es nicht so?«

Der junge Harms ließ die Tischplatte los, an der er sich bis jetzt festgehalten hatte, und setzte sich auf den Stuhl vor seinem Schreibpult. »Wenn ich meinen Vater hätte umbringen wollen«, hauchte er, »dann hätte ich sicher nicht zu Gift gegriffen. Und daß Marianna mir geholfen haben soll – das ist ... das ist ...«

»War es nicht so?« wiederholte Engelke noch ein letztes Mal.

Hinnerk der Jüngere schüttelte langsam den Kopf. »Nein«, wisperte er, »es war nicht so. Ich habe mit dem Mord an meinem Vater nichts zu schaffen ...«

Engelke betrachtete ihn nachdenklich. Wirklich ein bewundernswerter Schauspieler, dachte sie. Wie er sich jetzt benimmt, erscheint das, was er behauptet, äußerst glaubwürdig. Wenn er diesen Eindruck auch bei dem Gespräch mit Kellinghusen erwecken konnte, dann muß er dem Gerichtsherrn absolut unschuldig vorgekommen sein. »Wo wart Ihr in der Nacht, bevor Euer Vater starb?« fragte sie ihn geradeheraus.

Hinnerk der Jüngere senkte den Kopf und starrte vor sich hin. »Bei Marianna«, sagte er tonlos. »Wir haben Pläne geschmiedet – überlegt, was wir tun könnten, um uns aus der mißlichen Lage, in der wir uns befinden, zu befreien.«

»Nun – es hat sich ja eine Lösung ergeben«, konterte Engelke, abgestoßen von seiner Vorstellung.

»Wenn das so wäre«, murmelte Hinnerk der Jüngere sehnsüchtig, »wenn das nur so wäre! Wir hatten nicht bedacht, daß mein Vater nur eins der Hindernisse ist. Wir hatten –«

»Ach! Welche Hindernisse zeigen sich denn noch?« Engelke lächelte dünn. Er hatte sich verplappert. Er war schuldig. »Was könnte denn Eurem Glück und einem Leben im Wohlstand jetzt noch entgegenstehen – nachdem Euer Vater tot ist?«

Hinnerk der Jüngere hob den Kopf. »Sicher«, sagte er langsam, »die größte Hürde ist mit meinem Vater weggefallen. Aber –«

»Was – aber?«

»Das Geschäft.« Er legte die Hand über die Augen und kniff sich mit Daumen und Zeigefinger in die Nasenwurzel. »So golden sieht es nicht aus in den Kassen des Hauses Harms – auch wenn Hedda nicht mehr ausbezahlt werden muß. Und dann die Kaufmannschaft. Wie würde sie es wohl aufnehmen, wenn ich eine Frau von Mariannas Stand zum Altar führe ...«

»Nicht gut«, sagte Engelke trocken. Der junge Harms bestätigte ihr noch einmal den Eindruck, den sie von Anfang an gehabt hatte. Er hat es getan, dachte sie. Er hat eben selbst zugegeben, daß er mit seiner Geliebten Pläne geschmiedet hat für die Zeit nach dem Tod des Alten. Er hatte gedacht, es sei damit getan, Hinnerk den Älteren aus dem Weg zu räumen. Nun geht ihm auf, daß einige Hindernisse übersehen worden waren, die einer Heirat mit dieser Marianna zusätzlich dazu noch entgegenstehen. Über kurz oder lang wird er den Mord an seinem Vater eingestehen müssen – wie auch den Mord an seiner Schwester Hedda. Denn wenn er weiter so ungeschickt daherredet, ist es nur eine Frage der Zeit, bis man ihm beide Morde nachweisen kann.

»Hinnerk«, fragte sie und sah ihn scharf an, »wo ist Marianna zu finden, wenn sie nicht gerade in diesem berüchtigten Badehaus auf Euch wartet?«

»Ich sagte es doch schon«, murmelte der junge Harms,

»sie ist Magd in der Mühle. Beim Reesendamm. Warum wollt Ihr das wissen?«

»Ich würde gern mal ein Wort mit ihr reden.«

»Warum?«

»Nun – um festzustellen, was für ein Mensch sie ist.« Engelke suchte ihre Antwort so unverfänglich wie möglich zu formulieren.

»Sie ist ...«, er schluckte und wischte sich über die Augen, »sie ist das süßeste Mädchen auf der ganzen weiten Welt. Ihr werdet nichts an ihr finden, was unfein oder gar pöbelhaft wäre. Marianna würde sich sofort in meine Kreise eingewöhnen – wenn sie nur die Möglichkeit bekäme. Ich weiß genau – sie wäre eine Zierde für mein Haus ...«

Vor allem ist sie schlau, dachte Engelke. Und schauspielern wird sie auch können genauso gut wie du, Meuchelmörder. Sie wird dir bestens zur Hand gegangen sein. Aber vielleicht läßt sie sich einschüchtern, weil sie aus der Unterschicht kommt, und zu unüberlegten Antworten provozieren. Deswegen muß ich unbedingt mit ihr reden und zwar unter Zeugen. »Ich werde es ja selbst sehen«, sagte sie zu dem jungen Harms. »Wenn Eure Erklärungen Ähnlichkeit mit der Wahrheit haben, kann ich möglicherweise etwas dafür tun, daß Ihr das bekommt, was Euch zusteht.«

Hinnerk der Jüngere strahlte auf. Sein kreideweißes Gesicht gewann Farbe. »Meint Ihr?« fragte er, plötzlich aufgeregt. »Oh – wenn Ihr uns helfen könntet, Nana und mir ... Engelke, ich wäre Euch zu ewigem Dank verpflichtet!«

Gott, was für ein begnadeter Komödiant, dachte Engelke noch einmal. Er hat gemerkt, daß ich ihm gefährlich werden kann, und zieht nun alle Register. Sollte diese Nana ebenso begabt sein wie er, dann wird es sehr schwierig werden, das Verbrecherpärchen zu überführen. »Dankt mir nicht«, sagte sie knapp, »dazu besteht erst einmal überhaupt keine Veranlassung.«

»Aber Ihr macht mir Hoffnung, wo ich keine mehr gesehen habe«, sagte Hinnerk der Jüngere. »Schon dafür gebührt Euch Dank!«

Er stand auf und ergriff überschwenglich Engelkes Hände. Seine Lippen teilten sich in einem schüchternen Lächeln, das die Schneidezähne sehen ließ. Er sah in diesem Augenblick tatsächlich wie ein Kaninchen aus – ein kleines, graues Kaninchen, das in einer bedrohlichen Situation doch noch einen Ausweg gefunden hat. Häschen hatte diese Nana ihn genannt. Sie hatte so unrecht nicht.

Engelke machte sich von ihm los. Vielleicht war Nana die treibende Kraft hinter den heimtückischen Morden gewesen. Irgendwie traute sie Hinnerk dem Jüngeren auf einmal nicht mehr zu, die Taten allein begangen zu haben, auch wenn sich in den vielen Jahren, die er unter seinem tyrannischen Vater gelitten hatte, ganz sicher eine Menge Haß angesammelt haben mußte.

»Laßt das, Hinnerk«, sagte sie und entzog ihm ihre Hände. »Es gibt nicht den geringsten Grund dafür.«

»Verzeiht«, entschuldigte sich der junge Harms, »Ihr habt mich nur für einen Moment so glücklich gemacht. Da sind meine aufgewühlten Gefühle mit mir durchgegangen. Es tut mir leid.«

Engelke wandte sich zur Tür. »Was meint Ihr«, fragte sie im Hinausgehen, »wird Mariannas Dienstherr sie für eine halbe Stunde freigeben?«

»Oh, sicher!« Er zeigte noch einmal sein Hasengesicht. »Marianna kann den Müller um den Finger wickeln. Sie ist zauberhaft.«

Dich hat sie jedenfalls so umgarnt, daß du nicht mehr klar denken kannst, dachte Engelke. Nun – wenn sie die Hauptschuldige ist und sich in ein warmes, gemachtes Nest setzen wollte, nachdem sie deinen Vater und deine Schwester aus dem Weg geräumt hatte, dann wird ihr das noch übel aufstoßen. Dafür sorge ich. Du kannst dich darauf verlassen, Hinnerk Harms. »Ich glaube Euch schon fast jedes Wort«, verabschiedete sie sich, »aber dennoch möchte ich mich gern selbst überzeugen. Ich sehe Euch später vielleicht noch einmal, Hinnerk.«

Er lächelte sein Kaninchenlächeln. Engelke mußte es erwidern, ob sie wollte oder nicht. Es war einfach ansteckend komisch. Doch dann, während sie die Treppe hinunterstieg, wurde sie wieder ernst. Mörderischer kleiner Hase, dachte sie, ich kriege dich – dich und die Hexe, die dich verzaubert hat und mit dir unter einer Decke steckt!

14

Teetje hatte geduldig in der Diele gewartet. Er reckte sich, als er Engelke die Treppe herunterkommen sah, und machte ein fragendes Gesicht. Engelke nickte der Altmagd zu, die noch immer mit dem Durchzählen der Wäsche beschäftigt war, und winkte dann dem Jungen.

»Und jetzt?« fragte Teetje, als sie das Haus verlassen hatten und wieder auf der Reichenstraße standen.

Engelke zog den Mantel enger um den Hals zusammen. »Wir statten Nana einen Besuch ab«, sagte sie kurz.

»Ja – wißt Ihr denn, wo sie zu finden ist?« Teetje staunte. »Ich kann es Euch nämlich nicht sagen.«

»Hinnerk der Jüngere hat's mir verraten«, sagte Engelke.

»Und wie habt Ihr das geschafft?« Die Augen des Jungen wurden immer größer.

»Hab' ihn einfach gefragt«, kam ihre knappe Antwort, während sie den Weg zur Schreiberbrücke einschlug. Teetje folgte wie ein kleiner Hund.

Auf der Brücke, wo die Schreiber ihre Stände hatten, war Hochbetrieb – wie immer um diese Tageszeit. Die Kunden, die die Pulte umlagerten, kamen aus allen Schichten; gutbetuchte Bürger, erkennbar an ihren schönen, farbigen Mänteln, den meisterhaft geschneiderten engen Hosen und den aufwendigen Hüten mit Behang, fanden sich ebenso wie einfache Handwerker in ungefärbter grauer oder brauner Wolle und Bauern in derbem Selbstgesponnenem. Hier konnten sich Leute, die des Schreibens unkundig waren, Schriften aller Art aufsetzen lassen. Bei den Kalligraphen, den Schönschreibern, konnte man Urkunden und offizielle Schriftsätze in Auftrag geben – was hauptsächlich die besseren Leute taten.

Engelke liebte es, an den Ständen vorbeizugehen. Sie kannte die meisten der Schreiber. Doch heute trieb sie eine innere Unruhe vorwärts. Kaum daß sie alle Grüße erwiderte, die ihr zugerufen wurden.

Bis zur Mühle war es nur ein kurzer Fußweg. Das Gehöft, ein breites Gebäude mit ausladendem Dach, wirkte behäbig und gedrungen, wie es so am Wasser lag. Schon von weitem war das rhythmische, rasselnde, stampfende Geräusch des Wasserrades zu hören. Der Müller kam gerade mit einem Sack Getreide um die Ecke, als Engelke mit Teetje anlangte.

Engelke grüßte – freundlich, wie sie dachte. Der Müller schob sich die weißbestaubte Filzkappe aus der Stirn und zog ein finsteres Gesicht. »Dag ook«, knurrte er. »Wat gifft dat?«

Engelke spürte, wie Ärger in ihr hochkroch. »Nix gifft dat«, antwortete sie barsch und musterte den vierschrötigen, knollennasigen Kerl von seinen mehlweißen Zottelhaaren bis zu den Füßen, die in Holzschuhen steckten. »Ich hab' was mit Eurer Magd zu bereden. Schickt sie mal zu mir raus, wenn ich bitten darf!«

Die Stirn des Müllers legte sich in Zornesfalten. Er schien äußerst schlecht gelaunt. »Mit meiner Magd?« gab er zurück. »Wollt Ihr mir die Deern abwerben?«

»Was, abwerben!« Engelke merkte, wie sie die Geduld verlor, und verstand selbst nicht so recht, warum. »Warum sollte ich die wohl abwerben? Hab' selber genug Leute.«

»Was könntet Ihr denn dann mit der Deern zu reden haben?«

»Das geht Euch überhaupt nichts an!«

»Die Deern hat zu arbeiten.« Das war eine deutliche Absage. Das Gesicht des Müllers war zornrot geworden.

Engelke kochte jetzt auch über. »Was ich mit ihr zu besprechen habe, dauert nur 'n Moment«, donnerte sie los. »Ihr seid mir 'n schöner Dienstherr, der seinem Gesinde nicht mal Gelegenheit läßt, Atem zu schöpfen!«

»Dazu kriegt sie schon genug Zeit«, bellte der Müller zurück. »Aber ich laß sie nich' den ganzen Tag verklönschnacken!«

»Nun ist es aber genug«, sagte Engelke und zwang sich zur Ruhe. »Ruft mir sofort die Marianna her und stehlt mir nicht meine Zeit. Ihr wißt wohl nicht, wen Ihr vor Euch habt?«

»Und wer sollte das denn wohl sein?« grollte der Müller, während er den schweren Sack auf dem Boden absetzte. »Wer könnte denn wohl so wichtig sein, daß er mir befehlen dürfte?«

»Engelke Geerts«, sagte Engelke wütend. »Ihr liefert doch Gerstenschrot an mein Brauhaus – oder irre ich mich da?«

Diese letzte Bemerkung bewirkte ein Wunder. Der Müller wurde zahm und sanft. »Ja«, sagte er verlegen, »das tu' ich. Und hoffe es auch weiter tun zu dürfen ... wenn's beliebt ...«

»Wollt Ihr jetzt Eure Magd kurz kommen lassen?« fragte Engelke noch einmal.

»Tut mir leid, daß ich so grob war«, entschuldigte sich der Müller und machte einen ungeschickten Kratzfuß. »Ich wußte ja wirklich nicht, mit wem ich es zu tun habe ...«

»Nun wißt Ihr's. Wo finde ich Marianna?«

»Ich hol sie sofort.« Der Müller ließ den Sack stehen und lief eilig ins Haus. Augenblicke später erschien die Magd, mit nassen Armen und hochgeschürztem Rock.

»Ja?« sagte sie verwundert und schüchtern. »Da bün ik. Wat steiht to Deensten?«

Engelke sagte erst einmal nichts. Sie ließ sich Zeit, das Mädchen ausgiebig zu betrachten. Teetje hatte recht gehabt. Nana war sogar außerordentlich hübsch. In einem ebenmäßigen jungen Gesicht standen zwei Augen, wie sie blauer nicht hätten sein können. Die Nase war zierlich und hatte einen kecken Schwung nach aufwärts. Der Mund wirkte kindlich rund. Die Wangen wiesen Grübchen auf. Und das Haar – dieses Haar! Es hatte eine unglaubliche Farbe. Kupfriges Gold – oder goldenes Kupfer, durchzogen von feurigem Rot –, damit war es nur sehr unvollkommen beschrieben. Es umrahmte Nanas rosiges Antlitz in reizenden kleinen, eng gekringelten Löckchen.

»Redet mit ihr, so lange Ihr wollt«, sagte der Müller, der hinter Nana aus dem Haus gekommen war, »und nix für ungut!« Er packte sich den Sack wieder auf. »Wenn Ihr sonst noch Wünsche habt – Ihr müßt es nur sagen …« Damit schob er ab, noch einmal einen unsicheren Blick auf Engelke werfend, die sich nicht geäußert hatte.

»Was wünscht Ihr denn?« wandte sich Nana schüchtern an die unerwartete Besucherin.

Engelke lächelte sie schmallippig an. »Wir könnten ein Stückchen am Mühlendamm entlanggehen«, schlug sie vor. »Ich möchte mit dir über … einen gewissen Herrn aus der Reichenstraße sprechen.«

Das Mädchen wurde deutlich blasser. Dann errötete es bis in die Haarwurzeln. »Einen gewissen Herrn …?« fragte es nach. »Ich verstehe nicht, was Ihr meint. Ich kenne ja keine Herren – schon gar nicht aus der Reichenstraße …«

»Es hat keinen Zweck, alles abzustreiten«, sagte Engelke nüchtern. »Ich weiß Bescheid. Hinnerk Harms der Jüngere hat es mir persönlich gestanden. Also mach keine langen Umstände.« Sie winkte der jungen Frau mitzukommen und gab auch Teetje einen Wink. »Ich will wissen, wie es zu dieser … dieser Buhlschaft gekommen ist.«

Nana wischte sich die Hände an der groben grauen Leinenschürze ab. »Mit Verlaub«, sagte sie und senkte den Blick, »eine Buhlschaft, wie Ihr es nennt … so eine unredliche Liebelei … die ist es nicht. Vielmehr –«

»Gehen wir ein paar Schritte«, unterbrach Engelke ungeduldig, »du kannst mir das unterwegs erzählen, wo nicht so viele Ohren mithören.«

»Viele Ohren?« Nana sah sich um. »Ich sehe niemanden.«

»Komm.«

»Es gibt sowieso keinen, der es nicht hören dürfte.«

»Komm endlich!« Engelke ging voraus. Die junge Magd folgte widerstrebend. Teetje bildete die Nachhut.

Als sie sich ein Stück weit von der Mühle entfernt hatten, begann Engelke ihr Verhör. »Wie hast du Hinnerk den Jüngeren kennengelernt?«

Nana, noch immer rot bis an den Haaransatz, richtete ihre himmelblauen Augen auf Engelke. »Das war vor ein paar Jahren«, murmelte sie, »beim Einkaufen auf dem Fischmarkt. Er hat mich angerempelt und all die Sachen, die ich im Korb hatte, fielen in den Matsch. Er war so gut, sie mir zu bezahlen – ich hätte sonst von meinem Dienstherrn Prügel bekommen. Ist das so eine Sünde?«

»Und seitdem triffst du dich heimlich mit ihm?«

»Wer sagt das?«

Engelke musterte Nana noch einmal. »Ich hatte doch bereits bemerkt, daß Hinnerk der Jüngere schon alles zugegeben hat«, sagte sie unwillig. »Such nicht dauernd Ausflüchte. Das hat keinen Sinn.«

»Ich treffe mich manchmal mit ihm im Badehaus an der Alster«, murmelte die Junge Magd eigensinnig. »Ich kann nicht verstehen, warum er alles verraten hat. Er hatte mir geschworen, er würde mich niemals bloßstellen.«

»Ach – du fühlst dich bloßgestellt?« Engelke stieß ein spöttisches Lachen aus. »Wie hattest du dir denn die Zukunft mit Hinnerk Harms dem Jüngeren gedacht?« provozierte sie die Magd. »So eine unstandesgemäße Geschichte muß ja früher oder später herauskommen – es sei denn, Hinnerk wird vernünftig und läßt dich fallen. Was sinnvoll wäre.«

Nana sah Engelke entgeistert und verstört an. »Er würde mich nie fallenlassen, wie Ihr es ausdrückt«, stammelte sie, »er ist grundanständig! Er würde nie –«

»So anständig wie du?« warf Engelke dazwischen.

»Was wollt Ihr damit sagen?« Nanas Augen schwammen in Tränen. »Warum beleidigt Ihr mich denn fortwährend?«

»Nun – eine Frau, die in einem übelbeleumdeten Badehaus ganze Nächte verbringt, kann nicht sonderlich anständig sein«, gab Engelke zurück. »Ich habe gehört, du gehst sehr vertraulich mit dem Bader dieses Hauses um. Er nennt dich beim Vornamen.«

»Er kommt aus der Nachbarschaft«, sagte Nana tonlos. »Ich kenne ihn schon seit meiner Kinderzeit. Gut – er ist vielleicht nicht der beste Umgang ...«

»In seinem Haus verkehren Huren«, fuhr Engelke fort. »Ich gehe davon aus, daß du auch zu denen gehörst. Oder ist es nicht so?«

»Ich bin ein unbescholtetes Mädchen«, sagte Nana und faßte sich ganz plötzlich. »Ich lasse mich nicht Hure nennen – auch nicht von einer Frau aus der guten Gesellschaft. Niemand hat ein Recht dazu!«

»Wie auch immer.« Engelke bemerkte, daß sie die junge Magd zum Äußersten gereizt hatte, und lenkte ein wenig ein. »Jedenfalls hast du dich bestimmt nicht ohne Hintergedanken an Hinnerk Harms herangemacht. Du hast ihn in eine Buhlschaft verstrickt und wolltest an sein Geld. Und dazu war dir jedes Mittel recht. Ich glaube, du würdest vor nichts zurückschrecken, um Hinnerks Vermögen in die Finger zu kriegen. Stimmt's?«

»Aber ...« Nana rang von neuem um ihre Fassung. »Wie könnt Ihr –«

»Die beiden anderen Familienmitglieder mußten natürlich weg«, fuhr Engelke unbarmherzig fort, »Hedda hatte Anrecht auf eine Mitgift, also mußte sie weg, genau wie der alte Harms. Der stand dir als größtes Hindernis im Wege. Der versperrte den Weg zu den Geldkästen. Also wurde er aus dem Weg geräumt.«

»Wie könnt Ihr –«, setzte das Mädchen noch einmal an.

»Ach, tu doch nicht so ehrbar«, bohrte Engelke weiter, »es war leicht, Hinnerk den Jüngeren einzuwickeln. Und da bist du von ganz allein darauf gekommen, noch einen Schritt weiter zu gehen. Zumal der junge Harms seinem Vater nicht eben nahegestanden hat. Du hast dir gedacht, es kann so schwer nicht sein. Und dann war es ja auch ganz leicht – oder?«

Nana blieb stehen und starrte Engelke mit wilden Augen an.

»Wir haben uns ineinander verliebt, Hinnerk und ich«, sagte sie laut und unbeherrscht. »Ist es verboten, sich von Herzen zu lieben?« Sie unterdrückte einen Schluchzer. »Ja, wir wollten zusammensein«, fuhr sie leiser fort, »wir hatten Pläne. Hinnerk wollte in eine andere Stadt übersiedeln und mich mitnehmen – als seine Frau! Solange der Alte lebte, war das unmöglich. Der Alte hätte Hinnerk nie und nimmer ziehen lassen. Aber daß wir ... daß Hinnerk oder ich jemals daran gedacht hätten –«

»Bei deinem Freund, dem Bader, bist du sicher ohne Schwierigkeiten an Belladonna gekommen«, setzte Engelke ihre Provokation fort, ohne Nanas leidenschaftlichen Ausbruch zu beachten. »Für deinen Liebhaber dürfte es ein leichtes gewesen sein, sich bei Nacht ins Haus zu schleichen und dem Alten das Gift in den Wein zu schütten. Es war auch ganz bestimmt eine Kleinigkeit, Hedda ins Fleet zu stoßen und ihren Kopf unter Wasser zu drücken, bis sie ertrunken war. Leugne nicht. Mir fehlen nur noch wenige kleine Hinweise, um dir und deinem Buhlen die beiden Mordtaten nachzuweisen. Besser wäre es, wenn du gleich gestehst. Bei Meister Rosenfeld wirst du ohnehin bekennen müssen, daß du's warst – du und Hinnerk der Jüngere!«

Nana starrte Engelke immer noch mit geweiteten Augen an. Für den Augenblick verschlugen ihr Engelkes schreckliche Anschuldigungen die Sprache. Erst nach mehreren Atemzügen war sie in der Lage zu antworten. Sie holte tief Luft. »Hinnerk hat mir natürlich erzählt«, sagte sie mit zitternden Lippen, »daß sein Vater mit diesem Zeug vergiftet wurde, das sich manche Frauen in die Augen träufeln. Doch ich wußte vorher überhaupt nicht, daß es dieses Zeug gibt. Und ich habe noch nie welches gesehen. Das ist die reine Wahrheit.«

»Wenn der Gerichtsherr bei deinem Freund, dem Bader, nachfragt«, spottete Engelke, »ob der dann wohl das gleiche sagt? Oder wird er vielmehr bestätigen, was ich glaube – nämlich daß du im Umgang mit Belladonna recht geübt bist?«

Nana schossen die Tränen in die Augen. »Der Bader ist nicht mein Freund«, versuchte sie Engelkes Hieben auszuweichen.

»Ach?« Engelke lächelte kalt. »Für mich bist du eine sehr geschickte Lügnerin!«

»Warum glaubt Ihr mir nicht«, fragte Nana tief bestürzt, »und warum unterstellt Ihr mir und Hinnerk so schreckliche Dinge? Ich kenne Euch ja überhaupt nicht – ich weiß nicht einmal Euren Namen. Und dennoch beschuldigt Ihr –«

»Ich bin Engelke Geerts, die Ehefrau von Dierk Okkena«, unterbrach Engelke sie mit steifen Lippen. »Meine beste, liebste Freundin hieß Hedda Harms. Weißt du nun, wen du vor dir hast?«

Nana nickte verstört. »Aber ich verstehe noch immer nicht, wie Ihr –«

»Ich habe mir vorgenommen, Heddas Mörder vor Gericht und an den Galgen zu bringen«, sagte Engelke kalt. »Und ich werde nicht ruhen, bis mir das gelungen ist. Woher hattest du das Gift? Eine große Menge war nötig, um Hinnerk den Älteren umzubringen. Nenn mir die Quelle, aus der du geschöpft hast.«

»Ich habe nichts getan«, flüsterte Nana mit bebender Stimme. »Meine einzige Sünde war es, mir zu wünschen, daß der Alte bald stirbt!«

»Nachdem Hinnerk der Jüngere das Gift also von dir bekommen und es heimlich seinem Vater in den Wein gemischt hatte, ist er die Böschung an der Rolandsbrükke hinuntergekletterte«, sagte Engelke. »Er hat dort gewartet, bis Hedda vorbeikam – er muß gewußt haben, daß sie auf dem Weg war –, und dann hat er sie gepackt und ins Wasser gestoßen. Immer wieder, immer wieder. Bis sie ertrunken war.«

Nana rang deutlich nach Luft. »Ihr seid ein Ungeheuer«, stieß sie hervor. »Ihr seid kein Mensch, sondern ein Teufel!« Sie wich vor Engelke zurück. »Was Ihr Euch da alles ausgedacht habt – das ist furchtbar, grauenhaft, widerwärtig! Niemals könnte Hinnerk –«

»Aber so muß es gewesen sein«, schnitt Engelke ihr die Rede ab, »so oder so ähnlich. Und wie ihr euch auch windet und eure Bluttaten zu verschleiern sucht – ich kriege euch. Das bin ich Hedda schuldig.«

Nana schlug die Hände vor den Mund. Ihr Gesicht war eine bleiche Maske des Entsetzens. »Ich gehe jetzt«, schluchzte sie, vom Schrecken geschüttelt, »und ich hoffe, ich sehe Euch nie wieder!«

»Dieser Wunsch wird ganz sicher nicht in Erfüllung gehen«, erwiderte Engelke verächtlich und sah mit zornigen Blicken der Magd nach, die kopflos über den Mühlendamm davonlief. Nanas Haarpracht, die sich aus dem Band gelöst hatte, flatterte hinter ihr her wie eine leuchtende Flamme.

»Die ist richtig aufgeregt«, sagte Teetje.

»Dazu hat sie auch allen Grund«, gab Engelke zurück, »sie kann davon ausgehen, daß ich sie festnagele.«

»Wenn sie's nun aber doch nicht war?« wandte Teetje nachdenklich ein.

»Sie war's – glaub mir.« Engelke sprach zwar die Worte aus, aber sie mußte unwillkürlich an Dierks Bemerkung denken. ›Du willst, daß Hedda durch Mord ums Leben gekommen ist, deshalb suchst du so verzweifelt einen Mörder.‹ »Ich weiß, was wir jetzt unternehmen«, fügte sie hinzu. »Wir fragen bei den Apothekern der Stadt nach.«

»Und warum?« fragte Teetje verständnislos.

»Belladonna gibt es nicht nur beim Bader, sondern auch beim Apotheker«, erklärte Engelke, »ich denke mir, die Mörderin brauchte mehrere Lieferanten, um genug von dem Gift zusammenzubekommen.«

»Aber es gibt nur zwei Apotheker, soweit ich weiß.«

»Drei. Und die in den Klöstern. Vergiß die nicht.«

Teetje nickte. »Aber die werden wohl kaum Gifte an irgendwelche Leute verkaufen, die einfach so vorbeikommen«, sagte er und drückte damit aus, was Engelke auch eingefallen war.

»Wir werden ja sehen«, sagte sie und ging los. Teetje heftete sich gehorsam an ihre Seite.

Im Kloster Sankt Johannis gab es keine wirkliche Apotheke. Der Bruder, der für die Heilmittel verantwortlich war, lächelte auf Engelkes Anfrage. »Nein«, sagte er, »wie kommt Ihr darauf? Es ist so, daß wir Arzneien nur mischen, wenn Bedarf besteht. Sicher – wir halten einen kleinen Vorrat an Kräutern, aber starke Mittel wie die Tinktur aus Atropa belladonna … nein«, er schüttelte den Kopf, »so etwas würden wir nur besorgen, wenn der Medikus –«

»Schon gut«, unterbrach ihn Engelke, »es war nur eine Frage. Seid bedankt für Eure Auskunft.«

Bei den Nonnen im Magdalenenkloster klang das, was Engelke zu hören bekam, ähnlich. Die Schwester an der Pforte war recht abweisend. »Das ist mir ja noch nie vorgekommen«, sagte sie kühl, »daß Damen aus der Stadt hoffen, dieses Zeug bei uns zu bekommen! Wir haben Medizin in unserer Krankenstube und keine Schönheitsmittel! Sollte jemals eine der Schwestern Belladonna brauchen, weil sie eine Krankheit hat, die das verlangt, dann beschaffen wir es uns. Aber nur so viel, wie benötigt wird.«

»Danke«, sagte Engelke enttäuscht.

»Gehabt Euch wohl und Gott befohlen«, verabschiedete sie die Schwester.

»Das hat uns nun nicht viel weitergebracht«, meinte Teetje.

»Es gibt noch andere Möglichkeiten«, sagte Engelke leicht verärgert. »Wir werden denjenigen schon finden, bei dem die rothaarige Hexe das Zeug gekauft hat.«

»Bleibt noch der Ap'theker auf der Neuen Burg«, sagte Teetje hoffnungsvoll, um Engelke nicht noch mehr zu reizen. »Und dann weiß ich einen auf der Steinstraße. Die Blagen Süstern haben sicher auch 'ne Ap'theke, genau wie die im Heilig-Geist-Haus. All die könnten wir jetzt aufsuchen ...«

»Und das werden wir«, erwiderte Engelke störrisch. »Irgendwo kriegen wir die Auskunft, die wir brauchen – du wirst schon sehen.«

Im Heilig-Geist-Spital gab es alles, nur keine Belladonna-Tinktur. »Wozu bräuchten wir denn so was?« wunderte sich die dicke, freundlich lächelnde Pflegerin, die Engelkes Fragen beantwortete. »Erstens sind wir froh, wenn überhaupt genügend Medizin vorhanden ist, und verkaufen deshalb auf keinen Fall an die Leute außerhalb des Hauses. Zweitens – die armen Siechen, die wir hier versorgen, kriegen nur das Nötigste, und das sind meist Verbände für Geschwüre. Und drittens – warum wollt Ihr all das überhaupt wissen.«

»Ach«, wich Engelke aus, »es hat keinen besonderen Grund. Ich frage einfach aus Neugier.«

»Ihr Reichen«, sagte die Pflegerin verständnislos und ließ ihre Blicke über Engelkes weich glänzenden, teuren Tuchmantel wandern, »habt Ihr denn nichts Sinnvolleres zu tun? Es wäre zum Beispiel ein gutes Werk, mehr für die Armen in diesen Mauern zu spenden. Neugier ist hier fehl am Platz. Was wir brauchen, ist vielmehr –«

»Ich weiß«, sagte Engelke schnell. Sie zückte ihre Börse und legte der Pflegerin drei Witten in die Hand, bevor die gute Seele sich über die Hartherzigkeit der Wohlhabenden auslassen konnte.

Die Apotheke auf der Neuen Burg war ein Keller, dessen tiefe Dämmerung nur von dem bißchen Licht aus einem winzigen, schlitzförmigen Fensterchen hoch in der Wand durchbrochen wurde. Der gewölbte Raum war mit dekkenhohen Regalen ausgestattet und hatte eine Feuerstelle, auf dessen gemauertem Rand sonderbare Gerätschaften, Kessel und Tiegel standen. Es roch durchdringend nach Substanzen, die Engelke nicht identifizieren konnte. Überall lagen und hingen Kräuterbündel. Tonflaschen mit allerlei Essenzen waren säuberlich geordnet auf dem Regal neben der Eingangstür aufgestellt.

Der Herrscher in diesem geheimnisvollen Reich war ein uraltes, runzliges Männlein, das mit seiner verkrümmten Gestalt Piet, dem Kleiderhändler, ähnelte. Doch da hörte die Ähnlichkeit auch schon auf. »Wer kommt mich wieder plagen?« Das war die Begrüßung, die Engelke und Teetje zu hören bekamen.

Engelke setzte trotz ihrer inneren Anspannung ihr schönstes Lächeln auf. »Plagen möchte ich Euch keineswegs, Meister«, sagte sie, »ich möchte Euch nur etwas fragen.«

Der Alte warf mit einer dürren Hand sein schütteres weißes Haar zurück, das ihm über die Schultern fiel. »Fragen?« gab er mürrisch zurück. »Als ob ich den ganzen Tag nichts anderes zu tun hätte, als dumme Fragen zu beantworten. Sagt es doch gleich – Ihr wollt einen Liebestrank oder irgend so einen Schwachsinn. Aber damit kann ich Euch als Mann der Wissenschaft nicht dienen. Ich bitte doch sehr.«

Engelke entschied sich für den Angriff. »Habt Ihr Belladonna zu verkaufen?« fragte sie geradeheraus.

Der Alte legte den Kopf schief und beäugte Engelke forschend. »Belladonna?« fragte er nach. »Für den eigenen Gebrauch – oder zu medizinischen Zwecken?«

»Ganz gleich«, sagte Engelke. »Habt Ihr es da?«

»Das ist eine dumme Frage«, murrte der Apotheker. »Wie sollte ich es nicht haben? Könnt Ihr mir das sagen?«

»Wenn Ihr es also anbietet«, sagte Engelke, »wie groß wäre die Menge, die ich haben könnte?«

»Im Augenblick nur klein«, sagte der Alte und kniff ein Auge zusammen. »Deshalb wollte ich ja wissen, ob es für den eigenen Gebrauch ist, oder –«

»Sind Eure Bestände denn sonst größer?« unterbrach ihn Engelke.

»Ja«, antwortete der Apotheker mit einem mißtrauischen Unterton. »Ich habe in letzter Zeit mehr verkauft als üblich. Ihr wißt, daß Atropa belladonna giftig ist?«

Engelke ging nicht auf seine Frage ein. »An wen habt Ihr denn so viel davon abgegeben«, forschte sie und beherrschte die plötzlich in ihr aufsteigende Erregung, »an eine junge Frau mit auffällig roten Haaren etwa?«

»Ich würde sagen, sie hatte eher braunes Haar«, murmelte der Apotheker. »Sie wollte meinen ganzen Bestand. Den konnte ich ihr natürlich nicht überlassen – eben weil die Tinctura so gefährlich ist.«

»Ihr habt ihr nur eine kleine Menge abgegeben?«

Der Alte nickte. »Die Menge, die ich auch Euch verkaufen könnte«, sagte er und musterte Engelke mit immer noch mißtrauischen Blicken. »Ich gebe Euch nicht mehr, als Ihr für diese Hoffart mit den Augen braucht. Solltet Ihr Freundinnen haben, die den schädlichen Unfug ebenfalls treiben wollen – schickt sie her. Oder redet ihnen das Zeug aus. Das habe ich der jungen Frau gesagt – das sage ich Euch.«

»Ihr seid ein sehr verantwortungsvoller Mann«, bemerkte Engelke. »Und Ihr wißt genau – die junge Frau neulich hatte keine roten Haare?«

»Ich kann mich irren«, brummelte der Apotheker und beäugte Engelke noch einmal, »aber für mich waren sie braun. Kennt Ihr sie etwa – und hat sie Euch an mich verwiesen?«

»So könnte man sagen«, Engelke ging weiteren Fragen aus dem Weg.

»Wollt Ihr nun die kleine Menge haben?« fragte der Apotheker ungeduldig. »Ich führe gerade ein diffiziles Experimentum durch –«, er deutete auf einen Tiegel, der in der Glut der Feuerstelle dampfte, »das bedarf meiner ungeteilten Aufmerksamkeit. Ihr haltet mich auf, mit Verlaub gesagt.«

»Nein«, sagte Engelke, »ich möchte nichts kaufen. Eure Erklärungen waren mir genug.«

»Sehr vernünftig.« Der Alte drehte sich um und ließ Engelke einfach stehen. Als sie mit Teetje das Kellergewölbe wieder verließ, beachtete er sie nicht einmal.

»Komischer Heiliger«, murmelte Teetje, als sie wieder auf der Straße standen, »aber eins ist sicher – diese Nana war nicht bei ihm. Die roten Haare, die die hat – die hätte selbst so 'n oller Kerl wie der nich' für braun gehalten!«

»Vielleicht ist er farbenblind«, widersprach Engelke.

Teetje lachte. »Vielleicht.«

Der Apotheker auf der Steinstraße war bedeutend jünger, und seine Apotheke lag auch nicht im Keller. Vielmehr sah man seinem Laden an, daß er gute Umsätze machte, denn die Einrichtung wirkte gediegen und gepflegt, genau wie ihr Besitzer.

Eine kleine Glocke an der Tür bimmelte und kündigte

an, daß Engelke die Apotheke betreten hatte. Ein hochgewachsener, schlanker Mann in feinem Schwarz und Rot, so um die Vierzig und mit brenneisengekräuseltem Haar und Kinnbart, empfing sie. »Habt Ihr ein Receptum, oder darf ich Euch auf eigene Empfehlung etwas mischen?« erkundigte er sich dienstbeflissen.

»Ich möchte mich eigentlich nur nach Belladonna erkundigen«, sagte Engelke. »Könnt Ihr es mir besorgen?«

»Ich habe es vorrätig«, sagte der Apotheker milde lächelnd.

»In jeder Menge?«

Der Apotheker zog überrascht die Augenbrauen hoch. »Natürlich nicht«, gab er zurück. »Ich dürfte es Euch ohnehin nur in kleinen Mengen überlassen. Es ist recht giftig, wißt Ihr.«

»Sagt Ihr das jedem, der es verlangt?«

»O ja. Erst vor einigen Tagen war eine Frau hier, die ich darüber aufklären mußte.« Der Apotheker strich sich eitel über seinen künstlich gelockten Bart. »Sie wollte eine ganze Flasche voll – denkt Euch.«

»Ach.« Engelke heuchelte Erstaunen. »Was war denn das für eine dumme Person?«

»Ich würde sagen, sie war keineswegs dumm«, widersprach der Apotheker, »im Gegenteil. Sie machte mir einen sehr gebildeten Eindruck, und sie war auch keine von den Frauen, die üblicherweise Tinctura Belladonna verwenden. Sie wußte nur nicht Bescheid.«

»Wie sah sie denn aus? Vielleicht kenne ich sie. Hatte sie etwa flammendrotes Haar?«

Der Apotheker verneinte. »Ihr Haar war braun, soweit ich mich erinnere. Eine sehr hübsche Dame, die es überhaupt nicht nötig hatte, zu solchen Hilfsmitteln Zuflucht zu nehmen.«

»Braunes Haar?« Engelke fixierte den Apotheker. »Nicht doch rotes?«

»Nein, nein«, kam dessen Antwort, »da bin ich mir sicher. Sehr schönes, kastanienbraunes Haar.« Er nickte wie zur Bestätigung seiner eigenen Worte. »Wollt Ihr nun auch Belladonna in einer kleinen verträglichen Menge?«

»Nein«, sagte Engelke, »ich hab's mir anders überlegt. Es ist mir doch zu gefährlich.«

»Darf ich Euch dann eines meiner Wundermittel anbieten?« fragte der Apotheker geschäftstüchtig. »Es macht blonde Haare glänzend und kräftig. Ihr habt herrliches Haar. Damit würde es noch prächtiger werden!«

»Ich nehme immer Kamillenabsud, wenn ich es wasche«, lehnte Engelke ab, »das reicht vollkommen.«

»Aber –« sagte der Apotheker wichtig, »nie und nimmer kann das ausreichen! Um die Schönheit des Haares zu erhalten, ist mehr nötig als Chamomilla! Glaubt mir – ich habe die Materia studiert. Um Glanz zu erzeugen, wirklichen, prachtvollen Glanz, braucht es Mumia. Das ist das Kostbarste, was die Natur bietet. Ich beziehe die Mumia aus dem Orient und extrahiere ihre wertvollen Wirkstoffe persönlich in meinem Laboratorium.«

Engelke winkte ab. »Ich überlege es mir«, sagte sie, »und ich komme vielleicht später darauf zurück. Danke für Eure Belehrungen.«

Der Apotheker deutete eine Verbeugung an. »Empfehlt mich weiter«, sagte er verbindlich, als Engelke seinen Laden verließ.

Die letzte Apotheke, von der Engelke wußte, lag in einer kleinen Gasse bei den Höfen der Domherren. Hier beschaffte sich Holm seine duftenden Badezusätze und gelegentlich auch Heilmittel. Engelke betrat mit Teetje den kleinen Raum, in dem wie bei dem Apotheker auf der Neuen Burg Kräuterbündel aller Art von der Decke hingen, und schnupperte genießerisch.

Hier roch es bedeutend besser. Was dieser Apotheker hauptsächlich zubereitete und vertrieb, waren aromatische Wässerchen und duftende Salben, Schminke und

Puder in den unterschiedlichsten Duftnoten. Die Dinge, die weniger gut rochen, lagerten jedenfalls nicht in seinem Verkaufsraum.

Der freundliche alte Mann sah ein bißchen wie Gottvater aus – oder so, wie kleine Kinder sich den lieben Gott vorstellten. Er begrüßte Engelke in der liebenswürdigen Art, die sie an ihm gewöhnt war, denn sie kannte ihn schon seit der Kinderzeit. »Welch überraschender Besuch, gnädige Frau, muß ich ja jetzt sagen! Meine Glückwünsche nachträglich. Euer Mann ist eine rechte Berühmtheit, höre ich.«

»Guten Tag, Meister Bernbusch«, gab Engelke zurück, »wo habt Ihr denn das her?« Sie lächelte. Seine gute Laune steckte an.

»Holm sagte –«

»Ach, von da!« Engelke zwinkerte dem Apotheker zu. »Na, wenn Holm es sagt, dann wird es wohl stimmen. Holm weiß alles, noch ehe es die Betroffenen wissen.«

Der liebe Gott lachte. »Da habt Ihr recht, gnädige Frau. Aber was bringt mir die Ehre Eures Besuchs? Es wird doch nichts Ernstes sein?«

»Überhaupt nicht, Meister Bernbusch.« Engelke kam schnurstracks zu ihrem Thema. »Ich möchte Euch nur fragen ...«

Sie zögerte. Die Worte wollten ihr auf einmal nicht von den Lippen.

»Fragt frei heraus«, forderte sie der liebe Gott mit jovialem Lächeln auf. »Ich gebe Euch jede Auskunft, soweit ich sie geben kann.«

»Meister Bernbusch«, Engelke setzte noch einmal an, »hat in den letzten Tagen eine junge Frau mit brandroten Haaren Belladonnatinktur bei Euch gekauft?«

Es war heraus. Engelke beobachtete gespannt das Gesicht des freundlichen alten Apothekers.

Der räusperte sich. »Nein«, sagte er verwundert, »nicht daß ich wüßte. Verschiedene ... hmm ... Frauen ... hmm waren deswegen hier. Aber keine von diesen … Frauen … hatte rotes Haar.«

»Keine einzige?«

»Keine einzige«, bestätigte der Apotheker, »so leid es mir tut. Mandus Kellinghusen, den Ihr ja gut kennt, hat mich übrigens wegen der Tinctura auch schon ausgefragt. Er wollte ebenfalls wissen, an wen ich während der letzten Wochen Belladonna abgegeben habe. Ich habe ihm die … hmm … Frauen beschrieben. Bis auf eine sind sie sämtlich … nun ja … sie sind …«

»Huren?« sprach Engelke kurzerhand das Wort aus, das der liebe Gott hatte vermeiden wollen.

Er nickte verlegen. »Allerdings. Die einzige, die nicht zu diesen … diesen … Frauen zu zählen ist … war …«

»Meister Bernbusch!« Engelke hatte Mühe, ihre Ungeduld zu bezähmen. »Ich bin nicht zimperlich, wie Ihr wißt. Sagt mir ruhig, was Ihr meint.«

Der liebe Gott schaute äußerst ernst drein. »Die einzige, die nicht in diesen Kreis gehörte«, murmelte er und setzte plötzlich eine Trauermiene auf, »das war Fräulein Hedda Harms, sie ruhe in Frieden.«

Engelke starrte den alten Mann entgeistert an. »Hedda?« fragte sie fassungslos. »Aber –«

»Ich weiß, Ihr wart eng mit Fräulein Hedda befreundet«, beeilte sich der Apotheker zu sagen, »und mir tut es so leid, Euren Schmerz neu aufzurühren, indem ich sie erwähne. Ja – es war ein furchtbares Unglück … so jung zu sterben, das wünscht man niemandem …«

»Es kann nicht sein, daß Hedda diese Tinktur gekauft hat«, sagte Engelke erregt und ohne auf die Beileidsbezeugung des Apothekers zu achten. »Ihr müßt Euch irren. Hedda benutzte so etwas nicht. Sie hätte keine Verwendung dafür gehabt!«

»Leider doch«, widersprach der alte Mann. »Mich hat es ja auch gewundert, daß ausgerechnet diese bescheidene junge Frau zu einem solchen Mittel greifen wollte.

Aber als ich erfuhr, daß auf Eurer Hochzeit ihre Verlobung mit dem jungen Herrn Jansen bekanntgegeben werden sollte –«

»Hatte sich das etwa schon bis zu Euch durchgesprochen?«

»Der alte Herr Harms, er ruhe in Frieden, erzählte es mir selbst, als er für sich ein … hmmm … ein Mittel bei mir einkaufte«, murmelte der Apotheker leise. »Er war ganz froh darüber, daß er seine Tochter so gut unter die Haube gebracht hatte, sagte er.«

»Hedda gehörte also auch zu denen, die bei Euch die giftigen Augentropfen gekauft haben«, wiederholte Engelke noch einmal. Sie mußte schlucken. »Wieviel davon habt Ihr ihr gegeben?«

»Das fragte mich schon der Gerichtsherr«, meinte der Apotheker betreten. »Aber es war nur ein winziges Fläschchen. Mit höchstens drei Unzen Belladonna in wässriger Verdünnung. Auf keinen Fall genug, um ernstlichen Schaden anzurichten …«

15

Engelke war es gewesen, als habe sie den Boden unter den Füßen verloren. Sie hatte die Apotheke so eilig, fast fluchtartig verlassen, daß der alte Apotheker ihr mit höchster Verwunderung nachgeschaut hatte. Nun stand sie mit Teetje bei den Höfen der Domherren, schaute zum Dom hinüber, vor dessen Portal sich, wie immer gegen Ende des spätnachmittäglichen Gottesdienstes, die Bettler drängten, und wußte nicht, was sie jetzt tun sollte.

Ohne sie eigentlich zu sehen, starrte Engelke zu den Armen und Krüppeln hinüber, deren fadenscheinige Lumpen grau und braun und in ausgeblichenen, müden Farben fast mit dem dumpfen Ziegelrot der Domfassade verschmolzen. Ein wimmelndes Durcheinander aus widerstreitenden Gefühlen herrschte in Engelkes Innerem. Ihre Gedanken bewegten sich geradeso lahm und mühsam wie die ausgemergelten Gestalten vor dem Dom, schoben sich durcheinander, bildeten wirre Knäuel, wollten sich nicht mehr ordnen lassen.

Hedda hatte in Gottvaters Apotheke ein Fläschchen Belladonna gekauft. Die junge Frau, die auf der Neuen Burg und an der Steinstraße Belladonna erworben hatte, war braunhaarig gewesen, und jung, und gut gekleidet. Drei Fläschchen des Giftes – konnten die ausgereicht haben, um Hinnerk Harms den Älteren vom Leben zum Tode zu befördern?

Holm würde es wissen. Holm wußte so etwas. Sein Badehaus lag nur einen Katzensprung von da, wo Engelke jetzt war. Sie würde Holm aufsuchen, alles mit ihm besprechen, ihm die Entdeckung mitteilen, die sie gemacht hatte. Holm würde Rat wissen. Er konnte vielleicht den furchtbaren Verdacht noch entkräften, der sich zwingend aus dieser Entdeckung ergab.

Engelke ging einfach los, ohne sich um Teetje zu kümmern, der schweigend neben ihr gestanden hatte. Der Junge folgte ihr, aber Engelke schickte ihn weg. »Geh auf den Grimm«, befahl sie ihm, »sag Grete, ich komm nach. Sie soll sich um das Essen kümmern und einen guten Würzwein bereithalten. Den werde ich brauchen.«

Teetje nickte und schlenderte los. Engelke bog in die Bäckerstraße ein. Wenige Schritte, dann stand sie vor Holms Badehaus.

Der lange Däne öffnete selbst, wie gewöhnlich. Er lächelte gutgelaunt, sah wie immer gepflegt und adrett aus in seinen blaugestreiften Hosen und dem schwarzen Wams. »Willkommen, Frau Okkena«, begrüßte er Engelke, »ssön, Euch ssu sehen!«

»Holm, ich muß mit Euch reden«, sagte Engelke ohne Umschweife, »allein, versteht Ihr?«

»Ssicher«, gab der Bader zurück, »für Euch habe ich immer Sseit – sselbst jetzt, wo das Haus voll ist.« Er musterte sie mit scharfen hellblauen Augen. »Herr Kellinghusen hält ssich gerade im Ssaal auf«, fügte er hinzu, »er hat ein Bad genommen nach diesses anstrengenden Tages Arbeit und sspeist jetzt. Ssoll ich ihn dazurufen, vielleicht?«

Er hatte wie immer erraten, was Engelke dachte. Es war eine seiner hervorstechendsten Eigenschaften, spüren zu können, was sie bewegte. »Das wäre das beste«, murmelte Engelke verwirrt, »ja, ich glaube, Kellinghusen könnte mir unter Umständen ebenfalls weiterhelfen ...«

»Dann bitte ich Euch – tretet in das kleine Ssimmer«, sagte Holm. »Es ist frei. Da ssind wir ganss ungestört.«

Er wies den Weg. Das kleine Zimmer war ein Raum, der an den großen Badesaal anschloß und keine Zuber enthielt. Hier konnte in gemütlicher, intimer Runde getafelt werden. Männer fanden sich hier zum Knöchelspiel ein oder zu einer Partie Schach oder Tricktrack. Das Zimmer war, wie alle Räume in Holms Haus, ganz auf die Bequemlichkeit der Gäste abgestimmt und vermittelte gepflegte, gediegene Behaglichkeit.

Engelke setzte sich auf einen der hübschen, blau bezogenen Polsterstühle, die einen runden Tisch mit gedrechselten Beinen umstanden, und betrachtete die Wände, deren dunkle Täfelung bunt ausgemalte Fugen hatte. Ein Wandbehang zeigte einen reizenden Blumengarten, in dem sich vielerlei Tiere und Vögel tummelten. Der Fußboden bildete mit seinen rot-weißen Fliesen einen schönen, den Augen wohltuenden Kontrast. Engelke hatte den kleinen Saal bis jetzt noch nie betreten, da er Gesellschaften vorbehalten war. Aber ohne Zweifel war er der schönste Raum in Holms Badehaus, entschied sie bewundernd.

Holms freundliche junge Bademagd erschien. Sie brachte einen Krug Bier und drei Becher aus Zinn, die wie Silber glänzten. Dann zog sie sich diskret zurück, wie der Bader es ihr eingeschärft hatte. Bei Holm gab es keine käuflichen Frauen und keine allzu anschmiegsamen oder gar bestechlichen Mägde. Sein Haus war über jeden Zweifel erhaben, was die Wohlanständigkeit betraf. Auf diesem untadeligen Ruf beruhte die Zusammensetzung seiner Kundschaft.

Engelke lehnte sich zurück. Sie schloß die Augen. Sie mußte nicht lange warten. Augenblicke später traten der Bader und der Gerichtsherr in den kleinen Saal ein.

»Engelke«, sagte Kellinghusen, »ich würde Euch einen guten Tag wünschen, wenn er nicht schon so gut wie vorüber wäre. Und er war alles andere als gut. Aber das wißt Ihr ja selbst.«

»Wovon redet Ihr, Mandus?« fragte Engelke verwirrt.

»Nun«, erwiderte der Gerichtsherr, »Holm sagte mir –«

»Was?« unterbrach Engelke ihn und setzte sich steil

auf. »Er kann beim besten Willen nicht wissen, was ich entdeckt habe, weil ich es ihm nämlich noch nicht mitgeteilt –«

»Er weiß es, Engelke«, schnitt Kellinghusen ihr das Wort ab. »Er weiß es von mir. Und er wird es nicht weitergeben.«

»Wovon, zum Kuckuck, sprecht Ihr, Mandus?« Engelke war noch immer verwirrt und erschrocken über ihre verstörende Entdeckung. Und auch der Gerichtsherr konnte nicht wissen, was sie mit Holm hatte besprechen wollen.

»Ihr wart bei den Apothekern«, sagte Kellinghusen mit schleppender Stimme, »und, seht Ihr, Engelke – ich habe sie meinerseits ebenfalls aufgesucht. Hedda Harms hat in allen dreien Belladonna-Tinktur gekauft – und zwar am Tag vor dem Mord an ihrem Vater.«

»Am Tag meiner Hochzeit ...« Engelke stellte fest, daß sie die Apotheker nicht nach dem Zeitpunkt gefragt hatte, an dem die braunhaarige junge Frau das Gift erstanden hatte.

»Ja«, sagte Kellinghusen. »Hedda muß an diesem Tag bei allen drei Apothekern gewesen sein. Ihr wißt, was das bedeutet.«

Engelke nickte langsam. Dann schüttelte sie den Kopf.

»Nein«, sagte sie trotzig, »zuerst muß klargestellt werden, ob die drei Portionen ausgereicht haben können, Hinnerk den Älteren umzubringen. Das frage ich Euch, Holm!« Damit heftete sie den Blick auf den Bader, der mit den Händen die Stuhllehne umfaßt hielt, still dastand und auf die Tischplatte starrte.

Holm räusperte sich und hob den Kopf. Er erwiderte Engelkes Blick. »Zwei wären genug gewesen«, sagte er und betonte deutlich. »Bei drei Fläschssen von das Gift konnte ssie ganss ssicher ssein. Und ssie wollte, daß es reichte.«

Seine Worte schienen in dem Zimmer widerzuhallen.

Engelke hörte sich nachfragen: »Seid Ihr sicher – seid Ihr ganz sicher?«

Der Bader nickte ernst. »Ich habe die Rest von den Wein ein kleine Probe unterssogen«, bestätigte er, »die Katze, die ich davon gegeben habe, sstarb – fast beinahe auf der Stelle.«

Es entstand eine Stille im Raum. Engelke konnte die beiden Männer atmen hören und sah Kellinghusens sorgenvolles Gesicht. Er war es, der auch das Schweigen brach. »Ja«, sagte er dumpf,

»Hedda selbst hat den alten Harms vergiftet. Danach ist sie ins Wasser gegangen. So liegen die Dinge.«

Damit war das Ungeheuerliche ausgesprochen. Doch Engelke wehrte sich verzweifelt gegen den Gedanken. »Nein«, sagte sie, »der Mörder will, daß es so aussieht! Er hat das alles teuflisch schlau eingefädelt, so daß wir annehmen müssen, daß Hedda die Mörderin ihres eigenen Vaters ist. Aber warum hätte sie so etwas Grauenhaftes tun sollen, frage ich Euch? Warum, Mandus, hätte sie einen Mord und anschließend einen Selbstmord begehen sollen – gleich zwei Todsünden? Hedda war fromm, das wißt Ihr doch so gut wie ich, Mandus. Sie wäre vor einer so furchtbaren Tat zurückgeschreckt wie der Teufel vor dem Weihwasser!«

Kellinghusen sah Engelke ruhig an. »Ich gebe zu, all das ist mir unbegreiflich«, sagte er, »nichtsdestoweniger lassen die Ermittlungen keine anderen Schlüsse zu. Hedda hat das Gift in ausreichender Menge beschafft. Hedda hatte Zugang zu den Räumen ihres Vaters und kümmerte sich sogar persönlich um die Bereitstellung seines Weins. Sie hat sich an dem betreffenden Tag im Haus Harms aufgehalten – das bezeugen sämtliche Dienstboten. Sie hatte reichlich Gelegenheit, den Rest Wein zu vergiften, der noch in der Flasche in Harms' Schlafkammer vorhanden war. Niemand hat sie dabei gesehen. Aber daß sie es getan hat, scheint mir sicher.«

Engelke schüttelte leidenschaftlich den Kopf. »Nein«, wiederholte sie störrisch, »nein, ich glaube es nicht. Ich glaube es nicht, Mandus!«

»Weil Ihr es nicht glauben wollt«, erwiderte der Gerichtsherr. »Was ich sehr gut verstehe. Dennoch ändert es nichts an den Tatsachen. Nur Hedda kommt jetzt noch für die Tat in Frage.«

»Und nach dem Mordanschlag an ihrem Vater soll sie dann zur Rolandsbrücke gegangen und dort ins Wasser gesprungen sein?« erwiderte Engelke. »Mandus – wenn sie ihn wirklich tot sehen wollte, dann hätte sie doch das Ergebnis ihres Planes abgewartet! Statt dessen bringt sie sich selbst ums Leben, noch bevor der alte Harms das Gift überhaupt getrunken hat? Nein, Mandus – daran ist nichts Durchdachtes, Vernünftiges. So denkt eine Mörderin nicht!«

»Das ist wahr«, sagte Kellinghusen. »Doch gesetzt den Fall, Hedda kannte die Gewohnheiten ihres Vaters. Und wir können davon ausgehen, daß sie sie sehr gut kannte. Dann hat sie gewußt, daß er jeden Morgen unfehlbar seinen Becher Wein trank und daß weder Magd noch Knecht es gewagt hätten, seine unvermeidliche Flasche anzutasten. Hedda konnte also sicher sein, daß er das Gift schlukken würde – früher oder später.«

»Glaubt Ihr das auch, Holm?« wollte Engelke wissen.

Der Bader nickte bedeutungsschwer. »Ich ssehe kein andere Möglisskeit«, antwortete er. »Kein einssige.«

»Engelke«, beschwor Kellinghusen sie, »es gab keinerlei Kampfspuren am Fundort von Heddas Leiche, die auf einen Mord hingedeutet hätten. Heddas Körper wies weder Verletzungen noch blaue Flecken auf. Sie hat offenbar an der Böschung zum Fleet einen Schuh verloren, der ihr im Schlamm steckengeblieben ist. Doch es gab nur ihre Fußspuren – und natürlich die der Männer, von denen ihre Leiche aus dem Wasser gezogen worden ist. Das müßt Ihr glauben – es ist die Wahrheit. Eindeutig.«

Engelke senkte den Kopf. Sie spürte, wie ihr die Kehle eng wurde. »Hedda ist also in Euren Augen eine Mörderin und Selbstmörderin«, würgte sie hervor. »Mandus – Ihr habt sie doch gekannt. Sie war so sanft, so liebenswert, so gegen jede Gewalt! Ich habe sie zum Spaß Lämmchen genannt, weil sie wie ein Lämmchen war! Kann ein solcher Mensch denn wirklich einen Mord und einen Selbstmord begehen? Irren wir uns nicht allesamt – und war es nicht doch ganz anders?«

Kellinghusen schwieg. Holm schüttelte langsam den Kopf. »Nein, wir irren uns nicht«, murmelte er. »Aber ich wüßte gern, warum ssie es getan hat.«

Auf diese Frage konnte keiner eine Antwort geben, am allerwenigsten Engelke. Sie erhob sich. Sie brauchte frische Luft, einen klaren Kopf, Zeit zum Nachdenken. »Verzeiht«, sagte sie zu Kellinghusen und Holm, »wenn ich jetzt dieses gastliche Haus verlasse. Aber es fällt mir schwer –«

»Mir auch«, warf Kellinghusen dazwischen. »Dennoch – für mich ist der Mord an Hinnerk Harms dem Älteren aufgeklärt. Daß Hedda freiwillig aus dem Leben geschieden ist, war mir von Anfang an klar. Engelke – so schwer es auch sein mag, Ihr müßt Euch mit dem Gedanken abfinden, daß Eure Freundin die Tat ...«, er brach seinen Satz ab und schaute Engelke um Verzeihung bittend an. »Es tut mir wirklich sehr leid«, fügte er murmelnd hinzu.

»Schon gut, Mandus.« Engelke warf sich ihren Mantel wieder um die Schultern. »Gehabt Euch wohl für heute. Ich komm schon darüber hinweg – irgendwann.« Sie schritt zur Tür. Holm geleitete sie hinaus.

Der Wind hatte aufgefrischt. Ein Blick zum Himmel zeigte Engelke klares, wolkenloses Blau. Die Sonne, die schon tief über den Dächern stand, vergoldete Ziegelmauern und ließ die Pfützen auf der Straße blitzen. Der Schlamm, der sich immer bei regnerischem Wetter bildete, trocknete ab. Morgen würde man vielleicht ohne Trippen ausgehen können, und die Rocksäume würden kein Wasser mehr ziehen.

Engelke wanderte gedankenverloren Brands Twiete entlang, wo die Apfelbäume in voller Blüte standen. Ihr herbsüßer Duft wehte mit dem Wind zu Engelke herüber und hätte eigentlich die Seligkeit des Frühlings vermitteln müssen. Aber Engelke konnte an nichts anderes denken als an Heddas Tat.

In sich gekehrt überquerte sie die Brücke zum Grimm. Ihre Schritte polterten auf den Bohlen. Es gab bei der Katharinenkirche eine alte Frau, die Kräuter sammelte und damit schlecht und recht ihren Lebensunterhalt bestritt. Man sagte der Frau nach, sie könne auch Gifte mischen und Zaubertränke. Aber das war natürlich Unsinn.

Ob Hedda von dieser Frau gewußt hatte?

Vielleicht. Vielleicht auch nicht. Was spielte das jetzt noch für eine Rolle? Holm hatte gesagt, drei Fläschchen der Belladonna-Tinktur hätten ausgereicht, um den alten Harms zu vergiften. Und Hedda hatte ja drei zur Verfügung gehabt – selbst eingekauft in den drei Apotheken der Stadt.

Aber hatte Hedda gewußt, daß diese drei Fläschchen ausreichten? Hatte sie nicht doch das Mittel für einen anderen Zweck gebraucht?

Engelke blieb stehen und atmete tief ein. Sie mußte die alte Kräuterfrau aufsuchen. Sie mußte nachfragen, ob Hedda auch bei ihr gewesen war. Diese letzte Bestätigung brauchte sie noch. Erst danach würde sie das Fürchterliche glauben müssen, das Holm und der Gerichtsherr Hedda anlasteten.

Schnell passierte sie ihr Haus und die Brauerei, vor der Tidemanns ihr in seiner Lederschürze verwundert zuwinkte. Kurz darauf hatte sie die kleine Kirche erreicht und betrat das enge Gäßchen, in dem die Frau ihre elende Behausung hatte.

Sie bewohnte eine der baufälligsten Buden, die Engelke je gesehen hatte. Das winzige Häuschen, dessen Fachwerk vom Alter krumm und schief verzogen war und dessen schadhaftes Dach wie mottenzerfressen aussah, lehnte, einem zerzausten Küken gleich, an einem der neueren Häuser der Gasse. Die Tür stand offen – also war die Bewohnerin zu Hause.

Engelke klopfte an die morschen Bretter der Tür. Drinnen regte sich etwas, scharrte, rumorte. »Ja?« fragte eine dünne Greisenstimme vorsichtig.

»Darf ich reinkommen?« fragte Engelke.

»Nur zu«, lautete die Antwort. »Aber ich hab' zu tun.«

»Ich will auch nicht lange stören«, sagte Engelke und tauchte in die dunkle kleine Stube ein. Ihre Augen brauchten einen Moment, um sich an die hier herrschenden Dämmerung zu gewöhnen. Erst dann sah sie die Kräuterfrau.

Die Alte hockte in ihrem zerschlissenen Röcken vor der kalten Feuerstelle und bündelte Wurzeln, die nach Größen geordnet vor ihr auf dem gestampften Lehmboden lagen. Die dünnen weißen Haare hingen ihr unordentlich um das Gesicht, und sie blickte nicht auf, als Engelke eintrat. Nur ihr Kopf wackelte leicht. »Was kann ich für Euch tun?« fragte sie, ohne in ihrer Beschäftigung innezuhalten.

»Sagt mir«, stellte Engelke zum siebenten Mal für heute ihre Frage, »verkauft Ihr auch Belladonna?«

Die Kräuterfrau hob langsam den Kopf und sah Engelke durchdringend an. Ihre großen, bernsteinfarbenen Augen wirkten eulenhaft. »Haben Euch die verfluchten Apotheker geschickt?« stellte sie mißtrauisch die Gegenfrage, »oder die Herren vom Rat? Ich verkaufe nur Kräuter, sonst nichts – sagt denen das.«

Engelke setzte ein Lächeln auf. »Aber nein«, beschwichtigte sie, »mit den Apothekern hab' ich nichts zu tun. Ich soll Euch nicht ausforschen, wenn Ihr das befürchtet. Es ist nur – ich möchte wissen, ob man bei Euch –«

»Tollkirschensaft bekommt«, ergänzte die alte Frau und zog ihr Gesicht in tiefe Falten. »Ich sagte schon – ich verkaufe Kräuter, die heilen. Schädliches verkaufe ich nicht.«

»Wenn es nun aber nur der Schönheit dienen soll?« Engelke ließ sich so leicht nicht abweisen. »Ich bin sicher – Ihr habt auch Salben, von denen man weißere Haut bekommt, und Säfte, die die Liebe fördern.«

»Von wem wißt Ihr das?« Die Alte legte den Kopf schief und ähnelte jetzt um so mehr einer Eule. »Die Leute reden viel, wenn der Tag lang ist.«

»Stimmt es denn nicht?«

»Mag schon sein, daß es stimmt«, sagte die Kräuterfrau. »Manchmal lasse ich mich beschwatzen. Aber ich hab' noch nie –«

»– was Giftiges abgegeben? Für die Schönheit?«

»Tollkirschensaft ...«, murmelte die Alte. »Ich weiß nicht, ob Ihr mich nicht doch an die Apotheker oder den Medikus verratet.«

»Ich möchte das Mittel ja gar nicht bei Euch kaufen«, sagte Engelke. »Ich hätte nur gern gewußt, ob Ihr es in den letzten Tagen an irgend jemanden abgegeben habt.«

»Warum?« Die Alte war das Mißtrauen in Person. »Ihr macht mir nichts vor. Die Apotheker haben Euch vorgeschickt. Wie oft mußte ich schon vor dem Rat erscheinen und beweisen, daß ich keine Gifte mische!«

»Bitte«, sagte Engelke. »Bitte sagt es mir. Ich muß es wissen. War eine junge Frau bei Euch und hat nach Tollkirsche gefragt? Ich schwöre bei allem, was heilig ist – ich verrate Euch nicht!«

»Seid Ihr bekannt mit ihr?« forschte die Alte, Engelke immer noch scharf im Auge haltend.

Engelke nickte.

»Da war eine junge Frau«, murmelte die Kräuterfrau, plötzlich tief in Gedanken. »Sie schien mir vertrauenswürdig, hatte so etwas Sanftes, Freundliches. Sie war recht hübsch, aber nicht mehr ganz jung … so dachte ich, gib es ihr, wenn sie sich damit schöner fühlt. Ich glaube«, sie nickte vor sich hin, »sie wollte so schön wie möglich sein – für einen Mann, denke ich. Wie sagte sie noch? Ich brauche es, um meinem Leben einen Sinn zu geben. Das hat sie gesagt.«

»Ihr habt ihr also Tollkirsche verkauft«, murmelte Engelke. »Wieviel?«

»Eine kleine Menge«, beteuerte die Alte, »nur eine kleine Menge. Sie hatte mich so herzlich darum gebeten …«

»Wieviel?«

»Ein Fläschchen«, murmelte die Kräuterfrau und zeigte mit den Fingern, »so groß. Die junge Frau hatte das Gefäß selbst dabei. Ich konnte nicht genug von dem Tollkirschensaft zusammenbringen, um es zu füllen.«

»Die junge Frau«, stellte Engelke ihre letzte Frage, »hatte die rotes Haar – flammend rot und gekräuselt?«

»Nein«, antwortete die Alte, »ihre Haare waren braun. Dann ist es wohl doch nicht Eure Freundin gewesen. Seid Ihr jetzt zufrieden?«

Engelke nickte stumm.

»Ihr habt geschworen, mich nicht zu verraten«, erinnerte die Alte und wischte sich mit einer fahrigen Handbewegung die Haare aus dem Gesicht. »Auch wenn es nicht Eure Freundin war – behaltet, was ich Euch gesagt, für Euch.«

»Ja, ja«, erwiderte Engelke tonlos.

»Kann ich sonst noch etwas für Euch tun? Braucht Ihr eine Medizin – eine Mischung gegen Schmerzen etwa, oder gegen schlechte Träume?« Die Alte schien erleichtert.

»Nein.« Engelke wehrte ab und wandte sich der Tür zu. »Ich danke Euch.« Damit trat sie hinaus in die Gasse. Sie fühlte sich schwindlig.

Langsam wanderte sie zurück, die frische Luft tief in die Lungen saugend, damit ihr Kopf sich wieder klärte. Hedda war bei der Kräuterfrau gewesen. Sie hatte sich auch da eine Portion von der giftigen Substanz besorgt, an der ihr Vater gestorben war – um sicherzugehen, daß die Belladonna-Tinktur auch wirklich ausreichte, ihn zu töten. Kellinghusen hatte recht mit seiner Vermutung, daß ihre liebe Hedda hinter dem Mord am alten Harms stand. Nach allem, was Engelke herausgefunden hatte, stimmte wahrscheinlich auch seine Theorie von Heddas Freitod.

Sie mußte ihren Vater gehaßt haben. Aber hatte das liebe Lämmchen denn überhaupt hassen können? Engelke schüttelte im Gehen fassungslos den Kopf. Nein – das Lämmchen hatte niemanden gehaßt. Das Lämmchen war die Zärtlichkeit und Geduld in Person gewesen. Haß kam als Grund für den Mord nicht in Frage.

Vielleicht hatte Hedda nicht länger unter ihrem herrischen Vater leiden mögen. Vielleicht war ihr die Last, die sie tragen mußte, zu schwer geworden. Da hatte sie in einem Anfall von Verzweiflung –

Nein. Nein es gab keinen Grund, der stichhaltig war. Hedda mußte wahnsinnig geworden sein – das war das einzige, was Engelke zur Erklärung für beide Taten einfiel.

Wiebke, die ja ab und zu Gesichte hatte und mehr sah als andere, gewöhnliche Menschen, hatte gemeint, es sei beides gewesen – Mord und Selbstmord. Wiebke hatte recht behalten. Hedda hatte gemordet und sich selbst umgebracht. Weil sie wahnsinnig geworden war.

Aber sie hatte an jenem letzten Tag, als sie bei Engelke gewesen war, keinen verwirrten Eindruck gemacht. ›Ich kann zu der Besprechung mit den Brautführerinnen nicht kommen‹, hatte sie sich entschuldigt, ›weil mir keine Zeit bleibt. All die Lauferei, die ich noch zu erledigen habe …‹

All die Lauferei. Sie war kreuz und quer in der Stadt umhergelaufen, um genügend von dem tödlichen Gift zusammenzubekommen. All die Lauferei. Mir bleibt keine Zeit.

›Mein Vater läßt mir keine Zeit.‹ Hatte sie das nicht auch gesagt?

Es konnte alles mögliche bedeuten. Hedda hatte diesen Satz unzählige Male ausgesprochen, denn der alte Harms hatte seine Tochter, solange Engelke sie kannte, immer mit Arbeit aller Art überhäuft.

Ich brauche das Gift, um meinem Leben einen Sinn zu geben. Dieser Ausspruch, den Hedda offenbar bei der Kräuterfrau getan hatte, war der unverständlichste von allen. Was sie damit gemeint haben mochte, konnte Engelke nicht einmal ahnen. Wie ein Mord Heddas Leben mehr Sinn verleihen sollte, zumal sie doch anschließend dieses Leben selbst weggeworfen hatte, das war unbegreiflich – ein Rätsel, das wohl niemand auf der Welt mehr lösen würde.

Engelke trat mit gesenktem Kopf in die Diele ihres Hauses. Dierk war schon da, wartete mit strahlendem Gesicht auf sie. Liseke stand an seiner Seite. »Geertje«, sagte Dierk, »denk dir nur, die Eltern deiner Jungmagd sind einverstanden. Ich war im Haus van Damme und hab' mit Karl und Mette gesprochen, weil Heiko mir den ganzen Tag damit in den Ohren gelegen hat. Nun ist alles geklärt – Liseke und Heiko sind ein versprochenes Paar!«

Engelke nickte und zwang sich ein Lächeln ab. »Das ist schön«, murmelte sie.

Liseke schaute enttäuscht drein. »Freut Ihr Euch denn gar nich'? Nich' 'n ganz klein büschen? Ik hatt mi dacht –«

»Doch«, sagte Engelke matt, »ich freu mich. Ganz doll sogar. Nur – ich hab' Kopfschmerzen und fühle mich nicht so wohl. Und ich hätte schon auch mit deinen Eltern gesprochen. Aber ich wollte erst morgen hin.«

»Das ist ja jetzt nicht mehr nötig.« Heiko löste sich aus dem Schatten neben der Treppe. »Aber danke trotzdem. Elisabeth und ich hätten es sehr zu schätzen gewußt – wirklich.«

Engelke nickte. »Habt ihr schon gegessen?«

»Wir haben auf dich gewartet, Geertje«, sagte Dierk und heftete besorgt den Blick auf ihr Gesicht. »Du wirst mir doch nicht krank werden?«

»Nein, ich bin nicht krank«, murmelte Engelke, »nur müde.«

»Müde?«

»Ich war ... den ganzen Nachmittag in der Stadt.«

»Ach? Wo denn überall?« Dierks Blick wurde immer sorgenvoller.

»Bei Harms«, antwortete Engelke, »und danach in den Apotheken. Und bei Holm im Badehaus. Kellinghusen war auch da.«

»Du hast Erkundigungen eingezogen.« Das war eine Feststellung. »Und was du erfahren hast, macht dich traurig. Ich seh's dir an, Geertje.«

Sie nickte. Dann ging sie in die Küche zu Grete. Die hatte die Schüsseln schon bereitstehen. »Trag auf«, befahl ihr Engelke. »Vergiß nicht, genug für Euch beiseite zu stellen.«

Die dicke Suppe aus weißen Bohnen mit Speck schmeckte herrlich und wärmte von innen heraus. Engelke ließ sich von dieser Wärme überfluten und vermied es, noch an Hedda zu denken. Ich muß davon abkommen, dachte sie. Wenn ich weiter darüber nachgrüble, werde ich wahnsinng – so wahnsinnig, wie Hedda gewesen sein muß.

Sie beteiligte sich an dem Gespräch zwischen Dierk und Heiko, so gut sie konnte. Sie bemühte sich, angemessen glücklich über die bevorstehende Verlobung von

Dierks Vetter und seiner Elisabeth zu wirken. »Ich stifte ihr Bettzeug für euren ersten gemeinsamen Hausstand«, versprach sie Heiko. »Das werdet ihr brauchen können. Liseke kriegt wohl kaum eine Mitgift.«

Heiko lächelte. »Es reicht doch, wenn ich genügend verdiene«, sagte er mit einem Seitenblick auf Dierk. »Mein Schiffer hat mir schon mehr Heuer zugesagt. Für die Engelandfahrt hab' ich einige Waren im Laderaum, die ich am Stalhof verkaufen kann. Und wenn ich zurück bin, wird geheiratet.«

Aus der Küche war ein leiser Juchzer zu hören. Liseke lauschte natürlich. »Du kannst im Stall schlafen«, sagte Dierk zu Heiko. »Aber morgen in aller Frühe machst du dich zurück aufs Schiff. Sonst weiß ich nicht, ob ich mir nicht doch 'nen zuverlässigeren Schiemann suche.«

Heiko zog ein schiefes Maul. Dann grinste er. »'nen besseren als mich wirst du kaum finden«, sagte er und zog bedeutungsvoll eine Augenbraue hoch.

»Eben. Es wäre schade, wenn ich dich loswerden müßte«, gab Dierk augenzwinkernd zurück.

Heiko hatte sich nach dem Abendessen zu seiner Angebeteten in die Küche verzogen. Und Engelke und Dierk waren bald schlafen gegangen. Erst in der Stille der Kammer, als sie sich für die Nacht entkleideten, sprach Dierk Engelke noch einmal auf ihre Kopfschmerzen an. »Ich habe den Eindruck, daß es dir wieder bessergeht«, sagte er und suchte ihren Blick. »Warum warst du vorhin so traurig, Liebste?«

Engelke sah ihn an und spürte, wie sich Tränen in ihren Augen sammelten. »Ich habe mich entschlossen, die Toten ruhen zu lassen«, sagte sie leise, »ich will nicht mehr nach dem Mörder von Hinnerk Harms dem Älteren und Hedda suchen.«

»Weil du ihn bereits gefunden hast?«

»Ja.«

»Wer ist es?«

»Hedda.«

»Hedda?«

Engelkes Augen flossen über. »Ich habe herausgefunden, daß Hedda das Gift gekauft hat – in sämtlichen Apotheken der Stadt. Hinnerk der Jüngere hat nichts mit den Todesfällen zu tun, genauso wenig wie das Mädchen, mit dem er sich schon seit Jahren trifft. Hinnerk kann auch Hedda nicht umgebracht haben. Denn er war zu der Zeit, als sie starb, bei dieser Nana ...«

Dierk tat einen Schritt auf Engelke zu und nahm sie fest in die Arme. »Nana – das ist ein Name, den ich noch nicht kenne«, sagte er leise. »Magst du mir erzählen, was heute alles geschehen ist?«

Sie setzten sich auf das Bett. Engelke berichtete, stokkend zuerst, dann immer schneller. »Hedda muß es also selbst getan haben«, sagte sie am Ende, »die Umstände lassen keinen anderen Schluß mehr zu. Ach, Dierk – wie soll ich jetzt meine beste Freundin in Erinnerung behalten? Mein Lämmchen – eine Mörderin und eine Selbstmörderin ...«

Dierk küßte sie auf die Stirn, die Augen und den Mund. »Denk nur an das, was gut war an ihr, Geertje«, flüsterte er zärtlich, »du weißt, das Gute überwiegt bei weitem. Nimm dir das andere nicht so sehr zu Herzen. Schau – ich bin da. Ich liebe dich. Ich möchte dir helfen, damit fertig zu werden.«

»Gut«, flüsterte Engelke und erwiderte seinen Kuß. »Ich will versuchen, die ganze schreckliche Geschichte auf sich beruhen zu lassen. Kellinghusen tut das ja auch. Wir wollen uns nur noch darum kümmern, daß es der kleinen Judith gutgeht. Ich weiß – Hedda hätte es so gewünscht ...« Sie brach in Tränen aus. Wilde Schluchzer schüttelten sie plötzlich. »Was meinst du, Liebster«, fragte sie verzweifelt, »hat es wohl einen Sinn, Seelenmessen für Hedda zu bestellen? Auch wenn sie in der Hölle ist?«

»Ganz bestimmt«, flüsterte Dierk und preßte Engelke fest an sich, »ganz bestimmt, mein einziger Schatz. Gott schenkt ja auch den schlimmsten Sündern seine Barmherzigkeit, wenn sie bereuen. Und morgen fahren wir noch einmal nach Wedel – mit Judith. Sie soll ihre Verwandten kennenlernen. Was hältst du davon?«

16

Bereits kurz nach Sonnenaufgang waren Dierk, Engelke und die kleine Judith aufgebrochen. Dierk segelte mit Engelkes tatkräftiger Hilfe die Jolle, die Tidemanns für das Brauhaus zur Verfügung stand. Es wehte zwar eine steife Brise aus Nordwest, aber die Strömung der Elbe trug das leichte Boot dennoch zügig voran, und da es hart am Wind gesegelt werden konnte, machten sie schnelle Fahrt.

Bereits lange vor Mittag hatten sie Wedel erreicht. Meike, die Frau des Bootsbauers, war gerade dabei, den Hof zu fegen, und machte verwunderte Augen, als die drei Leute das Anwesen betraten. Sie hatte nicht damit gerechnet, Engelke und Dierk so bald wiederzusehen. »Nanu«, rief sie halb erschrocken, halb erfreut, »dat is aber –«

»– 'ne Freude?« Engelke half ihr über die Verlegenheit hinweg. »Ich muß sagen, ich freue mich auch. Und hier bringe ich jemanden, der Euch gerne einmal kennenlernen möchte.« Sie deutete auf Judith, die sich scheu an Engelke schmiegte und es kaum wagte, Meike anzusehen.

»Das Kind?« fragte Meike und starrte Judith an. »So groß is' das schon …«

»Judith ist zehn«, sagte Dierk, »nicht mehr ganz Kind, aber auch noch lange keine Frau.«

Meike lächelte. »Judith …«, murmelte sie, »schöner Name. Daß Dörte sich den ausgedacht haben soll …« Sie wandte sich Engelke zu. »Wißt Ihr, Dörte hatte gar nicht so viel Fantasie – wenigstens dachte ich das immer. Die drei Jungs, die sie aus ihrer Ehe hatte, die heißen Georg, Jan und Peder. Was Besseres is' ihr da nich' eingefallen.«

»Vielleicht hat das Fräulein Hedda Harms ihr den Namen für das Kind ja vorgeschlagen«, mutmaßte Engelke. Dierk nickte dazu.

Meike nickte auch. »Trotzdem«, sagte sie, »Judith is' 'n schöner Name, auch wenn ihn sich vielleicht das feine Fräulein ausgedacht hat.« Sie musterte die Kleine. »Aber du siehst deiner Mutter überhaupt nich' ähnlich«, fügte sie nachdenklich hinzu. »Die war strohblond ... nich' so braun wie du. Dein Vater hat wohl dunkle Haare gehabt.«

Judith antwortete nicht und drückte sich ängstlich an Engelke. Die nahm sie bei der Hand. »Du brauchst dich nicht zu fürchten«, sagte sie zu ihr, »Meike ist deine Muhme und ihr Mann dein Oheim. Es gibt auch ein paar Vettern, eine kleine Base und drei Brüder. Denk dir, Judith – du hast Brüder ... und eine Großmutter!«

Jetzt regte sich das Kind. »Wirklich?« fragte es schüchtern, »ihr seid alle mit mir ... verwandt?«

Meike nickte und lächelte zum erstenmal die kleine Fremde an. »Ja, sicher«, sagte sie, »kommt nur herein. Ich rufe die anderen, damit sie dich sehen und du sie sehen kannst.« Damit lehnte sie den Reisigbesen an die Hauswand und deutete auf die offenstehende Haustür.

Engelke und Dierk führten Judith in die Stube des Bootsbauers. Der erschien Augenblicke später, die Haare voll Sägespäne, und strahlte über das ganze kantige Gesicht. »Dörtes Tochter«, staunte er, »du bist ja schon fast erwachsen!«

Judith schlug schüchtern die Augen nieder. Meike lachte und stellte einen Teller mit frischem Brot auf den Tisch. »Nun eßt ihr erst mal was«, sagte sie, »ihr müßt nach der Fahrt halb verhungert sein.«

Dierk lachte leise. »So schlimm ist es nicht«, sagte er, »aber gegen einen kleinen Imbiß ist nichts einzuwenden.« Er hatte sich bereits neben Joachim auf die lange Bank gesetzt, die die ganze Länge der Wand einnahm, und streckte die Beine von sich, genau wie der Hausherr. »Wir könnten dabei gleich den Auftrag besprechen, den ich Eurem Mann erteilen will.«

Joachim war die Freude über diese Aussicht anzusehen, aber auch die Verwunderung über das kleine Mädchen, von dessen Existenz er erst vor so kurzer Zeit erfahren hatte. Seine Augen wanderten immer wieder zu Judith, betrachteten ihr schmales, feingezeichnetes Gesichtchen, die zarte Nase und die dunklen, leicht gewellten Haare. »Man sagt ja immer«, brummelte er in den Bart, »irgendeine Ähnlichkeit findet sich irgendwo. Aber bei Judith kann ich gar keine entdecken ...«

Damit hatte er die Bemerkung seiner Frau wiederholt. Engelke stellte sich unwillkürlich den alten Hinnerk Harms vor. Der hatte dunkle Haare gehabt, und seine Nase war schmal und scharfkantig gewesen. »Sie hat wohl tatsächlich ihr Aussehen vom Vater geerbt«, sagte sie zu Joachim gewandt, »wer immer das war oder ist.«

»Mag sein«, sagte Joachim, »aber daß sie so gar nix von ihrer Mutter hat ...«, er machte eine Kopfbewegung zu den kleinen Flachsköpfen hinüber, die hereingekommen waren, sich an der Tür herumdrückten und Judith mit neugierigen Blicken bedachten. »Meine Kinder und die von Dörte, die sehen sich ähnlich. Bloß Dörtes Älteste ...«

»Ihr solltet das nicht so eng sehen«, sagte Dierk lächelnd. »Äußerlichkeiten zählen nie. Judith ist ein liebes kleines Ding, nur etwas scheu und ängstlich. Und doch wird sie ihrer Mutter alle Ehre machen – trotz der dunklen Haare.«

Damit war das Thema abgehandelt. Die Kinder zogen die kleine Fremde in ihre Ecke, fragten sie aus und fütterten sie mit Brot und Käse, während Engelke, Dierk, Meike und Joachim am Tisch saßen und den Bau der Beiboote für die Erzengel besprachen. Sie langten bei der guten Milchsuppe zu, die Meike auftischte, versuchten ein paar vernünftige Worte mit der Großmutter zu wechseln, was schier unmöglich war, weil die alte Frau diesmal noch verwirrter schien als beim letzten Besuch – und verabschiedeten sich kurz nach Mittag wieder.

»Wir wollen sehen, daß wir im Hellen nach Hamburg zurückkommen«, sagte Engelke, die als letzte die Wohnstube des Bootsbauers verlassen hatte und jetzt mit Meike noch einen Augenblick vor der Haustür stand, während die Männer mit dem Kind zur Lände vorausgingen. »Wie hat Euch die Kleine gefallen?«

»Sie ist hübsch«, sagte Meike nachdenklich, »und sie soll uns natürlich jederzeit hier willkommen sein. Gott – wenn ich dran denke, wie verzweifelt Dörte damals war, als sie von Hamburg kam und hier an der Lände direkt vom Schiff einfach abgesetzt wurde ...« Sie wischte sich mit dem Zipfel ihrer grauen Schürze über die Augen. »Sie wollte uns gar nich' sagen, warum sie immer weinen mußte. Daß sie ihr Kind in Hamburg zurücklassen mußte – das wußte hier keiner!«

Engelke schüttelte den Kopf. Da habt Ihr was falsch verstanden«, sagte sie. »Judith ist in Ghent geboren. Dörte muß also auf der Rückfahrt hier abgesetzt worden sein, nicht auf der Hinfahrt.«

»Nein, nein«, widersprach Meike. »Wir haben Dörte ja selbst in Empfang genommen. Das Schiff kam von Hamburg, und es fuhr nach Flandern. Das war im Frühling vor zehn Jahren.«

»Irrt Ihr Euch da nicht?« Engelke spürte, wie ihr heiß wurde. »Ich meine – daß das Schiff ganz sicher aus Hamburg kam und nicht –«

»Ganz sicher«, bestätigte Meike und sah Engelke verwundert an. »Ich war selber an der Lände. Ich hab' Dörte damals in den Arm genommen und sie getröstet, obwohl ich nicht wußte, warum sie so schrecklich traurig –«

»Nun wißt Ihr es ja«, fiel Engelke der freundlichen jungen Frau in die Rede. »Es war schön bei Euch, und wir hoffen, bald wiederzukommen. Nun muß ich mich sputen, sonst legt mein Mann ohne mich ab!«

Sie drückte Meike flüchtig die Hand. Dann rannte sie unziemlich schnell zum Ufer hinab und stieg hinter Judith in die Jolle. Sie winkte nicht einmal Lebewohl. Auf der Heimfahrt, die dank des günstigen Windes fast ebenso glatt verlief wie die Hinfahrt, versuchte sie ihre Gedanken in eine andere Richtung zu zwingen. Aber sie richteten sich immer wieder auf das, was sie von Meike erfahren hatte.

Dörte war zu Beginn der Fahrt nach Antwerpen vom Schiff geschickt worden. Sie hatte die Fahrt nach Flandern überhaupt nicht mitgemacht. Sie war nicht in Ghent gewesen und hatte dort auch kein Kind geboren.

Hedda hatte die kleine Judith aus Ghent mitgebracht – das stand fest. Judiths Geburtsstadt hieß auf jeden Fall Ghent in Flandern. Wenn Dörte nicht die Mutter war – wer dann?

Kurz vor Einbruch der Dunkelheit waren sie wieder zu Hause, und Dierk machte die Jolle beim Brauhaus fest. Er hatte bemerkt, daß Engelke sich in Gedanken mit irgend etwas herumgeschlagen hatte, aber er wartete mit seiner Frage, bis die kleine Judith bei Grete, Liseke und der alten Wiebke in der Küche verschwunden war. Erst dann stellte er sie: »Was hast du, Geertje? Ich seh dir an der Nasenspitze an, daß du mit irgend etwas nicht zurechtkommst. Sagst du's mir?«

Engelke schüttelte den Kopf. Dann gab sie ihm doch Antwort. »Meike sagte, Dörte habe die Fahrt nach Flandern damals gar nicht mitgemacht.«

Er räusperte sich. »Ach.« Das war alles, was er in seiner Überraschung herausbrachte.

»Aber ich werde nichts tun«, murmelte Engelke. »Ich werde mich jetzt nicht auch noch auf die Suche nach Judiths wirklicher Mutter begeben. Ich werde die Sache auf sich beruhen lassen. Denn wo soll ich anfangen mit meinen Nachforschungen – kannst du mir das sagen?«

Dierk lächelte hintersinnig. »Nun –« sagte er gedehnt, »man müßte feststellen, welche Magd in Ghent Heddas Zofe gewesen ist. Und wenn das heraus wäre –«

»Dierk!« Engelke starrte ihn an. »Ich habe nur noch einen einzigen Wunsch. Ich möchte in Ruhe um meine Freundin trauern können. Ich will gar nicht wissen, woher das kleine Mädchen stammt, das sie so eifersüchtig gegen alle Gefahren beschützt hat. Ich möchte vergessen, daß sie ihren Vater vergiftet und sich selbst umgebracht hat – wenn sie überhaupt die Täterin war. Ich wünschte, Berend Jansen könnte möglichst schnell verwinden, daß Hedda ihn nicht zum Mann wollte – aus welchem Grund auch immer. Dierk – ich bin müde. Ich hab' es satt, die immer neuen Rätsel zu lösen, die meine Freundin mir aufgibt. Ich möchte einfach nur weinen und ungestört an sie denken und …«

Sie brach in Tränen aus. Dierk umfing sie sanft und drückte sie an sich. »Ich kann dich gut verstehen«, flüsterte er und strich ihr tröstend übers Haar. »Was du brauchst, ist Zeit. Gönn sie dir. Das wäre tatsächlich eine gute Idee.«

Sie preßte einen Kuß auf seine Wange und löste sich dann aus seinen Armen. »Ich weiß, du meinst es gut«, gab sie zurück und wischte sich die Spuren ihres Kummers vom Gesicht. »Verzeih, daß ich so heftig war. Ich bin bald wieder die Frau, die du kennst, Liebster … ganz bestimmt.« Damit ließ sie ihn stehen und ging in die Küche. Sie mußte mit Wiebke reden. Wiebke würde ihr raten können, was sie tun sollte. Wiebke wußte immer Rat.

Die alte Kinderfrau hockte auf dem Schemel neben der breiten Feuerstelle und war wie immer mit einer Arbeit beschäftigt, die sie trotz ihres hohen Alters noch leisten konnte. Diesmal rupfte sie ein Huhn, aus dem morgen Suppe gekocht werden sollte. Sie blickte nicht auf, als

Engelke sich ihr näherte, sondern sagte nur: »Setz dich, Kind. Ich weiß, was du auf dem Herzen hast.«

»Das ist nicht schwer herauszufinden«, gab Engelke zurück. »Ich fühle mich betrogen und belogen, Wiebke. Und es fällt mir schwer, damit zu fertig zu werden.«

»Belogen und betrogen, Kind?« Die alte Frau, die schon immer ein Teil von Engelkes Leben gewesen war, hob den Kopf und lächelte ihr liebevolles, faltiges Lächeln. »Wer sollte denn das getan haben?«

»Du weißt, wen ich meine«, sagte Engelke und hob die Stimme. »Was fragst du?«

Wiebke blickte wieder auf ihre Arbeit, die sie die ganze Zeit nicht unterbrochen hatte. »Hedda Harms hat dich niemals belogen«, sagte sie, »eine treuere Freundin gibt es nicht. Sie hat dir vertraut. Und du mißtraust ihr jetzt.«

»Muß ich das nicht?« Engelke senkte ihre Stimme wieder und warf einen Blick zu Grete und Liseke hinüber, die Wäsche flickten und die kleine Judith dabei in die Geheimnisse des Nähens einweihten.

Wiebke hielt ihre alten Hände einen Augenblick still. »Warum glaubst du das?« fragte sie.

Engelke schluckte den Kloß hinunter, der sich in ihrer Kehle gebildet hatte. »Du hast neulich davon gesprochen«, sagte sie, »daß Heddas Tod durch einen Mord und einen Selbstmord herbeigeführt worden sei, und ich wußte nicht, was du damit meintest. Jetzt ist es mir klar. Und ich kann nicht mehr an Hedda denken, ohne eine gewisse Verachtung zu empfinden. Hedda, die immer so fromm tat, hat gemordet und dann das Leben, daß ihr der Schöpfer gegeben hatte, einfach weggeworfen.«

»Das ist richtig und auch wieder nicht«, sagte Wiebke leise. »Die Dinge sind nicht immer, wie sie scheinen – das müßtest du doch am besten wissen, Kind. Behalte deine Freundin so in ehrendem Gedächtnis, wie sie es verdient hat. Und –«, sie sah Engelke eindringlich an, »sei dankbar für das, was sie dir hinterlassen hat.«

»Sie hat mir nichts hinterlassen als Kummer und Zweifel«, murmelte Engelke bedrückt. »Warum sollte ich dafür dankbar sein?«

»Sie hat dir weit mehr geschenkt, Kind. Dir gehörte ihr ganzes Vertrauen. Auf dich setzte sie ihre Hoffnungen. Enttäusche sie nicht.« Wiebkes Stimme klang dumpf – als habe die alte Kinderfrau wieder eines ihrer Gesichte gehabt. »Laß Hedda Harms nicht im Stich.«

Engelke spürte, wie sich Tränen in ihren Augen sammelten. »Sie ist jetzt tot und begraben«, flüsterte sie, »wie kann ich –«

»Frage dein Herz«, sagte Wiebke streng, »dein Herz wird dir sagen, was du tun mußt. Hedda Harms hat etwas für dich bestimmt. Vielleicht –«

Engelke stand auf. »Du hast mir nicht geholfen, Wiebke«, unterbrach sie ihre alte Kinderfrau. »Du konntest mir nichts sagen, was mich getröstet hätte. Jetzt will ich nur noch eine Weile allein sein. Danach werde ich mich bemühen, Hedda zu vergessen. Das ist die einzige Lösung.« Damit verließ sie die Küche. Den hellen, scharfäugigen Blick, den Wiebke ihr nachwarf, bemerkte sie nicht mehr.

Sie hatte die Lampe genommen und war in ihrem kleinen Kontor verschwunden. Dierk hatte es ruhig geduldet, daß sie sich dorthin zurückzog, und ihr ein zärtliches Lächeln gegeben. Nun saß sie an ihrem Schreibpult, starrte durch das kleine Fenster hinaus in die sinkende Dämmerung und versuchte zur Ruhe zu kommen.

Die Flamme der kleinen Tranlampe zuckte im schwachen Luftzug und warf ihr flackerndes Licht über die neuen Kontobücher. Da lag auch Heddas Stundenbuch, schwach glänzend, dick, unübersehbar. Heddas Vermächtnis. Wie lächerlich. Engelke fielen die Worte ein, die Hedda für sie auf das Stück Papier geschrieben hatte. Möge es Dir …

Engelke griff nach dem Buch, zog es zu sich herüber. Sie schlug es auf. Es war schön geschrieben; die Kapitalen hatten bunte Verzierungen. Es waren Gebete für jede Gelegenheit ...

Engelke lachte bitter. Was sollten ihr Gebete nützen, wenn sie jetzt nicht einmal mehr an Hedda denken konnte, ohne schrecklich enttäuscht zu sein? Sie klappte den dicken, lederbezogenen Buchdeckel wieder zu und fuhr mit den Fingerspitzen über seine Kanten. Da, an einer Ecke, war eine schadhafte Stelle ... das Leder des Einbands hatte sich gelöst und klaffte ein wenig.

Engelke zog die Tranlampe näher heran, so daß das Buch besser beleuchtet wurde. Tatsächlich, ein feiner Schlitz war da zu sehen. Es schien, als habe ihn jemand mit Absicht hineingeschnitten. Engelke tastete noch einmal darüber. Und jetzt bemerkte sie, daß etwas in diesem Schlitz steckte.

Sie schob den Finger vorsichtig hinein. Was sie da erfühlte, schien Papier zu sein – fest zusammengefaltet und flach unter das Leder des Einbands geschoben.

Es war schwierig, die Bögen wieder herauszubekommen. Erst nach langem Probieren und geduldigem Zupfen gelang Engelke die Aufgabe. Vor ihr lagen ein halbes Dutzend dünne, engbeschriebene Blätter des feinsten Papiers, das sie bis jetzt gesehen hatte. Die Handschrift war unverkennbar die ihrer Freundin Hedda.

Engelke nahm den ersten Bogen auf. Mit zitternden Fingern glättete sie das dünne Papier. ›Meine liebste Engelke‹, stand da, ›wenn du dies liest, werde ich nicht mehr unter den Lebenden sein und ...‹

Die Zeilen verschwammen Engelke vor den Augen. Der Brief war eindeutig an sie gerichtet, und Hedda hatte ihn offenbar ganz bewußt im Einband des Stundenbuches versteckt. Hedda hatte gewollt, daß die Blätter gefunden wurden. Sie waren das eigentliche Vermächtnis.

Engelke wischte sich über die Augen. Mit klopfendem

Herzen las sie weiter: ›– und Du wirst mir zürnen und mich zutiefst verachten, weil ich Schande über mich und die Meinen gebracht habe. Ich suche mich nicht zu rechtfertigen. Meine Taten können nicht entschuldigt werden, dazu sind sie zu schwer. Aber ich will, daß Du verstehst, warum ich sie begangen habe. Vielleicht kannst Du dann wenigstens mit Gleichmut an Hedda denken und Dich ohne allzu große Enttäuschung an sie erinnern.‹

Engelke ließ das Blatt sinken. »Lämmchen«, flüsterte sie vor sich hin, »ja, das wünsche ich mir ... lieber Gott, wie ich mir das wünsche!« Sie ließ den Finger über die säuberlich geschriebenen Zeilen gleiten. Ein runder Fleck war da auf dem Papier. Die Tinte war etwas zerlaufen. Hedda mußte beim Schreiben des Briefes geweint haben – so, wie Engelke jetzt beim Lesen weinte.

Es dauerte einen Augenblicke bis sie den nächsten Abschnitt klar erkennen konnte. ›Liebste Engelke‹, hieß es da, ›als wir uns kennenlernten, waren wir kleine Mädchen von zehn Jahren und beide mutterlos. Doch weißt Du, daß ich Dich immer beneidet habe, weil Du keinen Vater hattest? Du kannst es nicht wissen, nicht einmal ahnen, weil ich es nie ausgesprochen habe. Dennoch ist es so. Du lebstest sicher im Haus Deines Oheims. Ich lebte in Angst im Haus meines Vaters, und manche Nacht, die Gott werden ließ, barg einen Schrecken für mich, den niemand ermessen kann.

Ich konnte und durfte diesem Schrecken keinen Ausdruck verleihen. Ich mußte stumm bleiben, solange ich lebte. Doch nun, da ich tot bin, kann ich sprechen. Du, meine liebste Engelke, sollst die Vertraute sein, die Du mir immer warst, und sollst die Wahrheit erfahren. Seit dem Tod meiner Mutter hat mein Vater mich in meiner Kammer aufgesucht und mir beigewohnt, wie man einer erwachsenen Frau beiwohnt. Ich war ein Kind von sechs Jahren, als es zum erstenmal geschah, und ich glaube, damals ist der Teil meiner Seele in mir gestorben, der einmal meinem Mann hätte gehören sollen. Mein Vater nahm sich etwas, das ihm nicht zustand. Und ich mußte es ihm geben, weil ich keine andere Wahl hatte. Er plünderte mich aus und beschmutzte mich, ohne daß ich mich seiner erwehren konnte.

Es mußte geheim bleiben. Eine solche Sünde darf nicht ans Licht des Tages kommen. Ich bin sehr stark, Engelke, aber manchmal ging das Leben über meine Kräfte, und ich sehnte mich danach zu sterben. Dann warst Du da mit Deiner gelassenen Heiterkeit. Du hast mich immer wieder aufgerichtet und mir neuen Mut gegeben, ohne daß Du es wußtest. Tausendmal habe ich Gott dafür gedankt, daß es Dich gab – auch wenn Er mich sicher nicht hören wollte in meiner unaussprechlichen Sünde.

Mit sechzehn wurde ich schwanger. Ich sagte es meinem Peiniger, und er hatte auch gleich eine Lösung. Da ich mich weigerte, das Kind zu töten, das in meinem Leib wuchs, mußte ich ihn auf eine Reise nach Flandern begleiten. Meine Kammerfrau wurde entlassen und mein Kind als ihres ausgegeben, als wir zurückkehrten. Es war die Idee meines Vaters, auszustreuen, daß Dörte unter der Geburt gestorben sei. Judith sollte in ein Findelhaus. Da habe ich mich ihm zum erstenmal widersetzt.‹

Engelke mußte die Bögen ein zweites Mal aus der Hand legen. Sie schloß die Augen. Bruchstücke von Erlebnissen aus jenen lange vergangenen Tagen kamen ihr ins Gedächtnis. Wie bleich und leidend Hedda damals ausgesehen hatte, fiel ihr erst jetzt auf. Hedda war wie der Schatten ihrer selbst einhergewankt. Engelke hatte das auf die Strapazen der Seereise zurückgeführt, und natürlich auf die viele Arbeit, die das kleine Kind verursachte. Sie selbst hatte Hedda damals geraten, den Säugling wegzugeben, nicht ahnend, was es mit dem Kind auf sich hatte.

O ja, Hedda war stark gewesen. Sie hatte übermenschliche Kräfte besessen. Wie sie es geschafft hatte, ihre Seelenqual zu verbergen und allen, die sie kannten, das Bild einer pflichtbewußten, ordentlichen, geduldigen und in sich ruhenden jungen Frau zu bieten, das schien Engelke auf einmal unbegreiflich.

Sie nahm sich die letzten Papierbögen vor. ›Von da an‹, schrieb Hedda, ›ließ ich meinen Vater nicht mehr in meine Kammer. Ich drohte ihm, die ganze Wahrheit herauszuschreien, sollte er mich oder mein Kind noch einmal anrühren. Er ließ sich wirklich erpressen und ging fortan zu den Huren. Doch dann kam Berend Jansen in mein Leben.

Ich war ihm zugetan. Er erkannte es und fragte, ob ich ihn zum Mann nehmen wollte. Das konnte ich nicht. Ich mußte mit meiner Schande leben. Aber er sollte es nicht. Ich mochte ihn nicht belügen, und Judith hätte ich nie aus meinem Herzen reißen können, denn sie ist unschuldig an der Sünde, durch die sie auf die Welt kam.

Berend hat mich lange bedrängt. Wie hätte er auch meine Weigerung verstehen können? Schließlich ging er zu meinem Vater, und der stimmte seinem Antrag zu – gegen meinen ausdrücklichen Willen. Als ich meinen Vater zur Rede stellte, lachte er mich aus. Solltest du Berend dazu bringen, daß er dich nicht nimmt, sagte er, dann verlange ich Kranzgeld von ihm. Und dann nimmt er dich – damit die Leute sich nicht über ihn das Maul zerreißen.

Ich wollte nicht, daß Berend ins Gerede kommt. Und ich hätte ihm niemals eine gute Frau sein können. Deshalb gab es für mich nur einen Ausweg – zumal mein Vater sich Judith in letzter Zeit so genähert hatte, daß ich um sie fürchten mußte. Engelke, so sehr ich meinen Vater verachtete, so sehr liebte ich Judith. Sie war meine Schande, aber auch mein Kind, und ich mußte sie beschützen.

Ja, ich habe das Gift besorgt und es meinem Vater in den Wein gemischt. Ich konnte sicher sein, daß er davon trinken würde und daß es stark genug war, um ihn zu töten. Ja, ich bin am Abend Deiner Hochzeit freiwillig ins Wasser gegangen. Ich mußte es tun. So sehr Du mich vielleicht dafür verachtest, wenigstens kennst Du nun meine Gründe.

Verzeih, daß ich an Deinem Ehrentag nicht bei Dir sein konnte. Ich hätte Dir so gern die Hand gedrückt und Dir alles Glück der Erde gewünscht und noch ein Leben lang die Hedda gespielt, die Du kanntest. Doch Hedda, das Lämmchen, gibt es nicht und hat es nie gegeben. Ich war nie ein Lämmchen, meine Engelke – ich habe immer eine Wölfin sein müssen, die um ihr Junges und ihr Leben kämpft. Ich mußte schlau sein, mußte mich vorsehen, mußte Tag und Nacht auf der Wache liegen, damit mir und meinem Kind nichts geschah. Ich war mir der Gefahr bewußt, in der wir beide schwebten, und habe mich mutig geschlagen bis zuletzt.

Es war keine Feigheit, die mich in den Freitod getrieben hat – das mußt Du mir glauben. Es war auch nicht eine Sehnsucht nach Rache, die mich dazu brachte, meinen Vater am Weiterleben zu hindern. Du bist eine kluge Frau, meine liebste Engelke. Du wirst selber einsehen, daß ich mein Kind und den Mann, den ich achtete und liebte, nur schützen konnte, indem ich mir und meinem Vater ein Ende setzte. Es hat viel Mut erfordert. So unglaublich es klingen mag, ich habe mein erbärmliches Leben trotz aller Not geliebt und hätte es niemals aufgegeben, wenn ich eine andere Möglichkeit gesehen hätte.‹

Engelke unterdrückte ein Schluchzen. Hedda hatte natürlich den Brief geschrieben, bevor sie sich und ihrem Vater, wie sie es nannte, ein Ende gesetzt hatte. Sie war, als sie diese Zeilen zu Papier brachte, noch am Leben gewesen, hatte, was sie plante, wohlüberlegt und mit klarem Verstand so aufgezeichnet, als sei es schon geschehen. Wieviel Mut und Härte gegenüber sich selbst mochten wohl dazu gehört haben? Jedenfalls war das schüchterne, menschenscheue kleine Lämmchen, für das Engelke ihre Freundin immer gehalten hatte, dafür stark genug gewesen. Es hatte eine schier unglaubliche Kraft aufgebracht – wie auch in all den Jahren zuvor.

›Meine liebste Engelke‹, lautete der letzte Abschnitt des Briefes, ›Du hattest ein Recht, meine Beweggründe zu erfahren, denn Du warst die Insel in der tobenden See meines Lebens, und ich kann nicht weggehen, ohne Dir wenigstens noch einen letzten Gruß zu hinterlassen. Doch ich verbinde eine Bitte damit, die Du mir nicht abschlagen darfst. Was Du gelesen hast, ist nur für Deine Augen bestimmt, aus Gründen, die ich nicht erklären muß. Halte Deine schützende Hand über mein unschuldiges Kind. Laß ihm nichts zustoßen und verbrenne alsbald diese Blätter, damit sie nicht in falsche Hände fallen. Bete für mich. Vielleicht hat Gott ja doch Erbarmen.

Nun leb wohl, meine Freundin, und zürne mir nicht mehr, wenn Du kannst. Sei glücklich mit Deinem Mann. Behalte zum Andenken nur die guten Erinnerungen an Deine

Hedda

die Dich nie vergessen wird, ganz gleich, wo sie jetzt sein mag.‹

17

Mit blicklosen Augen starrte Engelke die dünnen Blätter an, auf denen ihr in so nüchternen Worten ein so furchtbares Geheimnis anvertraut worden war. Die sauberen, gestochen scharfen Schriftzüge ließen nicht erahnen, was Hedda beim Schreiben dieser Zeilen empfunden haben mochte; nur die runden Flecke, die hier und da auf dem Papier zu erkennen waren, verrieten den Schmerz, den sie in ihren letzten Stunden durchlitten hatte.

Dennoch – dieser Schmerz konnte nichts gewesen sein im Vergleich mit der Pein, in der sie fast ihr ganzes Leben hatte verbringen müssen – einer Pein, die sie ganz allein ertragen hatte. Hedda war durch eine Hölle gegangen, von der weder Engelke noch irgendein anderer Mensch aus Heddas Umkreis Kunde gehabt hatte. Hedda hatte ihre Qualen schweigend durchstehen müssen – ohne Hilfe und ohne Trost.

Sie hatte in unaussprechlicher Sünde gelebt, wenn auch in einer Sünde, die nicht ihre eigene war. Und niemand war da gewesen, um ihr die unerträgliche Last dieser Sünde abzunehmen. Denn sie hatte nicht einmal einem Priester beichten können. Das ergab sich aus ihren Zeilen.

Hedda war viele Jahre lang von ihrem eigenen Vater mißbraucht worden – ein Gedanke, so grauenhaft, wie Engelke ihn sich in ihren schrecklichsten Alpträumen nicht hätte ausmalen können. Der alte Harms hatte Hedda regelmäßig vergewaltigt, seit sie sechs Jahre alt gewesen war. Aus dieser unheiligen Verbindung war ein Kind entstanden, das gleichzeitig Heddas Tochter und Heddas Schwester war. Wunderbarerweise hatte Hedda dieses

Ergebnis ihrer Schande nicht gehaßt – sie hatte Judith geliebt, wie nur eine Mutter ihr Kind lieben kann. Sie hatte das kleine Mädchen nicht verstoßen, sondern es großgezogen, hatte ihre Seelenqual weiter stumm ertragen und am Ende, als der alte Harms sich auch über Judith hermachen wollte, das letzte gegeben, was sie besaß – ihr Leben. Mehr als das – sie hatte, um Judith und Berend Jansen zu schützen, die ewige Verdammnis auf sich genommen …

Engelke legte die Hand wie liebkosend auf die dichtbeschriebenen Blätter. Oft, als sie noch Kinder gewesen waren, hatte Hedda sich im Haus van Damme eingefunden und still an Engelkes Seite gesessen, ohne zu sprechen. Engelke hatte sie dann immer aufzuheitern versucht, hatte ihr lustige Geschichten erzählt, damit das Lämmchen wieder fröhlich wurde. Sie hatte geglaubt, ihre zurückhaltende, oft so mutlose Freundin sei einfach einer dieser Menschen, die von Natur aus nicht lachen können. Das war nicht der Fall gewesen.

Ob Hedda Harms ohne das gräßliche Schicksal, das sie hatte bewältigen müssen, zu einer heiteren, selbstbewußten jungen Frau aufgewachsen wäre? Ganz sicher – das begriff Engelke jetzt. Aus dem scheuen Lämmchen mit den ewig traurigen Augen wäre eine strahlende Schönheit geworden, die jeden bewundernden Blick verdiente. Hedda Harms war ja trotz allem selbst im Tod noch schön gewesen, und früher war manchmal bei seltenen Gelegenheiten unter der Maske ihrer Melancholie eine sonnige Fröhlichkeit aufgeblitzt, wenn auch nur für Augenblicke. Es war Engelke nie gelungen, diese Fröhlichkeit in Hedda wachzuhalten. Nun wußte sie, warum.

Sie ballte die Fäuste. Wut kochte plötzlich in ihr hoch. Es war nicht unrecht gewesen, daß Hedda ihren Vater umgebracht hatte. Der alte Harms hatte den Tod reichlich verdient gehabt – und schon viel früher, denn er war, genau betrachtet, der Mörder seiner eigenen Tochter.

Aber daß Hedda sich für ihre Tat selbst auch noch das Todesurteil gesprochen hatte, diese Ungerechtigkeit schrie zum Himmel.

»Du warst so dumm, Lämmchen«, flüsterte Engelke. »Du hättest mir dein Herz vor Jahren ausschütten sollen. Du wußtest, daß ich dein Vertrauen nie enttäuscht hätte. Vielleicht wäre es mir sogar möglich gewesen, auf irgendeine Weise dir zu helfen.«

Aber nein. Wie hätte sie das gekonnt? Heddas Lage war aussichtslos gewesen. Hedda hatte das einzig Richtige, das einzig Mögliche getan. Sie hatte das Entsetzliche verschwiegen. Nur dadurch hatte sie mit ihrem Kind weiterleben können – bis zum bitteren Ende.

Ihr Geheimnis mußte weiterhin ein Geheimnis bleiben – um Judiths willen. Niemals durfte das kleine Mädchen erfahren, wer seine Eltern waren – denn wie sollte es mit dieser Wahrheit leben? Es mußte in dem Glauben gelassen werden, seine Mutter sei Dörte gewesen, die Magd, die ihr uneheliches Kind in Heddas Obhut zurückgelassen hatte. Und sein Vater mußte unbekannt bleiben. Aber einen gab es, der würde den Brief lesen müssen – noch heute abend, bevor Engelke Heddas Geheimnis dem Feuer überantwortete. Engelke faltete die Blätter sorgfältig zusammen und steckte sie in die Ärmeltasche ihres Kleides. Dann stand sie auf. Sie würde noch einmal ausgehen, obwohl die Nacht bereits angebrochen war. Sie würde sich von einem der Knechte begleiten lassen. Dierk konnte sie auf diesem Gang nicht mitnehmen. Er würde verstehen, sobald sie ihm später unter vier Augen eine Erklärung gab.

Das Haus Harms lag in tiefer Dunkelheit. Hier schien alles schon zu schlafen. Engelke bediente den dicken eisernen Klopfring an der Tür. Es dauerte eine Ewigkeit, bis schlurfende Schritte ankündigten, daß jemand sie doch noch gehört hatte.

Es war die Altmagd, die schlaftrunken durch die verriegelte Tür hindurch fragte, wer da sei.

Engelke nannte ihren Namen. »Macht keine langen Umstände«, sagte sie energisch, »laßt mich ein und weckt auf der Stelle den Herrn. Ich habe mit ihm zu reden.«

»Mitten in der Nacht?« fragte die Altmagd unsicher. »Der Herr wird wütend werden, wenn ich ihn aus dem ersten Schlaf reiße.«

»Soll er doch«, sagte Engelke und stampfte mit dem holzschuhgeschützten Fuß auf dem Boden. »Mich kümmert das nicht. Und Euch braucht es auch nicht zu kümmern. Ich übernehme die Verantwortung.«

»Ihr übernehmt die Ver… was?«

»Macht endlich auf. Es ist überaus wichtig.«

Engelkes strenger Ton brachte die Altmagd zum Gehorchen. Der Schlüssel knirschte. Der dicke hölzerne Riegel wurde von der Tür abgehoben. Mit leisem Knarren öffnete sie sich einen Spalt weit. Die Altmagd, schon im Hemd, lugte heraus. »Ihr seid es wirklich …«, murmelte sie und wischte sich den Schlaf aus den Augen. »Was ist denn passiert?«

»Weckt mir nur den Herrn«, gab Engelke kurz angebunden zurück und machte eine ungeduldige Handbewegung. Die Altmagd ließ Engelke in die dunkle Diele eintreten und stieg dann, immer noch zögernd, die Treppe hinauf.

Augenblicke später hörte Engelke einen Wutschrei.

»Herrgott«, brüllte Hinnerk der Jüngere, »nicht mal im Bett hat man seine Ruhe! Sie soll sich zum Teufel scheren – bestell ihr das! Ich will nicht mit ihr reden, nicht heute und nicht morgen. Überhaupt nie mehr – verstanden?«

Eine Tür schloß sich ganz sacht. Die Altmagd kam wieder herunter in die Diele. Sie starrte Engelke vorwurfsvoll an.

»Heff ik dat nich seggt?«

Engelke gab keine Antwort. Sie ließ die Altmagd und

den Knecht, der ihr bis hierher den Weg beleuchtet hatte, in der Diele stehen und stampfte die Treppe hinauf. »Hinnerk«, rief sie, als sie den Flur im oberen Geschoß noch nicht ganz erreicht hatte, »wo steckt Ihr? Nach heute nacht müßt Ihr wirklich nie mehr ein Wort mit mir wechseln. Aber in diesem Augenblick kommt Ihr nicht darum herum – so wahr mir Gott helfe!«

Damit trat sie auf den Korridor. Am hinteren Ende schwang eine Tür auf. Ein schwacher Lichtschein fiel auf den Flur. »Verdammt«, sagte Hinnerk Harms wütend, »es ist ja stadtbekannt, Engelke, daß Ihr weder Anstand noch Manieren kennt. Aber daß Ihr jetzt zu nachtschlafender Zeit meine Schlafkammer stürmt, wo ich noch nicht mal mehr richtig angekleidet bin – das spottet jeder –«

»Macht halblang, Hinnerk«, schnitt Engelke ihm die Rede ab. »Werft Euch irgendwas über und hört Euch an, was ich Euch zu sagen habe. Danach könnt Ihr mich rauswerfen, wenn Euch dann der Sinn noch danach steht.«

Sie schritt einfach auf ihn zu.

»Gottsverdori«, knurrte Hinnerk der Jüngere, »seid doch vernünftig, Engelke! Wartet unten – ich komme ja gleich.«

Engelke ließ sich nicht abweisen. »Unten ist nicht der richtige Ort, um das zu besprechen, was ich auf dem Herzen habe«, sagte sie nüchtern. »Wir werden in Eurer Kammer bleiben. Das Gesinde braucht nicht zu wissen, um was es geht.«

»Aber ich bin nicht allein«, knirschte Hinnerk der Jüngere wutschnaubend, »ich will –«

»Wer ist bei Euch – Eure Nana etwa?«

»Ja.« Er rollte die Augen. »Engelke, ich –«

»Schon gut«, sagte Engelke. »Schickt sie in ein anderes Zimmer. Es wird nicht lange dauern.«

»Ich habe keine Geheimnisse vor Marianna«, schnaubte Hinnerk der Jüngere. »Sie kann ruhig hören, was Ihr zu sagen habt!«

»Wirklich?« Engelke lächelte dünn. »Ich bin mir da nicht so sicher.«

»Das ist mir egal«, sagte Hinnerk der Jüngere. Engelke hatte seinen Trotz geweckt. »Ich bestehe sogar darauf, daß sie anwesend ist.« Er öffnete die Tür und ließ Engelke eintreten, während er sich eine Jacke über sein Nachthemd zog.

Nana war angekleidet. Sie saß auf einem Schemel neben dem Bett, die Hände im Schoß verkrampft, und blickte Engelke aufgeregt und abweisend entgegen. »Ich hatte mir so sehr gewünscht, Euch nie mehr wiederzusehen«, murmelte sie auf Engelkes Gruß, »aber es sollte mir wohl doch nicht erspart bleiben.«

»Ihr müßt mir verzeihen, Marianna«, sagte Engelke. »Ich habe Euch schrecklich unrecht getan, und das tut mir leid. Nehmt Ihr meine Entschuldigung an?«

Die junge Frau mit den herrlichen roten Locken wußte nicht, was sie darauf erwidern sollte. Sie suchte nach Worten.

»Was soll das heißen?« grollte Hinnerk der Jüngere. »Hast du etwa diese ... diese Frau schon kennengelernt, Schatz?«

Nana nickte stumm.

»Nun, dann wirst du wissen, daß sie ganz unmöglich ist«, sagte der junge Harms , mühsam seinen Ärger bekämpfend. »Sie ist kein schlechter Kerl, aber –«

»– sie kann sich einfach nicht benehmen«, ergänzte Engelke trocken. »Hinnerk, Ihr werdet anders reden, wenn ich mit dem fertig bin, was ich Euch zu melden habe. Schickt Marianna hinaus – es sei denn, Ihr könnt ihr wirklich und ohne Einschränkung trauen.«

Hinnerk der Jüngere lief rot an. »Kommt zur Sache«, schnarrte er, »und dann verlaßt auf dem schnellsten Wege mein Haus!«

Engelke nickte. Ohne weitere Vorreden zog sie Heddas Brief aus ihrer Ärmeltasche und hielt ihn dem jungen Harms hin. »Ich will, daß Ihr dies hier lest«, sagte sie leise und eindringlich.

»Was ist das?« fragte Hinnerk der Jüngere mit einem zornigen Blick auf das Bündel dünner Blätter. »Hätte das nicht Zeit bis morgen?«

»Nein. Ihr werdet gleich sehen, warum.« Engelke drückte ihm den Brief in die Hand. »Ihr solltet Euch setzen. Das wäre besser.«

Der junge Harms gehorchte und ließ sich auf der Truhe neben dem Bett nieder. Er zog sich die Lampe heran, die in einem Ständer beim Fenster brannte, und entfaltete die Bögen.

»Meine liebste Engelke«, las er murmelnd, »wenn du diese Zeilen liest ...« Er blickte auf. »Das hat meine Schwester geschrieben«, sagte er tonlos, »das geht nur Euch etwas an ...«

»Weiter«, sagte Engelke ruhig, »lest weiter. Es muß sein.«

Er tat es zögernd. Engelke, die den Blick auf ihn geheftet hielt, bemerkte, wie sein Gesichtsausdruck sich wandelte. Die Zornesfalten auf seiner Stirn verschwanden. Hinnerk der Jüngere verfärbte sich, je weiter er las. Er wurde rot, dann leichenblaß, und seine Stirn furchte sich wieder. Aber jetzt war es ein Ausdruck tiefsten Entsetzens, der sein Antlitz beherrschte.

An Ende ließ er die Blätter einfach auf den Fußboden fallen. »Ich – ich fasse es nicht ...«, das war alles, was er in diesem Augenblick herausbringen konnte.

Nana stand auf und trat an ihn heran. Sie legte ihre kleine Hand auf seine Schulter. Es war eine liebevolle, fast mütterliche Geste. »Was stand so Schreckliches darin?« fragte sie leise. »Du weißt, Hinnerk du kannst über alles mit mir sprechen.«

Der junge Harms umfaßte Nanas Hand und drückte sie. »Ich weiß«, sagte er mit rauher Stimme, »und du mußt die fürchterliche Wahrheit auch erfahren. Nur ...«, er räusperte sich heftig, »es fällt mir schwer, meinen Zorn zu beherrschen. Wäre der Alte nicht schon tot – ich würde ihn jetzt mit meinen eigenen zwei Händen erwürgen!«

»Deinen Vater?« wisperte Nana entsetzt.

»Das Ungeheuer, das zufällig mein Vater war«, stieß Hinnerk der Jüngere hervor. »Er hat meine Kinderzeit und Jugend wie ein böser Dämon beherrscht. Er hat mich geknechtet und geschunden und wie Kehricht behandelt. Er hat mir jede Freude vergällt. Jetzt erfahre ich, daß er meiner Schwester noch viel übler mitgespielt hat – so übel, daß ich kotzen könnte!«

»Was hat er ihr denn getan?« fragte Nana. Ihr hübsches Gesicht zeigte ehrliches Mitgefühl.

»Bevor ich es dir sage, Schatz, schwöre mir, daß du mit niemandem, niemandem je darüber sprechen wirst.« Er hob ihr sein blasses Gesicht entgegen. Seine Augen bettelten.

»Ich kann schweigen«, sagte Marianna ernst, »das habe ich dir in den letzten Jahren bewiesen, Hinnerk. Nichts, was dir schaden könnte, soll jemals über meine Lippen kommen – das schwöre ich bei meiner Seligkeit.«

Er preßte ihre Hand so fest, daß seine Knöchel weiß hervortraten. »Nana«, flüsterte er, »das kleine Mädchen, das meine Schwester Hedda immer um sich hatte, ist ebenfalls meine Schwester ...«

Nana atmete erleichtert auf. »Das ist doch nicht schlimm«, meinte sie und lächelte. »So viele Männer haben Kinder außerhalb der Ehe – dein Vater ist da in guter Gesellschaft.«

»Aber Hedda war die Mutter«, wisperte Hinnerk der Jüngere. »Der Alte hat seine eigene Tochter viele Jahre lang ...« Ihm versagte die Stimme. Er ließ den Kopf sinken und schlug die Hände vors Gesicht.

Nana brauchte einen Augenblick, bis sie verstand. Dann ließ sie sich neben dem jungen Harms auf die Knie sinken und schlang die Arme um ihn. »Ich bin da«, flüsterte sie, »sorge dich nicht, Hinnerk. Zusammen werden wir damit fertig.«

Das waren fast die gleichen Worte, die Dierk zu Engelke gesagt hatte, als sie so verzweifelt gewesen war. Die Zuneigung dieser jungen Frau zu Hinnerk Harms war echt und ehrlich. Engelke ließ den beiden eine kleine Atempause. Dann sagte sie in die Stille des Zimmers hinein: »Ich wollte eigentlich nur eins von Euch, Hinnerk.«

»Was?« kam seine tonlose Frage. »Hedda kann niemand mehr zum Leben erwecken.«

»Aber Judith ist noch da«, sagte Engelke. »Ich will, daß Ihr sie an Kindes Statt annehmt – mit allen Rechten, die ein leibliches Kind hat. Sie ist Eure Schwester, Hinnerk, auch wenn das schwer zu ertragen ist.«

»Sie ist das Produkt eines geilen, blutschänderischen alten Bockes«, stieß der junge Harms hervor. »Sie ist –«

»Heddas Kind«, fiel Engelke ihm streng ins Wort. »Eure Schwester hat sie unter ihrem Herzen getragen und zur Welt gebracht, ihr Liebe geschenkt und sie gegen alle Gefahren verteidigt, obwohl sie ein Kind der Schande war. Mit welchem Recht wollt Ihr Judith dann ablehnen?«

Hinnerk der Jüngere schluchzte auf. »Aber ich könnte sie nie ohne Ekel ansehen«, würgte er hervor. »Wenn ich bedenke –«

»Das spielt keine Rolle«, unterbrach Engelke ihn noch einmal. »Es geht gar nicht darum, ob Ihr Judith liebt oder nicht. Ihr sollt lediglich Euren Verpflichtungen nachkommen als Bruder und als Oheim. Für das Kind seid Ihr beides.«

»Hinnerk«, mischte sich Nana ein, »es kann ja nichts dafür! Ich meine, diese Frau hat recht. Und die kleine Judith wäre doch keine Belastung für uns!«

Der junge Harms ergriff ihre Hand. »O doch«, knirschte er. »Tag für Tag würde mich dieses Mädchen an meinen Alten erinnern.«

»Aber auch an deine Schwester Hedda«, sagte Nana sanft. »Und die Erinnerung an sie solltest du ehren. Meinst du nicht?«

Hinnerk der Jüngere nickte langsam.

»Wenn man Judith ihre wahre Herkunft verschweigt«, fügte Nana hinzu, »wenn man sie in dem Glauben läßt, sie sei die Tochter einer ehemaligen Zofe deiner Schwester – dann wird auch sie ein normales Leben führen können. Und ich bin sicher, kein Mensch in ganz Hamburg wird Anstoß daran nehmen, daß du ein elternloses kleines Mädchen an Kindes Statt annimmst ...«

Hinnerk der Jüngere hob den Kopf und sah Engelke an. »Wer außer Euch weiß es noch?« fragte er zaghaft.

»Niemand«, antwortete Engelke, »wenn Ihr und Marianna es für Euch behalten könnt, dann besteht nicht die geringste Gefahr, daß –«

»O Gott«, stöhnte der junge Harms, »kein Mensch auf Gottes Erde ist weniger daran interessiert, daß diese Geschichte unters Volk getragen wird! Ich selbst könnte mich ja nirgendwo mehr blicken lassen, wenn alle Welt wüßte, was mein Erzeuger für ein Unhold war! Und meine Marianna wäre genauso betroffen. Nein – von uns würde sicher niemand etwas darüber erfahren, das dürft Ihr mir glauben. Aber wie steht es mit Euch, Engelke? Ich war Euch nie recht grün – und ich habe immer ein gewisses Mißtrauen gegen Euch gehegt ...«

»Hedda hat mir ihr ganzes Vertrauen geschenkt«, sagte Engelke ruhig. »Sie wußte, wen sie in mir hatte.«

Nana sah Engelke offen an. Ihr Blick hatte alle Vorsicht und Feindseligkeit verloren. »Ich traue Euch auch«, sagte sie, »nun, da ich weiß, warum Ihr mich und Hinnerk verdächtigen mußtet. Ihr müßt Hedda von Herzen zugetan gewesen sein. Und Hedda hat es gewußt – sonst hätte sie Euch nicht diesen Brief geschrieben.«

Engelke lächelte die junge Frau an. »Ihr habt also meine Entschuldigung angenommen?«

Nana nickte.

»Was ist mit Euch«, wandte sich Engelke an den jungen Harms, »werdet Ihr tun, was notwendig ist?«

»Ja«, sagte Hinnerk der Jüngere. »Marianna und ich – wir wollten ohnehin das Handelshaus ins Ausland verlegen. Hier in Hamburg würde man sie als meine Frau nicht akzeptieren, und ich werde sie heiraten – das ist beschlossene Sache. In Flandern dagegen kennt sie keiner, dort wäre sie einfach –«

»Ihr wollt nach Flandern?« Engelke staunte über den Mut, den der junge Harms auf einmal bewies. »Habt Ihr denn keine Angst vor dem Risiko?«

Hinnerk der Jüngere lächelte. »Doch«, sagte er ehrlich. »Aber wenn ich wählen soll zwischen Reichtum in Sicherheit und meinem Glück – dann gibt es für mich nur eine Möglichkeit.« Er zog Nana an sich. »Ich liebe Marianna. Ich kann und will nicht auf sie verzichten.«

Nana streichelte sein dünnes, aschbraunes Haar. »Die kleine Judith wirst du sicher auch lieben lernen«, flüsterte sie. »Es ist leichter, als du denkst, Häschen.«

Engelke hatte die letzten Worte gerade noch verstanden. Sie verbiß sich ein belustigtes Lächeln und bückte sich, um die verstreuten Briefbögen wieder aufzulesen. »Wann werdet Ihr Judiths Angelegenheiten regeln, Hinnerk?« fragte sie ihn.

»Gleich morgen«, sagte der junge Harms. Er sah Engelke an, während neue Furcht in seinen Augen aufkeimte. »Was gedenkt Ihr mit Heddas Brief zu tun?«

»Ich werde ihn verbrennen, wie sie es gewünscht hat«, sagte Engelke. »Wir alle sollten ihr Vertrauen nicht enttäuschen. Sie hat so viel gelitten, um ihrem Kind das Überleben zu sichern. Das darf nicht umsonst gewesen sein.«

»Ja, wenn man es so sieht ...«, murmelte Hinnerk der Jüngere. Sein Blick war klar, und seine grauen Augen zeigten Entschlossenheit. »Ich werde das Rechte tun«, fügte er mit fester Stimme hinzu.

Es war ein strahlender Tag. April hatte sich in Mai verwandelt, und der Wind, der von der Geest hereinwehte, trug alle überschwenglichen Düfte des Frühlings mit sich. Engelke, die mit Dierk auf dem Rathaus gewesen war und Hinnerk Harms dem Jüngeren in Sachen Judith zur Seite gestanden hatte, atmete die balsamische Luft tief ein.

Judith war nun ganz offiziell eine Harms. Der Notarius, der die Urkunde ausgestellt hatte, war nicht einmal verwundert gewesen über Hinnerk Harms' Ansinnen, das kleine Mädchen in seine Familie aufzunehmen. Er hatte lediglich die Prozedur zu Protokoll genommen und Judith ins Register eingetragen – ganz ohne Kommentar. Und Mandus Kellinghusen, den Engelke auch im Rathaus angetroffen hatte, war genausowenig überrascht gewesen. Für ihn sei es die natürlichste Sache von der Welt, hatte er gesagt, daß Hinnerk der Jüngere, nachdem seine Schwester Hedda ja nun nicht mehr am Leben sei, die Sorge für das Kind übernähme. Und es sei sehr ehrenwert, daß er bei der Kleinen gleich Nägel mit Köpfen gemacht habe.

Für den Gerichtsherrn war der Fall Harms ein Fall für die Akten. Kellinghusen hatte unter den Tisch fallen lassen, daß der Mord an Hinnerk Harms dem Älteren aufgeklärt war. Er wollte nicht einmal mehr die Gründe für Heddas Tat wissen – wahrscheinlich, weil er ahnte, daß er damit nur Schaden anrichten würde. Hedda konnte zufrieden sein. Und sie würde auch vor Gottes Augen Gnade finden, da war Engelke sicher. Gott kannte ja Heddas Geschichte und würde ihr vergeben.

Engelke reckte sich im Gehen, spannte die Muskeln an, fühlte sich wunderbar. Hinnerk Harms würde, wenn er demnächst seinen Haushalt ins Ausland verlegte, eine gewisse Marie mitnehmen und in die Schar seines Gesindes einreihen. Dierks Schiff, die Erzengel, lag im Hafen bei den Kajen, vollständig ausgerüstet und bereit, nach

Flandern und Engelland auszulaufen. Nur noch zwei kurze Tage, dann würde Engelke auf ihre erste große Fahrt gehen.

Die Arbeit im Kontor war für die Zeit ihrer Abwesenheit an Peder Elmsbüttel übertragen; Peder würde sie mit Leichtigkeit neben den Aufgaben in Ohm Goderts Kontor erledigen können. Schließlich hatte er bei Engelke Geerts gelernt. Tidemanns brauchte sowieso keine Aufsicht. Der würde das Brauhaus ganz selbständig führen, wie er das bisher ja auch getan hatte. Die Aufträge, die er zu erfüllen hatte, kannte er. Falls Schwierigkeiten auftauchten, war Peder zur Stelle. Das Haus besorgte Grete, unter der Leitung der alten Wiebke, die zwar kaum noch laufen, aber immer noch sehr klar denken konnte. Engelke würde ganz ohne Sorgen mit Dierk auf die Reise gehen können. Sie würde London sehen und die schönen roten Handschuhe, das Geschenk des alten Piet, spazierenführen …

Die Apfelbäume auf den Wiesen bei Brands Twiete leuchteten im Sonnenschein wie weißrosa Wolken. Unzählige Blütenblätter wehten in der lauen Luft und rieselten auf das frischgrüne Gras nieder wie Schneeflocken.

»Herrlich«, seufzte Engelke und weidete die Augen an diesem zauberhaften Anblick, »nur schade, daß die ganze Blütenpracht so vergänglich ist …«

Dierk lachte leise. »Aber jetzt fängt ja alles erst an«, sagte er, während er Engelkes Hand umschloß.

»Wie meinst du das, Liebster?«

»Die Blüten sind wohl das Schönste, aber …«

»Aber – was?«

Er hob ihre Hand an seine Lippen und preßte einen kleinen Kuß auf ihre Fingerspitzen. »Geertje«, sagte er, »der ganze Zauber hat nur einen einzigen Zweck. Bald, wenn er vorbei ist, wird der Baum kleine grüne Äpfelchen ansetzen und –«

»Ach, so siehst du das!« Engelke entriß ihm mit gespielter Enttäuschung ihre Hand. »Der ganze Zauber – wie sich das anhört! Mir scheint, in unserer Ehe ist dir der ganze Zauber genauso egal. Du wirst erst zufrieden sein, wenn ich auch ein kleines grünes Äpfelchen angesetzt habe!«

Dierk lachte schallend auf und nahm Engelke leidenschaftlich in die Arme. »Ich hätte zumindest nichts dagegen«, sagte er und küßte sie herzhaft mitten auf den Mund.

Einige Wort- und Begriffserklärungen

Kranzgeld
Eine finanzielle Entschädigung. Bei Bruch des Eheversprechens konnte die sitzengelassene Braut oder deren Vater das Kranzgeld von dem wortbrüchigen Bräutigam fordern und notfalls vor Gericht einklagen, falls er zahlungsunwillig war. Das Verfahren war im allgemeinen öffentlich.

Fleet
Ein grachtenähnlicher Wasserlauf, auch ein Entwässerungsgaben.

Twiete
Eine Seiten-/Neben-/Querstraße.

Auslucht
Ein balkonartiger, meist überdachter hölzerner Anbau an Häusern.

Schanzkleid
Die geschlossene, hüft- bis brusthohe Seitenwand eines Schiffes oberhalb des Decks – gewöhnlich ohne Reling. Diente zur Deckung beim Gefecht.

Schiffer
Der »Schiffsherr« – der Kapitän.

Schiemann
Ein Matrose, der für die Arbeiten an der Takelage, in den Rahen und Masten zuständig ist, also auch z. B. für Reparaturen am Tauwerk.

Schute
Ein hochbordiges, breit gebautes Lastboot, das sowohl mit einem viereckigen Rahsegel als auch mit dreieckigem Lateinersegel ausgestattet sein konnte.

Tassel, Tasselschnur
Tasseln waren zwei große (manchmal handtellergroße, edelsteingeschmückte) Zierknöpfe rechts und links neben dem Mantelkragen, über die eine schlaufenförmige Tasselschnur geschlungen wurde und die den (verschlußlosen) Mantel am Hals zusammenhielten.

Trippen
Dicke hölzerne Sohlen, meist mit Stollen versehen, die mit Hilfe von Riemen unter die Lederschuhe geschnallt wurden. Sie dienten dazu, die Schuhe vor Nässe, Schlamm und Straßenkot zu schützen.

Gugel
Eine langzipfelige Kapuze mit Schulterkragen, der bis an die Ellbogen reichte. Das Kleidungsstück war in erster Linie Wetterschutz.